PROLOG

ANTHEA

Wenn ich die Augen schließe, kehre ich zurück zu der Nacht, in der der Spiegel verschwand. Vor mir liegt eine Lichtung, flach und schwarz. Der Sommer steckt noch in den Kinderschuhen, ich erinnere mich an den süßlich-bitteren Geruch der Holunderblüten. Ich erinnere mich auch an meine Angst. Fühle sie wieder wie eine Faust, die mein Herz zusammendrückt.

Ein Gebüsch verbirgt mich vor den Blicken der Jäger. Meine Knie sinken in den Waldboden und Nässe kriecht aus der Erde in meine Kleidung. Jenseits meines Versteckes leuchten zwei Fackeln.

Die Angst lähmt mich. Ich bin sieben Jahre alt, kauere im Schutz des Gestrüpps wie ein Hasenjunges und fühle mich genauso hilflos.

Ganz ruhig, *sagt Matejs Stimme in meinem Kopf.* Du bist sicher. Sie wissen nicht, dass wir hier sind.

Obwohl ich meinen Gefährten nicht sehen kann, weiß ich, dass er auf der anderen Seite der Lichtung im Unterholz lauert. Mit einem siebten Sinn, den ich in jenen Tagen noch nicht hinterfrage, nehme ich wahr, wie Matej mit den Schatten zwischen den Bäumen verschmilzt und sich so leise wie ein Lufthauch bewegt. Er beobachtet die Männer auf der Lichtung, genau wie ich.

Es sind sechs und sie alle tragen die gleiche Uniform: langärmelige Hemden mit engen Manschetten und darüber ein ledernes Wams. Das

Licht der Fackeln färbt die Ärmel der Hemden rot, aber ich weiß, dass sie eigentlich eine grüne Farbe haben. Wir haben die Jäger lange genug verfolgt. Die Jäger und den Albtraum, den sie mit sich tragen.

Mein Blick klebt an den Männern, weil ich nicht auf die Mitte der Lichtung sehen will. Dort haben sie ihn aufgestellt, übermannshoch und mit einem Tuch verhängt: den Spiegel. Allein wenn ich an ihn denke, kriecht eine Gänsehaut meine Arme hinauf.

Am Rand der Lichtung steht ein Pferdekarren. Die Tiere sind unruhig. Vielleicht wegen des Spiegels, oder vielleicht, weil sie als Einzige Matejs Nähe spüren. Der Wolf hat diese Wirkung auf Beutetiere. Noch während ich hinsehe, springt ein weiterer Jäger von der Ladefläche des Wagens und geht auf die Mitte der Lichtung zu. Er ist jünger als die anderen, vermutlich um die sechzehn Sommer alt. In seinen Armen trägt er ein Kind. Es ist in einen Umhang gewickelt, aber seine Beine und nackten Füße baumeln über dem Arm des jungen Mannes.

Ich weiß bereits, was jetzt passieren wird. Als wir die Jäger quer durch die nördlichen Provinzen verfolgt haben, stießen wir drei Mal auf Orte, in denen kleine Mädchen verschwunden waren. Matej hatte mir erklärt, was das bedeutete.

Die Fackelträger rücken näher an den Spiegel heran, während ihr Anführer, ein Graubart mit Schatten unter den Augen, die Hand nach dem Tuch ausstreckt. Die Angst brennt jetzt wie Brennnesselgift unter meiner Haut. Ich ziehe mich tiefer ins Gebüsch zurück, mache mich noch kleiner.

Ruhig, *wiederholt Matej, aber mein Herz schlägt so schnell und so hoch in meiner Brust, dass es sich anfühlt, als ob ein Schmetterling aus meiner Kehle entkommen will.*

Der Anführer zieht das Tuch herunter und offenbart den kreisrunden Spiegel. Das Glas gleißt im Mondlicht; oder zumindest glaube ich das. Erst später werde ich mich daran erinnern, dass der Himmel in jener Nacht bewölkt war. Der Spiegel leuchtete von innen heraus.

Die Jäger warten, die Gesichter dem Spiegel zugewandt, die Fackeln erhoben. Einen Moment lang erstarrt die Szene auf der Lichtung, dann fährt ein Windhauch über die Fackeln und lässt die Flammen flackern. Keiner der Bäume rings um die Lichtung regt sich, tatsächlich weht nicht einmal ein leises Lüftchen. Aber wenn es keinen Windstoß gab, was habe ich dann gesehen? Den Atem des Spiegels?

Der Jäger mit dem Kind geht auf die Mitte der Lichtung zu, mit schleppenden Schritten, so als würde er schlafwandeln. Wenige Handbreit vor dem Spiegel legt er das Kind auf dem Boden ab und öffnet den Mantel. Es ist tatsächlich ein Mädchen. Ich kann sein Gesicht nicht sehen, aber die kleine Hand, die jetzt auf dem Gras liegt, zuckt schwach. Der Anführer der Jäger zieht ein Messer mit einer glänzend schwarzen Klinge aus seinem Gürtel.

Ein Wimmern dringt über meine Lippen, aber diesmal beruhigt Matej mich nicht. Er ist selbst so gespannt wie eine Bogensehne. Gleich. Gleich wird er seine Gelegenheit bekommen.

Als der Jäger das Messer hebt, glänzt das Licht des Spiegels auf der Klinge. Mit einer raschen Bewegung zieht er die Schneide über seine Handfläche und drückt die blutende Hand gegen das Glas. Er raunt etwas, was ich nicht verstehe.

Mittlerweile kann ich den Blick nicht mehr abwenden. Ich höre ein leises Klirren und Knirschen, dann erzittert das Glas und die Hand des Jägers sinkt durch den Spiegel wie durch die Oberfläche eines Sees.

JETZT. *Matejs Gedanke dröhnt in meinem Kopf wie eine Glocke. Der Weg an den Ort hinter dem Spiegel steht offen. Wenn Matej jetzt losrennt, wird es ihm dann gelingen, wovon er so lange geträumt hat? Wird er durch den Spiegel springen und auf der anderen Seite die eine Frau finden, deren Verlust er niemals verkraftet hat?*

Auf den Wink ihres Anführers hin heben zwei Männer das Mädchen hoch und tragen es mit den Füßen voran auf den Spiegel zu. Das Glas schlägt Wellen, als der älteste Jäger seine Hand zurückzieht. Es wird nur wenige Augenblicke dauern, bis sich die Barriere wieder schließt.

Myrsina. *Matej gräbt die Krallen in den Boden und rennt los. Ich bin jetzt aus seinen Gedanken verschwunden. Sein ganzes Wesen sehnt sich nach Myrsina, der Maskenschneiderin mit den glutroten Haaren. Seine Gefährtin. Die Frau, die der Spiegel vor einem Jahr verschlungen hat.*

Mein eigener Kopf ist viel zu voll. Matejs Sehnsucht überlagert sich mit meiner Angst und der Szene, die sich immer noch auf der Lichtung abspielt. Ich spüre den weichen Waldboden unter Matejs Pfoten, während die Männer das Mädchen in den Spiegel schieben. Sein Fuß berührt das flüssige Glas. Das Geisterlicht des Spiegels gleitet über ihre Haut, dann streckt sich eine weiße, durchscheinende Hand nach ihr aus und umfasst ihren Knöchel.

Jetzt kommt der Moment. Der Moment, der mich verfolgen wird. Der Moment, in dem ich Matej verrate. Die Angst und das Entsetzen fluten meinen ganzen Körper, fegen alles andere fort, jede Vorsicht, jeden Vorsatz, leise zu sein.

Ich schreie. Und mache damit all unsere Pläne zunichte.

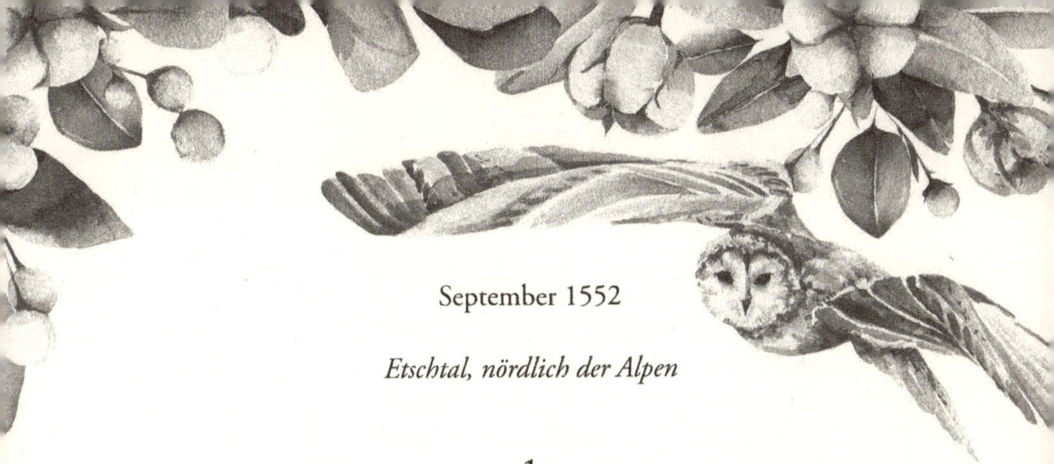

September 1552

Etschtal, nördlich der Alpen

1

LISBETH

Lisbeth hasste es, in einer Kutsche zu reisen. Sie wurde nicht nur durchgeschüttelt, sie bekam auch nichts zu sehen. Als wäre das Holzgitter vor den Fenstern nicht einengend genug, versperrten zusätzlich Vorhänge die Sicht nach draußen. Gott verhüte, dass die Insassen mit einer frischen Brise oder einem Hauch Sonnenlicht in Berührung kamen.

Wie viel lieber wäre sie mit ihrem Gefolge geritten, am besten inmitten ihrer Hundemeute. Sie vermisste Fenn, ihren liebsten Jagdgefährten. Aber ihn hier in der Kutsche einzusperren wäre die reinste Folter gewesen. So konnte wenigstens einer von ihnen die Straße entlangjagen.

Sie seufzte. Es war nicht zu ändern. Gerade die Ankunft in ihrem neuen Anwesen sollte allen Regeln der höfischen Etikette folgen. Ihre Mutter hatte ihr oft genug eingebläut, dass der erste Eindruck der wichtigste war. Lisbeth wusste, dass sie recht hatte. Also ließ sie sich wie ein Gepäckstück zur Burg ihres frisch angetrauten Mannes transportieren, saß in einem viel zu ausladenden Kleid auf der gepolsterten Bank und drehte an den Ringen an ihren Fingern.

Klara saß ihr gegenüber und fächerte sich Luft zu. »Ich hoffe, wir sind bald da«, sagte sie. »Dieses Gerüttel schlägt mir auf den Magen.

Ich hab mich seit gestern nicht mehr getraut, auch nur einen Krümel zu essen.« Die Kutsche donnerte in ein besonders tiefes Schlagloch und die Frauen stützten sich an den Seitenwänden der Kutsche ab. Als die Kutsche sich auch noch mit einem Ruck zur Seite neigte, stieß Lisbeth mit der Schulter gegen die Wand.

»Jesus Maria«, fluchte Klara.

Lisbeth lächelte. »Sei froh«, sagte sie. »Ich glaube, dein Wunsch geht in Erfüllung.« Sie lehnte sich zur Tür und schob den Vorhang zur Seite. Zwischen dem filigranen Gitterwerk erhaschte sie einen Blick auf Dornenhecken und eine hohe Mauer. Vermutlich die unterste Ringmauer der Burg Wolkenstein.

Draußen trieb der Kutscher die Pferde an und es ging steiler bergan. Reihen aus grünen Weinstöcken blitzten hinter einer weiteren Mauer auf, dann rumpelte die Kutsche in den Schatten eines breiten Tores. Lisbeth ließ den Vorhang wieder vor das Fenster gleiten.

»Wir sind da.«

Klara seufzte. »Gott sei Dank.«

Hufe klapperten über Pflastersteine, jemand rief etwas, dann zügelte der Kutscher die Pferde und sie kamen zum Stehen. Stille senkte sich über die Kutsche.

Lisbeth stieß einen langen Atemzug aus. »Also gut. Wie sehe ich aus?«

Klara legte ihren Fächer beiseite und beugte sich vor. Mit ein paar geschickten Handbewegungen brachte sie Lisbeths Frisur in Ordnung und ordnete die Perlen ihres Geschmeides.

»Aphrodite aus den Wellen«, sagte sie.

Lisbeth schnaubte. »Mit ein paar zusätzlichen Lagen aus lächerlich schwerem Stoff.« Sie strich sich den Rock glatt und klopfte an die Wand der Kutsche. Augenblicklich öffnete sich die Tür. Draußen stand ein grauhaariger Mann im aufwendigen Wams des Burgverwalters. Ein Diener huschte herbei und stellte ein Holztreppchen vor den Ausgang der Kutsche. Lisbeth stand auf und wuchtete ihr Kleid und sich selbst aus der Kutsche.

»Die Herrin Elisabeth von Zirm, Gräfin von Dornsberg«, verkündete der Burgverwalter lauthals. Er verbeugte sich, reichte ihr die Hand und half ihr die Stufen hinunter auf den Hof.

Einer der Sänger im Gefolge ihres Ehemannes hatte Lisbeth die Burg Wolkenstein als einen Prachtbau inmitten eines fruchtbaren grünen Tales beschrieben: *Der Sonnengott selbst hat eure neue Heimat gesegnet.* Zumindest heute stimmte das. Ein blauer Himmel spannte sich über den Zinnen und die Sonne ließ die weiß getünchten Gebäude leuchten.

Die Kutsche hatte in einem weiten Innenhof haltgemacht und wie es schien, hatten sich alle Bewohner der Burg zur Begrüßung der neuen Gräfin versammelt. Knechte, Mägde, sogar die Köche mit ihren weißen Kappen und einige Kinder, die sich alle Mühe gaben, still zu stehen. Die Soldaten, die Graf Konrad zum Schutz der Burg hiergelassen hatte, standen auf der anderen Seite der Kutsche in Reih und Glied.

Als Lisbeth auf den Hof trat, verbeugten sich die Männer und die Frauen sanken in einen tiefen Knicks. Klara stieg hinter Lisbeth aus und in dem Moment polterte der erste Wagen von ihrem Gefolge in den Hof. Pferde trabten die Auffahrt zur Burg hinauf und Lisbeth hörte ein aufgeregtes Bellen.

Jakob hatte die Hunde tatsächlich frei laufen lassen. Guter Mann. Lisbeth registrierte die Ankunft ihrer Entourage, konzentrierte sich jedoch auf das Burgvolk vor ihr. An der Spitze einer Gruppe gut gekleideter Damen stand eine stattliche Frau mit kastanienbraunen Haaren. Ihre Kleider waren mindestens so opulent wie die von Lisbeth und in dem Netz, das ihre Haare zusammenhielt, funkelten winzige Edelsteine. Sie war eindeutig die Ansprechperson in dieser Versammlung. Lisbeth trat näher.

Der Knicks dieser Frau war eine Andeutung, gerade tief genug, um den Ansprüchen zu genügen. Lisbeth war kurz in Versuchung, sie länger als nötig verharren zu lassen, aber was würde sie dadurch gewinnen? Sie wollte mit diesen Menschen leben. Sich am ersten Tag Feinde zu machen wäre unklug.

»Werte Dame«, sagte sie daher und gab ihr mit einem Wink die Erlaubnis, sich zu erheben.

Die Frau richtete sich augenblicklich zu ihrer vollen Größe auf. Lisbeth lächelte und ihr Gegenüber hob ihre Mundwinkel um einen ganzen Millimeter.

»Die Herrin Barbara von Dornsberg«, stellte der Burgverwalter sie vor.

Meine Schwägerin, dachte Lisbeth. *Soso.*

»Schwester«, sagte Barbara, beugte sich vor und gab Lisbeth einen Kuss auf die Wange. Sie roch nach Lavendel und ihre goldenen Ohrringe glitzerten, als sie sich zurückzog. »Willkommen auf Burg Wolkenstein.«

Bereits nach ihrem ersten Gespräch mit Barbara war Lisbeth klar, dass die Berichte über Burg Wolkenstein ein wichtiges Detail ausgelassen hatten. Graf Konrads letzte Frau war zwar verstorben, aber auf Wolkenstein gab es immer noch eine Burgherrin. Nach dem ersten Hofknicks und der förmlichen Begrüßung übernahm Barbara ganz selbstverständlich die Führung. Sie löste die Versammlung im inneren Burghof mit einer Handbewegung auf und führte Lisbeth und Klara ins Innere des Palas, dem Hauptgebäude im Herzen der Burganlage.

»Es ist nicht schwer, sich hier zurechtzufinden«, sagte sie, als ein Diener ihr die große Flügeltür zum Palas öffnete. »Wenn Ihr so weit seid, können wir die einzelnen Flügel besichtigen und ich stelle Euch den Burgverwalter vor.« Sie schritt zügig durch die offene Tür und Lisbeth warf Klara einen vielsagenden Blick zu. Klaras Meinung über Barbaras rüdes Verhalten stand ihr ins Gesicht geschrieben.

»Ein Imbiss steht für Euch bereit, sobald Ihr euch frisch gemacht habt«, fuhr Barbara fort. »Am frühen Nachmittag können wir dann mit einem Rundgang durch die Gärten fortfahren. Die Lavendelbüsche und Kräuterkissen sind erst in diesem Frühjahr nach italienischem Vorbild angelegt worden. Anderswo wäre so ein Vorhaben sicher nicht umzusetzen, aber in unseren Gärten gedeihen sogar Orangenbäumchen. Ihr werdet bald feststellen, dass wir mit einem vorzüglichen Klima gesegnet sind.«

Lisbeth verkniff sich einen Kommentar. Es war nicht schwer, Barbara zu durchschauen. Mit jedem ihrer Sätze pries sie die Erhabenheit der Burg an und stellte gleichzeitig klar, dass sie über das Anwesen und seine Abläufe Bescheid wusste. Das war wohl zu erwarten

gewesen. Wenn sie gewohnt war, das Heft in der Hand zu halten, dann bedurfte die Ankunft einer neuen Gräfin eine gewisse Zeit der Umstellung. Lisbeth war gewillt, ihr diese Zeit einzuräumen. Solange diese Zeit nicht das vernünftige Maß überschritt.

Barbara führte sie durch einen hohen Durchgang, an dessen Wand sich das Wappen der Grafen von Dornsberg befand, ein viergeteilter Schild mit zwei Schwänen und zwei dreimal gebrochene Balken auf jeweils rotem und silbernem Untergrund. Ein Durchgang führte hinaus in einen Arkadenhof. Barbara ging weiter und wandte sich in Richtung einer Treppe, die zu ihrer Rechten nach oben führte.

Lisbeth fand, dass sie lange genug hinter der anderen Frau hergegangen war. Anstatt Barbara zu folgen, ging sie weiter geradeaus, bis sie zwischen zwei Säulen am Rand des Arkadenganges stand. Vor ihr öffnete sich ein Lichthof mit einem Mosaikboden aus Sandstein. Rosmarinsträucher in großen Kübeln standen zwischen den Säulen zu allen Seiten des Hofes und in der Mitte plätscherte ein Brunnen. Der Anblick erinnerte Lisbeth an die Innenhöfe, die sie bei einem Besuch in Florenz gesehen hatte.

Barbara, die Lisbeths Zurückbleiben schnell bemerkt hatte, tauchte an ihrer Seite auf. »Die Burg ist seit dem Abzug der Bischöfe in unserem Familienbesitz, aber die wichtigsten Neuerungen haben wir in den letzten fünf Jahren vorgenommen. Dieser Hof ist eine davon. Wie Ihr seht, öffnet er sich an vier Seiten zu den Wohngebäuden. Eine einzigartige Architektur, wie man mir versichert hat.« Sie wies nach oben zu einem Loggiengang, der einmal um den ganzen Hof lief. »Eure Gemächer befinden sich im zweiten Stock.«

Das war also der nicht ganz subtile Hinweis, dass der Rundgang weitergehen sollte. Lisbeth lächelte milde.

»Der Hof ist sehr schön«, sagte sie. »Er erinnert mich an den Stadtpalast der familia da Montefeltro. Der Marmor dieses Brunnens stammt direkt aus Konrads Steinbrüchen, nehme ich an?«

Barbara musterte sie kurz von der Seite. »In der Tat.«

»Euer Steinmetz hat sicher wundervolle Arbeit geleistet.« Lisbeth spürte förmlich, wie Barbara zögerte. Die korrekte Reaktion wäre jetzt, Lisbeth zu ermutigen, sich den Brunnen näher anzusehen. Das würde jedoch Barbaras Ablaufplan unterbrechen und Lisbeth ahnte bereits jetzt, dass ihre Schwägerin keine Freundin von Verzögerungen war. Sie ließ Barbara noch einen Moment zappeln, dann drehte sie sich immer noch lächelnd zu ihr um. »Ich freue mich darauf, mehr über mein neues Heim zu erfahren«, sagte sie. Ihr entging nicht, dass Barbara bei den Worten ›mein neues Heim‹ kurz die Stirn runzelte. Touché. Lisbeth lächelte noch herzlicher. »Wollen wir nach oben gehen?«, schlug sie vor. »Ich bin sicher, der Blick auf den Hof wird aus dem zweiten Stock noch beeindruckender sein.«

»Wir haben die besten Gärtner für die Gestaltung des Gartens kommen lassen«, imitierte Klara. »Die besten Steinmetze und die besten Unkrautjäter und die besten Lakaien, um mir bei dieser ganzen Lobhudelei den Schweiß von der Stirn zu tupfen.«

»Sch«, warnte Lisbeth. »Wir wissen noch nicht, wie viele Ohren diese Wände haben.«

»Wenn sie Ohren haben, dann nur die besten der besten«, erwiderte Klara.

Sie lachten, und oh, es tat gut, die Maske der tadellosen Edeldame abzulegen. Barbara hatte sich verabschiedet, sobald sie Lisbeth und Klara in den Gemächern der Gräfin abgesetzt hatte. Eine der Mägde sollte Lisbeth zum Speisezimmer führen, sobald sie bereit war.

Lisbeth begrüßte die Verschnaufpause und die Gelegenheit, ihr neues Domizil in Augenschein zu nehmen. Sie war zufrieden. Sehr zufrieden. Beim Anblick der Wandvertäfelung aus dunklem Eichenholz, dem Deckengemälde aus Weinlaub und Äpfeln, den kunstvoll geschnitzten Truhen und dem Himmelbett wallte eine Woge von Stolz in ihr auf. Das alles gehörte jetzt ihr. Barbara hin oder her.

Mit schnellen Schritten ging sie zum nächstgelegenen Fenster und stieß es auf. Ihre Gemächer lagen im Westflügel des Haupthauses und von hier hatte sie einen atemberaubenden Ausblick über das Tal. Es war tatsächlich wundervoll grün. Obstwiesen erstreckten sich über viele Meilen unterhalb der Burg. Das blaue Band der Etsch schlängelte

sich zwischen Feldern und Weilern dahin und erst in einiger Ferne begrenzte eine Bergkette die Reichweite ihrer neuen Besitztümer.

Lisbeth lehnte sich über den Sims nach draußen. Wenn sie sich nach rechts drehte, konnte sie über den Zinnen der Ringmauern die Wälder sehen, die sich die Hügel hinter der Burg hinauf erstreckten. Dunkle Eichen warteten dort, und sicherlich ganze Scharen von Hirschen und Wildschweinen. Hier würde sich gut jagen lassen.

Du hättest es schlechter treffen können, sagte sie sich, aber gerade dieser Gedanke dämpfte ihre Freude. Wie oft musste sie sich das noch einreden, bis endlich auch der letzte hartnäckige Funken Enttäuschung verglommen war? Sie hoffte, dass es nicht allzu lange dauern würde. Sich ein Leben zu wünschen, das für sie ohnehin nie möglich gewesen wäre, war Zeitverschwendung.

Lisbeth trat vom Fenster zurück und drehte sich um. Zwei ihrer eigenen Diener trugen die erste Truhe ihrer Aussteuer in das Zimmer nebenan. Klara machte sich umgehend daran, die Diener anzuweisen und den Inhalt der Truhe zusammen mit einer der Mägde zu sichten. Lisbeth legte indes ihre Perlen ab und löste die Bänder, die ihre Ärmel an ihrem Mieder befestigten. Sie schritt quer durch den Raum, warf die viel zu bauschigen Ärmel auf das Bett und begann, die Verschlussklammern ihrer Ohrringe zu lösen. Neben dem opulenten Bettgestell mit seinen samtenen Vorhängen wartete ein Frisiertisch und daneben ein mannshohes Möbelstück, das mit einem schwarzen Tuch verhängt war. Stirnrunzelnd nahm Lisbeth ihren ersten Ohrring ab und trat näher. Ein paar Falten des Tuches waren verrutscht und gaben die untere Ecke eines Spiegels preis. Im ersten Moment war sie irritiert, dann begriff sie. Dies waren die Gemächer der Gräfin. Das bedeutete, dass ihre Vorgängerin hier gelebt hatte – und wohl auch in diesem Raum gestorben war.

Lisbeth war Konrad Graf von Dornsbergs dritte Frau. Nummer zwei starb vor ein paar Monaten im Kindbett, zusammen mit dem ersehnten Erben. Nummer eins war vor Jahren an irgendeiner Krankheit gestorben und der einzige Sohn, der aus dieser Ehe hervorgegangen war, hatte in einem Scharmützel das Zeitliche gesegnet. Graf Konrad drängte verständlicherweise darauf, einen Nachfolger zu zeugen. Seine dritte Ehe war daher schnell und umstandslos geschlossen worden.

Lisbeth machte sich keine Illusionen: Ihre Verbindung hatte einen klaren Zweck. Aber das hieß nicht, dass sie nicht das Beste daraus machen konnte. Ihre Familie sah das ohne Zweifel genauso, auch wenn Lisbeths Mutter auf eine Verbindung gehofft hatte, die ihre Familie noch etwas näher an den Kaiserhof rücken würde. Aber, wie sie so schön sagte, es brachte nichts, sich zu beklagen.

Ich hoffe, du bist stolz, Mama, dachte Lisbeth, aber allein schon der Gedanke schmeckte bitter. Gertrud von Zirm war nicht die Art von Mutter, die eine Tochter übermäßig lobte. Oder überhaupt lobte.

Die Frage, welche Hoffnungen Lisbeth mit einer Heirat verknüpfte, war zu keiner Zeit gestellt worden. Die Verhandlung über ihre Ehe hatten ihr Vater und Graf Konrad untereinander geführt. Als Ergebnis hatte ihr Vater ein paar Ländereien gewonnen, und Konrad eine junge Frau im besten gebärfähigen Alter. Nachdem sich beide Parteien einig waren, war Konrad kurz beim Stammsitz von Lisbeths Familie vorstellig geworden. Ihre Ehe wurde sozusagen auf der Durchreise geschlossen, der Graf war auf dem Weg zu einem Konzil in Trient. Der Vollzug der Ehe ging schnell und relativ schmerzlos vonstatten, und die Unterhaltungen, die Lisbeth bisher mit ihrem Ehemann geführt hatte, waren mit ›Es ist mir eine Freude, Euch kennenzulernen‹ und ›Ich bevorzuge roten Wein‹ schnell zusammengefasst.

Nachdem also alles amtlich war, war Konrad nach Süden weitergezogen und Lisbeth hatte ihren Umzug nach Burg Wolkenstein vorbereitet. Über kurz oder lang würde Konrad zurückkehren und dann wohl so viel Zeit wie möglich zwischen ihren Laken verbringen wollen. Nun gut.

Lisbeth legte ihre Ohrringe auf dem Frisiertisch ab und löste das Netz, das ihre aufgesteckten Haare bedeckte. Dabei glitt ihr Blick zurück zu dem verhängten Spiegel. Sie sollte das Tuch herunterziehen; es war nun wirklich kein einladender Anblick. Eigenartig, dass die Dienerschaft das versäumt hatte. Vermutlich wurde es im Eifer des Gefechts vergessen, oder die Leute hier waren übermäßig abergläubisch. Der Brauch besagte, dass man nach dem Tod eines Menschen alle spiegelnden Oberflächen verhängen sollte, damit sich die Seele der Verstorbenen nicht darin verfing. Aber sechs Monate

waren sicherlich genug Zeit, damit die Seele der zweiten Gräfin ins Himmelreich entschweben konnte.

Lisbeth legte ihr Haarnetz ab und suchte mit den Fingerspitzen nach den Haarnadeln. Sie wollte sich eben dem Spiegel zuwenden, als ein Windstoß vom offenen Fenster das Tuch bewegte. Eine weitere Handbreit Glas kam zum Vorschein. Lisbeth blieb mit der Hand an ihren Haaren stehen. Für einen Augenblick, einen winzigen Augenblick, hatte es so ausgesehen, als würde sich etwas auf dem Glas bewegen. Ein Schatten, der sich kräuselte und vor dem plötzlichen Lichteinfall zurückzog. Aber das konnte nicht sein, oder? Das hatte sie sich eingebildet.

Lisbeth spürte, wie sich ihre Nackenhaare aufrichteten, aber noch bevor sie sich für ihr Hasenherz schelten konnte, marschierte Klara in den Raum.

»Dann wollen wir dich mal herausputzen.« Sie wuchtete ein frisches Kleid auf das Bett und warf einen kritischen Blick auf den verhängten Spiegel. »Wer hat denn diesen Staubfänger hier liegen gelassen?« Mit diesen Worten trat sie vor und zog das Tuch mit einem Ruck herunter.

Lisbeth zuckte zusammen, aber im nächsten Moment kam sie sich albern vor. Das, was zum Vorschein kam, war nichts weiter als ein gewöhnlicher Spiegel. Ein rechteckiger Rahmen aus Kirschholz und eine gläserne Spiegelfläche, die bereits einige schwarze Flecken aufwies. Wahrscheinlich war es das, was sie vorhin gesehen hatte.

Alberne Gans, schalt sie sich selbst. Was sie jetzt brauchte, war ein Glas Wein und etwas zu essen. Klara war nicht die Einzige, die während der Kutschfahrt gefastet hatte.

»Und?«, fragte Klara und begann, die Haarnadeln aus Lisbeths Haaren zu ziehen. »Bereit für Runde zwei?«

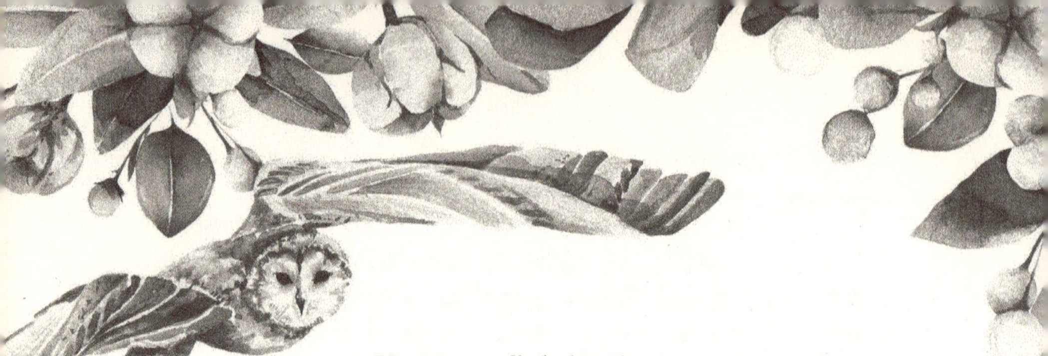

Venetien, südlich der Alpen

2

ANTHEA

Das Haus der Zauberin stand auf einer Lichtung inmitten eines Buchenwalds. Die Mauern waren aus grauem Naturstein, das Dach überwuchert mit Gräsern und Moos. Farn spross an der Nordseite und ein Kräutergarten wartete hinter einer Mauer.

Nichts und niemand regte sich. Es gab keine Vögel, die Fensterlöcher klafften dunkel unter dem Dach und der Regen hatte eine Pfütze vor der niedrigen Haustür hinterlassen. Hätte die Sonne geschienen, hätte der Ort vielleicht freundlicher gewirkt. Aber der Himmel blieb bedeckt und das trübe Licht lag wie ein Schleier zwischen den Bäumen. Es roch nach nasser Erde, nach Pilzen und verrottendem Laub.

Ich schickte einen Gedanken an den Wolf an meiner Seite. *Einladend.*

Auch nicht schlimmer als die Schlupfwinkel der anderen Zauberer, antwortete Matej.

Stimmt.

Über die Jahre hatten wir Dutzende Taschenmagier, Seherinnen und Fluchbrecher aufgesucht. Einmal trafen wir sogar eine Alchemistin, die für die Medici gearbeitet hatte, bis die Inquisitoren zu neugierig geworden waren. Begegnungen mit Hexen und Zauberern sollten mich also nicht mehr beunruhigen. Mein Kopf wusste das. Trotzdem hatte ich eine Gänsehaut.

Unter dem Dachfirst des Hauses hingen Windspiele aus Federn, Holz und Knochen, die leise im Wind klapperten.

Bis du dir sicher, dass wir hier anklopfen wollen?, fragte ich Matej.

Sie soll eine von der gutmütigen Sorte sein, sagte er. *Warum zögerst zu?*

Ich hatte angefangen, an meiner Unterlippe zu kauen. Als ich das bemerkte, ließ ich es sein. *Ich weiß es nicht genau*, gab ich zu. *Ich habe ein komisches Gefühl.*

Grezzana war das eigentliche Ziel unserer Reise in den Norden gewesen. Wir hatten dort einen Krämer getroffen, der unter dem Tisch mit okkulten Gegenständen handelte. Als er hörte, wonach wir suchten, hatte er uns den Hinweis gegeben, dass in den Wäldern über dem Ort eine Zauberin lebte.

Wenn ihr nach einem magischen Spiegel sucht, dann solltet ihr zur Barbagianna gehen. Sie kennt sich mit Zauberglas aus.

Ich fuhr mir mit der Zungenspitze über meine Unterlippe, ließ das Haus aber nicht aus den Augen. Matej nahm meine Bedenken ernst und das wusste ich zu schätzen. Die Barbagianna war der erste hilfreiche Hinweis seit Monaten. Wir konnten diese Spur nicht ignorieren. Also, was stimmte nicht mit mir? Nichts, was ich in Worte fassen konnte. Da war nur diese Ahnung, dass wir uns hier an einem Kreuzweg befanden. Wenn wir die Schwelle dieses Hauses überquerten, dann würde sich unser Leben ändern. Zum Besseren? Zum Schlechteren? Wenn ich das bloß wüsste.

Matej meldete sich zu Wort. *Wir müssen keinen Handel mit ihr eingehen, wenn uns das, was sie anbietet, nicht gefällt.*

Stimmt, gab ich zu. *Wenn sie sich überhaupt auf einen Handel mit uns einlassen will. Viel haben wir nicht einzutauschen.*

Das stimmt auch. Diesmal war es Matej, der zögerte. *Es ist keine gute Idee, mit Zaubervolk zu sprechen, wenn man leere Taschen hat.*

Ganz so schlimm ist es auch wieder nicht, sagte ich. *Wir werden ihr schon keine Lebensjahre verkaufen müssen.*

Matej schnaubte. *Ein paar von meinen kann sie gern haben.*

Ich wollte ihm widersprechen, als über unseren Köpfen eine Stimme fragte: »Braucht ihr noch lange?«

Erschrocken wirbelten wir herum. Auf einer Anhöhe hinter uns stand eine Buche, die sich mit ihren Wurzeln an einen Felsen klammerte. Auf diesem Wurzelgewirr hockte eine kleine, mollige Frau, deren graue Haare mit Federn und Holzperlen durchflochten waren. Sie kauerte auf den Fußballen, hatte die Arme auf den Oberschenkel verschränkt und musterte uns mit interessiertem Blick.

»Ich will euch ja nicht drängen«, sagte sie, »aber bei dem Wetter würde ich mich ganz gern in meine trockene Stube zurückziehen. Werdet ihr euch bald entscheiden, ob ihr mich besuchen wollt oder nicht?«

Hast du sie nicht gehört?, fragte ich Matej. Mein Herz schlug mir bis zum Hals. Wie hatte sie uns so überrumpeln können?

Nein, erwiderte er, und ich spürte, dass auch er beunruhigt war.

Wie kann das sein?

Ich weiß es nicht. Dann antwortete er verblüfft: *Sie hat keinen Geruch.*

Die Barbagianna seufzte und erhob sich. Sie trug eine löchrige Strickjacke über einem braunen Kleid, dessen Saum mit einer Borte aus Stickereien verziert war. Um ihre breite Hüfte schlang sich ein Gürtel, an dem ein Dutzend lederne Beutelchen baumelte. Sie verschwand kurz hinter dem Baum, dann kam sie hinter dem Felsen hervor und trat uns gegenüber. Sie stützte sich auf einen knorrigen Stab, ganz wie die Hexen auf den Kupferstichen, die ich in der Bibliothek von San Giacomo gesehen hatte.

Matej machte einen Schritt nach vorn und stellte sich zwischen mich und die Zauberin.

»Es ist sehr unhöflich, im Beisein einer Person über ihren Geruch zu reden.« Barbagianna verzog die Lippen zu einem schiefen Lächeln. Eine Linie von tätowierten Monden in verschiedenen Stadien zog sich zwischen ihren Brauen hinauf bis in die Mitte ihrer Stirn. »Natürlich ist es auch nicht nett, es in ihrer Abwesenheit zu tun. Aber da bekommt sie es wenigstens nicht mit.«

Sie versteht uns, sandte ich entsetzt.

»Dich ein wenig«, erwiderte Barbagianna, als hätte ich direkt zu ihr gesprochen. »Er ist schwieriger. Nun?« Sie hob eine Braue. »Seid ihr hier, um mit mir ein Geschäft abzuschließen oder nicht?«

Matej drehte sich zu mir um und sah mich abwartend an. Auch wenn er seine Gedanken im Beisein der Zauberin zügelte, spürte ich,

wie sehr er diese neue Chance ergreifen wollte. Damit war die Entscheidung auch für mich getroffen. Ich nickte.

Barbagianna stieß ein schnaubendes Lachen aus. »Gut, dann kommt mit.« Mit diesen Worten drehte sie sich um und ging mit schwerfälligem Schritt auf das Haus zu.

Die Hütte der Barbagianna war bis unter das Dach gefüllt mit den Werkzeugen ihres Handwerks: Kräuterbündel hingen in dichten Reihen von den Balken, Tontöpfe füllten Regale, Bücher stapelten sich auf einem Tisch an der Wand und dazwischen standen Gläser, aus denen entweder Gartenblumen oder Vogelfedern herausragten. In einem Kamin glomm ein Kohlenfeuer und eine Handvoll Kerzen brannte in gusseisernen Ständern. Es hätte das absolute Chaos sein können, aber stattdessen schien jeder Kupfertiegel und jeder Kristall seinen Platz zu haben.

Kurz nachdem wir die Hütte betraten, tauchte eine junge Frau aus einem Hinterzimmer auf. Sie war schlank, ein wenig größer als ich, und hatte lange schwarze Haare, die ihr glatt über die Schultern fielen. Der einzige Schmuck, den sie trug, waren ein paar weiße und goldbraune Federn, die sie in eine ihrer dunklen Haarsträhnen geflochten hatte. Als sie uns sah, hob sie fragend die Brauen.

»Kundschaft«, erklärte Barbagianna und fuhr an uns gewandt fort: »Das ist meine Enkelin. Lelia.«

Ich nickte ihr zu. Lelia erwiderte den Gruß, aber ihr Blick huschte zu Matej und eine kleine Falte erschien zwischen ihren Brauen. Sein Auftreten hatte auf Menschen oft eine verstörende Wirkung. Kaum jemand rechnete damit, einen Wolf in seiner Stube begrüßen zu müssen.

Die Barbagianna humpelte inzwischen zur Mitte des Raums. Dort lagen ein paar breite Kissen um einen niedrigen Tisch verteilt. Die alte Frau ließ sich hinter diesem Tisch nieder und wies mit der Hand auf die Kissen, die ihr gegenüber auf dem Boden lagen. Lelia verharrte noch einen Augenblick, dann ging sie zum Kamin und machte sich daran, das Feuer zu schüren.

Ich ließ mich auf einem der Kissen nieder, aber als Matej sich neben mich setzen wollte, winkte Barbagianna ihn ungeduldig zu sich. »Komm her.« Als er zögerte, winkte sie noch einmal. »Nun komm schon.«

Seine Augen wurden schmal. *Warum?*

»Was hat er gesagt?«, fragte Barbagianna. »Ich versteh ihn kaum.«

Ich räusperte mich. »Er möchte wissen warum.«

Barbagianna maß mich mit einem aufmerksamen Blick und auch Lelia drehte den Kopf, um mich anzusehen. Ich zwang mich, ihrer Prüfung standzuhalten. Fremde waren immer von meiner Stimme überrascht. Sie klang heiser, und sie brach häufig. Besonders, wenn ich versuchte, längere Sätze am Stück auszusprechen. Vielleicht lag es daran, dass ich einen Großteil meiner Kindheit schweigend verbracht habe. Vielleicht war es aber auch ein angeborener Makel. Eine Zeit lang hatte ich gehofft, dass meine Stimme wärmer und weicher werden würde, je öfter ich sie nutzte. Aber auch jetzt, neun Jahre nachdem ich mit dem Sprechen angefangen hatte, klang sie wie das Schaben eines Löffels in einem rostigen Topf.

Barbagianna durchbrach die Stille. »Ich will mir ansehen, ob man seinen Fluch brechen kann«, sagte sie.

Matejs Nackenfell sträubte sich, minimal nur, aber ich bemerkte es. *Sag ihr, dass wir sie nicht dafür anheuern wollen.*

Ich wiederholte seine Worte, aber Barbagianna machte eine wegwerfende Bewegung. Lelia hatte sich mittlerweile wieder abgewandt und hob einen eisernen Wasserkessel vom Fenstersims.

»Nennt es einen Gefallen«, sagte sie. »Eine, hm, Geste des Vertrauens.«

Sie sah Matej abwartend an. Wir wussten beide, dass es ihr nicht nur darum ging, unser Vertrauen zu gewinnen. Sie wollte wissen, ob wir bereit waren, auf sie einzugehen. Matej zuckte mit den Ohren, dann ging er zu ihr hinüber.

Barbagianna legte beide Hände an die Seite seines Kopfes und beugte sich vor. Sie intonierte keine Zauberformeln, benutzte keine Hilfsmittel. Sie starrte ihm einfach nur tief in die Augen. Im ersten Moment bemerkte ich gar nicht, dass ich die Luft anhielt, so gebannt war ich. Was, wenn sie es tatsächlich konnte? Wenn sie diejenige war,

die Matej zurück in einen Menschen verwandeln würde? Ich hatte jedoch kaum Zeit, diese Fragen zu Ende zu denken, da lehnte sich Barbagianna auch schon wieder zurück.

»Hm.« Sie betrachtete Matej noch einen Augenblick lang, dann zuckte sie mit der Schulter. »Nichts zu machen, tut mir leid.«

Das hätte ich ihr gleich sagen können. Matej versuchte gleichmütig zu klingen, aber unter seiner Abgeklärtheit spürte ich einen winzigen Funken der Enttäuschung. Kaum war er da, war er auch schon wieder verschwunden. Matej erlaubte sich nicht mehr zu hoffen, aber manchmal, wenn er überrumpelt wurde, hatte er sich nicht ganz unter Kontrolle.

»Danke, dass Ihr es versucht habt«, sagte ich.

»Keine Ursache«, sagte Barbagianna. »Ein wirklich mieser Fluch ist das. Wer auch immer dich damit belegt hat, er muss dich wirklich gehasst haben.« Sie hob eine Braue. »Verwandtschaft?«

Matej neigte den Kopf.

Barbagianna nickte. »Dachte ich mir. Wenn deine Brut auch nur im Ansatz so hinterhältig ist wie meine …«

»Nonna«, protestierte Lelia. »Hör auf, über die Tanten zu lästern.«

Barbagianna lachte. »Wer behauptet, dass Blut dicker als Wasser ist, sollte meine Schwestern treffen. Harpyien sind angenehmere Gesellschaft.«

Matej kehrte auf meine Seite des Tisches zurück und nahm neben mir Platz. Lelia hängte den Kessel über das Feuer.

»Also gut«, sagte Barbagianna. »Warum seid ihr hier?«

3

ANTHEA

Die Geschichte des Spiegels klang wie ein Märchen: Es war einmal ein Mädchen, das von einer bösen Gräfin in einen Zauberspiegel gesperrt wurde. Fünfzehn Jahre verbrachte sie hinter dem Glas, gefangen mit den Leidensgenossinnen, die vor ihr dort eingeschlossen wurden. Der Spiegel verlangte die Lebenskraft von Mädchen und Frauen. Zum Tausch bot er ewige Jugend und ungebrochene Macht. Das war der Handel, den die Gräfin abgeschlossen hatte, und lange schien es so, als könnte ihr niemand Einhalt gebieten. Doch dann betrat eine Heldin die Bühne – die Stieftochter der Gräfin. Sie entdeckte das gefangene Mädchen im Spiegel und gemeinsam schmiedeten sie einen Plan. Die Stieftochter überlistete den Spiegel, befreite das Mädchen und sperrte stattdessen ihre böse Stiefmutter in das Gefängnis hinter dem Zauberglas.

Hier endeten Märchen für gewöhnlich und man konnte sich ausmalen, dass die Heldinnen nun glücklich lebten bis zum Ende ihrer Tage. Leider traf das in diesem Fall nicht zu. Die Gräfin wurde zwar unschädlich gemacht, aber die Macht des Spiegels blieb ungebrochen, so wie sein Hunger. Er begann, mit der Stieftochter zu sprechen. Margarethe, so hieß sie, wehrte sich. Sieben Nächte und sieben Tage lang, vermute ich, denn so ist es meistens in Märchen. Dann hörte sie ihm zu. Von da an dauerte es nicht lange, bis der Spiegel Margarethe ganz in seiner Gewalt hatte. Er versprach ihr wunderbare Dinge, alles,

was ihr Herz begehrte. Wenn sie ihm nur das eine Mädchen zurückbrächte, das ihm entkommen war.

Dieses Mädchen war Myrsina und Myrsina floh. Bei Nacht und Nebel verschwand sie aus Margarethes Burg. Sie überquerte die Alpen, traf dort auf einen verwunschenen Wolf und landete schließlich in Mailand. Von da an verließen sie die Regionen um den Apennin nicht mehr. Sie reisten durch die nördlichen Territorien von Modena, Genua und Florenz, bewegten sich weiter nach Süden und wieder zurück. Immer auf der Flucht vor den Jägern, die Margarethe ihnen auf die Fersen gehetzt hatte.

Wie passte ich in diese Geschichte? Das ist schwierig zu sagen. Myrsina trat als mutige Heldin auf, Matej war der unglückliche Held. Ihre Gegenspieler waren Margarethe, eine Horde verzauberter Jäger und ein magischer Spiegel. Wer war ich in dieser Konstellation? Eine Nebenfigur? Eine Zeugin? Oder ein Opfer der Umstände?

Ich erinnerte mich an den Tag, an dem Myrsinas Geschichte mein Leben änderte. Damals lebte ich bei den *Viaggiatori*, einer Gauklertruppe, die die nördlichen Territorien des Apennins bereiste. Sie waren meine Familie, auch wenn keiner von ihnen mit mir verwandt war. Marietta, eine in die Jahre gekommene Schaustellerin, hatte mich nach dem Tod meiner Mutter bei sich aufgenommen. Sie lehrte mich nähen und sticken und was sonst noch an Arbeiten in einem Gauklertross anfiel. Sobald ich alt genug war, sammelte ich nach den Aufführungen Münzen vom Publikum. Ich fütterte Pepino, das Pferd, das unseren Wagen zog, und half Marietta dabei, die Kostüme der anderen Gaukler auszubessern.

Ich war sieben Jahre alt, als wir Myrsina und Matej begegneten. Die beiden schlossen sich der Truppe an, nur für ein paar Tage, bis wir die Stadt Genua erreichen würden. Das war zumindest der Plan.

Die beiden faszinierten mich. Myrsina trug bunte Kleider, Armbänder aus bemalten Holzperlen und band sich das walnussbraune Haar mit einem Tuch zurück. Sie färbte ihre Haare. Unter dem Braun war ihre Mähne so rot wie die Glut eines Feuers, aber das wusste ich zu diesem Zeitpunkt noch nicht. Matej war ihr treuer Begleiter und sein Anblick versetzte mir jedes Mal einen Schauder. Mit seinen goldenen Wolfsaugen sah er mich so an, als würde er genau wissen, was ich dachte. Manchmal glaubte ich sogar, eine tiefe Stimme zu hören, dumpf wie ein entferntes Echo. Erst viel später habe ich begriffen, dass ich Matej gehört habe, wenn er seine Gedanken mit Myrsina austauschte. Sie waren verbunden, diese beiden. Zusammengeknüpft wie die Fäden in einem Teppich.

Acht Tage lang teilten die beiden die Straße mit uns, dann verschwanden sie spurlos über Nacht. Kein Abschied, keine Erklärung. Ich weiß noch, wie sehr mich das verwirrte. Den ganzen Tag über trug ich die Eulenmaske, die Myrsina mir geschenkt hatte, an einem Band um den Hals. Während Marietta unseren Wagen lenkte, hielt ich von meinem Platz auf dem Kutschbock Ausschau nach Myrsina und ihrem Wolf. Stattdessen kam uns zur Mittagszeit eine Gruppe Männer in grünen Jagduniformen entgegen.

Ich hatte eine Scheu vor Soldaten, wie wohl jedes andere Vagabundenkind auch. Umso mehr überraschte es mich, dass Gian, unser Anführer, den Tross anhalten ließ. Marietta zügelte Pepino und Gian ging geradewegs auf die grün gekleideten Männer zu. Er sprach mit ihnen, fing an zu gestikulieren und wurde immer aufgeregter.

»Anthea, Kind«, sagte Marietta leise. Ich sah überrascht zu ihr hoch. Sie hatte die Stirn gerunzelt und ihre klugen dunklen Augen waren starr auf die Gruppe Männer gerichtet. »Wenn ich es dir sage, dann läufst du in den Wald und versteckst dich.« Eis sickerte mir direkt ins Herz. Jetzt fiel mir auch die Anspannung der anderen Gaukler auf. Clarice stand neben dem großen Ugolino und hielt ihren Wanderstab mit beiden Händen gepackt. Paolo wollte zu Gian gehen, aber Iacopo hielt ihn am Arm fest.

Mittlerweile war zwischen Gian und den Männern ein handfester Streit ausgebrochen. Einzelne Wortfetzen drangen zu uns herüber. »Es ist egal, ob sie noch hier sind! Eure Herrin hat eine Belohnung für jeden Hinweis versprochen«, rief Gian. Er war schon immer gut darin gewesen, seine Stimme wie eine Peitsche knallen zu lassen.

Marietta legte ihre Hand auf mein Knie und meine Brust zog sich zusammen. Von da an ging alles rasend schnell. Der vorderste Mann in Grün machte einen Schritt auf Gian zu und der zuckte zusammen. Clarice schrie auf und Ugolino rannte los, genauso wie Paolo. Iacopo rief seinen Namen, aber da zogen die Männer in Grün schon

ihre Waffen. Gian tat etwas, was ich nie vergessen werde: Er taumelte rückwärts, blieb jedoch aufrecht stehen und breitete seine Arme aus. So, als wollte er sich schützend vor uns alle stellen. Der Pfeil, abgeschossen von einem der hinteren Jäger, traf ihn mitten in die Brust.

Ich sah noch, wie Paolo niedergeschlagen wurde, dann zerrte mich Marietta vom Kutschbock. Sie hatte Rheuma in den Füßen und der Sprung auf den Boden ließ sie beinahe zusammenbrechen. Trotzdem zerrte sie mich weiter in den Schutz des Wagens.

Schreie gellten über die Straße, während Marietta mich in Richtung des Waldes stieß. »Lauf, Mädchen, lauf«, drängte sie mich, aber ich klammerte mich an ihren Ärmel.

Einer der Jäger kam um die Ecke des Wagens, ein breiter Kerl mit hellen Augen. Marietta schob mich hinter sich und zog ihr Messer. Ich sah nicht, was passierte, spürte nur, wie Marietta zusammenzuckte und hörte sie keuchen. Dann schleuderte der Jäger sie gegen das Wagenrad und packte mich. Ich wehrte mich, als seine Finger sich in meine Arme bohrten. Ich zappelte und wand mich, wollte schreien, brachte jedoch keinen Ton heraus. In meinem Kopf streckte ich mich verzweifelt nach jemandem, der mich würde hören können. Stumm und wild flehte ich um Hilfe, bis mein Blick auf Marietta fiel. Zusammengesunken saß sie auf dem Boden, mit dem Rücken an das Rad gelehnt. Sie presste beide Hände gegen ihren Bauch, aber das Blut quoll zwischen ihren Fingern hervor und tränkte ihre Kleider. Der Jäger hob mich hoch und warf mich über seine Schulter, doch alles, was ich wahrnahm, war Mariettas kreideweißes Gesicht. Ich dachte, dass sie den Blick heben und mich ansehen würde, aber das tat sie nicht. Ich öffnete den Mund, aber da stülpte mir jemand einen Sack über den Kopf und alles wurde dunkel.

Ich weiß nicht mehr, wie die Jäger mich ins *Castello di Prasco* gebracht haben, oder wie lange ich dort war. Heute weiß ich zumindest, warum die Jäger mich entführt haben. Margarethe wartete in der Burg darauf, dass man ihr Myrsina brachte. Sie hatte eine stattliche

Belohnung auf ihren Kopf ausgesetzt. Eine Belohnung, die Gian sich unter den Nagel reißen wollte. Als die Jäger seinem Ruf folgten und Myrsina nicht mehr vorfanden, war Gians Leben verspielt. Diejenigen von uns, die die Jäger nicht direkt auf der Straße abschlachteten, waren die Trostpreise, die sie der Dienerin des Spiegels mitbrachten.

Vielleicht wollte Margarethe uns befragen, uns jedes Detail über Myrsinas Reise mit uns abpressen. Und danach? Ich glaube, sie hätte die anderen getötet und mich dem Spiegel geopfert. Doch so weit kam es nie. Matej sagte mir später, dass mein stummer Hilferuf Myrsina erreicht hatte. Sie war zurückgekehrt und hatte beim Anblick der toten *Viaggiatori* beschlossen, Margarethe zu konfrontieren.

Vier von uns hatten den Überfall der Jäger überlebt. Iacopo, Paolo, Clarice und ich. Sie hatten uns in eine fensterlose Zelle im Keller des Castello gesperrt und dort saßen wir. schweigend. Die Schreie unserer Weggefährten hallten immer noch in unseren Ohren wider. In Wirklichkeit waren wir nicht lange dort, doch in meiner Erinnerung dehnten sich die Stunden in Gefangenschaft aus wie eine endlose Nacht. Ich saß neben Iacopo, der seinen linken Arm um mich gelegt hatte und mit seiner rechten Hand die von Paolo festhielt. Clarice kauerte etwas abseits, die Arme um beide Knie geschlungen.

Als die Jäger die Tür zu unserem Gefängnis öffneten, rückten wir instinktiv näher zusammen. Sie zerrten uns auf die Füße und stießen uns nach draußen, ohne ein einziges Wort der Erklärung. Ich weiß noch, wie ich mich an Iacopo klammerte, wie er mich festhielt, so fest, dass wir beide mehr stolperten als aufrecht gingen.

Man führte uns hinaus in den Burghof wie eine Herde Schafe auf dem Weg zum Schlachter. Sonnenlicht blendete mich und dann sah ich sie. Myrsina stand in der Mitte des Hofs, umringt von einem Kreis aus Jägern mit erhobenen Armbrüsten. Sie war allein. Eine kleine, blasse Frau, die kerzengerade in der Reichweite ihrer Häscher stand. Erst im zweiten Moment begriff ich, dass sie sich selbst ein Messer an die Kehle hielt.

Jetzt endlich sprach einer der Jäger, die uns in den Hof gescheucht hatten. »Geht«, raunzte er uns an.

Clarice stieß einen erstickten Laut aus, aber ich hatte nur Augen für Myrsina. Ihr Blick glitt zu uns herüber und für einen kurzen

Augenblick wich die Spannung aus ihrem Körper. Vor Erleichterung oder vor Verzweiflung? Das habe ich mich im Nachhinein oft gefragt.

Etwas in mir loderte hoch wie ein Funke. Ich wand mich aus Iacopos Griff und wollte zu Myrsina laufen. Ich kam keine zwei Schritte weit, bevor Clarice mich am Kragen packte und weiterschleifte.

»Es ist zu spät für sie«, zischte sie. »Aber nicht für uns.«

Sie zog mich an dem Ring aus Jägern vorbei auf das offene Burgtor zu und die ganze Zeit über starrte ich zu Myrsina. Sie erwiderte meinen Blick.

Du hörst mich, oder? Ihre Frage klang hell wie ein Glöckchen in meinem Kopf.

Ich nickte stumm.

Matej. Mein Wolf. Myrsina drehte sich, um mich weiter im Blick zu behalten. *Ich habe ihn in eurem Wagen eingesperrt. Lass ihn heraus. Kümmere dich um ihn. Er wird jemanden brauchen.*

Ich hörte ihre Worte und gleichzeitig spürte ich all das, was hinter ihnen steckte, spürte ihre Gefühle wie einen Sturm, der durch mich hindurchtoste; Myrsinas Trauer und ihren verzweifelten Wunsch, dass wenigstens Matej gerettet werden würde. Ihre Angst und ebenso ihre bodenlose Erschöpfung. Beinahe war sie erleichtert, dass nun alles ein Ende finden würde.

Ich wollte meine Hand nach ihr ausstrecken. Stattdessen sandte ich ihr meine Zustimmung.

Ich verspreche es.

Was hätte ich anderes antworten können? Was hätte ich anderes tun können, als ihre Bitte wie ein Leuchtfeuer in meinem Herz einzuschließen? Clarice zerrte mich durch das Burgtor und ich verlor Myrsina aus den Augen.

Bis heute weiß ich nicht, ob Myrsina mein Versprechen gehört hat oder nicht.

Was danach passierte, haben wir uns mühsam zusammengereimt. Die Burgleute redeten, wie sie es immer tun. Sobald alles vorüber war, machten die Gerüchte die Runde: Eine böhmische Gräfin war eines Tages im Castello aufgetaucht und hatte den Burgherrn dazu gebracht, ihr die Burg zu überlassen. Die Gräfin war bildschön gewesen, darüber waren sich alle einig. Aber im gleichen Atemzug erzählten sie, dass man eine Gänsehaut bekommen hatte, wenn sie sich näherte. Ein gespenstisches Geflüster hatte sie wie ein Schatten begleitet. Und dann war sie so gewaltvoll ums Leben gekommen. Man musste damit rechnen, sagten die Leute, dass ihr Geist das Castello nie mehr verlassen würde.

Hier ist die Geschichte, wie ich sie mir vorstelle: Myrsina, die ihr Leben gegen unseres eingetauscht hatte, ging in die Burg, um sich Margarethe zu stellen. Niemand durfte sie begleiten, Margarethe wollte mit ihr allein sein. Die Burgleute warteten voller Anspannung, was nun geschehen würde. Viele beteten, dass die seltsame Gräfin das Castello wieder verlassen würde. Als die Nacht hereinbrach und immer noch niemand Margarethes Gemächer verlassen hatte, betrat einer der Jäger schließlich die Stube seiner Herrin. Dort fand er Margarethes Leiche mit durchgeschnittener Kehle. Über ihr ragte der Spiegel auf, unversehrt und stumm. Von Myrsina fehlte jede Spur. Die Jäger luden den Spiegel auf einen Karren und zogen mit ihm nach Norden, zurück zu Margarethes Burg. Zumindest glaubten wir, dass das ihr Ziel war.

Matej war überzeugt davon, dass Myrsina wieder in den Spiegel gesperrt worden war. Einen Beweis hatte er nicht, aber für ihn war es der einzige mögliche Grund, warum sie nicht zu ihm zurückgekehrt war. Sein unerschütterlicher Glaube daran, dass sie lebte und er sie befreien konnte, trieb ihn an, bestimmte jede seiner Handlungen von dem Moment an, als ich ihn aus dem Wagen befreite.

Seit zehn Jahren waren wir nun auf der Suche nach dem Spiegel. Manchmal fragte ich mich: Was, wenn Myrsina nicht eingesperrt war? Oder wenn sie an dem Ort hinter dem Spiegel gestorben war? Aber dann erinnerte ich mich daran, wie sie in jenem Burghof stand, wie sie sich die Messerspitze an die Kehle drückte und sich damit selbst als Geisel hielt. Ich wollte ihr helfen. Wenn es auch nur die kleinste Chance gab, sie zu retten, dann wollte ich es versuchen.

Welche Rolle ich dadurch in unserer Geschichte spielte, wusste ich allerdings immer noch nicht.

4

ANTHEA

Barbagianna erzählte ich nur das Wesentliche. Ich beschrieb Myrsinas Konflikt mit Margarethe und unsere erfolglose Suche nach dem Spiegel. Nachdem ich fertig war, schwieg die Zauberin. Lelia lehnte mit verschränkten Armen an dem Tisch nahe der Wand und starrte finster auf Matej. Der beachtete sie jedoch nicht. Seine ganze Aufmerksamkeit war auf Barbagianna gerichtet.

»Wann habt ihr die Spur des Spiegels verloren?«, fragte sie schließlich.

Ich räusperte mich. »Vor zehn Jahren.« Würde sie mehr wissen wollen? Innerlich wappnete ich mich davor, ihr Einzelheiten über jene Nacht erzählen zu müssen. Wie wir den Jägern aufgelauert und darauf gewartet hatten, dass sie den Spiegel öffneten. Unsere Mission hätte nach einem gewagten Sprung von Matej vorbei sein können. Stattdessen hatte ich die Nerven verloren und die Jäger machten sich mit dem Spiegel davon. Und verschwanden spurlos im Hochland der südlichen Alpen.

Aus dem Augenwinkel sah ich zu Matej hinüber. Er warf mir nie vor, dass ich seinen Plan vereitelt hatte. Aber jedes Mal, wenn wir dachten, wir würden dem Spiegel wieder nahe kommen und die Spur dann doch wieder versandete, spürte ich seine Frustration wie das Vibrieren einer Lautensaite. Sie untermalte jeden seiner Gedanken, ob er es bemerkte oder nicht.

Lelia stieß ein verächtliches Schnauben aus. Matej zuckte mit den Ohren und warf ihr einen Blick zu.

Was hat sie?, wollte er wissen.

Ich weiß nicht. Ich wunderte mich tatsächlich über ihre grimmige Miene. Keiner von uns beiden verhielt sich unhöflich oder bedrohlich. Vielleicht mochte Lelia einfach keine Fremden.

Barbagianna rieb sich über das Kinn. »Ich verstehe«, sagte sie. »Und was wollt ihr nun von mir? Einen Zauber, um den Spiegel zu finden, oder um euer Mädchen zu befreien?

Ich wechselte einen Blick mit Matej. »Beides.«

Die alte Frau schnalzte mit der Zunge. »Das wird nicht billig«, sagte sie. »Was seid ihr bereit zu zahlen?«

Mit klopfendem Herzen zog ich meinen Rucksack samt Reisebündel näher zu mir heran. Alle anderen Magier, die wir aufgesucht hatten, hatten uns gleich im ersten Satz erklärt, dass einem verfluchten Gegenstand wie dem Spiegel nicht beizukommen war. Ihnen fehlte das Wissen, die Macht und vor allem der Mut, sich mit etwas so Dunklem anzulegen.

Barbagianna wollte über den Preis verhandeln.

Sie weiß etwas, sagte Matej, und ich spürte, wie viel es ihn kostete, jetzt still sitzen zu bleiben. Seine Hoffnung beutelte ihn wie ein Sturm, übertroffen nur vor seiner Angst, dass wir den Preis, den sie verlangte, nicht würden bezahlen können.

Ganz ruhig, sagte ich. *Irgendwas fällt uns schon ein.*

Ich packte unsere Geldbörse aus und zuckte innerlich zusammen, weil sie so leicht in meiner Hand wog. Zwanzig Kupferpfennige und einen Silbertaler schüttete ich auf den Tisch. Barbagianna betrachtete mein mageres Angebot und hob nur wieder ihre Augenbraue.

Anthea, bat Matej.

Ich beugte mich hinunter und zog einen zweiten Taler aus der kleinen Tasche, die ich in die Innenseite meines Stiefelschafts genäht hatte. Ich hatte schon damit gerechnet, ihn hergeben zu müssen, aber sein Verlust tat trotzdem weh. Von jetzt an würden wieder betteln, stehlen oder ganz ohne Geld auskommen müssen. Irgendetwas sagte mir, dass ich in den nächsten Wochen keine Zeit haben würde, um

nach Arbeit zu suchen. Andererseits, wenn das der Preis für einen echten Hinweis war …?

Ich legte unsere letzte Münze auf den Tisch. Es war eine magere Summe, aber sie hätte uns über den Winter gebracht.

Barbagianna blieb jedoch unbeeindruckt. »Was hast du noch in deinem Gepäck?«

Ich tauschte einen Blick mit Matej, dann packte ich den Rest unserer spärlichen Habe aus. Einen halben Laib Brot, einen Wasserschlauch, meine Nadeln, ein paar halb fertige Näharbeiten und die Amulette, die ich auf den Märkten verkaufte. Allein Myrsinas Eulenmaske hielt ich zurück. Die würde ich nur im allergrößten Notfall hergeben.

Barbagianna sortierte unseren Besitz in zwei Haufen. Auch Lelia hatte sich vorgebeugt, um die Auswahl in Augenschein zu nehmen. Barbagianna brummelte vor sich hin, dann hob sie ein braunes Tuch hoch, das ich zur Hälfte bestickt hatte. Es war nichts Besonderes. Nur ein Stück gefärbtes Leinen, das ich mit einem Rankenmuster versehen wollte, um es auf irgendeinem Markt zu verkaufen. Die Barbagianna hob das Tuch hoch und begutachte kurz meine Stickerei. Dann schnaubte sie wieder und sah mich an.

»All das«, sie wies auf den linken der beiden Haufen, »und das Tuch hier.«

»Aber es ist noch nicht fertig«, platzte ich heraus.

Barbagianna zuckte mit der Schulter. »Sind wir uns einig?«

Gib ihr, was sie will, sagte Matej.

Zwei Silbertaler, die kleine Schere, mit der ich Stoff- und Lederstücke zuschnitt, und eine Stickarbeit. Es hätte uns schlimmer treffen können. Auf dem Stapel, den Barbagianna aussortiert hatte, lagen sogar noch unsere Kupfermünzen.

»Wir sind uns einig«, sagte ich.

Sie nickte, machte eine komplizierte Geste mit ihren Fingern und steckte die Taler in eine Rocktasche.

»Dieser Spiegel ist ein Unglücksbringer«, sagte sie, während ich den Rest unserer Besitztümer wieder einsammelte.

Kennt sie ihn?, fragte Matej überrascht.

»Hast du schon von ihm gehört?«, fragte ich laut.

»Ja, und nichts Gutes.« Sie wandte sich an ihre Enkelin. »Lelia, Liebes, wärst du so gut?«

»Nonna …«, protestierte Lelia, aber nach einem bittenden Blick ihrer Großmutter verschwand sie in einen abgetrennten Teil der Hütte.

Barbagianna fuhr indes fort: »Wenn es derselbe Spiegel ist, an den ich denke, dann ist er alt. Sehr alt.«

Lelia kehrte mit einem in ein Tuch gewickelten Quader zurück. Ihre ganze Miene drückte Widerwillen aus, aber sie stellte den Gegenstand vor ihrer Großmutter ab. Barbagianna schlug das Tuch auseinander und offenbarte eine Schatulle aus Holz. Bänder und Knoten aus mir fremden Symbolen waren in alle Seiten des Kästchens geschnitzt.

Ich spürte, wie Matej neben mir aufstand, konnte aber den Blick nicht von der Schatulle wenden.

»Ihr seid nicht die Ersten, die ihn suchen«, sagte Barbagianna. Sie legte ihre knorrigen Hände auf den Deckel und murmelte etwas. Zuerst hörte ich ein Klicken, dann ein Zischen wie von heißem Wasserdampf – oder einer flüsternden Stimme.

Vorsichtig öffnete Barbagianna die Schatulle. Lelia wich einen Schritt zurück, aber ich lehnte mich nach vorn. Die feinen Härchen auf meinen Armen richteten sich auf. Matej knurrte und fletschte die Zähne, aber ich hörte ihn kaum.

In der Schatulle lag ein Glassplitter, der so hell leuchtete wie der Mond.

5

ANTHEA

Die Schatulle war mit blauer Seide ausgeschlagen. Der Splitter lag auf dem Stoff wie die abgerissene Klaue eines Raubtiers. Er war so lang wie meine Hand und lief an einem Ende nadelspitz zu. Er war eindeutig aus Glas, aber seine Oberfläche gab keine Spiegelung wider. Stattdessen leuchtete der Splitter von innen heraus. Es war ein Geisterschimmer, ein blassweißes Glimmen, das nicht in diese Welt gehörte. Ich schauderte.

Neben mir grub Matej die Krallen in den Lehmboden der Hütte.

Vorsicht, warnte er. Sein Ekel vor dem Splitter wand sich wie ein Wurm in meinen Eingeweiden.

Barbagianna hielt die Schatulle mit ihren knorrigen Händen fest. »Vor vielen Jahren ging ich mit meiner Meisterin nach Venedig. Man hatte uns gerufen.« Sie blickte hinunter auf den Splitter, atmete schwer aus und erzählte weiter. »Ein Schatten hatte sich über die Stadt gelegt. Das merkte man, sobald man sich den ersten Häusern näherte. Aber das Herz des Übels fanden wir in der Cannaregio. Ich weiß es noch wie heute. Niemand sprach offen darüber, was die Stadt heimsuchte. Die Stadtoberen taten so, als wäre alles in Ordnung. Als hätten sie Angst, sie würden in den Schatten verschwinden, wenn sie zu tief in die Dunkelheit schauten. Aber die gemeinen Leute trauten sich nicht allein auf die Straßen. Sie hängten schwere Stoffe vor alle spiegelnden Oberflächen, nagelten Bretter von innen vor ihre Fenster.«

Barbagianna sah auf und ich zog ertappt die Hände zurück. Ich hatte gar nicht bemerkt, dass ich meine Finger näher an die Schatulle bewegt hatte. So beiläufig wie möglich legte ich meine Hände in meinen Schoß und verschränkte die Finger.

»Die Familie, die uns gerufen hatte, erzählte uns die ganze Geschichte«, fuhr Barbagianna fort. »Oder zumindest den Teil, den sie kannten. Sie erzählten von einer Kaufmannsfrau, die im vorherigen Jahr zum Stadtgespräch geworden war. Innerhalb eines Frühlings wandelte sie sich von einer unbekannten jungen Witwe zur begehrtesten Frau der Stadt. Sie war Stammgast im Dogenpalast, zog in einen der Palazzi am Canal Grande und wurde mit Geschenken und Heiratsanträgen überschüttet. Sie feierte rauschende Feste und die Leute hungerten danach, sie zu sehen. Märchenhaft schön soll sie gewesen sein. So schön, dass sie alle bezauberte, die ihr begegneten.«

Meine Hände verkrampften sich ineinander. Ich ahnte, was jetzt kam.

»Ich nehme an, das erste Mädchen verschwand, kurz bevor besagte Dame sich einen Namen machte«, sagte Barbagianna. »Damals bemerkte es noch niemand. Wahrscheinlich war es eins der Kinder, die auf der Straße lebten. Eine kleine, vergessene Seele, die niemand vermissen würde.« Die Bitterkeit in Barbagiannas Stimme war unüberhörbar. »Aber als die ersten Töchter aus den reicheren Familien verschwanden, wurden die Leute unruhig.«

Ich räusperte mich. »Wie lange hat es gedauert, bis sie der Spur zurück zu der Witwe gefolgt sind?«

»Zu lange.« Barbagianna runzelte die Stirn. »Drei weitere Mädchen verschwanden, obwohl die Gerüchte bereits die Runde machten. Als man sich endlich sicher war, dass die Witwe dahintersteckte, dauerte es einen weiteren Tag und eine Nacht, bis der Doge seine Wache gegen sie ausschickte. Ein Großteil der Bewohner schloss sich ihnen auf dem Weg zu ihrem Palazzo an. Ich nehme an, zu einem Gerichtsverfahren wäre es nicht mehr gekommen. Aber als sie den Palazzo stürmten, war die Witwe verschwunden. Das Einzige, was man fand, war ein Spiegel.«

Mir wurde kalt. »*Den* Spiegel?«

Barbagianna nickte. »Ich vermute es. Als wir ankamen, war er allerdings schon nicht mehr in Venedig. Anscheinend hatten Ver-

wandte der Witwe ihn fortgeschafft. Wenn das stimmt, dann wussten sie sicher nicht, was sie sich da eingehandelt hatten.«

Oder sie wussten es, und der Spiegel hatte sich bereits eine neue Dienerin ausgesucht. Matej knurrte leise.

Ich schluckte und gab seine Vermutung weiter. Ich sah zu Lelia, aber die hatte sich die ganze Zeit über nicht vom Platz gerührt. Mit verschränkten Armen stand sie hinter ihrer Großmutter und starrte argwöhnisch auf den Splitter.

»Gut möglich«, sagte Barbagianna. »Meine Meisterin hatte denselben Verdacht.«

»Die Leute haben euch zu Hilfe gerufen«, sagte ich. »Aber erst, nachdem die Witwe und ihr Spiegel fort waren?«

Wieder nickte Barbagianna. »Der Spiegel war fort«, sagte sie, »aber etwas von seiner Macht blieb zurück. Die Leute flüsterten von Geistern. Von Heimsuchungen. Familien, die Töchter verloren hatten, sahen blasse Schemen, aber nicht überall, sondern …«

»… in spiegelnden Oberflächen«, vollendete ich ihren Satz.

Barbagianna und Lelia sahen mich beide mit dem gleichen aufmerksamen Blick an. Ich sah zu Matej.

Erzähl es ihnen, sagte er. Er versuchte, weiter still zu stehen, hielt es aber nicht mehr aus. Ein paar Schritte ging er auf den Splitter zu, dann machte er kehrt.

»Myrsina sah die Geister der anderen geopferten Frauen in spiegelnden Oberflächen«, erklärte ich, während Matej durch die Hütte streifte. »In Wasserpfützen, polierten Kupferkesseln und so weiter. Immer dann, wenn Margarethes Jäger oder der Spiegel selbst in der Nähe waren.«

»Er breitet seinen Einfluss aus wie ein Netz«, sagte Barbagianna langsam. »Meine Meisterin hatte recht.«

Lelia trat vor und legte die Hand auf Barbagiannas Schulter. Die tätschelte sanft die Finger ihrer Enkelin.

»Myrsina las die Spiegelschemen als Warnung«, fügte ich hinzu und ließ den Satz als offene Frage im Raum stehen.

»Die Menschen in der Cannaregio nicht«, sagte Barbagianna. »Sie dachten, ein Fluch hätte sich über ihre Häuser gelegt. Und damit lagen sie ja auch nicht falsch.« Sie presste die Lippen aufeinander, bevor sie fortfuhr: »Ein siebzehnjähriges Mädchen sah jede Nacht ihre vermisste Schwester in der Glasscheibe ihres Schlafzimmers. In ihrer Verzweiflung versuchte sie, die Kleine zu befreien, indem sie das Glas zerschlug, und schnitt sich dabei die Hände blutig. Ihr Vater versenkte daraufhin alle übrigen Fenster seines Hauses im Kanal vor der Tür.«

Sie brach ab und griff nach Lelias Hand.

»Sie sprang hinterher«, fuhr Lelia an der Stelle ihrer Großmutter fort. »Sie wartete, bis alle schliefen, dann ging sie zum Kanal und sprang ins Wasser, um ihre Schwester aus den versunkenen Glasscheiben zu retten. Sie ertrank.«

Eine Woge der Trauer drückte gegen mein Herz. Ich konnte mir den letzten Weg der Schwester nur zu gut vorstellen. Was noch schlimmer war: Ich spürte Matej, der dachte, er hätte an ihrer Stelle ganz genauso gehandelt. Das weckte eine Angst, die so alt war wie unsere Freundschaft. Ihm würde es nichts ausmachen, sein Leben zu verlieren. Solange er nur alles versucht hatte, um Myrsina zu retten.

»Niemand wusste, wie man die Schemen bannen konnte«, sagte Barbagianna. »Wir wussten es zunächst auch nicht, aber nach einem Monat erfolgloser Experimente und Nachforschungen gelang es uns schließlich, den Bann, der auf der Cannaregio lag, zu brechen. Dabei zersprang alles Glas, das von der Macht des Spiegels berührt worden war.« Sie tappte an die Seite der Schatulle. »Diese Scherbe stammt aus einem Fenster im Stadtpalast der Witwe. Die Runen auf der Schatulle haben ihn davor bewahrt, wie der Rest des Glases zu zerfallen.«

»Warum habt Ihr den Splitter aufbewahrt?«, fragte ich.

Die alte Frau sah mir direkt in die Augen. »Das war die Entscheidung meiner Meisterin. Sie hatte vor, die eigentliche Ursache des Fluches zu finden und ihm den Garaus zu machen.«

Sie hatte kaum zu Ende gesprochen, da erklang ein hohes Pfeifen aus Richtung des Kaminfeuers. Ich hätte beinahe vor Schreck aufgeschrien, aber es war nur das Wasser, das in dem gusseisernen Kessel kochte.

Barbagianna nickte Lelia zu und die ging, um den Kessel vom Feuer zu heben. Irgendwo hinter meinem Rücken lief Matej unruhig auf und ab. Ich wünschte, er hätte sich wieder neben mich gesetzt.

»Sie wollte den Spiegel zerstören«, wiederholte ich.

»In der Tat«, bestätigte Barbagianna. »Das, was wir in Venedig gesehen hatten … ich glaube, sie hätte es sich nie verziehen, wenn sie der Sache nicht weiter nachgegangen wäre. Also haben wir angefangen, Fragen zu stellen. Haben alte Bekannte meiner Meisterin aufgesucht. Aber die verstanden entweder nicht, was für eine Gefahr der Spiegel darstellte, oder sie verstanden es sehr wohl und wollten sich nicht auf ein so riskantes Unterfangen einlassen.«

»Weil sie keine Wellen schlagen wollten«, warf Lelia von der Seite ein. Sie hatte den Wasserkessel auf den Tisch am Fenster gestellt und war dabei, getrocknete Kräuter in drei irdene Becher zu füllen.

»Was man nachvollziehen kann«, erwiderte Barbagianna. »Leider. Der Spiegel scheint sich mit seinen Dienerinnen gern Frauen herauszusuchen, die bereits eine gewisse Machtposition innehaben. Wenn die es richtig anstellen, dann wird jeder, der sie bedroht, schnell zur Zielscheibe. Was für Frauen ohne Einfluss fatal sein kann. Besonders, wenn sie mit ihrer Arbeit ohnehin den Argwohn des Adels oder der Kirche riskieren.«

»Kräuterfrauen, Hebammen, Zaubervolk«, sagte ich.

Barbagianna neigte den Kopf. »Die wenigsten waren erpicht darauf, zusätzliche Aufmerksamkeit auf sich zu ziehen.«

Das überraschte mich nicht. Auf unserer eigenen Suche nach Informationen über den Spiegel begegneten man uns immer wieder mit Misstrauen. Jene Vertreter der arkanen Künste, die wir aufsuchten, hatten gelernt, unauffällig ihrem Handwerk nachzugehen. Der Schatten der Inquisition war jedoch nie weit entfernt.

»Aber Ihr und Eure Meisterin seid dem Spiegel trotzdem auf den Fersen geblieben?«, fragte ich.

Frag sie, wie. Matej strich hinter Barbagianna vorbei, seine Bernsteinaugen hell wie zwei Kerzenflammen in den Schatten der Hütte.

Schhh, mahnte ich ihn.

»O ja«, antwortete Barbagianna. »Wenn sich meine Meisterin einmal etwas in den Kopf gesetzt hatte, konnte niemand sie von ihrem Vorhaben abbringen. Dickköpfig war sie. Wie ein Maultier. Sie hat herausgefunden, dass man diese Scherbe hier wie einen Kompass nutzen kann. Wenn man sie richtig anwendet, weist sie ihrer Trägerin den Weg zu dem Spiegel, von dessen Macht er berührt wurde.«

Irgendwo neben mir murmelte Lelia etwas Unverständliches, dann brachte sie zwei dampfende Becher an unseren Tisch. Der Duft von Minze und Melisse stieg mir in die Nase, als sie einen davon vor mir abstellte.

»Habt Ihr den Spiegel gefunden?«, fragte ich.

»So weit kam es nie.« Barbagianna zog ihren Becher zu sich heran. »Uns wurden zu viele Steine in den Weg gelegt und gleichzeitig wurde unsere Hilfe an so vielen anderen Stellen gebraucht, dass wir uns oft eher dafür entschieden, Menschen direkt zu helfen, anstatt einem Phantom nachzujagen.«

Lelia nahm im Schneidersitz zwischen uns Platz, hob ihren Becher und blies auf den Dampf, der daraus hervorquoll.

»Wenn ich ehrlich bin, hielt ich die Suche nach dem Spiegel immer für sinnlos«, gestand Barbagianna. »Und spätestens nachdem meine Meisterin starb …« Sie seufzte und sah wieder hinunter auf den Splitter. »Aber so ganz vergessen konnte ich ihn nie. Ich hätte die Scherbe hier vernichten können. Wenn meine Meisterin nicht so überzeugt davon gewesen wäre, dass man den Spiegel unschädlich machen muss, dann hätte ich es getan.«

Lelia setzte ihren Becher ab und warf ihrer Großmutter einen Blick zu, den ich nicht deuten konnte. Barbagianna sah kurz zu ihr, dann wandte sie sich an mich. Matej tauchte an meiner Seite auf, blieb aber ein Stück entfernt von mir stehen. Sein ganzer Körper war angespannt wie vor einem Sprung.

»Ich gebe euch den Splitter«, sagte Barbagianna, »wenn ihr schwört, dass ihr versuchen werdet, den Spiegel zu zerstören.«

»Nonna!« Lelia starrte sie entgeistert an, aber Barbagianna berührte nur kurz ihre Hand, ohne sie dabei anzusehen.

»Wenn ihr damit Erfolg habt, gibt es einen verfluchten Gegenstand weniger in der Welt«, fuhr sie fort. »Und wenn nicht … nun, das Risiko, das ihr bei eurer Suche sterbt, nehmt ihr ohnehin in Kauf, oder?«

»Das ist doch nicht dein Ernst«, protestierte Lelia. »Du willst doch nicht wirklich …« Jetzt sah Barbagianna doch zu ihr hinüber und sie verstummte unter ihrem Blick.

Matej zögerte tatsächlich. Er wollte diese Chance, hätte sie sofort ergriffen, aber er rang mit sich. Nicht seinetwegen, meinetwegen. Er

war schon wieder dabei, seine eigene Sehnsucht hinter meine Sicherheit zu stellen.

»Wie zerstört man einen Zauberspiegel?«, fragte ich.

»Ich vermute, man wird das Herz seiner Macht zerstören müssen«, sagte Barbagianna. »Wie genau man das anstellt, haben wir allerdings nie herausgefunden.«

Wir könnten es versuchen, sagte ich. Ich wünschte, ich könnte die Hand auf Matejs Schulter legen, aber er verharrte außerhalb meiner Reichweite.

Das wäre wirklich sehr riskant, antwortete er. Er war immer noch hin- und hergerissen, aber tief in ihm glühte wieder dieser hartnäckige Funken Hoffnung. Ich spürte dasselbe Feuer in mir, nur dass ich bereits wusste, was ich tun wollte. Ich wusste es, seit Barbagianna von dem Mädchen erzählt hatte, das in den Kanal gesprungen war. Ich wusste es, seit Myrsina ihr Leben für meines gegeben hatte.

Sie hat recht, sagte ich. *Solange der Spiegel existiert, werden ihm immer wieder Frauen und Mädchen zum Opfer fallen. Wenn wir eine Chance bekommen, diesen Teufelskreislauf zu beenden, dann bin ich dafür, dass wir das Risiko eingehen.*

Bist du dir sicher?, fragte Matej.

Ja.

Das genügte ihm. Matej sah Barbagianna direkt in die Augen. *Wir sind einverstanden.*

»Wir …«, begann ich, aber die alte Frau winkte ab.

»Ich habe ihn verstanden.«

Lelia sprang auf die Füße. »Das ist doch absurd!«, rief sie aus.

Irritiert drehte Matej den Kopf in ihre Richtung. *Weshalb regt sie sich denn so auf?*

Gute Frage, antwortete ich.

Lelia funkelte derweil ihre Großmutter mit einem wütenden Blick an. »Sag es ihnen«, forderte sie. »Sag ihnen, wie sie die Scherbe benutzen müssen!«

Da war es wieder. Dieses mulmige Gefühl in meiner Magengrube. Eben noch war ich so sicher gewesen, dass wir bei unserer Suche einen Durchbruch erzielt hatten. Aber Lelias heftige Reaktion schien eine Schockwelle auszusenden, die mir direkt unter die Haut drang.

Barbagianna jedoch blieb ruhig, als sie uns die Magie des Splitters erklärte. »Wie gesagt, die Scherbe funktioniert wie ein Kompass. Um genauer zu sein: Sie erlaubt der Trägerin, die Spuren des Spiegels zu sehen. Sie sehen wohl aus wie gläserne Adern. Der Spiegel hinterlässt sie überall dort, wo er seine Macht ausgebreitet hat. Und wenn sie sich besonders stark eingegraben haben, dann weisen sie den Weg bis zu dem Ort, an dem sich der Spiegel derzeit befindet.«

Wir können ihn wiederfinden! Matejs Kopf ruckte hoch und seine Ohren zuckten. *Wir können ihn öffnen und Myrsina befreien!*

Barbagianna nickte. »Ja, wenn sie noch lebt, werdet ihr eure Myrsina hinter dem Glas finden. Genauso wie das Herz des Spiegels.«

Matej schüttelte sich. Ich spürte, dass er wieder hin und her laufen wollte. Er machte schon einen Schritt zur Seite, als Lelia mit dem Fuß aufstampfte.

»Sag. Es. Ihnen.«

Wir starrten gebannt auf die alte Zauberin. Barbagianna schnalzte mit der Zunge, dann sah sie mich abschätzend an. »Um die Scherbe zu benutzen«, sagte sie, »muss man sie zu einem Teil von sich selbst machen. Dem Teil, der sieht.«

Als weder Matej noch ich reagierten, zeigte Barbagianna auf ihr Auge. Schlagartig wurde mir klar, was sie meinte.

»Die Trägerin muss sich die Scherbe ins Auge stechen«, sagte Lelia, damit wirklich keine Missverständnisse zurückblieben.

Eine kalte Faust schloss sich um mein Herz. Barbagianna hatte uns gewarnt, dass der Preis hoch sein würde. Aber damit hatte ich nicht gerechnet.

»Was … was passiert mit der Trägerin?« Die Frage kam mir schwer über die Lippen.

Lelia antwortete prompt: »Sie verliert ihr Augenlicht, was sonst.«

»Das stimmt«, sagte Barbagianna. »Allerdings nur in dem Auge, in dem der Splitter steckt.«

Lelia schnaubte. »Ja, ein gutes Auge hat sie dann noch. Ist doch ganz vernünftig.«

Ich wollte nicht hinsehen, aber mein Blick glitt wie von selbst zu dem Splitter. Seine Kanten wirkten noch schärfer, das Ende noch spitzer als vorhin. Ich schluckte, streckte die Hand aus und zog sie wieder zurück. Noch vor wenigen Augenblicken war ich mir so sicher gewesen, dass wir auf Barbagiannas Handel eingehen mussten.

Matej trat vor. *Ich werde die Scherbe tragen.*

Lelia warf ihm einen giftigen Blick zu. »Er sagt, er will die Scherbe nehmen, oder?«

Ich schluckte noch einmal. »Ja.«

»Nobel«, erwiderte Lelia knapp, »aber unmöglich. Die Träger*in* muss weiblich sein.«

Barbagianna nickte. »Lelia hat recht.«

Warum? Ärger schwang in Matejs Gedanken mit.

»Versuch, ihn zu berühren«, forderte Barbagianna ihn auf.

Matej stieß ein Schnauben aus und trat näher an den Tisch heran. Kaum senkte er seine Schnauze in Richtung des Splitters, da leuchtete die Scherbe schwächer. Irritiert zog er sich zurück und sofort glomm das Geisterlicht wieder auf.

»Wenn Männer ihn berühren wollen, schwindet seine Magie«, erklärte Barbagianna. »Ich weiß nicht warum. Aber das sind die Regeln.«

»Regeln«, wiederholte Lelia spöttisch. »Ich kann nicht fassen, dass wir diese Sache überhaupt diskutieren. Niemand rammt sich hier eine Scherbe ins Auge. Das Ganze ist doch verrückt!« Sie richtete ihren ganzen Zorn auf Matej. »Oder ist der Wolf so besessen von seiner Frau im Spiegel, dass er bereit ist, ein weiteres Mädchen zu opfern?«

Matej knurrte. *Ich habe nie gesagt, dass Anthea den Splitter nehmen soll.* Vor lauter Entrüstung vergaß er, dass sie ihn nicht verstehen konnte.

Ich wollte auch widersprechen, denn Lelias Vorwürfe waren wirklich nicht fair. Wenn überhaupt, dann hatte Matej in der Vergangenheit seine eigenen Wünsche zu meinen Gunsten vernachlässigt. Er hätte mich zurücklassen können, nachdem ich mich von den Gauklern losgesagt hatte, oder viele Male danach. Aber er blieb bei mir. Er kümmerte sich um mich, selbst nachdem ich unsere beste Gelegenheit, Myrsina zu befreien, vermasselt hatte. Lelia hatte keine Ahnung, wie sehr ihn Myrsinas Schicksal umtrieb, wie schlimm seine Träume waren und wie schuldig er sich fühlte – für Myrsinas Gefangennahme und auch für das Nomadenleben, das ich an seiner Seite führte. Wie oft war er sich unsicher, ob er richtig handelte? Wie oft wollte ich ihm sagen, dass ich an ihn glaubte, und fand die richtigen Worte nicht. Nicht einmal in meinen Gedanken.

Eine Erinnerung trieb an die Oberfläche meines Bewusstseins. Ich hatte wieder den Geruch des Sommerwaldes in der Nase: feuchte Erde, Holunderblüten und der metallisch süße Gestank von warmem Blut. Die Jäger hatten mich beinahe erwischt und ich hielt mir immer noch die Hände vors Gesicht, als ob ich mich so unsichtbar machen konnte. Ich zitterte am ganzen Leib, bis Matej zu mir kam und sacht mit seiner Schnauze gegen meine Finger stieß. Als ich ihn umarmte, wusste ich, dass die Jäger mir nichts mehr antun konnten.

Als ich dieses Mal die Hände ausstreckte, nahm ich die Schatulle und zog sie zu mir heran. Lelia stieß einen wütenden Laut aus und wies mit der Hand auf mich. »Und da hätten wir schon das nächste Opfer des Zauberglases. Fantastisch!«

»Ruhig, Mädchen«, sagte Barbagianna. »Hier wird niemand zu etwas gezwungen. Ich lege nur die Möglichkeiten auf den Tisch.«

Das ist keine Möglichkeit, dachte Matej grimmig. *Es war alles nur ein Trick, um uns das Geld aus der Tasche zu ziehen.* Wieder fletschte er die Zähne in Richtung Lelia. *Wir hätten gleich umdrehen müssen, als die Alte uns überrascht hat.*

Seine Drohgebärde beeindruckte Lelia nicht im Mindesten. »Du bist ein richtiger Held, was?«, ätzte sie. »Alles, was zählt, ist deine Bestimmung. Wen kümmern da ein paar Verluste auf dem Weg?«

Wenn sie so weitermacht, verliert sie bald eine Hand, sagte Matej. Sein Zorn schwoll zu einer bedrohlichen Wolke an, aber ich spürte auch, was dahintersteckte: seine bodenlose Enttäuschung. Er hatte recht gehabt. Seit jener Nacht auf der Lichtung waren wir unserem Ziel nicht mehr so nahe gekommen wie mit dieser Scherbe. Diesem Wegweiser, mit dem wir unsere Suche vielleicht endlich beenden konnten. Und jetzt sah es so aus, als würde uns diese Tür vor der Nase zugeschlagen.

Der Preis war zu hoch. Matej war überzeugt davon und es zerriss ihm das Herz. Für ihn fühlte es sich so an, als hätte er die Hand nach Myrsina ausgestreckt, nur um sich die Haut an den scharfen Kanten einer falschen Hoffnung blutig zu schneiden. Vor ihm war mir noch nie jemand begegnet, der so sehr mit dem Unglück anderer litt, der so gern helfen wollte und sich die meiste Zeit so schmerzhaft hilflos vorkam.

»Lelia, beruhig dich.« Barbagianna stand auf und hob beschwichtigend die Hände. »Wenn sie sich die Scherbe ins Auge sticht, wäre es nicht so schmerzhaft wie ein normales Blenden. Und es würde das Auge nicht zerstören. Aber ja, es würde sie erblinden lassen. Das wäre unwiderruflich.« Sie sah zu Matej. »Ich könnte euch stattdessen einen Suchzauber verkaufen. So zuverlässig wie die Scherbe wäre der allerdings nicht.«

»Oder du gibst diese ganze Wahnsinnssuche auf«, zischte Lelia in Richtung Matej. »Ganz verrückter Gedanke!«

Vorsichtig strich ich mit dem Finger über die Kante des Splitters. Das Glas war glatt und kalt. Es wäre nicht so schmerzhaft wie normales Blenden. Aber was hieß das genau?

»Aber so ein richtiger Held wie du kann natürlich nicht aufgeben«, stichelte Lelia, und Matejs Geduldsfaden riss. Mit einem lauten Knurren sprang er vor und schnappte nach ihr. Er verfehlte sie absichtlich, aber Lelia sprang trotzdem einen Schritt zurück und griff sich ein Messer von einem nahen Tisch.

»Halt!«, rief Barbagianna und stand auf, beide Arme zwischen Matej und ihrer Enkelin ausgestreckt.

Niemand achtete mehr auf mich. Gedanken wirbelten in meinem Kopf. *Soll ich, soll ich nicht, soll ich …*

Meine Hand zitterte, als ich den Splitter aus der Schatulle hob. Jenseits des Tisches stritten die anderen, aber ich hörte sie kaum. Ich hob das Zauberglas in die Höhe und der Feuerschein des Kaminfeuers verfing sich darin, ließ das Geisterlicht zucken und tanzen wie etwas Lebendiges.

»Genug jetzt«, schimpfte Barbagianna. »Hier werden sich jetzt alle verdammt noch mal beruhigen.« An Lelia gewandt sagte sie: »Das Mädchen hat recht, er will nicht, dass sie die Scherbe nimmt.«

»Wer's glaubt«, erwiderte Lelia. »Diese ganze Geschichte ist doch ein einziges …«

Ich hörte das Ende ihres Satzes nicht mehr. Irgendwo in weiter Ferne sagte Matej meinen Namen.

Anthea?

Ich schloss meine Finger um die Scherbe. Mein Herz hämmerte so schnell, dass es sich fast wie ein Summen in meiner Brust anfühlte. Noch einmal roch ich den Wald, spürte Matejs Fell an meiner Wange. Sah Myrsina, wie sie im Kreis der Jäger stand, blass vor Angst, aber aufrecht und ungebrochen.

ANTHEA!

Ich holte bebend Atem, zwang die Luft durch meine zugeschnürte Kehle und stach mir den Splitter mit der Spitze voraus ins Auge.

6

LISBETH

Lisbeth marschierte mit Klara im Schlepptau zur Küche. Sie brodelte vor Zorn und es war ihr egal, ob man ihr das ansah. Zwei Wochen. Zwei Wochen waren seit ihrer Ankunft auf Burg Wolkenstein vergangen und ihr Alltag bestand aus Spaziergängen im Garten, Spaziergängen im Hof, Sticken am Fenster, Sticken am Kaminfeuer und einer Abfolge von Mahlzeiten, die stets zur selben Zeit und in denselben Räumen serviert wurden. Immer wieder hatte Barbara versprochen, sie in die Arbeitsabläufe auf der Burg einzubinden. Immer wieder hatte sie Lisbeth vertröstet. Es gab noch keine gute Gelegenheit, es war momentan zu viel zu tun, sie sollte sich erst einleben, es blieb noch mehr als genug Zeit, sich mit einem für sie geeigneten Aufgabenfeld vertraut zu machen.

Seit ihrem sechsten Lebensjahr hatte sich Lisbeth nicht mehr so bevormundet gefühlt. Und heute war ihre Geduld aufgebraucht. Die Wahrheit war: Sie brauchte Barbaras Anleitung nicht. Sie war sehr wohl fähig, die Zügel selbst in die Hand zu nehmen.

Die Küche der Burg lag im Erdgeschoss des östlichen Trakts. Klara öffnete ihr die Tür und Lisbeth schritt an ihr vorbei.

»Warte hier«, sagte sie und trat über die Schwelle.

Der Hauptraum der Küche war mit großen Steinplatten gefliest. Die gewölbten Decken waren mit Kalk getüncht, aber über den drei großen Herdkaminen verschmierte Ruß den Putz. Pfannen und allerhand Kellen hingen über einer Reihe breiter Tische, die in der Mitte des Raumes aufgestellt waren.

Noch brannten die Feuer in den Herdstellen nicht, aber dennoch wurde in allen Ecken eifrig gearbeitet. An einem Ende des Tisches kneteten eine Bäckerin und ihre Gehilfinnen Teig, zwei Küchenjungen rupften Gänse und einer der Köche steckte mit beiden Händen in einem großen Bottich. Blut überzog seine Arme bis zu den Ellenbogen.

Niemand schien Lisbeths Eintreten bemerkt zu haben. Einen Augenblick lang fehlten ihr die Worte und sie fühlte sich mehr denn je wie ein Eindringling.

Reiß dich zusammen, sagte sie sich. *Du weißt, was du zu tun hast.*

Sie trat einen Schritt nach vorn und hielt einen der vorbeihuschenden Küchengehilfen an.

»Holt mir Meister Oswald«, sagte sie. »Ich will die Speiseabfolge für das Erntedankfest festlegen.«

Der Gehilfe, ein rotbackiger Junge mit einer schief sitzenden Stoffhaube, starrte sie mit großen Augen an. Lisbeth hob eine Braue und er eilte davon. Ohne Verbeugung, wie sie sehr wohl bemerkte. Aber daran konnten sie später arbeiten. Sie faltete die Hände vor ihrem Bauch, ließ ihren Blick durch die Küche schweifen und versuchte dabei so auszusehen, als könnte sie nichts aus der Ruhe bringen.

Mittlerweile waren auch die anderen Bediensteten auf sie aufmerksam geworden. Köpfe drehten sich in ihre Richtung, nur kurz, bevor sich alle wieder ihren Aufgaben widmeten. Lisbeth fragte sich schon, ob sie eine der Mägde ansprechen sollte, als Meister Oswald aus einem hinteren Bereich der Küche auf sie zumarschierte.

Eine tiefe Falte hatte sich zwischen seine Brauen gegraben. Er war verärgert und er verhehlte es schlecht. Lisbeth wappnete sich.

»Meister Oswald«, begrüßte sie ihn, doch wenn sie gehofft hatte, ihn mit ihrem freundlichen Ton für sich einzunehmen, dann hatte sie sich geirrt.

Der grobschlächtige Küchenmeister rieb sich die Hände an seiner Schürze ab und verbeugte sich kurz. »Herrin. Wie kann ich Euch zu Diensten sein?«

Lisbeth zwang sich, seinem Blick standzuhalten. Offensichtlich hatte sie ihn bei etwas gestört, aber darüber konnte er sich schlecht

beschweren. Genauso wenig konnte sie jetzt einen Rückzieher machen. Sie hob ihr Kinn und setzte eine Miene auf, die, wie sie hoffte, die kühle Entschlossenheit ihrer Mutter widerspiegelte.

»Wo ist Euer Buch?«, fragte sie. Sollte er gleich merken, dass sie über die Abläufe in einer Burgküche Bescheid wusste.

Die Falte grub sich noch tiefer zwischen Oswalds Brauen, aber er nickte und führte sie zu einem klobigen Tisch am Rand der Küche. Ein großes, in Leder gebundenes Buch lag aufgeschlagen zwischen einem Dutzend Zwiebeln und einem halb zerpflückten Strauß Thymian. Lisbeth rümpfte die Nase. Das Haushaltsbuch sollte nicht zwischen verstreuten Zutaten liegen, aber auch diese Kurskorrektur hob sie sich für später auf.

»Euch ist sicher bewusst, dass das Michaelisfest näher rückt. Es ist zwar noch Zeit, aber ich denke, wir sollten mit den Planungen beginnen.« Oswald warf ihr einen überraschten Blick zu, aber Lisbeth entschied, ihn vorerst zu ignorieren. »Als Vorspeise stelle ich mir eine Zwiebelsuppe vor, gefolgt von einem Wildgang. Bevorzugt Hase oder Fasan.«

Als Oswald sie nur weiter anstarrte, hielt sie irritiert inne. „Wollt ihr Euch das nicht notieren?«, fragte sie.

Bevor er antworten konnte, öffnete sich irgendwo hinter Lisbeths Rücken eine Tür und eine Stimme wurde über dem Klappern von Töpfen laut. Es war eine Stimme, die Lisbeth in den letzten vierzehn Tagen viel zu häufig gehört hatte.

»… ihm am besten zehn von denen mit Rosinen und Mandeln. Ach was, mach zwanzig daraus. Er hat immer bessere Laune mit einem gefüllten Bauch.«

Lisbeth schloss kurz die Augen. Barbara. So würdevoll wie möglich drehte sie sich um. Ihre Schwägerin stand in der offenen Tür zu einem der weiteren Küchenräume. Sie hatte sich eine Schürze umgebunden und unterhielt sich mit einer Frau, deren Hände und Arme bis zu den Ellenbogen mit Mehl bestäubt waren. Ein junges Mädchen stellte einen Leinensack bei ihnen ab.

Barbara lachte über etwas, was die andere Frau sagte, dann sah sie Lisbeth. Ihre Augen weiteten sich überrascht, sie raunte der Bäckerin etwas zu und kam zu Lisbeth herüber.

»Schwester«, sagte sie zur Begrüßung. »Was bringt Euch hierher? Wenn Ihr Hunger habt, hättet Ihr Euch an einen der Kammerdiener wenden können.« Bei jemand anderem hätte das wie ein gut gemeinter Rat geklungen, aber aus Barbaras Mund klang es wie eine Zurechtweisung.

Lisbeth hob die Mundwinkel zu einem milden Lächeln. »Ich bin bestens versorgt, Schwester, ich danke Euch. Bitte, lasst Euch nicht bei Eurer Arbeit stören. Ich bin nur hier, um mit Meister Oswald die Menüabfolge für das Michaelisfest zu besprechen.« Sie neigte ihren Kopf in Oswalds Richtung. »In unserem Haushalt beginnen wir immer schon einen Monat vor Erntedank mit der Planung, aber ich denke, wir werden ein wunderbares Festmahl zusammenstellen.«

Barbara und Oswald tauschten einen Blick aus, eine schnelle, stumme Kommunikation, von der Lisbeth gänzlich ausgeschlossen war. Sie zwang sich, ihre gleichmütige Miene beizubehalten. Ihr fehlten wichtige Informationen. So viel zumindest begriff sie. Informationen, die sie im Vorfeld hätte einholen müssen …

»Wir haben die Menüabfolge bereits vor einer Woche festgelegt«, sagte Barbara prompt. Ihre Stimme klang sanfter als sonst, beinahe mitleidig. Es war, als würde sie ein Zündholz in einen Öltiegel werfen. Wut und Scham loderten in Lisbeth hoch wie eine Stichflamme. Vor einer Woche. Während sie in ihrem Kämmerlein gesessen und brav darauf gewartet hatte, dass man ihr eine verantwortungsvolle Aufgabe übertrug. Eine Aufgabe, die ihrer Position verdammt noch mal angemessen war.

Ruhig jetzt, mahnte sie sich und sagte mit eisiger Stimme: »Warum wurde ich nicht konsultiert?«

Sie hatte kaum ausgesprochen, da brüllte Oswald nach einem Küchenjungen und ging davon. Lisbeth ballte die Fäuste. Sie hatte ihm nicht erlaubt zu gehen.

Barbara wischte sich indes die Hände an ihrer Schürze ab. »Es schien mir nicht nötig zu sein«, sagte sie, ertappte sich dann aber wohl bei ihrer eigenen Anmaßung. Als sie weitersprach, klang sie entschuldigend, als würde ihr tatsächlich erst im Nachhinein aufgehen, dass Lisbeth ihre Eigenmacht als Beleidigung auffassen könnte. »Es war keine böse Absicht«, versicherte sie. »Wir kennen unsere Traditionen und wissen, was unsere Gäste erwarten. Wir feiern Michaelis jedes Jahr und da haben sich gewisse Abläufe eingeschliffen. Es ist einfa-

cher, das Ganze so wie immer ins Rollen zu bringen. Sicher war das in Eurem alten Zuhause nicht anders?«

Wenn das ein Friedensangebot war, dann kam es zu spät. Lisbeth suchte noch nach einer Antwort, als einer der Küchenjungen einen Stuhl für Barbara heranschleppte. Ein zweiter brachte ihr einen Becher, der dem Geruch nach mit gekühltem Apfelwein gefüllt war. Lisbeth wartete vergeblich darauf, dass man ihr ebenfalls ein Getränk anbot.

Barbara nahm einen Schluck, nickte zufrieden und sagte: »Gut, sehr gut. Jetzt noch den neuen Wein vom südlichen Hang.«

Die Wangen des Jungen leuchteten vor Stolz, bevor er sich verbeugte und davoneilte.

Lisbeth sah ihm nach. Es war wie ein Tanz, in dem jeder seine Schritte genau kannte. Barbara, Meister Oswald, die Küchenjungen. Nur Lisbeth hatte in diesem Reigen keinen Platz. »Dann scheint ja alles in geordneten Bahnen zu verlaufen«, brachte sie mit gepresster Stimme hervor.

Barbara, die ihren Tonfall entweder nicht bemerkte oder ignorierte, nickte zufrieden. »Das tut es, seid unbesorgt.« Sie versuchte es tatsächlich mit einem Lächeln, als sie hinzufügte: »Es wird wunderbar, Ihr werdet sehen. Lehnt Euch zurück und genießt Euer erstes Michaelis auf Wolkenstein.«

Lisbeth neigte den Kopf. Eine Erwiderung brachte sie nicht mehr zustande. Barbara nickte ebenfalls, war aber sofort abgelenkt, als der Küchenjunge mit einem weiteren Becher zurückkehrte.

Und damit war Lisbeth abgehakt. Entlassen, als wäre sie ein Mädchen, das die Mutter auf sein Zimmer schickte. Der Drang, Barbara den Becher aus der Hand zu schlagen, war so groß, dass sie sich nur mit Mühe abwenden konnte. Ihre Fäuste waren immer noch geballt, aber sie schaffte es nicht, ihre Finger zu lockern. Sie spürte die Blicke des Küchenpersonals, wie es ihr nachsah, wie es Maß nahm. Sie musste hier raus, sofort. Sie versuchte, sich im Zaum zu halten und beschleunigte dann doch ihren Schritt, als ihr just die kleine Bäckersmagd von vorhin in den Weg stolperte. Das Mädchen prallte gegen Lisbeth, ließ einen Leinensack fallen und mindestens ein Pfund Hirse ergoss sich mit einem Prasseln über den Boden.

»Dumme Gans!«, entfuhr es Lisbeth, genau im gleichen Moment, als das Mädchen einen bestürzten Laut ausstieß und auf die Knie sank, um die verstreuten Körner aufzusammeln.

Die Bäckersfrau kam angelaufen, um dem Mädchen zu helfen, aber Lisbeth hielt sie zurück. Sie hatte genug von der Missachtung dieser Leute. »Lass sie selbst aufkehren.«

»Herrin …«, begann die Frau, aber Lisbeth riss nun endgültig der Geduldsfaden.

»Rede ich undeutlich?«, herrschte sie die Frau an. Die wurde zwar blass, öffnete aber schon wieder den Mund, um etwas zu erwidern. Lisbeths Finger zuckten bereits, als Barbara an ihrer Schulter auftauchte.

»Schon gut«, sagte sie. Lisbeth fuhr zu ihr herum, bereit, ihr alles, wirklich alles an den Kopf zu werfen. Bevor sie ihrer Wut jedoch freien Lauf lassen konnte, fügte Barbara ruhig hinzu: »Das Mädchen ist blind.«

Lisbeth stand da wie vom Donner gerührt, sie konnte es nicht verhindern. Ein Fehler. Ein weiterer Fehler, der sie vor Barbara als unfähig hinstellte. Und nicht nur vor ihr. Die absolute Stille, die Barbaras Worten folgte, sagte Lisbeth sehr deutlich, dass alle Anwesenden diese Szene beobachteten.

Lisbeth holte Luft und stellte entsetzt fest, dass sie dabei zitterte. Sie richtete sich so gerade wie möglich auf und zog den Saum ihres Rockes aus den verstreuten Hirsekügelchen. »Das ändert nichts daran, dass sie ihre eigene Unordnung beseitigen sollte«, sagte sie, drehte sich um und verließ die Küche in der Hoffnung, dass ihr Gesicht nicht so rot glühte, wie es sich anfühlte.

Die Hitze breitete sich von ihren Wangen in ihren ganzen Körper aus. Lisbeth wollte etwas packen, etwas kaputt schlagen, Vasen zu Boden werfen oder, besser noch, in Barbaras Gesicht schleudern. Klara, die sich vor der Küche mit einer Magd unterhielt, drehte sich nach ihr um. Bei Lisbeths Anblick machte sie ein bestürztes Gesicht, aber Lisbeth winkte nur ungeduldig ab.

»Nicht jetzt.«

Sie stürmte an Klara vorbei. Ihre Haut glühte und ihr verdammtes Kleid war viel zu eng geschnürt. Sie versuchte sich zu erinnern, welcher Gang sie nach draußen führen würde, aber jeder Schritt schien sie nur tiefer in die Eingeweide der Burg zu führen.

Ertappt, entlarvt, jammerte eine hohe Stimme in ihrem Kopf. Ihre Mutter hatte sie vorbereitet. Hatte dafür gesorgt, dass sie alles lernte, was sie zum Überleben als Herrin eines Anwesens brauchte. Sie konnte rechnen, war mit den Abläufen in den unterschiedlichen Sparten eines Haushalts vertraut, kannte sich mit Wappenkunde und Politik aus. Wenn ihre Brüder Geschichtsunterricht hatten, war sie mit Klara hinter einem Paravent gesessen, ihren Stickrahmen als Vorwand in der Hand.

Und all das, all diese Lektionen zerrannen ihr jetzt wie Sand zwischen den Fingern. Sie war nicht vorbereitet genug, nicht selbstbewusst genug, war unfähig und überfordert. Oh, sie wollte nichts sehnlicher, als die klagende Stimme in ihrem Kopf zum Schweigen zu bringen. Wenn sie auch nur einen Wimpernschlag zu lang auf ihre Zweifel hörte …

Tageslicht fiel durch ein schmales Fenster unter der Gewölbedecke und kurz darauf erreichte Lisbeth eine Seitentür. Mit zitternden Händen tastete sie nach dem Knauf, stieß die Tür auf und trat nach draußen. Ein Schwall frischer Luft schlug ihr ins Gesicht und sie schloss erleichtert die Augen. Ihre Hand glitt von dem Türknauf ab. Sie hob das Gesicht in den Wind, atmete ein, atmete aus. Das Gefühl, entweder zu ersticken oder von innen heraus zu verbrennen, verklang. Die Morgenluft kühlte ihre Wangen.

Mit einem letzten langen Atemzug öffnete sie die Augen. Sie stand am Rand des Zwingers, nahe dem unteren Tor und der Stallungen. Der Himmel über den Zinnen leuchtete blassblau und ein paar Wolken zogen nach Süden, in Richtung der Berge.

Lisbeth wischte sich mit der Hand über die vom Schweiß feuchte Stirn. Irgendwo tief in ihrem Innern wimmerte die ängstliche Stimme, aber sie stellte sich vor, wie sie diesen Teil ihres Selbsts in eine eiserne Kiste sperrte und mit einem schweren Deckel verschloss. Eine Frau von ihrem Stand konnte sich keine Ängste leisten. Auch das hatte ihre Mutter ihr beigebracht.

Ihre Finger berührten eine lose Haarsträhne und Lisbeth steckte sie sorgsam zurück an ihren Platz. Sie hatte einen Fehler gemacht, war in die Küche marschiert, ohne richtig vorbereitet zu sein. Ohne Zweifel hatte sie Barbara damit in ihrem Glauben bestärkt, dass sie nicht in der Lage war, die Verantwortung in diesem Haushalt zu übernehmen. Diesen Fauxpas konnte sie zwar nicht zurücknehmen, aber sie würde sich auch nicht mehr von Barbara in ihre Schranken weisen lassen. Sie musste sich nur eine gute Strategie überlegen. Sich selbst mit den Routinen und Gebräuchen hier vertraut machen. Dann würde sie über kurz oder lang auf Wolkenstein die Zügel in der Hand halten.

Sollte Barbara sie ruhig unterschätzen. Ihre Schwägerin hatte keine Ahnung, wozu sie fähig war.

Lisbeth tastete über ihr Haarnetz, dann straffte sie die Schultern und ging den Zwinger hinauf. Sie war noch keine fünf Schritt weit gegangen, als sich eine der Stalltüren öffnete und ein Rudel Jagdhunde daraus hervorpurzelte wie eine Horde aufgeregter Kinder. Ein Lächeln stahl sich auf Lisbeths Gesicht. Sie beschleunigte ihren Schritt und kurz darauf stand sie im Zentrum der bellenden, schwanzwedelnden Meute. Sie lachte auf, ging in die Hocke und streichelte Köpfe und Rücken. Sie kannte jeden einzelnen von ihnen, aber als ein besonders forscher Rüde sich seinen Weg durch die Meute boxte, ging ihr das Herz auf vor Freude. Fenn!

»Guter Junge!«, rief sie aus, als er zu ihr sprang und versuchte, ihr das Gesicht abzulecken. Sie lachte wieder, kraulte seinen Nacken und presste ihre Stirn gegen seine. Sie hatte Fenn nach dem Fenriswolf in den Sagen benannt. Dem Wolf, der am Ende der Welt seine Fesseln sprengen und den Göttervater verschlingen würde. Sie hatte ihn selbst großgezogen und stolz miterlebt, wie er sich die Rudelführung erkämpft hatte. Es gab ihr ein Gefühl tiefer Befriedigung, dass ein kleines Wesen mit solch unbändigem Mut und ungebrochener Wildheit ihr von Herzen zugetan war.

Jemand schnippte zweimal mit den Fingern und die Meute beruhigte sich. Nur Fenn behielt seine Begeisterung bei, drückte seine Vorderpfoten auf Lisbeths Oberschenkel und stieß seine warme, weiche Schnauze gegen ihre Wange. Sie kraulte ihn noch einmal hinter dem Ohr, dann erhob sie sich.

Jakob stand mit verschränkten Armen vor ihr und beim Anblick seines vertrauten Gesichtes löste sich für Lisbeth das letzte bisschen Anspannung. Als verheiratete Tochter war ihr Gefolge klein gewesen. Weshalb sollte ihr Vater den eigenen Hausstand schmälern, wenn sie sich als Braut ohnehin in den Haushalt ihres Ehemannes einfügen würde? Lisbeth war darauf vorbereitet gewesen, sich von so gut wie allen, die sie kannte, verabschieden zu müssen, aber sie hatte darauf bestanden, ihre Jagdhunde mitnehmen zu dürfen. Es war tatsächlich die einzige Zusage, die sie ihrem Vater abgerungen hatte. Und mit ihren Hunden kam Jakob mit, der Sohn des Stallmeisters, der sie seit vier Jahren bei der Zucht ihrer Bracken unterstützte.

Als Jakob erneut mit den Fingern schnippte, lief Fenn gehorsam an seine Seite. Jakob erwiderte Lisbeths Blick und seine Mundwinkel hoben sich zu einem Lächeln, das er nicht ganz unterdrücken konnte.

»Sie sehen gut aus«, sagte Lisbeth und trat auf ihn zu. »Reitest du mit ihnen aus?«

»Ich hatte es vor«, sagte er. »Soll ich dein Pferd satteln lassen?«

Die vertraute Anrede jagte ein Flattern durch ihren Unterleib. Sie warf einen raschen Blick über den Hof, um sicherzustellen, dass niemand in der Nähe war, dann trat sie einen weiteren Schritt auf Jakob zu. Er stand noch halb im Schatten der Stalltür, aber ein Streifen Morgenlicht fiel schräg über sein Gesicht. Er hatte schon immer einen dunkleren Teint als sie gehabt, aber seit dem Ritt nach Wolkenstein hatte seine Haut einen warmen, fast bronzefarbenen Ton angenommen. Wenn sie ihn ansah, dachte sie an Ausritte entlang des Flusses, an den Geruch von Lederfett und die strahlend blaue Farbe des Himmels, kurz nachdem sich der Morgennebel lichtete. Wie fremd hatte sie sich in der Küche gefühlt, wie fehl am Platz. Hier, zwischen ihren Hunden und mit Jakob nur eine Handbreit entfernt, hatte sie das Gefühl, zu Hause zu sein. Wenn schon nicht in dieser Burg, dann wenigstens in ihrer eigenen Haut.

Sie lächelte zu ihm hoch. »Redet man etwa so mit seiner Herrin?«

Sein Lächeln wurde breiter. Er zog sich die Kappe vom Kopf und verbeugte sich. »Ich bitte um Vergebung«, antwortete er mit übertriebener Höflichkeit und hob seine leere Hand in die Höhe.

Lisbeth schüttelte den Kopf, aber sie legte ihre Hand in seine. Er küsste ihren Handrücken und ja, da war er wieder, dieser süße

Schauer, der ihr genauso vertraut war wie die Wege durch die Wälder ihrer Heimat. Jakob zögerte den Kuss hinaus, seine Lippen warm an ihrer Haut.

Lisbeth warf ihre Vorsicht über Bord und fuhr mit ihrem Daumen erst über die weiche Linie seines Mundes, dann über den Bart, den er ihr zuliebe immer kurz gestutzt hielt. Irgendwo weiter oben auf dem Hof fiel eine Tür ins Schloss und die Stimmen mehrerer Männer näherten sich. Und noch immer hielt Jakob ihre Hand fest.

»Heute nicht«, sagte Lisbeth leise. »Aber morgen.«

Jakob nickte. »Zur Jagd?«

Natürlich. Natürlich wusste er genau, was sie jetzt brauchte. Einen Ausritt mit ihren Hunden, den Rausch der Jagd, für wenige Stunden alles andere vergessen … ahnte Jakob, wie sehr ihr allein der Gedanke daran half? »Zur Jagd«, bestätigte sie. »Bei Sonnenaufgang.«

Er nickte erneut. Die Männer waren jetzt nah genug, dass Lisbeth einzelne Wortfetzen verstehen konnte. Ein letztes Mal berührte sie Jakobs Mundwinkel, dann entzog sie ihm ihre Hand und trat einen Schritt zurück. Immer noch lächelnd drehte sie sich um und ging davon.

Ja. Barbara wusste längst nicht, wozu sie fähig war.

7

LISBETH

Das Gras war noch feucht vom Tau und ein silbriger Dunst hing über den Wiesen, als Lisbeth am Kopf eines Jagdtrupps auf die Wälder jenseits der Burg zuritt. Ihre Meute rannte hinter ihrem Pferd her, das ganze Rudel bis auf Fenn, der mit ihr Schritt hielt.

Lisbeth konnte sich das Grinsen nicht aus dem Gesicht wischen. Oh, es fühlte sich gut an, wieder im Sattel zu sitzen. Sich den Wind um die Nase wehen zu lassen. Sie warf einen Blick zurück über ihre Schulter und sah Jakob zwischen den anderen Jägern auf seinem Braunen reiten. Links von ihm ritt Klara, die Wangen gerötet von der Kälte. Es war wie früher. Wie zu Hause. Und Lisbeth war endlich wieder Herrin der Lage.

Sie wandte sich nach vorn, drückte ihrem Pferd die Fersen in die Seite und das Tier sprang geschmeidig über einen Bachlauf. Noch im Sprung fühlte sie sich zurückversetzt an einen Jagdtag im Winter, als sie nur mit ihren Brüdern und Jakob ausgeritten war. Eiskalt war es gewesen. Raureif hatte die Wiesen neben dem Fluss überzogen und der Atem war weiß vor ihren Lippen gehangen. Unter Lagen aus Fell, Leder und Stoff war ihre Haut warm und feucht vom Schweiß gewesen. Sie war halb in den Steigbügeln gestanden, hatte ihr Pferd im Galopp vorangetrieben. Die Hundemeute war neben ihr hergefegt wie eine Welle und sie hatte sie angespornt, war mitten unter ihnen gewesen.

Das war Freiheit, war Leben im Augenblick. Sie erinnerte sich an die Schneeflocken, die durch die Luft taumelten. An den metallischen Geruch von Blut und an die wilde, ungezügelte Lebenslust, die in jedem Wesen um sie herum pulsierte.

Später hatten sie heißen Apfelwein mit Honig getrunken, hatten zusammen gelacht und gegessen. Lisbeth hatte wieder den Geschmack des Rehbratens auf der Zunge, die samtige dunkle Soße mit einem Hauch von Wacholder und Rotwein. Sie war ganz sie selbst gewesen. Auch noch dann – vor allem dann –, als Jakob ihr einen Kranz aus Stechpalmenblättern aufgesetzt und sie Diana genannt hatte. Diana, Göttin der Jagd.

In diesem Moment kehrte der Geist dieses fünfzehnjährigen Mädchens zu ihr zurück. Das Gefühl, dass ihr die ganze Welt offenstand, durchflutete sie und es war, als hätte jemand ein Fenster aufgestoßen. Fenn schlug Alarm und Lisbeth sah den Hirsch am Waldrand, noch bevor die Jäger in ihr Horn stießen. Mit einem wilden Schrei lehnte sie sich nach vorn und trieb ihr Pferd zum Spurt an.

Lisbeth jagte über die Wiese und hinein in den Wald. Bäume flogen förmlich an ihr vorbei und ihr Herz trommelte im Einklang mit dem dumpfen Aufschlag der Hufe. Der Hirsch war längst außer Sicht, aber Lisbeth ritt weiter, überließ ihrem Pferd die Führung, bis ein Vogel aus dem Gebüsch brach und unmittelbar vor ihnen vorbeiflog. Ihr Pferd scheute und stieg auf die Hinterbeine, aber Lisbeth presste instinktiv die Füße in die Steigbügel und blieb im Sattel. Sie packte die Zügel fester, lehnte sich nach vorn und redete ihrem Pferd zu, bis es sich beruhigte. Als es wieder mit allen vieren auf dem Boden stand – bebend, aber besänftigt –, streichelte sie seinen Hals.

»Guter Junge«, lobte sie, »braver Junge.«

Ihr eigener Herzschlag beruhigte sich ebenfalls. Der Rausch, den ihr wilder Ritt ihr beschert hatte, verebbte und zurück blieb eine tiefe Zufriedenheit. Mit einem Lächeln sah sie hoch zu den eng verwobenen Baumkronen, dann blickte sie sich um. Miteinander verwachsene

Buchen reihten sich um sie herum und wenige Meter vor ihr wartete eine Wand aus wild wucherndem Gebüsch. Sie musste ein gutes Stück in den Wald vorgedrungen sein. Lisbeth sah suchend über ihre Schulter, aber sie war allein, hörte nicht einmal mehr ihre Hundemeute. Das würde die Jagdgesellschaft ganz schön aus der Fassung bringen. Lisbeth lächelte breiter. Sie ritt besser zurück zu den anderen, bevor die Jäger zu murren begannen. Oder bevor Jakob den Wald abholzte, um sie zu finden.

Noch einmal tätschelte sie den Hals ihres Pferdes, doch der Hengst war abgelenkt. Seine Ohren zuckten, er schnaubte und scharrte mit dem Vorderhuf. Lisbeth wollte ihn schon zur Umkehr leiten, da hörte sie das Flüstern. Es war nicht mehr als ein Wispern. Leise, schnell gesprochene Worte, die der Wind zu ihr herübertrug. Sie runzelte die Stirn und wandte den Kopf in Richtung des Gebüschs. Es hatte so geklungen, als wäre das Geräusch von der anderen Seite gekommen. Einen Augenblick herrschte Stille, dann kehrte das Murmeln zurück und vermischte sich mit dem Rascheln der Baumkronen.

War sie doch nicht allein in diesem Wald? Lisbeth zögerte und blickte wieder zurück über ihre Schulter. Sie sollte nach ihrer Jagdgesellschaft suchen, aber etwas an diesem Flüstern zupfte an ihr wie mit unsichtbaren Händen. Sie biss sich auf die Unterlippe, dann glitt sie vom Rücken ihres Pferdes und trat auf das Gestrüpp zu. Das Flüstern kam und ging in Wellen, aber es kam eindeutig aus dieser Richtung. Fast hörte es sich so an, als würde jemand im Unterholz ein Gedicht vortragen. Jemand lachte und verstummte sofort wieder. Wer *waren* diese Leute?

Mit geübten Händen band Lisbeth die Zügel ihres Pferdes an einen Ast, dann bahnte sie sich einen Weg durch das Gebüsch. Äste zerrten an ihrer Kleidung, aber ihre Jacke und ihre Handschuhe schützten ihre Haut vor Kratzern. Wieder dieses Kichern, dann ein Raunen von mehreren Stimmen, die sich unterhielten. Lisbeths Haar verfing sich in einem Brombeerbusch und sie zerrte ungeduldig daran, bis sie wieder freikam. Das Barett, das sie getragen hatte, zog sie kurzerhand vom Kopf und hielt es in der Hand. Noch ein weiterer Schritt, dann ließ sie das Dickicht hinter sich und trat hinaus auf eine Lichtung.

Am linken Rand einer Wiese ragte eine Felswand empor und an allen anderen Seiten standen knorrige Eichen und Buchen. Lisbeth starrte auf das regennasse Gras. Was sie sah, war unmöglich.

Gelbes Laub bedeckte den Waldboden. Laub, das von keinem Baum gefallen sein konnte, denn über der Lichtung befand sich nichts als ein grauer Septemberhimmel. Noch viel seltsamer war jedoch, dass die Blätter eine perfekte Spirale formten.

Lisbeths Herz schlug dumpf in ihrer Brust. Sie stand direkt am Rand der Spirale. Die Spitzen ihrer Stiefel berührten den äußersten Kreis der Blätter. Ihr Atem ging in schnellen Stößen über ihre Lippen und die Härchen in ihrem Nacken richteten sich auf, aber sie bemerkte es kaum. Je länger sie auf die Blätter starrte, umso mehr versank die Welt in einer eigenartigen Taubheit. Kein Windhauch regte sich. Keine Vögel sangen. Jemand lachte ganz in der Nähe und verstummte sofort wieder. Ohne zu wissen warum, machte Lisbeth einen Schritt nach vorn.

Elisabeth.

Ihr Name dröhnte in ihrem Ohr wie ein Glockenschlag, und als hätten sie auf dieses Signal gewartet, erhoben sich die Stimmen aus dem Boden wie ein Schwarm Insekten. Gemurmelte Wortfetzen schwirrten um sie herum, sprudelten empor und verebbten. Kurz herrschte Stille, dann hob das Flüstern erneut an. Dieses Mal war es jedoch nur eine Stimme, die direkt zu Lisbeth sprach. Endlich verstand sie die Worte. Sie hörte die Versprechungen, das sanfte Locken, so deutlich, als stünde die Sprecherin direkt neben ihrem Ohr.

Elisabeth.
Jagdgöttin Diana.
Frau unter dem Mond.

Die Namen klangen wie eine Liebkosung. Mit geschlossenen Augen lehnte sich Lisbeth in das weiche Gefühl, das die Stimme in ihr auslöste. Geborgenheit. Das war es. Sie fühlte sich sicher, abgeschirmt von all den Erwartungen, die andere an sie stellten.

Soll es immer so sein? Sehnst du dich danach? Ein Ritt durch die Nacht, Quellwasser an deinen Lippen, warme Haut unter deinen Fingern?

Es war, als weckte die Stimme alle Wünsche, die Lisbeth aufgegeben hatte. Sie spürte … alles. Alles, was sie so schmerzlich vermisste. Die Freiheit, das zu tun, was sie wollte. Zu sein, wer sie war. Losgesprochen von ihrer Zweckehe, von ihren Pflichten als Tochter.

Ein Ritt durch die Nacht … sie dachte an Tannenwipfel, die das Mondlicht versilberte, an Sterne über dunklen Gipfeln, an den Flügelschlag einer Eule. Keine Mauern. Keine argwöhnischen Blicke. Niemand, der über sie Gericht hielt.

Soll es immer so sein?

Ihr ganzes Wesen bejahte die Frage und etwas Lauerndes, Altes jubilierte im Schatten der Stimme.

Mit einem Seufzen schlug Lisbeth die Augen auf. Es dauerte einen Moment, bis sie wieder ganz zu sich kam. Die Stimme – alle Stimmen – war verstummt. Sie hörte wieder den Wind und das Rauschen der Bäume. Die Welt war zurückgekehrt. Oder war sie in die Welt zurückgekehrt? Sie fühlte sich ausgeruht, rundum erholt. Bis sie die Feuchtigkeit an ihrer Wange bemerkte.

Lisbeth runzelte die Stirn. Ihr Gesicht schmiegte sich an etwas Nasses, Weiches und eine Haarsträhne hing in ihre Wimpern. Sie blinzelte und begriff endlich, dass sie auf dem Boden lag. Bäuchlings, die Arme seitwärts ausgestreckt, als ob sie die Erde umarmen wollte. Ihr Puls begann zu hämmern.

Sie stemmte sich hoch und stellte fest, dass sie in der Mitte der Blätterspirale lag. Auf der Wiese. Auf der schmutzigen, regennassen Wiese! Mit einer fahrigen Bewegung rieb sie mit ihrer Hand über ihr Gesicht und pflückte ein Blatt von ihrer Wange. Was war passiert? War sie etwa ohnmächtig geworden? Ihr Mund war trocken und ihr Herz pochte jetzt so heftig, dass ihr Brustkorb schmerzte. Sie kämpfte sich auf die Füße, schüttelte den Kopf gegen einen Anflug von Schwindel und klopfte ihr Kleid ab. Der Stoff war feucht und dunkel vor Erd- und Grasflecken.

Wie lange? Wie lange hatte sie hier gelegen, auf dem Bauch, die Brust gegen die Erde gepresst? Was war nur in sie gefahren?

Lisbeth rieb sich mit dem Handrücken über die Lippen und da fielen ihr die Stimmen ein. Das Flüstern, das sie hergelockt hatte. Sie fröstelte und schlang die Arme um ihren Oberkörper. War sie wirklich einem körperlosen Gemurmel zu diesem Ort gefolgt? Das hörte sich wie ein dummer Traum an, nicht wie die Wirklichkeit. Und doch ... Sie hielt still, stand starr da wie ein Reh, das einen Jäger auf der Pirsch wittert. Sie lauschte, aber da war nichts. Kein Lachen. Kein Wispern. Nur der Wind, das Rascheln der Bäume und irgendwo tiefer im Wald das Gezwitscher einer Amsel.

Einbildung, sagte sie sich. *Ich habe mir das alles eingebildet.*

Aber in ihrer Erinnerung regte sich etwas. Worte, Verheißungen, Versprechungen und das Gefühl, dass das Wunder der Freiheit zum Greifen nahe war. Beinahe hätte sie das Gesagte wieder heraufbeschworen, als das Bellen eines Hundes erklang. In einiger Ferne noch, aber es kam näher.

Fenn. Lisbeth erkannte ihn sofort. Ihr wurde zugleich heiß und kalt. Sie suchten nach ihr. Die Jagdgesellschaft, natürlich. So durften sie sie nicht finden, schmutzig und zerzaust, wie sie war. Wie sollte sie das erklären? Noch einmal klopfte sie ihr Kleid ab, wandte den Kopf so gut es ging, um die Rückseite ihres Kleides zu überprüfen. Das Bellen kam währenddessen immer näher. Fenn hatte ihre Spur.

Ihr Blick fiel auf die Blätterspirale. Der Abdruck ihres Körpers hatte das Muster in der Mitte zerstört aber an den Rändern war es noch immer klar erkennbar. Sie wollte nicht, dass andere die Spirale sahen. Es fühlte sich an, als dürfte sie nicht hier sein, als wäre dieser Ort verboten.

Neben ihr ragte die Felswand auf wie eine Drohung. Ein letztes Mal schüttelte Lisbeth gelbe Blätter von ihrem Kleid, dann lief sie zum Rand der Wiese. Ihr Barett lag dort auf der Erde und sie hob es auf, bevor sie sich zurück durch das Gebüsch zwängte.

Eine Dornenranke schnalzte gegen Lisbeths Wange, als sie sich durch das Geäst kämpfte, doch schließlich schaffte sie auf die andere Seite. Es gelang ihr, den Zügel ihres Pferdes in die Hand zu nehmen, dann tauchte Fenn zwischen den Bäumen auf und rannte laut kläffend auf sie zu.

»Ruhig«, drängte Lisbeth, aber der kleine Hund sprang weiter mit wild wedelndem Schwanz um sie herum. Mit zittrigen Fingern versuchte Lisbeth ihr Barett aufzusetzen, als auch schon Jakob angeritten kam. Er war allein, hatte die Jagdgesellschaft hinter sich gelassen.

Kurz bevor er sie erreichte, zügelte er sein Pferd und sprang von seinem Rücken. Ohne innezuhalten, stürmte er auf Lisbeth zu und riß sie in seine Arme. Sie versteifte sich, der Drang zur Vorsicht tief eingegraben, aber dann schlang sie ebenfalls die Arme um ihn. Er hielt sie fest, als ob er fürchtete, sie könnte sich ohne seine Berührung in Luft auflösen. Kurz darauf trat er einen Schritt zurück, aber er hielt sie immer noch an den Schultern fest. Mit seinem Blick suchte er ihr Gesicht ab, musterte sie von Kopf bis Fuß.

»Geht es dir gut?«

Sie konnte nur nicken. Jakob legte die Hand an ihre Wange und strich mit dem Daumen über den Kratzer, den die Brombeerdornen auf ihrer Haut hinterlassen hatten. Die Berührung beruhigte die wild sprudelnde Panik in Lisbeths Brust, aber gleichzeitig begann ihr ganzer Körper zu zittern. Schlagartig wurde ihr bewusst, wie ungeheuerlich ihr Erlebnis auf der Lichtung gewesen war.

Sie hatte dort etwas berührt. Etwas Dunkles, Unnatürliches.

Etwas Verführerisches.

»Lisbeth.« Jakobs Stimme brachte sie zurück ins Hier und Jetzt. Er nahm ihr Gesicht in beide Hände, strich sanft über den Schwung ihrer Wangenknochen und küsste sie, erst auf den Mund, dann auf die Stirn. Immer noch zitternd schloss Lisbeth die Augen und lehnte sich gegen ihn. Fenn strich an ihrem Bein entlang und noch bevor Lisbeth irgendetwas sagen konnte, erklang das Bellen und Heulen der Meute. Fenn schlug Alarm und rief damit nicht nur seine Rudelgefährten zu sich, sondern auch die anderen Jäger. Lisbeth konnte ihre Rufe hören, dicht gefolgt vom Klang eines Horns.

Weit waren sie nicht mehr entfernt, aber Jakob hielt sie immer noch fest. Lisbeth erwiderte seine Umarmung, küsste die Stelle, an der sein Bart von einer kleinen Narbe durchbrochen wurde, und schob ihn dann sanft von sich.

»Jakob«, sagte sie heiser, als er sie wieder an sich ziehen wollte. »Jakob! Sie dürfen uns nicht finden. Nicht so.«

Er trat zurück, fasste sie jedoch wieder bei den Schultern. »Was ist passiert?«, wollte er wissen.

Das Trommeln von Hufen kam näher, und das Laub auf dem Waldboden raschelte unter den Pfoten der Meute. Lisbeth fuhr sich mit den Fingern durch die Haare, sie strich sich die unordentlichen Strähnen zurück und setzte das Barett auf. Jakobs Gesicht blieb ein einziger Ausdruck der Sorge.

Sie wusste nicht, warum sie zu einer Lüge griff. Ihm hätte sie die Wahrheit sagen können, und doch hörte sie, wie ihre Lippen die falschen Worte formten. »Ich bin vom Pferd gefallen«, begann sie. »Ich …«

Weiter kam sie nicht, da die Meute durch das Unterholz brach und auf sie zurannte. Lisbeth sprang zurück und Jakob ließ von ihr ab, gerade rechtzeitig, bevor drei Jäger zu Pferde zwischen den Bäumen auftauchten.

Lisbeth spürte Jakobs Blick auf sich ruhen, aber sie ignorierte ihn und betete, dass er sie nicht verriet. Betete, dass sie selbst nicht preisgeben würde, wie sehr sie sich in diesem Moment fürchtete.

8

ANTHEA

Licht glitzerte vor meinen Wimpern. Erst weiße Flecken, dann das Aufblitzen eines Regenbogens. Ich runzelte die Stirn, fuhr mir mit der Hand übers Gesicht und öffnete die Augen. Meine Lider waren schwer und meine Gedanken träge, noch halb versunken im Schlaf. Wo war ich? Eine Decke war bis zu meiner Hüfte heruntergerutscht und jemand hatte mir Jacke und Halstuch ausgezogen. Mühsam drehte ich den Kopf. Ich lag auf einem schmalen Bett, direkt an einer Wand. Ein kleines Fenster befand sich auf Höhe meiner Knie und dort hing die Quelle des Glitzerns: ein Amulett aus geschliffenem Kristall, das sich sacht an seinem Faden drehte. Das Licht von draußen verfing sich darin und blendete mich. Ich kniff die Augen zusammen, nur um kurz darauf erschrocken in die Höhe zu fahren.

Der Splitter! Meine Hand fuhr hoch zu meinem rechten Auge. Ich hätte Schmerzen haben müssen! Halb erwartete ich, dass sie jetzt noch einsetzten, ein plötzliches Brennen, eine unerträgliche Qual, aber da war nichts. Vorsichtig tastete ich mit den Fingerspitzen über meine geschlossenen Lider. Beide Augen fühlten sich gleich an. Ich blinzelte. Meine Sicht war ungetrübt, und zwar mit beiden Augen.

Ratlos ließ ich meine Hände sinken. Ich hatte mir eine Glasscherbe ins Auge getrieben. Das hatte ich mir nicht eingebildet, oder? Bei dem Gedanken daran, wie sich die Glasspitze meinem Auge genähert hatte, zog sich mein Magen zusammen. Noch einmal tastete ich die Haut um mein rechtes Auge herum ab. Sie war weich und glatt wie immer. Da war kein getrocknetes Blut, keine Spur von dem, was ich mir angetan hatte.

Gerade wollte ich mich aufsetzen, als ich ein Rascheln neben mir hörte. Ich drehte mich um und erwartete, Matej zu sehen. Stattdessen hockte Lelia auf dem Boden und kramte in meinem Reisegepäck.

Ich runzelte die Stirn und öffnete den Mund, bekam aber keinen Ton heraus. Ich stemmte mich mit einem Arm hoch und räusperte mich.

»Heh.« Meine Stimme krächzte noch viel schlimmer als sonst.

Lelia hob kurz den Blick, dann kramte sie weiter in meinem Rucksack. »Es war Zauberglas«, sagte sie.

»Was?«

Sie machte eine Geste in Richtung meines Gesichtes. »Es verletzt dich nicht wie eine normale Scherbe. Die Konsequenzen merkst du erst später.« Bei den letzten Worten verzog sie den Mund, spähte in den Rucksack und zog die Eulenmaske daraus hervor.

Sofort war ich hellwach. Wut flammte in mir auf, als Lelia die Maske in ihren Händen wendete. Was fiel ihr ein? Die Dinge in meinem Gepäck waren privat, verdammt noch mal. »Würdest du wohl aufhören, meine Sachen zu durchwühlen?«, knirschte ich.

Lelia schien unbeeindruckt. Sie strich mit den Fingern über die sorgfältig angenähten Federn, legte die Maske dann jedoch zurück in den Rucksack.

Mir fehlten die Worte. Ihre ganze Art war so merkwürdig und irritierend, dass ich schlichtweg nicht wusste, wie ich reagieren sollte. Alles, was sie tat, hinterließ bei mir einziges großes Fragezeichen, zusammen mit einer guten Portion Ärger.

Inzwischen kam Lelia zu mir herüber, ging wortlos vor meinem Bett in die Hocke und starrte mich an. Ich setzte mich auf und zog die Decke näher an mich heran. Der rechte Ärmel meines Hemdes war über meinen Ellenbogen hochgerutscht und mein Haar musste nach allen Seiten abstehen wie jeden Morgen. Wenn es denn Morgen war. Ich hatte keine Ahnung, wie lange ich geschlafen hatte, aber ich fühlte mich wie gerädert.

Ich wich Lelias Blick aus und sah mich stattdessen um. Wir waren in einer Kammer, wahrscheinlich irgendwo im hinteren Teil von Bar-

bagiannas Hütte. Außer uns schien niemand in der Nähe zu sein. Ich schluckte trocken. Wo war Matej?

Bevor ich mit meinen Gedanken nach ihm tasten konnte, zeigte Lelia mit dem Finger auf mein Gesicht. »Darf ich sehen?«

Kurz dachte ich darüber nach, Nein zu sagen. Aber ich wollte selbst wissen, wie es um mein Auge bestellt war und ich hatte keinen Spiegel, den ich dafür benutzen könnte. Die Ironie daran war mir durchaus bewusst. Ich nickte.

Lelia berührte meine Wange und ich zuckte zurück. Sie presste ihre Lippen zu einer dünnen Linie zusammen, aber ihre Stimme war sanft, als sie sprach. »Ich tu dir nicht weh.«

Ich atmete aus und nickte ein zweites Mal. Als sie erneut ihre Hand an meine Wange legte, zwang ich mich, still zu halten. Sie beugte sich näher an mich heran und drehte mein Gesicht, sodass sie direkt in mein rechtes Auge sehen konnte.

Ich konnte mich nicht erinnern, wann mich zuletzt jemand berührt hatte. Auf unseren Reisen wahrte ich immer Abstand zu den Leuten, die uns begegneten. Ich wollte niemanden provozieren. Oft genügte den Menschen in den Dörfern und Städten ein Blick auf meine Kleidung und mein Auftreten, um mich als Vagabundin zu verurteilen. Manche sahen das als Aufforderung, mich wie Freiwild zu behandeln. Von denen hielt ich mich ganz besonders fern. Aber selbst diejenigen, die gutherzig genug waren, um sich mit mir zu unterhalten, mir etwas abzukaufen oder mir Arbeit zu geben, schüttelten mir nicht die Hand. Ich hatte mich daran gewöhnt, so sehr, dass Lelias Nähe mich nervös machte.

So nah, wie sie mir war, fiel mir das erste Mal die Farbe ihrer Augen auf. Sie waren braun, durchmischt mit einem goldenen Schimmer. Ein winziger Sichelmond war zwischen ihre dunklen Brauen tätowiert und eine kleine weiße Narbe durchbrach ihre Haut neben ihrem linken Augenwinkel.

Am liebsten wäre ich aufgestanden und weggegangen. Ihre Berührung war federleicht und doch ging von ihren Fingerspitzen eine Wärme aus, die sich erschreckend schnell über meine ganze Haut ausbreitete. Es war unangenehm. Ungewohnt. Und gleichzeitig streckte sich etwas Hungriges in mir nach dieser Berührung aus.

»Hm.« Das war das Einzige, was Lelia sagte. Ohne mich loszulassen, drehte sie sich um und hob mit ihrer freien Hand eine Kerze auf, die auf einem Hocker neben dem Bett stand. Als sie dagegenpustete, glomm eine Flamme am Ende des Dochtes auf. Sie hielt die brennende Kerze vor mein Gesicht. Erst vor das eine, dann das andere Auge. Erst weiter weg, dann näher heran. Als die Flamme vor meinem rechten Auge flackerte, zuckten Lelias Gesichtsmuskeln, als hätte sie etwas Unerwartetes gesehen. Trotzdem schwieg sie weiter.

Schließlich ließ sie mich los und stellte die Kerze ab. Ich wartete mit angehaltenem Atem auf ihren Befund.

»Die Scherbe ist verschwunden«, sagte sie.

Erleichterung ließ mein Kaninchenherz leicht werden, doch fast im selben Atemzug spürte ich die Enttäuschung wie einen Tritt vor die Brust. Hatte ich es nicht richtig gemacht? »Dann habe ich die Scherbe nicht …«

»Doch, hast du«, schnitt sie mir das Wort ab. »Du hast dir eine magische Glasscherbe ins Auge gestochen.« Sie neigte den Kopf zur Seite und ihre Brauen zogen sich wieder zu diesem kritischen Stirnrunzeln zusammen, das ich von gestern kannte. »Warum hast du das gemacht?«

Die Frage traf mich unvorbereitet. In Wahrheit war ich bei meiner Entscheidung einem Gefühl gefolgt, aber das wollte ich vor ihr nicht eingestehen.

Außerdem war ich ihr keine Rechenschaft schuldig. Also brach ich meine Antwort auf die einfachste Tatsache herunter. »Weil es das Richtige war.«

Lelias Gesichtsausdruck sagte deutlich, was sie von dieser Antwort hielt, und obwohl ich nicht wusste wieso, fühlte ich mich ertappt. Es *war* die richtige Entscheidung gewesen. Was konnte man mit dem eigenen Leben Wertvolleres tun, als jemand anderem zu helfen?

Ich wandte den Blick ab und sah hinunter auf meine Hände. Die hatte ich während Lelias Untersuchung fest in meinem Schoß verschränkt. Jetzt löste ich die Finger voneinander.

»Hast du vielleicht einen Schluck Wasser für mich?«, fragte ich. Meine Kehle fühlte sich so rau an, als hätte ich versucht, Sand zu essen.

Lelia schnalzte mit der Zunge gegen die Zähne, stand auf und kam kurz darauf mit einem Becher lauwarmem Kräutertee zurück.

»Hier«, sagte sie. »Das wird dir besser helfen als Wasser.«

Sie hatte recht. Der Honig, den sie in den Tee aus Pfefferminze, Thymian und Melisse gerührt hatte, war wie Balsam für meine geschundene Kehle. Verspätet erinnerte ich mich daran, einen Gedankenfaden auf die Suche nach Matej zu schicken. Ich fand ihn nicht und er suchte offensichtlich auch nicht nach mir. Es widerstrebte mir, Lelia nach ihm zu fragen, aber seine Abwesenheit nagte an mir.

»Wo ist Matej?«, fragte ich und ärgerte mich, dass meine Stimme dabei brach.

Dieses Mal setzte sich Lelia ans Fußende meines Bettes. »Streift irgendwo draußen herum«, sagte sie knapp.

Das versetzte mir einen Stich. Warum war er nicht hier? Ein mulmiges Gefühl breitete sich in meinem Magen aus. Es wäre ihm sicher lieber gewesen, wenn wir uns wegen der Scherbe vorher abgesprochen hätten. Eigentlich entschieden wir nie Dinge, die uns beide betrafen, über den Kopf des anderen hinweg. Aber wenn ich gewartet hätte – wenn wir darüber diskutiert hätten –, dann hätte ich vermutlich einen Rückzieher gemacht.

Ich nahm noch einen Schluck des Gebräus, dann stellte ich die Frage, vor der ich mich fürchtete. »Du hast gesagt, die Konsequenzen kommen später. Wie werden die aussehen?«

Lelia zögerte nicht. »Du wirst Schmerzen haben«, sagte sie. »Es wird ein paar Tage dauern, bis die Magie greift und du anfängst, die Spiegelpfade zu sehen. Aber ja, ab dann wird es schmerzhaft.«

Mein Herz sank. Ich würde es aushalten können, sagte ich mir. Was immer auf mich zukam, ich würde es ertragen. Wenn es nur bedeutete, dass wir uns mit der Scherbe den entscheidenden Vorteil verschafft hatten.

Mutige Worte. Wenn ich mich nur auch dementsprechend fühlen würde. Mit beiden Händen hielt ich den warmen Becher fest. Er war wie ein Anker, der mich erdete, während sich um mich herum Angst und Ungewissheit ausbreiteten.

Ich spürte, wie Lelia mich beobachtete. Ich wartete auf eine abschätzige Bemerkung. Auf ihren Spott, auch wenn mir nicht ganz klar war, warum sie mich auslachen sollte. Stattdessen stand sie auf und sagte: »Ich werde dir ein Proviantpacket mit Medizin zusammenstellen.«

Überrascht sah ich hoch. »Was willst du dafür?«, platzte ich heraus und dachte sofort an meine geliebte Eulenmaske.

Lelia jedoch schnaubte nur, stellte mir den Krug mit dem restlichen Kräutertee neben das Bett und ging davon. Ratlos starrte ich ihr nach. Was in ihrem Kopf vorging, war mir wirklich ein Rätsel.

Lelia war fort und ich kniete über meinem Rucksack. Ich hatte sicherstellen wollen, dass alles so verstaut war, wie ich es wollte. Stattdessen hielt ich die Eulenmaske in den Händen. In den letzten Jahren hatte sich die eine oder andere Feder von ihrem ledernen Untergrund gelöst, aber ich hatte sie jedes Mal sorgfältig wieder festgenäht. Wie sehr hatte ich diese Maske als Kind geliebt. Sie war mein größter Schatz, von dem Moment an, als Myrsina sie mir auf jenem überfüllten Marktplatz entgegenhielt. Ich hatte mir vorgestellt, dass ich mich in einen Vogel verwandelte, sobald ich sie aufsetzte. Hatte mich nachts auf den Kutschbock unseres Wagens gesetzt und mir eingebildet, dass ich in der Dunkelheit die Mäuse zwischen dem Gras hin und her huschen sah.

Die Maske war wunderbar gearbeitet, doch das allein machte sie nicht so kostbar für mich. Ihr Zauber lag in der Selbstverständlichkeit, mit der Myrsina mir dieses Geschenk gemacht hatte.

Das Leben unter Gauklern war schön, aber schwierig. Die *Viaggiatori* blieben nie lange an einem Ort, mussten immer nach neuen Spielorten suchen und proben, proben, proben. Für ein Kind blieb in dieser Betriebsamkeit wenig Zeit und noch weniger Aufmerksamkeit. Insbesondere für ein stummes Kind, in dessen Nähe sich viele unbehaglich fühlten. Marietta kümmerte sich um mich, aber bei der ganzen Arbeit, die sich bei ihr stapelte, blieb nicht viel Zeit für Spiele oder Albernheiten. Und Spielzeug? Ich hatte ein kleines hölzernes Pferd und eine Lumpenpuppe, und damit musste ich auskommen. Unser Geld brauchten wir für Essen, Kleidung, für die Instandhaltung unseres Wagens und der Requisiten. Die meiste Zeit war ich zufrieden, aber manchmal, wenn ich über einen Markt schlenderte, sah ich Eischnee-

kringel an bunten Bändern baumeln oder einen Marionettenkasper mit einem Filzhütchen und wünschte mir, ich wäre eins der Kinder, die mit solch wunderbaren Dingen beschenkt wurden.

Deshalb überraschte mit Myrsinas Großzügigkeit. Sie hatte ihre Masken auf eben einem solchen Markt verkauft, hatte meinen sehnsüchtigen Blick bemerkt und wollte mir eine Freude machen. Sie hielt mir die Eulenmaske entgegen und mein Herz wurde ganz leicht vor Freude. Ich erinnerte mich an Myrsinas Lächeln, an ihre warmen braunen Augen und die kleinen Fältchen in ihren Augenwinkeln. Sie hatte eine Ausstrahlung, die mich endlos faszinierte. Und irgendwie schaffte sie es, dass Menschen sich wohlfühlten, allein aufgrund ihrer Gegenwart.

Einige Tage nach dem Markt, als Myrsina sich den *Viaggiatori* angeschlossen hatte, wuschen sie und Paolo Kleider in einem Fluss. Matej sah vom Ufer aus zu und ich beobachtete sie alle aus einiger Entfernung. Ich traute mich nicht, zu ihnen zu gehen. Clarice und die anderen schickten mich oft weg, wenn sie arbeiteten, weil sie keine Ablenkung gebrauchen konnten. Myrsina jedoch bemerkte mich und winkte mich heran. Sie ließ mich helfen und zeigte mir, wie man die eingeweichten Kleider zu zweit auswringen konnte. Matej stand neben uns und ich hörte ganz schwach, wie er Myrsina Ratschläge gab, bis sie ihm irgendwann ein paar Wassertropfen auf die Schnauze spritzte. Von da an artete das Ganze in eine wilde Wasserschlacht aus, in der wir alle vier im Fluss plantschten und uns gegenseitig nass spritzten. Paolo nahm mich auf die Schultern und ich leerte einen ganzen Wassereimer über Myrsinas Kopf aus und sie rächte sich, indem sie ein nasses Hemd wie eine Schleuder über dem Kopf wirbelte. Ich klammerte mich mit den Beinen an Paolos Schultern fest und strahlte über das ganze Gesicht.

Später saßen wir in trockenen Unterkleidern und mit nassen Haaren vor dem Wagen auf der Wiese. Paolo lag auf dem Gras, während Iacopo neben ihm Laute spielte. Marietta nähte eine Borte an einem Kleidsaum fest und der große Ugolino verteilte Brot und Käse. Irgendwann kam Clarice dazu und sang mit Paolo in Begleitung zu Iacopos Melodie. Ich hatte die Gaukler schon lange nicht mehr so entspannt gesehen.

Matej lag neben Myrsina und sie kraulte seinen Bauch. Dieses Mal nahm ich meinen Mut von selbst zusammen und setzte mich ohne Aufforderung zu ihnen. Sie lächelte mich an und erlaubte mir, Matejs Fells zu streicheln.

In jenem Moment fühlte ich mich vollkommen glücklich. Ich spürte, dass wir zusammengehörten – dass ich *dazugehörte.* Wir waren zu Hause und ich glaube, wir fühlten es alle. Unser Teppich war das süße Sommergras, unser Dach der dämmernde Himmel, an dem Dutzende Schwalben kreisten.

Ich hatte schon lange nicht mehr an diesen Tag gedacht. Mittlerweile hatte sich so viel verändert, dass ich fast daran zweifelte, ob ich ihn wirklich erlebt hatte. Der Moment – und das Zugehörigkeitsgefühl, das ich dabei empfunden hatte – war mir aus den Händen geglitten. War davongetrieben wie ein Spielzeugboot, das ein Fluss mit sich riss. In dunklen Stunden fragte ich mich, ob ich diese ganze lange Suche nach Myrsina nur auf mich nahm, weil ich mich wieder so fühlen wollte wie damals. Ich hoffte inständig, dass ich nicht so egoistisch war.

Ich strich mit den Fingern über die Federn der Maske, dann verstaute ich sie sorgfältig in meinem Rucksack.

Barbagianna verabschiedete sich von mir vor ihrer Hütte. Auf ihren Stab gestützt sah sie zu, wie ich mein Reisebündel festschnürte. Lelia hatte ich seit dem Morgen nicht mehr gesehen und auch von Matej fehlte jede Spur. Wenn ich nach ihm hinausspürte, empfing ich nur ein vages Bild von einem Bachlauf.

Ich kniete auf dem Boden und befestigte das Bündel aus meinem zusammengefalteten Mantel und einer Wolldecke an meinem Rucksack. Die Riemen, die ich dafür benutzte, verschnürte ich mit den Knoten, die Marietta mir einst beigebracht hatte. Die Art, wie ich die Schlaufen doppelt legte und von links nach rechts durchzog, sollte nicht nur lange halten, sondern auch den Träger des Bündels auf der Straße vor Schaden bewahren.

»Dein Wolf lässt sich Zeit«, bemerkte Barbagianna.

»Er wird sicher bald hier sein«, sagte ich, obwohl ich mir da selbst keineswegs sicher war. Ich stand auf und lud mir den Rucksack auf den Rücken.

Barbagianna sah zu mir hoch. »Zeig mir noch mal dein Auge.«

Im Stehen reichte sie mir gerade bis ans Kinn und von diesem Winkel aus konnte ich die Federn noch besser sehen, die sie sich in das weißgraue Haar geflochten hatte. Ich beugte mich zu ihr hinunter und sie betastete die Haut um mein rechtes Auge herum. Ich hatte immer noch keine Schmerzen und auch meine Sicht blieb ungetrübt. Es schien, als hätte der Splitter keinen Schaden angerichtet. Tatsächlich fühlte ich mich kein Stück anders als sonst. Kein neuer Instinkt, keine magische Sehkraft. Ich versuchte, mir deshalb keine Sorgen zu machen. Es brauchte Zeit, das hatte Lelia gesagt. Und Barbagianna hatte es bestätigt.

»Tief«, murmelte die alte Frau, dann fügte sie deutlicher hinzu: »Der Splitter ist sehr tief eingedrungen. Schwer zu sagen, ob er schon aufgewacht ist.«

Nicht zum ersten Mal sprach sie von dem Glassplitter, als wäre er lebendig. Darüber wollte ich lieber nicht so genau nachdenken, aber natürlich wäre es vernünftiger, Fragen zu stellen, solange ich die Gelegenheit dazu hatte. Ich nahm meinen Mut zusammen und brachte es dann doch nicht über mich, nachzuhaken. Der Splitter war in mir. Daran konnte ich nun ohnehin nichts mehr ändern.

Barbagianna war immer noch dabei, mein Auge zu untersuchen, als Matej um die Ecke des Hauses trabte. Instinktiv drehte ich mich in seine Richtung. Ich sandte ihm eine Begrüßung, aber weder antwortete er mir noch suchte er Augenkontakt. Seine Stille zog sich wie eine Hand um meinen Magen zusammen.

Barbagianna trat indessen einen Schritt zurück und legte eine Hand auf der Wölbung ihres Bauches ab. »Wo werdet ihr mit der Suche anfangen?«, wollte sie wissen.

Die Antwort kam von Matej. *Wir gehen zu dem Ort, an dem wir den Spiegel das letzte Mal gesehen haben.*

Mir wurde kalt. Die Lichtung am Fuß des Bergpasses. Sofort hatte ich wieder den Geruch der Holunderblüten in der Nase.

Matej, sandte ich aus, aber er reagierte nicht.

»Vernünftig«, sagte Barbagianna. »Hier.« Sie gab mir eine Ledertasche mit einem breiten Riemen. »Kräuter für einen tiefen Schlaf. Schmerzmittel. Und noch ein paar andere Helferchen.«

Verdutzt nahm ich die Tasche entgegen. »Woher weiß ich, wie ich die Kräuter verwenden soll?«

Die Barbagianna stieß ein brummiges Lachen aus. »Wirst du schon herausfinden.«

Ich runzelte die Stirn und wog die Tasche in meiner Hand. Sie war *schwer*. Lelia hatte gesagt, dass sie ein paar Heilkräuter für uns zusammenstellen würde, aber das hier war weit mehr, als ich erwartet hatte. Weit mehr, als wir ausgehandelt hatten. Ich warf einen verstohlenen Blick auf den Eingang der Hütte, aber von Lelia fehlte jede Spur.

Als mich von der Hütte abwandte, bemerkte ich, dass Barbagianna mich nachdenklich musterte. Als würde sie in meinem Gesicht nach etwas suchen oder darauf warten, dass ich ihr irgendetwas Wichtiges sagte. Bereute sie, uns mit der Zerstörung des Spiegels beauftragt zu haben? Dachte sie vielleicht, dass sie den Splitter an mich verschwendet hatte? Immerhin hatte ich ihn ohne ihre direkte Zustimmung genommen. Sie hatte mich dafür zwar nicht getadelt, aber sie hatte mir auch nicht gesagt, dass es eine gute Entscheidung gewesen war. Nervös schob ich mir eine Haarlocke hinters Ohr. Mein Zopf fing schon wieder an, sich aufzulösen.

»Nun gut«, sagte die Barbagianna schließlich. »Wir haben die Karten verteilt, jetzt spielen wir mit dem Blatt, das wir haben.« Ihr Mund verzog sich zu einem schrägen Lächeln. »Kopf hoch, Mädchen«, sagte sie. »Glaubst du an das Sprichwort: ›Das Glück ist mit den Tapferen‹?«

Ich schlang mir den Beutel, den sie mir gegeben hatte, über den Kopf und quer über die Brust. »Sollte ich?«

Sie lachte und tätschelte mir den Arm. »Es kann nicht schaden!« Dann, zu Matej gewandt: »Dein Weg, deine Entscheidung.«

Matej senkte zu ihrer kryptischen Bemerkung kurz den Kopf, dann machte er auf dem Absatz kehrt. *Gehen wir*, sagte er, und damit ließen wir die alte Zauberin und ihre Hütte im Wald hinter uns.

9

LISBETH

Seit drei Tagen regnete es ununterbrochen. Lisbeth saß am offenen Fenster ihres Schlafzimmers und schaute hinaus auf das Flusstal. Die Landschaft hinter der Burg verschwamm hinter einem grauen Schleier und Rinnsale plätscherten aus den Mäulern der eisernen Wasserspeier.

Lisbeth hielt ihren Stickrahmen auf dem Schoß, hatte aber seit geraumer Zeit keinen neuen Stich gesetzt. Sie hörte, wie Klara in der Stube nebenan auf und ab ging, aber sie reagierte nicht darauf. Im Grünen Zimmer auf der anderen Seite des Lichthofes wartete Barbara mit dem Mittagessen. Lisbeth verspätete sich. Mit Absicht. Sie stellte sich vor, wie ihre Schwägerin auf einem der gepolsterten Stühle saß und mit den Fingern auf dem Tisch trommelte. Vor ihr standen Schüsseln mit dampfendem Braten und Semmelknödeln, aber die Höflichkeit gebot es ihr, dass sie nichts davon anfassen durfte, bevor Lisbeth sich ihr anschloss. Hoffentlich rumorte es schon in ihrem Magen. Es war eine magere Genugtuung, aber Lisbeth fühlte sich heute trotzig genug, um sie auszukosten.

Auch wenn ihr kleiner Akt des Widerstands Barbara vermutlich nicht im Mindesten beeindruckte. Im Gegenteil. Wahrscheinlich sah sie darin nur einen weiteren Beweis dafür, dass Lisbeth der Rolle als Burgherrin nicht gewachsen war. Sie war zu jung, zu verwöhnt. Zu sprunghaft. Seit der missglückten Jagd schien das der neueste Kritikpunkt gegen Lisbeth zu sein.

Dank der eifrigen Berichterstattung der Jäger hatte Barbara sofort von Lisbeths Ausreißer und ihrem ›Sturz‹ erfahren. Natürlich war sie voller Sorge gewesen. Sie hatte darauf bestanden, dass Konrads Leibarzt sie untersuchte. Hatte ein heißes Bad für sie vorbereiten lassen und ihr am nächsten Morgen das Frühstück ans Bett bringen lassen. Ihre Reaktion sprach Bände. Barbara hielt Lisbeth nicht nur für unverantwortlich, sie hielt das Kinderkriegen für ihre wichtigste Aufgabe. Der Arzt, den sie Lisbeth geschickt hatte, stellte nicht nur sicher, dass bei ihrem Sturz kein Schaden an ihrem Leib entstanden war, sondern hielt ihr auch einen Vortrag darüber, wie sie ihren Körper für Empfängnis und Geburt schonen sollte. Lisbeth Kiefer schmerzte immer noch, so fest hatte sie während seiner Untersuchung die Zähne zusammengebissen.

Graf Konrad brauchte einen Erben. Deshalb war sie hier.

Zu dumm, dass Barbara auf die erhofften Neuigkeiten noch warten musste. Lisbeths monatliche Blutung hatte sich in dieser Nacht eingestellt, pünktlich wie der Glockenschlag zum Morgengebet. Ihre Hochzeitsnacht hatte also keine Früchte getragen. Und mit Sicherheit wusste Barbara das bereits von der Magd, die die Bettlaken ausgetauscht hatte.

Lisbeth würde sie am liebsten alle aus der Burg werfen. Die Mägde, die Jäger, die Küchenjungen, die ihre Informationsbrocken zu Barbara trugen wie brave kleine Vögelchen. Sie könnte sie auch direkt von der Burgmauer stoßen lassen. Das wäre noch befriedigender.

Lisbeth seufzte und legte sich eine Hand auf ihren schmerzenden Unterleib. War sie enttäuscht, dass sie kein Kind empfangen hatte? Sie sollte es sein. Ein Kind würde ihre Stellung hier absichern. Es würde ihr den Vorteil gegenüber Barbara verschaffen, den sie dringend brauchte. Ihre Mutter hatte ihr wieder und wieder eingeschärft, dass die Macht einer Frau in ihrer Gebärfähigkeit lag.

In Wahrheit war Lisbeth jedoch froh. Sie wusste, dass es die falsche Reaktion war. Aber ihr erstes Gefühl bei der Erkenntnis, dass Konrad ihr kein Kind eingepflanzt hatte, war Erleichterung gewesen.

Du bist dumm, sagte sie sich. Und das war sie. Sie kannte ihre Schwächen. Ihren Trotz. Ihren Leichtsinn, der sie überrollte und davonriss wie der Wind ein loses Blatt. Gewannen ihre Impulse die

Oberhand, war ihr alles egal, war sie getrieben von einem unbändigen Hunger nach Leben. Dann wünschte sie sich nichts sehnlicher, als alle Brücken hinter sich niederzureißen und ihrem Pferd die Sporen zu geben.

Sie wusste auch, was auf sie wartete, wenn sie dieser Sehnsucht nachgab. Der Nachklang ihrer jüngsten Jagd war nur ein Beweis dafür. Auf den Rausch des Freiseins folgten Erniedrigung und Buße. Sie hatte sich mit ihrem Ausreißer eine Blöße gegeben, und das, obwohl Barbara bereits die Oberhand hatte. Es würde dauern, bis sie diesen Schnitzer wieder ausmerzen konnte.

Das bedeutete vorerst keine Jagdausflüge. Keine Ausritte. Lisbeth hatte sich dieses Moratorium selbst auferlegt. Sie würde ihrer Schwägerin keine weitere Angriffsfläche bieten. Aber der Gedanke, auf unbestimmte Zeit in der Burg gefangen zu sein, ihre schweren Kleider die Gänge entlangzuschleifen, während die Tore zur grünen Welt vor den Mauern für sie verschlossen blieben … dieser Gedanke scheuerte an ihr wie ein Hemd aus kratzender Wolle.

Lisbeth rieb sich mit der Hand über den Leib und blickte gedankenabwesend auf die Hügel jenseits der Burg. Ja. Sie war erleichtert, dass sie nicht schwanger war. Sie konnte es weder leugnen noch konnte sie den bitteren Nachgeschmack dieses Gefühls ignorieren. Denn im Widerstreit zu ihrer Erleichterung knisterte tief in ihrer Brust eine beißend kalte Angst. Was, wenn ihre Blutung immer weiter kam, von Monat zu Monat zu Monat? Wenn ihr Bauch sich niemals unter ihrem Kleid wölben würde? Wenn etwas in ihr unwiederbringlich zerstört worden war?

Ihre Finger gruben sich in den Stoff ihres Kleides. *Blut. Unser Blut ist unsere Strafe.* Das hatte ihre Mutter ihr beigebracht. Die Blutungen waren Evas Fluch, der Preis für ihre Sünde. *Auch eine Frau, die ihre Impulse nicht kontrollieren konnte*, dachte Lisbeth bitter. Waren sie fair, all jene Vorschriften und Strafen, die Evas Töchter aufgebürdet bekamen? Jede Faser in ihr sträubte sich dagegen, das zu glauben. Und doch erinnerte sie sich nur zu gut daran, wie schuldig sie sich gefühlt hatte. Nicht an dem Tag, an dem sich ihre Blutung das erste Mal eingestellt hatte, sondern in dem Monat, in dem sie ausgeblieben war.

Die Erinnerungen an Lisbeths Kindheit waren erfüllt von Geräuschen und Farben. Eine Schale roter Äpfel auf einem schartigen Küchentisch. Das wechselnde Kleid der Bäume jenseits der Burgfenster und die bunten Jagdszenen auf den Gobelins im Studierzimmer. Ihr eigenes lautes Lachen und das ihrer Brüder. Johann und Matthias waren nur wenige Jahre älter als sie und für den Großteil ihrer Kindheit war das Dreiergespann unzertrennlich gewesen. Gemeinsam gingen sie angeln am Fluss, lieferten sich Wasserschlachten und lagen auf dem Gras über der Böschung, bis ihre Kleider wieder trocken waren. Sie jagten Kaninchen und stahlen junge Erbsen aus dem Garten der Müllersfrau. Nicht weil sie es mussten, sondern weil sie den Nervenkitzel liebten.

Lisbeth steckte nie zurück und war oft wagemutiger als ihre Brüder. Wenn sich andere Kinder aus der Burg ihren Abenteuern anschlossen, dann war sie es, die sich die wildesten Spiele ausdachte. Ihr Bruder Matthias gab ihr den Spitznamen Itzeblitz und den trug sie stolz wie ein Abzeichen. Sie wusste noch sehr genau, wie es sich angefühlt hatte, als sie barfuß über eine Wiese voller Klee gerannt war. Der Atem hatte ihr in der Lunge gebrannt, doch sie hatte sich angetrieben, bis sie die umgestürzte Weide erreichte, die sie als Ziel auserkoren hatten. Vor ihren Brüdern, vor Janis, dem Sohn des Hufschmieds, und seiner Schwester Phina. Vor Jakob, dem Sohn des Stallmeisters. Wenn sie die Augen schloss, sah sie immer noch sein rotes, breit grinsendes Gesicht vor sich und hörte, wie er ihre Brüder aufzog.

Ihr zwei seid lahme Ochsen und eure Schwester ist der Wind.

Von da an war er immer auf ihrer Seite gewesen, hatte sie ermutigt und sie wie eine kleine Schwester geneckt. Bis zu dem Herbstfest, an dem Lisbeth eine Krone aufgesetzt bekommen hatte.

Sie hatte in jenem Sommer ihren fünfzehnten Geburtstag gefeiert und nach der Weinlese im September wurde sie zum ersten Mal zur Herbstkönigin gekürt. Beim Weinfest, das wie jedes Jahr auf Heunegg stattfand, bekam Lisbeth eine Krone aus Weinlaub, Blaubeeren und

Chrysanthemen aufgesetzt. Sie durfte als Erste mit nackten Füßen in das große Fass im unteren Hof steigen und die frisch gepflückten Reben zertreten. Sie hielt ihre Röcke in die Höhe und spürte, wie die weichen, sonnengewärmten Trauben unter ihren Füßen zerplatzen. Traubensaft spritzte gegen ihre Waden und sie lachte laut auf. Der Rest des Burgvolks um sie herum johlte und jubelte. Zwei Männer hoben sie aus dem Fass, die Musik begann, und sie schlüpfte mit blau befleckten Füßen in ihre Tanzschuhe. Sie war über den Hof gewirbelt, inmitten von lachenden Menschen, hatte sich Traubensaft von den Lippen geleckt, den Duft von Hefekuchen durch die Nase eingesogen und später den saftigen Geruch von Braten am Spieß.

Lisbeth erinnerte sich nicht an alle Einzelheiten, aber sie musste mit Jakob getanzt haben. Zu diesem Zeitpunkt verbrachten sie und ihre Brüder bereits weniger Zeit miteinander. Die Kinderspiele mussten den Platz für ihre Ausbildung räumen, und die führte sie auf unterschiedliche Wege. Matthias begleitete ihren Vater an den Kaiserhof, während Johannes die Universität besuchte. Nur Jakob blieb eine Konstante für Lisbeth. Sein Vater bildete ihn zu seinem Nachfolger aus und sie ging immer noch in den Stall, wenn ihr die eigenen Lektionen zu viel wurden. Nähen, Tanzen, Haushaltsführung. Geografie und Politik, gepaart mit Unterricht in der Kunst, ihr eigenes Wissen herunterzuspielen. Eine Dame mit Aussicht auf einen höheren Stand musste über das Weltgeschehen Bescheid wissen, um die Untiefen höfischer Gesellschaft zu navigieren und die Entwicklung ihrer eigenen Domäne gewinnbringend zu beeinflussen. Aber beim Einfluss sollte es bleiben. Die Herrin im Haus agierte im Hintergrund, war zuverlässig, gewitzt und im richtigen Moment unsichtbar. Sie konnte ihren Ehemann mit kluger Konversation unterhalten, prahlte aber nie mit ihrem Können und sollte in der Regel mehr zuhören, als selbst zu sprechen.

Die scheinbar endlose Zahl an Benimmregeln schnitt Lisbeth oft die Luft ab. Das Weinfest war daher eine willkommene Auszeit gewesen. Für einen Tag und eine Nacht zog Karnevalsstimmung in Heunegg ein, wurden Regeln und Einschränkungen über den Haufen geworfen. Alle waren betrunken, laut, fröhlich und Lisbeth genoss das Chaos der Feier in vollen Zügen. Für sie war es keine Überraschung gewesen, dass Jakob und sie schließlich dort landeten, wo sie sich ohnehin gern aufhielten – im Stall. Verborgen vor neugierigen Blicken küsste Lisbeth Jakob und schmeckte die klebrige Süße von neuem Wein auf seinen Lippen. Sie fuhr mit den Fingern durch sein Haar und erschauderte, als er seine Hand unter ihren Rock und zwischen ihre Beine schob. Instinkt übernahm die Führung. Nichts war einfacher gewesen, nichts natürlicher als dieses erste Zueinanderfinden. Den Rhythmus ihrer Körper musste sie nicht lernen, denn er entsprach ihrem innersten Wesen, genauso wie das Wettrennen über die Wiesen, das Balancieren auf Gartenmauern oder der Rausch der Jagd. Warme Haut an warmer Haut, ein Beben, ein Aufbäumen, und Jakob, der ihre vom Schweiß feuchte Halsbeuge küsste und flüsterte: *Diana. Göttin der Jagd.*

Jene Nacht war einfach gewesen. Der heikle Teil, der Spießrutenlauf kam danach.

Lisbeth wusste bereits, was nötig war, um Kinder auf die Welt zu bringen. Sie hatte zu viel Zeit in den Ställen der Burg verbracht, um über diese Vorgänge ganz im Ungewissen zu bleiben. Aber in jenem Moment, als sie mit Jakob im Stall lag, hatte sie nicht daran gedacht, und auch später nicht. Bis ihre Amme sie an einem Morgen zwei Monate nach dem Herbstfest zur Seite nahm.

Heraus damit.

Das waren ihre Worte gewesen. Lisbeth verstand zunächst nicht, woher Gudrun wusste, was sie und Jakob getan hatten. Sie wusste nicht, was es bedeutete, wenn das Monatsblut ausblieb.

Ihr war bewusst gewesen, dass ihre gemeinsame Nacht ein Geheimnis bleiben musste, eine Erinnerung, die sie nur miteinander teilten. Aber sie sah nichts Verwerfliches darin. Es war harmlos, nur ein kurzer Moment der Freiheit. Wie ihre Ausritte oder die Spätsommernächte, in denen sie heimlich auf das Dach der Kapelle kletterte, um von dort den Sternenhimmel zu betrachten. Das änderte sich, nachdem Gudrun ihr sagte, dass sie einen Bastard unter dem Herzen trug und dass sie nicht nur ihr eigenes Leben, sondern auch den Ruf ihrer Familie zerstört hatte. Man würde sie verstoßen, sie in ein Kloster schicken und aus dem Familienstammbaum streichen. Ihre Brüder würden die Schmach mittragen müssen und ihretwegen würden sie

schlechtere Chancen auf eine gute Partie haben. Und sie selbst würde Gott danken müssen, dass sie weiterleben durfte, um für ihre Sünde Buße zu tun, denn niemand würde ihren Vater verurteilen, wenn er ihr für ihr Vergehen den Schädel einschlagen würde.

Gudrun sprach schnell und leise. Irgendwie war es dieses halb geflüsterte Zischen, das Lisbeth am meisten Angst machte. Es grub sich unter ihre Haut wie die brennenden Härchen einer Nessel. Gudruns Flüstern verwandelte ihre Erinnerung an die Nacht mit Jakob in etwas Schmutziges.

Gebeutelt von den Bildern von Strafe und Verdammnis, die auf sie einprasselten, war Lisbeth in Tränen ausgebrochen. Sie hatte geweint wie schon lange nicht mehr. Es war, als hätte jemand eine Kerze ausgepustet und sie verstand zum ersten Mal, wie dunkel, wie bedrohlich die Welt war, in der sie lebte. Wochenlang träumte sie davon, wie sie auf dem leeren Burghof stand, umringt von gesichtslosen Richtern, die Steine in den Fäusten hielten. Es war ein unangenehmes Erwachen. Ein Schock, der sich tief in ihre Knochen bohrte und dort für immer verhakte.

Im Nachhinein dachte Lisbeth, dass Gudrun mit ihren Warnungen absichtlich übertrieben hatte. Sie *wollte* ihr eine Todesangst einjagen, damit sie sich künftig keine Fehltritte mehr leistete. Und nachdem ihr das gelungen war, regelte sie den Rest.

Gudrun brachte Lisbeth Tasse um Tasse von einem bitteren Kräutertee, bis sie eines Morgens auf einem blutgetränkten Laken aufwachte. Auch darum kümmerte sich Gudrun und ließ damit die letzte Spur jenes schicksalhaften Weinfestes verschwinden. Lisbeth erinnerte sich daran, wie sie am späteren Morgen erschöpft in ihrem Bett gelegen und aus dem Fenster gestarrt hatte. Die Laken waren bereits ausgetauscht worden. Gudrun hatte ihr einen Kübel mit warmem Wasser gebracht und ihr ein frisches Nachthemd herausgelegt. Alles war blank geschrubbt. Das Bett, der Boden. Lisbeth. Trotzdem roch sie immer noch den süßlich-metallischen Geruch von Blut in der Luft. Sie fühlte sich winzig klein in ihrem Bett und die Distanz bis zum offenen Fenster schien meilenweit und unüberwindbar.

Sie hatte sich von diesem Erlebnis erholt. Mit der Zeit. Aber bis heute flüsterte jene ängstliche, verachtenswerte Stimme in ihr, dass sie ihre Lektion hätte besser lernen müssen.

Bis heute fragte sich Lisbeth, ob ihre Mutter wusste, was damals passiert war. Gudrun hatte das Geheimnis für sich behalten, da war sie sich sicher, aber es war gut möglich, dass ihre Mutter eins und eins zusammengezählt hatte. Nach jenem roten Morgen war Lisbeth eine Woche lang mit ›Magenschmerzen‹ im Bett gelegen. In der ganzen Zeit hatte ihre Mutter sie nicht besucht, sondern die Pflege Gudrun überlassen. Aber kaum war Lisbeth auf den Beinen, rief ihre Mutter sie zu sich und präsentierte ihr einen Plan für ihre Ausbildung. Von da an hielt sie strenge Übersicht, vermittelte ihr Lektionen über das Leben als Edelfrau und Ehefrau und stellte ihr Klara als Zofe an die Seite.

Lisbeth hatte sich an diesen neuen Tagesablauf gewöhnt und mit der Zeit hatte auch das Nachspiel ihrer Nacht mit Jakob seinen Schrecken verloren. Und langsam hatte sich ihr alter Trotz wieder an die Oberfläche gekämpft, zerbeult und rissig zwar, aber da war immer noch diese kleine, lebenshungrige Flamme in ihrer Brust. Jene kleine Flamme, die sie antrieb, Grenzen auszutesten und die Regeln nur ein klein wenig zu brechen. Jene Flamme, die in ihr aufglühte, wenn sie bei Jakob war.

Eines Tages würde diese Flamme sie in ernsthafte Schwierigkeiten bringen, das wusste sie. Und manchmal war sie fast versucht, eine solche Eskalation herauszufordern.

Ein besonders unangenehmer Schmerz stach in Lisbeths Unterleib und sie verzog das Gesicht. Unten im Burggarten breiteten sich die Pfützen über Rasen und Schotterwege aus. Der Pfad zu dem kleinen Eckturm stand mittlerweile ganz unter Wasser. Heckenrosen wucherten an der Turmwand hinauf, klammerten sich an einen Fenstersims und quollen vermutlich auch ins Innere. Niemand lebte oder arbeitete dort. Der Turm war ein Stück Dekoration, eine Verspieltheit, die Graf Konrad seiner ersten Frau gestattet hatte.

Dank Barbara wusste Lisbeth, dass jene erste Frau den Garten mit angelegt hatte. Konrads zweite Frau war weniger aktiv gewesen. Sie hatte es bevorzugt, auf der steinernen Bank vor dem Turm zu

sitzen und sich am Duft der Heckenrosen zu erfreuen. Nachdem sie im Kindbett gestorben war, hatte man ihr ein Gebinde aus den weißrosa Blüten zwischen die Hände gelegt. Diese Einzelheit hatte Barbara gern weitergegeben. Über den Verbleib des tot geborenen Kindes schwieg sie sich aus.

Waren das die Wege, die Lisbeth offenstanden? Entweder sie bekam kein Kind von Konrad und riskierte damit, ihre Position in der Burg und in der weiteren Gesellschaft zu verlieren. Es wäre nicht das erste Mal, dass ein Mann die Ehe mit einer unfruchtbaren Frau annullieren ließ. Oder sie wurde schwanger und setzte sich der Gefahr aus, bei der Geburt zu sterben. Keine dieser Optionen war erstrebenswert. Ganz zu schweigen davon, dass sie Konrad in jedem Fall gestatten musste, sich an der Erbenzeugung zu versuchen. Wieder und wieder.

Ein Schauder lief über Lisbeths Rücken und eine Welle der Übelkeit krampfte ihren Magen zusammen. Sie schloss die Augen. *Reiß dich zusammen*, sagte sie sich. Was brachte es ihr, wenn sie sich in Selbstmitleid ertränkte? Denn ja, es stimmte, ihre Wahlmöglichkeiten waren begrenzt. Keine Frau war glücklich über diesen Zustand. Selbst ihre Mutter hatte das eingeräumt. Gleichzeitig hatte sie Lisbeth eingebläut, dass sie ihr Schicksal mit Würde und Anstand ertragen musste. Nicht nur, um sich selbst in einer Welt abzusichern, die Töchtern den Weg zur Selbstbestimmung versperrte. Sondern auch, um das Ansehen ihrer Familie weiter zu stärken.

Ergreife jeden Vorteil. Lisbeth wiederholte den Lieblingsleitsatz ihrer Mutter. Gleichzitig schweifte ihr Blick über die regenverhangenen Hügeln , bevor er an der Kante einer Felswand hängen blieb. Plötzlich, als hätte jemand eine Hand in ihr Bewusstsein getaucht und damit den Strom ihrer Gedanken umgeleitet, kam Lisbeth eine neue Idee. War das dort draußen dieselbe Felswand, an deren Fuß sie die Blätterspirale gefunden hatte?

Ertrage, was du nicht ändern kannst. Der zweite Teil der mütterlichen Weisheit verklang in ihrem Kopf, als sie in ihrer Erinnerung zu der Spirale zurückkehrte. Dieser eigenartige Ort in den Wäldern … Lisbeth wusste immer noch nicht, was sie dazu getrieben hatte, die Lichtung zu betreten. Sie hatte sich alle Mühe gegeben, nicht darüber nachzudenken, denn die Vorstellung, dass nur einen kurzen Ausritt entfernt etwas Dunkles und Mächtiges wartete – etwas, was sie auf eigenartige Weise berührt hatte –, ließ ihr Blut gefrieren. So ein Erlebnis hatte keinen Platz in der geordneten, pragmatischen Welt einer Burgherrin. Und doch …

Lisbeth bemerkte, dass sie ihre Hand auf den Fenstersims gelegt hatte. Der Regen rauschte kurz vor ihren Fingerspitzen in die Tiefe und als sie die Hand ausstreckte, prasselte kaltes Wasser auf ihre Finger. Wieder schloss sie die Augen.

Elisabeth.

Sie erinnerte sich an den geflüsterten Klang ihres Namens. Fast war es so, als hörte sie ihn erneut. Die feinen Härchen in ihrem Nacken richteten sich auf und für einen Moment dachte sie, dass jemand hinter sie getreten war. Sie schluckte, zog die Hand zurück und drehte sich um.

Das Zimmer war leer. Da standen nur das monströse Bett und daneben der Spiegel. Lisbeth ballte die vom Regen nasse Faust. Sie öffnete den Mund, um laut zu fragen, ob jemand mit ihr im Raum war, aber just in dem Moment öffnete sich in der Stube nebenan eine Tür. Klara sagte etwas und dann fragte eine Mädchenstimme, ob mit der Herrin alles in Ordnung sei.

Es war, als wäre ein Bann gebrochen. Lisbeths verkrampfter Körper entspannte sich und sie rieb sich die Hand an ihrem Rock trocken.

»Sie wird bald da sein«, hörte sie Klara in der Stube sagen. Hatte Barbara also doch aufgegeben und eine Dienerin nach ihr geschickt. Während das Mädchen die Speisen herunterbetete, die nur darauf warteten, von der Herrin gekostet zu werden, drehte Lisbeth dem Zimmer wieder den Rücken zu.

Sie war dankbar für die Unterbrechung. Das rief ihr ins Gedächtnis, worauf sie sich konzentrieren sollte: auf ihre Auseinandersetzung mit einer überbordenden Schwägerin. Keine eigenartigen Blättermuster im Wald und mit Sicherheit keine Selbstmitleidsarien über ihr Los als frischgebackene Ehefrau.

Du hast einen schlechten Tag, sagte sie sich, *das ist alles*. Sie nahm Nadel und Faden wieder auf und setzte mit großer Sorgfalt den nächsten Stich. Ihr Tag würde nicht unbedingt besser werden, bloß weil sie Barbara den Genuss eines warmen Stücks Schweinebraten verwehrte.

Aber es konnte auch nicht schaden.

10

ANTHEA

Die Hütte der Barbagianna lag bereits mehrere Meilen hinter uns. Wir wanderten durch Buchenwälder, immer bergab, bis wir die Klamm erreichten, die uns ins nächste Tal bringen würde. Unser Weg führte uns entlang eines Flusslaufes nach Norden in Richtung der Berge. Dort wartete auf einer Anhöhe die Lichtung, in der wir den Spiegel das letzte Mal gesehen hatten.

Ich hatte wirklich gehofft, dass ich nie wieder an diesen Ort zurückkehren musste. Beim bloßen Gedanken an ihn brannte in meiner Brust wieder jene altvertraute Scham, die ich nie ganz hatte ablegen können. Zu Recht, sicherlich, aber gut fühlte es sich trotzdem nicht an.

Matej trottete vor mir her, immer noch schweigsam, immer noch verschlossen. Hätte ich mich angestrengt, hätte ich die Wände, die er um seine Gedanken gebaut hatte, vermutlich durchdringen können. Aber das wäre ein Vertrauensbruch.

Was nicht hieß, dass mir die Zurückhaltung leichtfiel. Sein Schweigen nagte an mir. Warum hatte er kein einziges Wort für das übrig, was ich getan hatte? Zweifelte er am Erfolg unserer Mission oder zweifelte er an mir?

Diese und andere nutzlose Gedanken kreisten in meinem Kopf, bis wir eine Stelle erreichten, an der ein Hindernis unseren Weg versperrte. Eine Geröllllawine hatte die rechte Böschung einbrechen lassen und mehrere Bäume waren in die Klamm gestürzt.

Warte hier, sagte Matej. *Ich suche uns einen Umweg.*

Mit dieser knappen Botschaft sprang er die Böschung hinauf und verschwand zwischen den Bäumen oberhalb des Flusses. Ich sah ihm nach, dann schloss ich die Augen und atmete tief ein und aus.

Es war nicht das erste Mal, dass Matej in seiner eigenen inneren Welt verschwand. Das musste nicht unbedingt an mir liegen oder an dem, was ich getan hatte. Ich musste aufhören, mir seine Stille so zu Herzen zu nehmen. Immerhin hatte ich es selbst lange Jahre vorgezogen zu schweigen.

Wie lange war ich mit Matej unterwegs gewesen, bevor ich anfing zu sprechen? Ein paar Monate oder war es schon ein ganzes Jahr gewesen? Ich wusste es nicht mehr genau. Aber ich erinnerte mich an den Abend, als ich meine Stimme das erste Mal wieder benutzt hatte. Es war Herbst, wir hatten die Spur des Spiegels bereits verloren und wanderten die Passstraße entlang, in der Hoffnung, irgendwo einen Hinweis auf die Jäger aufzuschnappen. Aber ein Wolf und ein stummes Kind konnten keine Fragen stellen. Wir konnten froh sein, wenn uns die Leute aus den Weilern nahe der Straße nicht schon von Weitem Steine entgegenschleuderten.

Matej war bereits den ganzen Tag über schweigsam gewesen. Er war langsamer gelaufen und hatte aufgehört, den Weg nach Spuren abzusuchen. Als ich uns bei Sonnenuntergang ein Lagerfeuer anzündete, hatte er mir ein Eichhörnchen neben den Holzhaufen gelegt und sich wortlos auf dem Boden niedergelassen. Ich hatte seine Verzweiflung wie einen heißen Knoten in meiner Brust gespürt. Jede Faser in mir hatte ihm helfen wollen, aber ich wusste nicht wie.

In jener Nacht hatte er von Myrsina geträumt und seine Sehnsucht war so stark gewesen, dass sie mich mit in seinen Traum gezogen hatte. Ich hatte sein Bewusstsein geteilt. Ich war der Wolf, spürte, wie Myrsina mit dem Rücken an mich geschmiegt schlief, roch den Walnusssud, mit dem sie sich die Haare färbte, und war glücklich, weil wir sogar im Schlaf im Einklang atmeten.

Am nächsten Morgen war ich schon wach gewesen, als Matej endlich die Augen aufgeschlagen hatte. Ich hätte mich gern zu ihm gelegt und ihm von meiner Wärme abgegeben, aber da war immer noch diese Kluft der Stille zwischen uns gewesen. Stattdessen hatte ich

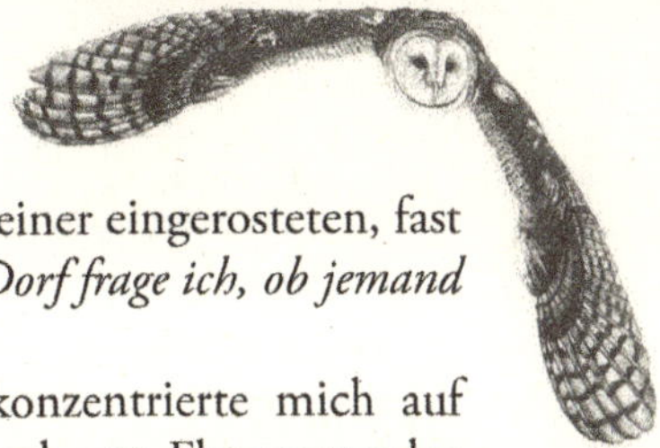

mich dicht neben ihn gelegt und hatte mit meiner eingerosteten, fast vergessenen Stimme geflüstert: »*Im nächsten Dorf frage ich, ob jemand die Jäger gesehen hat.*«

Ich schüttelte die Erinnerung ab und konzentrierte mich auf meine Umgebung. Der metallisch-kühle Geruch von Flusswasser lag in der Luft. Irgendwo im Unterholz zwitscherten ein paar Finken und Äste knackten sacht im Wind. Eigentlich alles so, wie es in einem Wald sein sollte.

Vielleicht lag es an den vielen Jahren, in denen ich mit einem Wolf unterwegs gewesen war. Gut möglich, dass Matejs Aufmerksamkeit auf mich abgefärbt hatte. Jedenfalls hatte ich ein feines Gespür dafür entwickelt, ob ich irgendwo allein war oder ob sich noch jemand anderes in der Nähe befand. Und in diesem Augenblick war ich mir sehr sicher, dass mich jemand beobachtete.

Langsam, sehr langsam bewegte ich meine Hand zu dem Messer, das ich an meinem Gürtel trug.

Der Fluss plätscherte unverändert weiter. Ich blickte über meine Schulter. Niemand zu sehen. Ich zog mein Messer aus der Scheide und drehte mich ganz um. Wenn mich jemand angreifen wollte, dann würde er es tun. Egal, ob ich verriet, dass ich meinen Verfolger ertappt hatte, oder nicht. Mein Blick schweifte über den Fluss, hinauf zur gegenüberliegenden Böschung. Ich sog die Luft durch die Nase. Sosehr ich mich auch anstrengte, ich konnte nichts Ungewöhnliches unter den Gerüchen von Wald und Wasser entdecken.

Hatte ich mich doch geirrt? Unschlüssig stand ich da, bis Matejs Stimme in meinem Kopf ertönte.

Komm rauf. Ich habe einen Durchgang gefunden.

Matejs Gedanken klangen klar in meinem Kopf, aber dieses Mal war ich diejenige, die nicht reagierte. Mein Blick blieb auf das andere Ufer geheftet und das Messer lag bereit in meiner Hand.

Anthea? Eine Spur meiner Anspannung musste ihn erreicht haben, den einen kurzen Augenblick später tauchte der Wolf an meiner Seite auf, lautlos wie immer.

Was ist los?

Ich bin mir nicht sicher, antwortete ich. *Riechst du da oben jemanden?*

Matej trat einen Schritt vor und schnupperte an der Luft. Mit gespitzten Ohren starrte er in die Schatten zwischen den Bäumen.

Hast du jemanden gesehen?, wollte er wissen.

Nein. Ist nur so ein Gefühl.

Matej schnaubte zögernd. Er stand so nahe bei mir, dass seine Flanke mein Bein berührte. Etwas in mir atmete erleichtert aus. Die Entfernung, die seine Stille zwischen uns aufgetan hat, fühlte sich nun nicht mehr ganz so weit an.

Wir gehen besser weiter, sagte er schließlich. *Aber sag mir Bescheid, wenn du etwas bemerkst.*

Ich nickte. *Gut.*

Er warf mir einen kurzen Blick zu und seine Anerkennung streifte mich wie der Flügel eines Schmetterlings. Er war stolz, dass ich so aufmerksam war. Meine Mundwinkel schoben sich zu einem kleinen Lächeln nach oben und Matej zuckte mit einem Ohr.

Gehen wir, wiederholte er. *Es wäre besser, wenn wir vor heute Abend noch ein gutes Stück Strecke zurücklegen könnten.*

Mit diesen Worten wandte er sich ab und sprang wieder die Böschung hinauf.

Ein letztes Mal sortierte ich die Geräusche des Waldes, konnte aber nichts Ungewöhnliches heraushören. Da war nur das Rauschen des Wassers und das Rascheln eines größeren Vogels, der irgendwo hinter den Bäumen auf Beutejagd ging.

Anthea?

Komme.

Ich steckte mein Messer zurück in die Scheide und kletterte die Böschung auf meiner Seite des Flusses hinauf.

Als der Abend dämmerte, schlugen wir unser Lager auf einer Wiese am Ausgang der Klamm auf. Ich sammelte Holz für ein Lagerfeuer und Matej kümmerte sich um unser Abendessen. Die ersten Sterne zeigten sich am Himmel, während ich die drei Kaninchen häutete, die Matej für uns gejagt hatte. Ich hatte das erste bereits auf einem Ast über das Feuer gesteckt. Dem zweiten zog ich gerade das Fell ab, als Matej sich neben mich legte.

Ich sah ihn nicht an, war ganz mit meiner Aufgabe beschäftigt. Ich mochte die Routinen auf unseren Reisen, wie wir Hand in Hand arbeiteten, ohne uns absprechen zu müssen. Andere Menschen fühlten sich zwischen Mauern zu Hause. Mir gaben unsere kleinen Rituale das Gefühl, geborgen und am richtigen Platz zu sein.

Ein Holzscheit im Feuer zerbrach und Glutfunken stoben in die Luft. Mit einer Hand drehte ich das Kaninchen über dem Feuer um, dann wandte ich mich wieder den anderen beiden zu. Ich schob meine Klinge unter das Fell des dritten Langohrs, als Matej das ansprach, was er seit dem Morgen vermieden hatte.

Du hättest die Scherbe nicht nehmen sollen.

Ich sah ihn immer noch nicht an, sondern konzentrierte mich darauf, das Fell sauber von der unteren Hautschicht des Kaninchens zu lösen. *Eine Gelegenheit wie diese hätten wir nicht wieder bekommen*, sagte ich.

Ich versuchte, mir nichts anmerken zu lassen, aber mein Magen verkrampfte sich. Wenn er mir etwas vorzuwerfen hatte, würde ich es jetzt hören.

Kurz schwieg Matej, dann sagte er: *Das sollte nicht deine Bürde sein.*

So unauffällig wie möglich atmete ich aus. Darum ging es also. Jetzt, wo er wieder mit mir sprach, konnte ich es auch spüren. Er hatte ein schlechtes Gewissen. Die Vorstellung, dass ich wegen seiner Mission zu Schaden kommen könnte, nagte an ihm.

Das war ein altes Thema zwischen uns. Trotz all der Zeit, die wir gemeinsam auf das gleiche Ziel hingearbeitet hatten, war er der Meinung, dass er mir mit seiner Suche nach Myrsina ein zu hartes Schicksal aufzwang. Manchmal konnte ich ihn davon überzeugen, dass ich mich aus freien Stücken für dieses Leben entschieden hatte. Dass ich froh war, wenn ich ihm helfen konnte. Manchmal gelang es mir nicht.

Ein Windstoß fegte über die Wiese und blies mir den Rauch vom Lagerfeuer ins Gesicht. Rasch drehte ich mich zur Seite und rieb mir mit der Hand über die Augen. Eines der Ascheflöckchen musste in mein rechtes Auge geraten sein, denn obwohl ich versuchte es wegzublinzeln, juckte es in meinem Augenwinkel.

Du hast gehört, was die Barbagianna gesagt hat, erwiderte ich. Noch einmal rieb ich mir mit der Fingerspitze die Asche aus den Augen, dann wandte ich mich wieder dem Kaninchen zu. *Der Splitter kann nur von einer Frau getragen werden.* Ich warf Matej einen Seitenblick zu und lächelte. *Diese Voraussetzung erfülle ich gerade so, meinst du nicht?*

Anstatt auf meinen Scherz einzugehen, drehte er den Kopf zur Seite. *Es ist nicht gut für dich, an meiner Seite unterwegs zu sein.*

Diese Aussage versetzte mir einen Stich. Er ahnte nicht, wie sehr er mir damit wehtat, und ich wollte es ihm auch nicht zeigen.

Mit einem Ruck zog ich dem Karnickel das Fell vom Leib. *Du machst dir zu viele Sorgen*, sagte ich. *Außerdem, jetzt ist es nun mal so. Ich habe den Splitter. Sollten wir uns nicht besser darauf konzentrieren, wie wir ihn am besten nutzen?*

Zuerst reagierte er nicht, dann atmete er seufzend aus und legte seinen Kopf auf die Vorderpfoten. *Wahrscheinlich,* gab er zu.

Ich legte das letzte Kaninchen beiseite und wischte meine blutverschmierte linke Hand notdürftig am Gras ab. Die Asche kratzte immer noch unter meinem Augenlid. Ich hielt inne. Mein *rechtes* Auge juckte. Das Auge, in das ich den Splitter gestochen hatte. Ich blinzelte wieder, traute mich aber plötzlich nicht mehr, mit den Fingern an meinem Augenwinkel zu reiben.

Hat es, begann Matej und zögerte. *Hat es wehgetan?*

Der Splitter? Ich riss mich zusammen und ließ mir meine Beunruhigung nicht anmerken. *Nein,* sagte ich, *es war wie …* Weiter kam ich nicht, denn das Jucken überzog plötzlich mein ganzes Auge. Bevor ich mich zurückhalten konnte, war ich mit der Hand am Augenlid, aber Matej bemerkte es nicht. Stattdessen spitzte er die Ohren und ein Ruck ging durch seinen Körper.

Jemand kommt!, warnte er und sprang auf die Füße.

Ich wollte auch aufstehen, aber das Jucken war wie ein Mahlstrom, der meine ganze Konzentration zu einem Punkt zog. Ich rieb mit dem Handballen über mein geschlossenes Auge und sah über das Lagerfeuer hinweg. Dunkle Eschen standen dicht an dicht am Ausgang der Klamm und von dort näherte sich etwas. Ein fahler, schwebender Schemen. Ich schob mich nach vorn auf meine Knie, aber weiter kam ich nicht.

Matejs Krallen gruben sich in die Erde und ein Knurren rumorte in seiner Kehle. Halb blind tastete ich nach dem Messer, mit dem ich

die Kaninchen gehäutet hatte. Durch einen Tränenschleier sah ich, wie sich ein großer weißer Vogel aus dem Schatten der Bäume löste und mit kräftigen Flügelschlägen auf uns zusteuerte. Eine Eule, es war …

Schmerz stach wie eine glühende Nadel in meinen Augapfel. Ich schrie auf, schlug mir beide Hände vors Gesicht und krümmte mich zusammen.

Anthea? Matejs erschrockene Frage drang kaum durch die Qual, die jetzt jeden meiner Muskeln zusammenzog. Ich presste mein Gesicht in meine Handflächen und schloss die Augen so fest ich konnte. Ich stieß ein Wimmern aus, dann verebbte der Schmerz. Zitternd beugte ich mich vor, bis ich mit der Stirn auf meinen Knien lehnte.

Anthea!

»Es geht schon«, krächzte ich mühsam. Eine von Matejs Pfoten landete auf meinem Schenkel. Ich senkte die Hände. Vorsichtig öffnete ich die Augen und wischte mir dann die Tränen von den Wangen. Für einen kurzen Augenblick verschwamm meine Sicht, dann rückte die Welt wieder in den Fokus.

Matej winselte leise. Er stand so dicht bei mir, dass sein warmer Atem mein Gesicht streifte. »Es geht«, wiederholte ich. »Es ist vorbei.«

»Das hättest du wohl gern«, rief eine Stimme.

Matej und ich fuhren herum und meine Hand schloss sich um den Griff meines Messers. Eine Frau kam von der anderen Seite des Feuers auf uns zumarschiert. Der orangerote Schein der Flamen tanzte über ihre langen schwarzen Haare und die weißen Eulenfedern, die sich darin verfangen hatten.

»Ich habe dich gewarnt«, sagte Lelia. »Der Schlamassel fängt gerade erst an.«

11

ANTHEA

Lelia marschierte so zielstrebig auf uns zu, als wäre das hier ihr Lager. Matej stellte sich ihr mit gesenktem Kopf und gesträubtem Nackenfell in den Weg.

»Oh, beruhig dich wieder«, sagte sie entnervt, aber sie blieb stehen und hob beide Hände. »Siehst du? Keine Waffen.«

Gestaltwandler, sandte Matej und fletschte die Zähne.

Endlich schaffte ich es aufzustehen. »Du … du kannst dich in eine Eule verwandeln?«

»Offensichtlich.« Lelia zupfte sich eine Feder aus den Haaren und wies mit dem Kinn in Matejs Richtung. »Gerade er sollte von so einer Magie nicht überrascht sein.« Als er nicht reagierte, stemmte sie die Hände in die Hüften. »Können wir diesen Unsinn jetzt sein lassen? Ich bin hier, um zu helfen.«

Der Fluss und das Flügelrascheln in der Klamm kamen mir ins Gedächtnis. »Du warst das!«, sagte ich überrascht. »Du bist uns gefolgt!«

»Das war ja nicht schwer«, murrte sie.

So langsam hatte ich die Nase voll von ihrem spröden Gehabe. Der Schmerz in meinem Auge hatte mich völlig aus der Bahn geworfen und nun tauchte hier auch noch diese unflätige Person auf. Ich trat neben Matej und zog demonstrativ ein zweites Messer aus meinem Gürtel. »Was willst du von uns?«

»Hab ich doch gesagt«, antwortete sie. »Ich will euch helfen.« Sie erwiderte meinen Blick, ohne auszuweichen. Der Schein des Feuers spiegelte sich in ihren Augen und verlieh ihnen einen kupfernen Glanz. Eine Gänsehaut kribbelte über meinen Nacken.

Warum sollte sie das tun?, fragte Matej.

»Warum?«, fragte ich laut.

Lelia hob eine Braue. »Seid ihr zwei immer so misstrauisch?«

Matej knurrte drohend, aber ich streckte eine Hand nach ihm aus, um ihn zu beruhigen.

Warte noch.

»Nur wenn wir einen guten Grund dazu haben«, antwortete ich. »Wenn uns zum Beispiel jemand mit magischen Fähigkeiten nachschleicht.« Lelia rollte mit den Augen, aber ich sprach weiter. »Wenn du uns helfen willst, warum hast du das nicht gleich gesagt, als wir uns auf den Weg gemacht haben?«

Sie seufzte. »Weil ich keine Lust auf Diskussionen hatte.« Sie nickte zu Matej. »Wenn ich vorgeschlagen hätte, euch zu begleiten, hätte er mich gelassen?«

Nein, sagte Matej sofort.

Ich ließ Lelia nicht aus den Augen. »Und warum zeigst du dich dann ausgerechnet jetzt?«

»Weil es anfängt«, sagte sie schlicht. »Weil die Magie des Splitters zu wirken beginnt.«

Meine Hand zuckte wie von selbst in Richtung meines Auges. Lelia bemerkte es und ein weicher, mitfühlender Ausdruck trat auf ihr Gesicht. Es war nur eine minimale Änderung in ihren Gesichtszügen. Die meisten hätten sie wohl nicht bemerkt. Matej zumindest schien in ihr nur eine Bedrohung zu sehen.

Sie soll es erklären, forderte er.

Ich öffnete den Mund, schluckte, und setzte erneut an. »Was meinst du damit?«

Sie schüttelte kurz den Kopf, als könnte sie nicht fassen, wie ahnungslos wir waren. »Deine Schmerzen gerade eben?«, begann sie. »Die sind ein Vorgeschmack auf das, was jetzt kommt. Ich hab dich gewarnt.« Sie seufzte wieder. »Auch wenn es da natürlich schon zu spät war.«

Wovon redet sie?, wollte Matej wissen, aber mir hatte es die Sprache verschlagen. Ich erinnerte mich daran, wie Lelia vor mir auf dem Bett gesessen und sich mein rechtes Auge angesehen hatte.

Es wird ein paar Tage dauern, bis die Magie greift und du anfängst, die Spiegelpfade zu sehen. Ab dann wird es schmerzhaft.

Nun hatte ich einen ersten Geschmack auf die Schmerzen bekommen, die mir bevorstanden. Möglich, dass sie bald wiederkehren würden. Vielleicht würden sie mich stetig begleiten oder schlimmer werden. Die Tatsache, dass ich so gut wie gar nichts über die Magie der Scherbe oder über ihre Auswirkungen wusste, tat sich vor mir auf wie ein dunkler Abgrund.

Lelia wartete, dann schnalzte sie mit der Zunge und wandte sich ab. Ohne sich um das tiefe Grollen in Matejs Kehle zu kümmern, ging sie auf mein Reisegepäck zu. Matej wollte ihr nach, aber ich legte die Hand auf seinen Rücken.

Nicht, bat ich.

Was meint sie damit, es ist nur ein Vorgeschmack?, fragte er ein zweites Mal.

Ich suchte noch nach Worten, als Lelia losredete: »Die Glasscherbe hat sich jetzt festgesetzt und fängt an, ihre Magie in dir zu verteilen. Das wird dir helfen, die Spur des Spiegels zu finden. Aber es wird dich auch verändern.« Sie hob die lederne Umhängetasche, die Barbagianna mir gegeben hatte, in die Höhe. Sie suchte darin herum und zog schließlich ein tönernes Fläschchen hervor. Als sie die Tasche wieder auf den Boden stellte, wurde mir etwas klar.

Ich räusperte mich, aber meine Stimme war trotzdem kaum mehr als ein Krächzen. »Barbagianna hat all das für dich eingepackt«, sagte ich.

Lelia zuckte mit der Schulter. »Kleidung lässt sich gut mit in die Verwandlung nehmen. Marschgepäck eher nicht.« Mit dem Fläschchen in der Hand kam sie zu mir herüber. »Es hätte zu lange gedauert, euch zu erklären, wie ihr mit all dem hier umgehen müsst. Und so ganz genau wissen wir ja auch noch nicht, was du brauchen wirst.« Sie strich sich die langen schwarzen Haare hinter das Ohr. »Also«, fragte sie, »nehmt ihr mich nun mit, oder will Isegrim mich als Abendessen verspeisen?«

Das Kaninchen, das ich über dem Lagefeuer aufgespießt hatte, lag auf der Wiese. In der ganzen Aufregung hatte es weiter fröhlich vor sich hin geschmort und als ich endlich daran dachte, es von seinem Spieß zu ziehen, war es rettungslos verkohlt gewesen. Nicht schlimm. Ich hatte ohnehin keinen Appetit mehr.

Lelia kniete vor mir und untersuchte mein rechtes Auge. Wie zuvor standen ihre Berührungen im absoluten Gegenteil zu ihrer sonst so schroffen Art. Sie legte zwei Fingerspitzen unter mein Kinn und hob meinen Kopf an, bevor sie mir ein paar Tropfen klarer Flüssigkeit aus dem Tonfläschchen in den Augenwinkel träufelte. Ich schloss die Augen, um die Tinktur nicht sofort wieder herauszuweinen. Kurz darauf breitete sich eine angenehme Kühle unter meinem Lid aus. Erleichtert atmete ich aus.

Als ich die Augen öffnete, fand ich mich aufs Neue Lelias bohrendem Blick ausgesetzt. Sie saß so dicht vor mir, dass unsere Knie sich beinahe berührten.

»Danke«, murmelte ich. Ich griff nach meinem Wasserschlauch und nutzte den Vorwand, um ein Stück weit von ihr wegzurutschen. Ich hoffte, sie würde meinen Rückzug nicht als Undankbarkeit werten. Andererseits, warum sollte ich mir darüber Gedanken machen, ob ich sie beleidigte oder nicht? Ihr war es offensichtlich herzlich egal, ob sie andere vor den Kopf stieß.

Besser?, fragte Matej.

Ja, gab ich zurück.

»Wie fühlt es sich jetzt an?«, wollte Lelia wissen.

»Gut.« Ich blinzelte. »Der Schmerz ist weg.«

Du hättest mir sagen müssen, dass es wehtut, sagte Matej. Er stand ein paar Schritte neben uns, ließ Lelia aber nicht aus den Augen.

Es ist eben erst passiert, sagte ich. *Davor war alles gut.*

»Die Tinktur wird eine Weile lang helfen«, sagte Lelia. »Danach können wir es mit Kräuterpäckchen versuchen.«

Sie verstaute das Fläschchen in der Ledertasche.

Wir müssen so viel wie möglich über den Splitter herausfinden, sagte Matej. *Ich glaube, sie weiß mehr.*

Das glaube ich auch. Ich griff nach meinem Wasserschlauch und wusch mir endlich das Kaninchenblut von den Fingern. Nach kurzem Zögern reichte ich den Schlauch an Lelia weiter.

»Wenn du dir mein Auge so genau ansiehst«, fragte ich, »wonach suchst du da?«

Sie sah mich an, dann nahm sie einen Zug aus dem Wasserschlauch. Matej stand so still, dass man meinen könnte, er hätte aufgehört zu atmen.

Lelia setzte den Schlauch ab und deutete auf die beiden gehäuteten Kaninchen. »Darf ich?«

Wortlos warf ich eins der Kaninchen zu Matej. Das andere gab ich Lelia. Sie nahm meinen Spieß auf und steckte das Tier darauf.

»Du bist nicht die Erste, die die Scherbe trägt«, sagte sie.

Ich schluckte. »Barbagianna?«, fragte ich.

Lelia schüttelte den Kopf. »Ihre Meisterin.«

Sie hängte indessen das Kaninchen über das Feuer und setzte sich im Schneidersitz neben die Flammen. Nach kurzem Zögern ging ich zur anderen Seite der Feuerstelle und setzte mich ihr gegenüber ins Gras. Matej nahm das rohe Kaninchen zwischen die Zähne und legte sich zwischen uns.

»Sie wollte den Spiegel finden und vernichten«, fuhr Lelia fort. »Und bei ihr gab es keine halben Sachen.« Sie lachte kurz. »Sie und Nonna hatten beide einen gehörigen Dickschädel. Da müssen ziemlich oft die Funken geflogen sein.«

»Du hast die Meisterin nicht kennengelernt?«, fragte ich.

»Nein, als Nonna mich zu sich holte, war sie seit zwei Jahren tot. Ich glaube, sie wollte nicht mehr allein sein.«

Der Splitter, drängte Matej.

Lelia wischte sich mit der Hand am Ohr vorbei, als würde sie eine Fliege verscheuchen. Oder hatte sie ein Echo von Matejs Gedanken gehört?

»Woher wusste sie, wie der Splitter funktionierte?«, fragte ich.

»Sie hat nachgeforscht.« Lelia zuckte mit den Schultern. »Die Runen befragt. Aber am meisten hat sie durch ihre eigene Erfahrung gelernt. Sie hat sich den Splitter auch ins Auge gesteckt.«

Mein Mund war mit einem Mal staubtrocken. Matej hob interessiert den Kopf, aber ich schlang meine Arme um meine Knie. »Hat er nicht funktioniert?«, fragte ich.

»Doch.« Lelia lehnte sich vor und drehte das Kaninchen über dem Feuer. »Der Splitter breitete seine Magie in ihr aus und ein oder zwei Mal fand sie die Spiegelpfade. Aber sie konnte ihnen nie bis zum Ende folgen. Wie gesagt, irgendwas oder irgendwer kam ihr immer in die Quere. Manchmal waren es andere magiebegabte Frauen, die sie davon abhalten wollten, Aufsehen zu erregen. Meistens waren es übereifrige Christenmänner. Irgend so ein Hexenjäger hatte es besonders auf sie abgesehen.«

Ich spürte Matejs Missfallen, das sich wie eine Gewitterwolke in ihm ballte. Mit Hexenjägern hatten wir auch schon zu tun gehabt.

»Ist sie deshalb gestorben?«, fragte ich. »Hat die Inquisition sie erwischt?«

»Nein.«

Spätestens jetzt, als sie nichts außer diesem einen Wort sagte, wurde mir klar, worauf das hier hinauslaufen würde.

»Es war der Splitter«, sagte ich.

Nein! Matejs Verleugnung kam schnell und vehement.

Lelia presste die Lippen aufeinander. »Ich wollte dich aufhalten«, sagte sie. »Nonna hätte dir den Splitter niemals zeigen dürfen.«

Es fühlte sich an, als würde jemand mein Herz mit beiden Händen packen und zudrücken. »Wie ist es passiert?«

»Sie hat dagegen angekämpft«, sagte Lelia. »Aber mit der Zeit war der Fluch des Spiegels stärker als sie. Er breitete sich in ihr aus, bis …« Sie fuhr sich mit der Hand durch die Haare. Dieses Mal mied sie meinen Blick. »Als sie starb, war ihr Herz zu Glas erstarrt.«

Zum Teufel damit! Matej sprang auf die Füße und begann, neben dem Feuer auf und ab zu gehen. Sein Wolfsinstinkt sagte ihm, dass er etwas zerreißen musste, dass er die Zähne fletschen sollte, aber natürlich gab es hier nichts, was er auf diese Weise aus der Welt hätte schaffen können.

Lelia griff indessen nach der Ledertasche, in der die Kräuter verstaut waren. Sie zog einen kleinen Gegenstand daraus hervor und reichte ihn mir. Ich war erstaunt, dass meine Hand ruhig war, als ich ihn nahm.

»Wenn ihr Glück habt, kannst du den Splitter für deine Zwecke benutzen«, sagte Lelia. »Aber gleichzeitig wird er versuchen, seinen Fluch über dich zu legen.«

Matej kam zurück ans Feuer. *Sie soll dir sagen, wie du den Splitter entfernen kannst!*

Ich fuhr mit dem Daumen über das, was Lelia mir gegeben hatte. Es war ein Bronzespiegel, gerade so groß wie meine Handfläche. »Ich kann den Splitter nicht entfernen, oder?«

Ich kannte die Antwort und Matej kannte sie auch. Trotzdem sträubte er sich gegen die Endgültigkeit meiner Lage.

»Nein«, bestätigte Lelia. »Nonnas Meisterin hat es versucht, aber sie hat es nie geschafft.«

Matejs Kopf fuhr zu ihr herum und seine Augen glitzerten bedrohlich. *Warum zum Teufel hören wir das alles jetzt erst?*

»Er will wissen, warum ihr diese Information jetzt erst bekommt, oder?«, fragte Lelia.

Ich konnte nur nicken.

Sie warf ihm einen abfälligen Blick zu. »Erstens hat sie hier die Heldin gespielt, bevor Nonna euch alles sagen konnte, was sie wusste. Und zweitens hast *du* nicht gerade viele Fragen über die Konsequenzen gestellt.«

Matej streckte die Schnauze nach ihr aus und fletschte wieder die Zähne. *Weil ich nicht wollte, dass sie den Splitter nimmt!*

»Sie kann dich nicht verstehen«, sagte ich leise. Der Bronzespiegel lag kühl in meiner Handfläche.

Matej stieß ein wütendes, hilfloses Schnauben aus und wandte sich ab. Lelia sah ihm nach, dann wandte sie sich wieder an mich. »Die einzige Möglichkeit«, sagte sie, »ist, den Spiegel zu finden und zu vernichten, bevor der Splitter dich überwältigt. Und in der Zwischenzeit bin ich hier, um die Auswirkungen des Fluchs einzudämmen.«

Ich hob ich den Spiegel vor mein Gesicht. Es war schwer zu erkennen. Das Lagerfeuer verbreitete nur ein mattes Licht und die Bronze spiegelte nicht so gut wie Glas. Ich sah sie trotzdem. Eine hauchdünne kristallweiße Ader, die von meinem inneren Augenwinkel zu meiner Wange hinunterlief. Das Zauberglas fing an, sich unter meiner Haut auszubreiten.

Ich zwang mich, meinen Arm wieder zu senken.

Anthea, sandte Matej, fast flehend, aber ich fühlte mich wie betäubt. Nur eine Frage musste ich noch stellen.

Ich sah zu Lelia. »Warum?«, fragte ich. »Warum willst du uns helfen?«

Dieses Mal erwiderte sie meinen Blick. Ich zwang mich, ihr in die Augen zu sehen, bis sie schließlich amüsiert schnaubte. Sie hob ihren Mundwinkel zu einem schrägen Lächeln und wiederholte meine Worte vom Morgen: »Weil es das Richtige ist.«

12

LISBETH

Elisabeth.

Lisbeth schreckte aus dem Schlaf hoch. Ihr Nachthemd klebte an ihrer Haut und der dicklich-süße Geruch von Blut raubte ihr fast den Atem. Sie schlug Felle und Decken zurück und betastete hektisch die Laken. Mondlicht fiel durch das Fenster und ließ den weißen Stoff matt leuchten. Keine dunklen Flecken. Kein Blut. Ihr Nachthemd war nur schweißdurchtränkt.

Lisbeth atmete zitternd aus, zog sich die Leinenhaube vom Kopf und fuhr sich mit beiden Händen durch die Haare. Auch die waren feucht. Sie musste einen Albtraum gehabt haben, aber sie konnte sich nicht erinnern. Sie …

… ging durch eine Halle, sah einen Stuhl mit hoher Lehne und auf dem Sitz eine Krone aus gläsernem Weinlaub.

Das Bild flammte in ihrem Kopf auf wie eine weiß brennende Kerze. Jemand hatte mit ihr gesprochen. Die Stimmen aus dem Wald waren im Traum zu ihr zurückgekehrt. Mehr als das: sie war an einen anderen Ort gegangen, war dem Gemurmel in einen Thronsaal gefolgt. Zielsicher hatten ihre Schritte sie zu jenem Stuhl geführt und das Mondlicht, das durch die hohen Fenster fiel, glitzerte auf der Krone, die dort wartete. Auf sie. Auf Elisabeth, Göttin der Jagd, Königin des Herbstes.

Lisbeth stützte den Kopf in beide Hände. »Was zum …«, flüsterte sie.

»Elisabeth.«

Das Flüstern raunte durch das nächtliche Zimmer. Lisbeth vergrub das Gesicht in den Händen und schloss die Augen. Sie bildete sich das ein. Die Stimme musste Einbildung sein.

»Elisabeth.«

In ihrem Traum war Lisbeth näher und näher auf den Stuhl zugegangen. Die Krone war ein Reif aus gläsernem Weinlaub, geschmückt mit winzigen Trauben aus Kristall und filigranen Ästen. Sie wusste, wenn sie nur die Hand darauf legen würde, dann wäre alles gut. Sobald sie sich die Krone auf den Kopf setzte, würden alle Zweifel und alle Furcht von ihr abfallen. Sie war beinahe dort gewesen, nur noch wenige Schritte hatten sie von ihrem Ziel getrennt.

»Elisabeth«, flüsterte die Stimme. Direkt im Zimmer. Direkt neben ihr.

Lisbeth fuhr zusammen und sprang aus dem Bett. Ihr Herz raste und ihr Puls flatterte so heftig wie eine Motte, die aus einem Gefängnis entkommen wollte. Panisch sah sie sich um.

Mondlicht fiel in einem langen Streifen auf den Boden vor ihren Füßen. Lisbeth wich davor zurück und sah zum Fenster. Der Mond stand voll und weiß am Himmel. Keine Wolke verdeckte ihn und Lisbeth hatte das eigenartige Gefühl, als würde sie auf ein kreisrundes Loch im Himmel blicken.

»Wer bist du?«, hauchte sie und der Klang ihrer eigenen Stimme im leeren Raum versetzte ihr eine Gänsehaut.

»Komm zu mir«, antwortete die Stimme und dieses Mal erkannte Lisbeth die Quelle. Langsam wandte sie den Kopf. Kaum zehn Schritte von ihr entfernt stand der Spiegel. Das Trauertuch war längst fort und vergessen und das Mondlicht fiel ungehindert auf das makellose Glas.

Lisbeth holte zitternd Luft, dann ging sie auf den Spiegel zu. Das Holz der Dielen knarzte unter ihren nackten Fußsohlen, dann stand sie direkt vor dem Glas. Ihr eigenes Gesicht blickte ihr entgegen, aber das Mondlicht versilberte ihre Haut und ließ ihre Haare so blass wie Elfenbein erscheinen. Auf ihrem Kopf saß die gläserne Laubkrone.

Wie in Trance hob Lisbeth ihre Hand und tastete über ihr Haar. Die Frau im Spiegel rührte sich jedoch nicht. Lisbeth schluckte und ließ die Hand sinken. Ihr Spiegelbild sah sie unverwandt an, dann hob es die Hände und nahm die Krone von seinem Kopf. Stumm formten seine Lippen die Worte: *Elisabeth. Göttin der Jagd.*

»Ich träume«, murmelte Lisbeth. »Ich träume immer noch.«

Ihr Spiegelbild schüttelte den Kopf. Dann sprach die Stimme wieder, direkt neben Lisbeths Ohr. »Du hast mir ein Ja gegeben, im Wald, auf den Blättern. Drei sind nötig.«

Lisbeth ballte die Fäuste. »Nötig für was?«

Die Stimme antwortete nicht. Stattdessen setzte sich Lisbeths Spiegelbild die Laubkrone erneut auf den Kopf. Die Frau im Spiegel breitete die Arme aus und tanzte durch den Raum, der nun so groß war wie der Tanzsaal einer Burg. Mondlicht wirbelte um sie her wie der Rock ihres Kleides, glitzerte auf den Blättern der Krone und perlte von ihren Fingerspitzen.

Unwillkürlich trat Lisbeth einen Schritt näher auf den Spiegel zu. Das Gefühl der Befreiung, das sie im Wald gespürt hatte, schien direkt vor ihr zu warten.

»Gib mir ein Ja«, flüsterte die Stimme, »und ich gebe dir eine Kostprobe dessen, was möglich ist.«

Lisbeth hörte die Worte nur halb, aber sie spürte das Versprechen dahinter. Sie dachte an den Spießrutenlauf, der ihr tagein, tagaus bevorstand. An Barbaras abwertende Blicke und das entnervte Gesicht des Küchenmeisters. An das klickende Geräusch, als ihr Ehemann erst die Siegelkette über seinem Wams und dann seinen Gürtel abgelegt hatte.

Ihr Spiegelbild wirbelte um die eigene Achse, nahm die Krone vom Kopf und blieb erneut vor Lisbeth stehen. Die winzigen Trauben auf dem Reif glitzerten wie Sterne. Lisbeth streckte die Hand aus und ihr Spiegelbild hielt ihr die Krone entgegen. Die Weinblätter berührten die Oberfläche des Spiegels und glitten hindurch, als wäre die Barriere nicht aus Glas, sondern aus Wasser. Blasse Schemen bewegten sich hinter der Frau im Spiegel, aber Lisbeth nahm sie kaum wahr. Sie hielt ihre Hand über die Krone.

»Ja?«, flüsterte eine Stimme direkt neben ihrem Ohr.

Lisbeth schloss die Augen. »Ja.«

Sie senkte die Hand, berührte das nadelspitze Ende eines gläsernen Astes mit ihrer Fingerspitze und spürte einen Stich.

13

LISBETH

Acht Tage vor dem Michaelisfest wurde Barbara krank. Eine plötzliche Magenverstimmung machte ihr zu schaffen. Zu Beginn versuchte sie noch, ihr Leiden zu überspielen und die letzten Vorbereitungen für das Fest selbst zu organisieren. Als sie dann jedoch noch Fieber und – wie Klara in Erfahrung brachte – weitere, weniger öffentlich bekannt machbare Symptome ereilten, blieb ihr nichts anderes übrig, als sich für die Genesung zurückzuziehen.

Lisbeth wartete, bis ihre Schwägerin endgültig ans Bett gefesselt war, dann übernahm sie die Führung. Sie sorgte dafür, dass es Barbara an nichts fehlte und übernahm gleichzeitig die Rolle der Burgherrin. Eine Rolle, die ihr passste wie ein eigens für sie angefertigter Schuh. Sie löste ein paar kleine Krisen, behielt den Überblick und packte beim Arrangement des Blumenschmucks selbst mit an.

Nach und nach änderte sich die Haltung der Burgleute ihr gegenüber. Wenn sie jetzt durch die Flure ging, wurde sie überall freundlich und respektvoll begrüßt. Die Bediensteten berichteten ihr stolz von erledigten Aufgaben, trugen Fragen an sie heran und sorgten dafür, dass sie immer alle nötigen Informationen bekam. Die größte Genugtuung empfand sie jedoch, als ein kurzfristiger Wechsel im Festmenü nötig wurde und Meister Oswald sie nicht nur um Rat fragte, sondern ihre Anweisungen dankend entgegennahm.

Ihre Stunde war gekommen. Sie spürte es mit jedem Tag, an dem sie ihre Aufgaben als Gräfin zu ihrer eigenen und zu der Zufriedenheit aller anderen erfüllte. Fort waren die Zweifel. Alles ging ihr leicht von der Hand. Und als der Michaelistag endlich gekommen war, fühlte sie sich nicht nur fähig. Sie fühlte sich, als wäre sie angekommen.

Beim Gottesdienst kniete Lisbeth in der ersten Reihe, umgeben von den Adligen, die zum Fest eingeladen waren. Der Priester sprach ihr eine besondere Begrüßung aus und die Gemeinde dankte dem Allmächtigen für die reichliche Ernte und für die Ankunft der jungen Burgherrin, die Wolkenstein mit geschäftiger Tugend und neuem Leben erfüllte.

Das Fest selbst war anders als das Erntefest, das Lisbeth von zu Hause kannte, aber sie war gut vorbereitet. Beim großen Bankett war sie die perfekte Gastgeberin. Mit Klaras Hilfe hatte sie im Vorfeld alle möglichen Informationen zusammengetragen und nun kredenzte sie den Lieblingswein von Richter Karl Welsperg, erkundigte sich nach der Pferdezucht des Freiherrn von Fuchs und dem Umbau der großen Halle auf Burg Lichtenberg. Ihre hochgeborenen Gäste wirkten zunächst überrascht, waren jedoch bald voll des Lobes. Lisbeth lachte mit den Frauen und ließ sich von Harald, Freiherr von Fuchs, zum ersten Tanz führen. Als die Musik aufspielte und sie ihre Hand auf den Arm ihres Partners legte, fühlte sie sich so zufrieden und stolz, dass es sie nicht gewundert hätte, wenn sie von innen heraus geleuchtet hätte.

Girlanden aus Sonnenblumen, Weinlaub und purpurnen Astern schmückten die langen Tafeln, die an den Seiten des Saales standen. Ein großer Kranz aus Ähren und Äpfeln hing von der Decke und das Kerzenlicht funkelte auf dem Silbergeschirr. Tanzschuhe wirbelten frische Kräuter und Blütenstreu vom Boden auf und verbreiteten einen lieblichen Duft.

Lisbeth schwebte geradezu durch die Schrittabfolge, das Kinn erhoben, das Rückgrat gerade. Inmitten einer Drehung erspähte sie Jakob an einem der unteren Tische. Sie lächelte ihm zu und er hob kurz seinen Weinbecher zur Antwort. Der Tanz endete und noch als Lisbeth in den abschließenden Knicks sank, kam ein Mädchen auf sie zugelaufen. Sie trug einen Blumenkranz aus Lavendel und Rosen,

gebunden mit langen grünen und weißen Bändern. Die Wangen des Mädchens glühten vor Aufregung, doch sie strahlte über das ganze Gesicht. Lisbeth zwinkerte ihr zu, dann senkte sie den Kopf und ließ sich die Blütenkrone aufs Haupt setzen.

Das Moos unter ihren Körpern war weich, ein Polster aus zarten grünen Sternen. Lisbeth lag auf der Seite, eng an Jakob geschmiegt und selig erschöpft. Sie strich mit den Fingerspitzen über seinen vertrauten Körper, berührte den Rand der Brandnarbe an seiner Schulter, fuhr über die Kurve seiner Rippenbögen und zeichnete einen Kreis auf seinen flachen Bauch.

Jakob brummte tief in der Kehle und wandte träge den Kopf in ihre Richtung. »Du bist hungrig heute.«

»Beschwerst du dich?«

»Niemals.«

Die Krone einer Eiche breitete sich über ihren Köpfen aus. Ihre Kleider lagen um sie herum verstreut und irgendwo musste auch die Blütenkrone gelandet sein. Die dürfte mittlerweile einige Blütenblätter verloren haben.

Irgendwo hinter den Bäumen wartete Klara mit den Pferden. Lisbeth vermutete, dass sie es sich bequem gemacht hatte und noch ein bisschen vor sich hin döste. Es war früher Morgen, die Sonne kletterte gerade erst über den Horizont und draußen auf den Wiesen lag immer noch der Frühnebel. Der perfekte Tag für einen Ausritt also. Perfekt für Ritte jeder Art.

Lisbeth musste schmunzeln. Sie schmiegte die Stirn wie eine Katze an Jakobs Schulter. Er zog den Arm enger um sie und küsste sie auf den Scheitel.

Diese Momente waren der Grund, weshalb sie nie bereute, Gudruns Warnungen letztlich doch in den Wind geschlagen zu haben. Es war nicht nur der körperliche Genuss, obwohl der nicht zu verachten war, sondern die tiefe Zuneigung, die Jakob sie mit jeder Berührung spüren ließ. Die ungezwungene, unkomplizierte Liebe, die sie selbst für ihn empfand. Bei allen anderen musste sie ihre Gefühle prüfen, sich selbst kontrollieren. Durfte nicht zu viel vertrauen, nicht zu viel von sich preisgeben. Bei Jakob konnte sie stattdessen ganz sie selbst sein. Sie konnte alles ablegen: die guten Manieren, die Zurückhaltung und das Kalkül einer jungen Frau, die sich ihren Platz in der Welt verdienen musste.

Nein, sie bereute nicht, Jakob zu ihrem Liebhaber gemacht zu haben. Aber manchmal wünschte sie sich entgegen aller Vernunft, die Fassade des sittsamen Fräuleins ganz aufgeben zu können.

Vernunft, dachte Lisbeth. Das war die letzten Jahre über ihr Leitstern gewesen. Aber hatte sie damit Erfolg gehabt? Nachdenklich zeichnete sie die Konturen der Tätowierung nach, die Jakob kurz über seinem Leistenknochen trug. Die hatte er sich ihr zuliebe stechen lassen.

Wenn sie einmal eine Entscheidung gefällt hatte, war Lisbeth kurz entschlossen und pragmatisch. Es hatte über einen Monat gedauert, bis sie die Konfrontation mit Gudrun und deren Folgen verkraftet hatte. Doch je weiter diese schreckliche Zeit in die Vergangenheit rückte, umso klarer war ihr geworden, dass sie Jakob nicht aufgeben wollte. Gleichzeitig wollte sie nie wieder von Gudrun oder irgendjemandem sonst zur Rechenschaft gezogen werden. Also fand sie heraus, woher Gudrun den Kräutertee bekommen hatte, der ihre Schwangerschaft beendet hatte. An einem verregneten Morgen suchte sie die Kräuterfrau auf, die am Rand des Dorfes wohnte. Sie fragte nach dem Tee, aber die Frau bot ihr stattdessen eine andere Lösung an. Eine teurere, aber langfristigere Lösung: Sie schlug vor, Jakob eine Tätowierung zu stechen, die ihn davon abhalten würde, Kinder zu zeugen. Zumindest so lange, wie er das Symbol trug.

Als Lisbeth ihm diese Lösung vorschlug, hatte Jakob weder gezögert noch sie je dazu gedrängt, ihre Beziehung zu etwas anderem zu machen, als sie war. Er liebte sie bedingungslos und wahrte ihre Geheimnisse mit einer Selbstverständlichkeit, die sie oft sprachlos machte.

Lisbeth verdeckte Jakobs Tätowierung mit dem Daumen. In der Vergangenheit war ihr dieses Arrangement als die bestmögliche Lösung für ihre Situation erschienen. Aber stimmte das wirklich? Oder hatte sie nach Regeln gespielt, die sich letztlich doch verändern ließen?

In Gedanken schweifte sie zurück zum Fest und den Tagen davor. Sie dachte an das Hochgefühl, das sie empfunden hatte. An die Überzeugung, dass sie nichts falsch machen konnte. Und sie dachte daran, wie es dazu gekommen war.

Die Stimme aus dem Spiegel hatte ihr eine Kostprobe ihrer Magie versprochen. War es das, was sie in den letzten Tagen erlebt hatte? Vielleicht. Vielleicht hatte die Macht hinter der Stimme dafür gesorgt, dass Barbara krank wurde, und ihr damit die Chance gegeben, sich selbst zu beweisen. Vielleicht hatte ihr die Macht eine neue Ausstrahlung verliehen, ein gewisses Etwas, was ihr dabei geholfen hatte, ihre Stellung in der Burg zu verbessern und die Achtung der Burgleute zu gewinnen. Und wenn das die Kostprobe gewesen war, was war dann noch möglich?

Lisbeth warf einen Blick über ihre Schulter. Sie kannte diese Stelle im Wald. Die Blätterspirale war nur einen Katzensprung von hier entfernt.

»Woran denkst du?«, fragte Jakob.

Sie fuhr mit dem Daumen um seinen Bauchnabel. Wenn es jemand gab, mit dem sie ihre Gedanken teilen konnte, dann war es er. Und sie *wollte* ihm von dem Versprechen der Stimme erzählen. Wollte ihn teilhaben lassen an ihrem Hochgefühl, ihm dieselbe Hoffnung geben, die sie jetzt verspürte. »Wenn ich ein Geheimnis hätte«, begann sie, »würdest du wissen wollen, was es ist?«

Er lehnte seine Stirn an ihr Haar. »Zuerst würde dich fragen, was du im Gegenzug dafür haben möchtest.«

Lisbeth lachte leise. Sie ließ ihre Finger von seinem Bauchnabel tiefer gleiten und folgte der Linie seines Oberschenkels. Sie spürte, wie sich seine Muskeln anspannten und das süße Ziehen zwischen ihren eigenen Schenkeln war eine Antwort, die sie nur zu gut kannte. Sie drehte sich, sodass ihre nackte Brust seine Haut streifte.

»Der Preis wird dir gefallen«, flüsterte sie und drückte ihre Finger in die Innenseite seines Schenkels. Jakob stöhnte und beugte sich für einen Kuss zu ihr hinunter. Sie streckte sich ihm entgegen, hob das Gesicht, bis ihre Münder sich fast berührten. Sie spürte schon seinen Atem auf ihren Lippen, als sie den Kopf wieder zurückzog.

»Aber wenn du mein Geheimnis wirklich wissen willst«, sagte sie und legte einen Finger an seinen Mund, »dann musst du mich erst fangen.« Er gab einen protestierenden Laut von sich, aber sie schlüpfte aus seiner Umarmung und sprang auf. Lächelnd sah sie sich um, hob den Blumenkranz vom Boden auf und setzte ihn sich auf den Kopf.

»Lisbeth.« Jakob starrte ungläubig zu ihr hoch.

»Na los, auf die Füße mit dir«, rief sie, wirbelte einmal um die eigene Achse und lief voraus in den Wald.

Die Luft kühlte ihre Haut, als Lisbeth durch den Wald rannte. Sie balancierte über Wurzeln und sprang über moosweiche Erhebungen in der Erde. Blüten fielen von ihrem Kranz, aber sie scherte sich nicht darum. Sie fühlte sich wie eine Dryade, nein, wie die Königin des Waldes. Der Wald, die Welt, alles wirkte an diesem Morgen verändert. Es war, als hätte jemand eine Tür für sie geöffnet, von der sie nicht einmal geahnt hatte, dass sie existierte. Sie war sich immer noch nicht sicher, was genau sie hier im Wald gefunden hatte, aber in diesem Moment war das nicht so wichtig. Viel wichtiger war, dass es neue Möglichkeiten gab, um ihr Leben zu verändern. Vielleicht war ihr Weg gar nicht so vorbestimmt, wie sie gedacht hatte.

Lisbeth duckte sich unter einen niedrig hängenden Ast und erreichte das Gestrüpp, das die Lichtung mit der Blätterspirale versteckte. Heute hörte sie kein Flüstern, aber ihre Haut kribbelte vor Aufregung. So viele *Möglichkeiten.*

Jakob holte sie ein, bückte sich und hob eine der Blüten auf, die aus ihrem Kranz zu Boden gefallen waren. In seiner anderen Hand trug er ihr Unterkleid und er selbst hatte bereits seine Hose angezogen. Sie trat zu ihm und zog spielerisch an seinem Hosenbund.

»Schon zu Ende gespielt?«, neckte sie ihn.

Er hielt ihre Hände fest, aber er lachte. »Was war in deinem Wein?«, fragte er. »Machst du dir keine Gedanken darüber, dass sie uns erwischen könnten?«

»Nicht heute«, sagte sie und küsste ihn. »Vielleicht nie mehr.«

»Bei allen Heiligen«, fluchte er, schlang seinen Arm um ihre Hüfte und zog sie an sich. Sie biss sacht in seine Unterlippe und er lachte

wieder. »Wirklich, Lisbeth. Was ist in dich gefahren?« Als Antwort zog sie ihm das Unterkleid aus der Hand, trat einen Schritt zurück und hielt es sich vor ihren nackten Körper.

»Bist du sicher, dass ich das anziehen soll?«

»Nein!« Er griff nach ihrem Arm, zog sie zurück in seine Umarmung und küsste sie. Sie spürte den warmen Druck seiner linken Hand an ihrem Rücken. Seine rechte glitt tiefer über die Rundung ihres Hinterns. Eng umschlungen standen sie da und lehnten Stirn an Stirn.

Lisbeth stupste ihre Nasenspitze an seine. »Erinnerst du dich daran, als du mit mir fortlaufen wolltest?«

Einmal. Ein einziges Mal hatte er ihr ein anderes Leben angeboten. Hatte sie gefragt, ob sie seine Frau werden und mit ihm die Burg ihrer Eltern verlassen wollte. Der Moment war kurze Zeit nach Gudruns Eingreifen und den blutigen Folgen gekommen.

Ein Oktoberregen war vor den Stallfenstern heruntergeprasselt und die leere Pferdebox, in der sie saßen, war beinahe stockdunkel gewesen. Jakob hatte sie im Arm gehalten, während sie Fenn streichelte, der damals noch ein Welpe gewesen war. In jener Nacht hatte sie Jakobs Vorschlag abgelehnt. Sich ihren Eltern zu widersetzen wäre zu abwegig gewesen und das Leben, das sie hätten führen müssen, zu gefährlich. Gudruns Überzeugung, dass ihr Vater sie für ihren Sündenfall hätte töten können, hallte immer noch in ihren Ohren nach. Und abgesehen davon: Was hätte sie in der Welt dort draußen sein können? Die Frau eines verstoßenen Stallburschen, die einem kleinen Garten einen mageren Ertrag abrang oder die Wäsche anderer Leute wusch? Dafür war sie nicht gemacht.

Damals waren die Bedingungen für ein gemeinsames Leben inakzeptabel gewesen. Aber jetzt?

Jakob küsste sie auf die Stirn und steckte eine verlorene Rose zurück in ihren Blumenkranz. »Natürlich erinnere ich mich«, sagte er.

Sie sah ihm in die Augen. »Was würdest du davon halten, wenn wir zusammen sein könnten, ohne wegzulaufen?«

Die Zweifel, die auf sein Gesicht traten, als sie ihm von den Stimmen und der Blätterspirale erzählte, überraschten sie nicht. Ihr war schon vorher bewusst gewesen, dass er die Lichtung mit eigenen Augen sehen musste.

Das Gestrüpp war so dicht, wie sie es in Erinnerung hatte. Lisbeth hielt Jakob an der Hand und führte ihn durch die Wand aus Haselsträuchern, Winden und Brombeerranken. Sie hatte sich das Unterkleid übergestreift, aber ihre Füße waren immer noch nackt. Der feuchte Mulch schob sich zwischen ihre Zehen und ihr Herz schlug schneller. Hier und jetzt würde sie alle Regeln über den Haufen werfen. Und Jakob war bei ihr.

Sie schob einen letzten Ast beiseite und trat hinaus ins Freie. Die Blätterspirale lag vor ihr, das Muster perfekt und ungebrochen. Lisbeth lächelte zufrieden. Wenn sie noch einen Beweis gebraucht hätte, dass dies ein magischer Ort war, hier war er.

»Schau«, sagte sie.

Jakob trat hinter ihr aus dem Gebüsch, seine Miene immer noch eine Mischung aus Verwirrung und Sorge. Dann fiel sein Blick auf die Spirale und seine Augen weiteten sich. Ihr Lächeln wurde breiter.

»Komm«, sagte sie und wollte ihn auf den Blätterboden ziehen. Er jedoch packte ihre Hand fester und hielt sie zurück.

»Nicht«, warnte er, aber sie lachte nur.

»Komm«, wiederholte sie, »du brauchst keine Angst zu haben.«

Sie trat auf die Blätterspirale und er folgte ihr, wenn auch zögernd. Sie verstand seine Zurückhaltung. Immerhin hatte dieser Ort auch sie geängstigt, als sie ihn das erste Mal betreten hatte. Diese Angst war jedoch ganz verflogen. Wenn Jakob nur verstehen würde, welche Chance sich ihnen beiden hier bot.

Die Sonne war mittlerweile über den Rand der Felswand geklettert und die gelben Blätter leuchteten zwischen dem Gras. Für Lisbeth sah es wunderschön aus.

»Lisbeth«, sagte Jakob mit heiserer Stimme. »Ich glaube, wir sollten nicht hier sein.«

Immer noch lächelnd drehte sie sich zu ihm um und fasste seine beiden Hände. »Du verstehst es noch nicht«, sagte sie und schloss die Augen. Eine Brise wehte über die Lichtung, hob sanft ihr Haar

und kühlte ihren Nacken. Sie spürte die taufeuchten Blätter unter ihren Füßen, spürte die dunkle Erde und darunter, tief verborgen, die Quelle einer Macht, die in ihrer Vorstellung silbern leuchtete. Sie spürte, wie ihr Bewusstsein ins Erdreich sank, spürte, wie sich ihr etwas entgegenstreckte. Ein neuer Windstoß fegte über die Lichtung, so wild, dass er die Blätter der Spirale in die Luft wirbelte. Das Flüstern hob an wie eine Welle und fiel wieder in sich zusammen.

Jakob keuchte erschrocken auf, aber Lisbeth hielt seine Hände fest. Sie öffnete die Augen und sah, wie die gelben Blätter in wildem Reigen um sie beide herumtanzten. Jakob war ganz blass geworden, aber das war in Ordnung. Er würde bald begreifen.

»Hör hin.« Sacht ließ sie sich auf ein Knie nieder und zog Jakob mit sich.

»Lisbeth …«, flehte er, aber sie wusste, was sie tun mussten. Sie drückte seine Hand flach auf die Wiese und legte ihre Finger über seine.

»Hör hin«, wiederholte sie und Jakob sog scharf den Atem ein, als das Flüstern der Stimmen durch sie beide hindurchrauschte. Für sie fühlte es sich beinahe so an wie das erste Mal, als er seine Finger zwischen ihre Schenkel schob. Lisbeth verdrehte die Augen und plötzlich war sie nicht mehr auf der Lichtung. Sie war zurück im Festsaal von Burg Wolkenstein. Zwischen den Säulen brannten Dutzende Kerzen in gusseisernen Kandelabern und die Tische und Bänke waren mit Girlanden aus Stechpalmen und Kiefernzweigen geschmückt. Menschen standen staunend in den Schatten zwischen dem Kerzenlicht und hier und da hielt einer ein Sträußchen aus Misteln in den Händen. Lisbeth tanzte in der Mitte des Saals, aber dieses Mal war Jakob ihr Partner und er führte sie sicher und stolz durch die Schritte.

Die Musik schwang sich ins Crescendo, die Halle verblasste und stattdessen ritt Lisbeth neben Jakob über ein schneebedecktes Feld. Sie sah sich selbst durch seine Augen, ihre geröteten Wangen, die feuchten goldenen Haarsträhnen, die sich um ihr Gesicht ringelten. Sie spürte, wie sein Glück über ihr Beisammensein ihn von innen heraus wärmte. Gleichzeitig flammte ihre eigene Liebe für ihn auf, stärker als je zuvor, und sie sandte ihre Dankbarkeit hinaus. Sie dankte dem Schicksal für sein gutes Herz, seine Treue. Für das kleine, geheime Lächeln, das er nur ihr schenkte.

All das ist möglich, flüsterten die Stimmen. *All das kann euch gehören.*

Zurück auf der Lichtung, fasste Jakob ihre Hand und drückte sie. Als Lisbeth ihn ansah, bemerkte sie, dass er Tränen in den Augen hatte. Die Blätter tanzten immer noch um sie her, schwangen sich in die Höhe und taumelten durch die Luft wie ein Schwarm Schmetterlinge.

»Wir beide.« Lisbeths Stimme brach bei den Worten. Es war ein Versprechen. Eine Bitte. Ein Moment, in dem sich ihre Zukunft neu entscheiden konnte, wenn sie es nur wollten. Sie legte die Hand an Jakobs Wange. »Nur wir beide.«

Er ergriff ihre Hand, lehnte sich vor und küsste sie, küsste sie mit seiner ganzen Verzweiflung, seiner Hoffnung und Sehnsucht.

»Nur wir beide«, murmelte er gegen ihre Lippen.

Ja, flüsterten die Stimmen um sie herum. *Ja.*

»Ja«, wiederholte Lisbeth und schlang die Arme um Jakobs Nacken. Sie küsste ihn und zog ihn mit sich auf die Wiese.

14

ANTHEA

Lange Zeit kam mir die Umgebung nicht bekannt vor, doch am fünften Morgen wusste ich plötzlich, dass wir uns der Lichtung näherten. Ich erinnerte mich an den Berggipfel, der wie ein Fangzahn über den Kieferwäldern aufragte. Das Gefühl, schon einmal hier gewesen zu sein, sank wie ein Stein in meinen Magen. Spätestens nachdem wir ein Wäldchen aus Birken durchquert hatten und an einem Holundergestrüpp vorbei auf eine Wiese hinaustraten, war alles wieder da.

Die Sommersonne hatte das Gras zu einem warmen Gelb trocknen lassen, aber in meiner Erinnerung sah ich die Lichtung wieder bei Nacht. Die Bäume hatten die Wiese wie dunkle, stumme Wächter umringt und der Schimmer des Spiegels hatte die Spitzen der Grashalme versilbert.

In meinem ganzen Leben hatte ich mich nie wieder so gefürchtet wie an diesem Ort, noch hatte ich mich je wieder so tief geschämt.

Ich schlang beide Arme um meinen Oberkörper. Ich hatte nie wieder herkommen wollen. Aber wahrscheinlich war es nur richtig, dass mich mein Weg hierher zurückführte. Das Schicksal dachte wohl, ich hätte noch etwas gutzumachen.

Lelia berührte mich an der Schulter und holte mich zurück in die Gegenwart. »Alles in Ordnung?«

Ich nickte. »Was passiert jetzt?«

Lelia sah sich um. »Das ist der Ort, an dem ihr den Spiegel das letzte Mal gesehen habt?«

Ich nickte ein zweites Mal. Matej, der die Lichtung einmal im Trab umrundet hatte, kehrte zu uns zurück und stellte sich an meine Seite. Ich spürte, wie er in Gedanken nach mir tastete, aber diesmal war ich diejenige, die sich vor ihm zurückzog. Ich wollte nicht, dass er bemerkte, wie sehr mir dieser Ort und die Erinnerung an jene Nacht zusetzte. Mein Rückzug verwirrte ihn, also sandte ich ihm einen kurzen, beruhigenden Gedanken.

Alles in Ordnung.

»Siehst du irgendwas Ungewöhnliches?« Lelia starrte auf die Mitte der Wiese, als ob sie selbst die Spiegelspuren entdecken könnte.

Ich ließ meinen Blick über die Lichtung schweifen, in der Hoffnung, etwas zwischen den Grashalmen zu entdecken. Wie sahen die Spiegelspuren aus? Glitzerten sie, verliefen sie in der Erde oder in der Luft? Ich biss mir auf die Unterlippe. Lelia hatte gesagt, dass ich die Magie der Scherbe mit der Zeit spüren würde. Aber da war nichts. Seit sie mir jeden Morgen ihre Tinktur in die Augen tröpfelte, hatte ich nicht einmal mehr Schmerzen. Es war, als hätte ich mir die Scherbe überhaupt nicht ins Auge gestochen.

Umsonst, dachte ich, und mein Herz sank. War ich nur hierhergekommen, um Matej erneut zu enttäuschen? »Nein«, gab ich zu.

»Hm.« Lelia schob sich die Haare aus der Stirn. »Nonna meinte, ihre Meisterin hätte die Scherbe nach drei Nächten nutzen können.«

»Hat sie sie irgendwie aufgeweckt?«, fragte ich.

Lelia zuckte die Schultern. »Wenn, dann hat sie es Nonna nicht gesagt.«

Nicht gerade hilfreich, brummte Matej.

»Weißt du, ich verstehe dich immer besser«, sagte Lelia gereizt. »Je länger wir zusammen unterwegs sind, umso mehr kann ich deine Gedanken summen hören. Kann nicht sagen, dass ich das begrüße.«

Matej warf ihr einen Blick mit schmalen Augen zu. *Beruht auf Gegenseitigkeit.*

Ich ignorierte ihre Zankerei und hob eine Hand vor mein rechtes Auge. Dann senkte ich sie wieder und versuchte, etwas Neues, Magisches auf der Wiese zu sehen. Aber da war nichts. Nur das vertrocknete Gras und ein paar kärgliche Heidebüsche.

Hör in dich hinein, empfahl Matej sanft. *Du kannst das, Anthea.*

Ich versuchte es, versuchte alles andere auszublenden und mich nur auf meine Wahrnehmung dieses Ortes zu konzentrieren. Doch anstatt eines Gespürs für die Spiegelspuren entfalteten sich nur mehr Erinnerungen vor meinem inneren Auge. Ich hörte wieder meinen eigenen, abgehackten Atem und das leise Rascheln des Gebüschs. Ich war wieder das kleine Mädchen, das voller Panik aufsprang und davonrannte. Zweige peitschten in mein Gesicht und hinter mir krachte das Unterholz unter den Schritten der Jäger.

Ich schüttelte den Kopf, als könnte ich die Erinnerung damit aus meinem Gedächtnis löschen, und öffnete wieder die Augen. Immer noch nichts. Ich fühlte mich unverändert, fühlte überhaupt keine Magie in mir. Ich fühlte mich nutzlos.

Eine Hand griff nach meiner und ich drehte mich erschrocken zu Lelia um. »Gib dir Zeit«, sagte sie.

Ich schluckte und zog meine Hand aus ihrer. »Es funktioniert nicht«, sagte ich niedergeschlagen.

Es muss. Matejs Gedankenbotschaft schlug so heftig ein, dass ich zusammenzuckte. Ich wappnete mich gegen seine Enttäuschung, aber stattdessen spürte ich einen Hauch seiner Angst. Seiner Angst um mich.

Er drehte den Kopf zu mir. *Es kann nicht sein, dass du dieses verfluchte Glas in dir trägst und es dir am Ende doch nichts weiter als Schmerzen bereitet.* Ärger schwang in seinen Gedanken mit. *Wir hätten uns nicht auf diese Hexen verlassen sollen. Bisher war ihr ganzes Gerede nichts weiter als Humbug.*

Empört fuhr Lelia zu ihm herum. »Was hast du gesagt?«

Matej fletschte die Zähne in ihre Richtung. *Ich dachte, du verstehst mich.*

Lelia schob mich beiseite, um sich direkt vor Matej aufzubauen. »Flohbeutel, an deiner Stelle wäre ich vorsichtig«, warnte sie.

Als Antwort legte er die Ohren an. *Das Gleiche wollte ich dir gerade raten, Federvieh.*

»Ich brauche einen Moment für mich«, unterbrach ich die beiden. Ihre Streiterei ging mir unter die Haut und das war in diesem Moment einfach zu viel. Ich ignorierte Lelias erschrockenen Blick und Matejs fragende Gedanken, drehte mich um und lief durch das Wäldchen davon.

Ich war mir nicht sicher, wie weit ich mich von der Lichtung entfernte. Zu weit vermutlich, doch alles in mir sehnte sich nach Abstand. Also bog ich ab und stapfte durch den immer dichter werdenden Wald, bis ich zwischen den Baumstämmen einen See entdeckte.

Das Wasser leuchtete dunkelgrün nahe dem Ufer und dunkelblau in der Mitte. Vor allem jedoch war es wunderbar kühl. Ich schöpfte es mit beiden Händen und wusch mir so lange das Gesicht, bis meine Wangen nicht mehr glühten.

Ich ärgerte mich über Matejs und Lelias Zankerei. Noch mehr jedoch ärgerte ich mich über mich selbst und über das Unbehagen, das die Lichtung bei mir ausgelöst hatte. Und dann war da noch die Angst, dass der ganze Aufwand mit dem Splitter umsonst gewesen sein könnte. Wirklich, bei dem Inferno an Gefühlen, das gerade in mir tobte, war es ein Wunder, dass ich nicht einfach laut losschrie.

Nicht dass ich das jemals tun würde. Aber manchmal schien es die einzige vernünftige Reaktion auf mein Leben zu sein.

Ich seufzte, schob mir ein paar nasse Haarsträhnen aus der Stirn und öffnete die Augen. Mein Spiegelbild blickte mir von der Oberfläche des Sees entgegen. Ein rundes Gesicht, eingerahmt von störrischen kupfergrellen Locken. Dazu mein neu gewonnenes Fluchauge. Ich lehnte mich näher an das Wasser. Die erste Glasader war jetzt länger und deutlicher zu sehen. Außerdem hatte sich ein zweiter, dünnerer Arm von ihr abgezweigt. Wenn ich meine Haut dort berührte, fühlte sie sich nicht anders an. Aber das Glitzern von Glas unter meiner Haut ließ sich nicht ignorieren. Ich beugte mich noch weiter vor. Ja, ich hatte mich nicht geirrt. Die Iris in meinem rechten Auge war heller geworden.

Der Fluch wirkte also doch. Und trotzdem konnte ich die Spur des Spiegels nicht wahrnehmen. Es sah ganz danach aus, als wäre ich nicht fähig, die Magie des Splitters für mich zu nutzen.

Gib dir Zeit. Das hatte Lelia gesagt. Ich versuchte, mir ihren Rat zu Herzen zu nehmen. Was sollte ich sonst auch tun? Verzweifeln? Damit wäre niemandem geholfen.

Ich stieß seufzend die Luft aus und schöpfte mir noch einmal Wasser ins Gesicht. Einen Moment lang vergrub ich mein Gesicht in meinen feuchten Händen, dann richtete ich mich auf und legte den Kopf in den Nacken. Als ich dieses Mal die Augen schloss, sah ich nicht nur die nächtliche Lichtung, sondern auch das, was sich damals aus dem Zauberspiegel geschält hatte. Ich hörte meinen eigenen Schreckensschrei wie ein Echo, das über die Zeitengrenzen hinweghallte. Bebend atmete ich aus. Atmete ein. Atmete aus. Bis die Erinnerung auf den Grund meines Bewusstseins zurücksank.

Ich hielt meine Augen geschlossen und konzentrierte mich auf die Geräusche um mich herum. Das Rauschen der Baumwipfel. Das Platschen von Wasser, als irgendwo rechts von mir ein Tier in den See sprang. Ein Frosch vielleicht.

Ich hatte mich beinahe wieder beruhigt, als sich die feinen Härchen in meinem Nacken aufstellten. Ich runzelte die Stirn und öffnete die Augen; blickte über meine Schulter und rechnete damit, Lelia unter den Bäumen warten zu sehen. Aber da war niemand.

Irritiert wandte ich mich wieder dem See zu. Ich wollte schon aufstehen, um zur Lichtung zurückzugehen, als mein Blick noch einmal mein Spiegelbild streifte. Nur dass es nicht mehr mein Spiegelbild war.

Ich erstarrte. Das Gesicht, das aus dem See zu mir heraufstarrte, war totenblass. Der Blick aus den schwarzen Augen war jedoch so aufmerksam wie der eines lauernden Tieres.

Das Gesicht zog eine Grimasse und ich fuhr erschrocken zurück.

Er weiß, was du vorhast. Die Stimme klang so deutlich in meinem Kopf, als wäre es meine eigene. Mein Herz verfiel in einen wild hämmernden Rhythmus. Ich wollte aufspringen und davonlaufen. Stattdessen starrte ich wie gebannt auf das unmögliche Gesicht im Wasser. Beinahe hätte ich die Hand danach ausgestreckt. Aber das wäre heller Wahnsinn! Warum sollte ich das wollen? Ich ballte die Hand zur Faust, um meine Finger im Zaum zu halten.

Der Spiegel spricht mit den Jägern, säuselte die Stimme. *Schwester Daglind ist schon ganz aufgeregt.*

Etwas regte sich in meinem Gedächtnis. Schwester Daglind. Woher kannte ich diesen Namen? Dann fiel es mir ein. Die anderen

Frauenopfer, die mit Myrsina eingesperrt gewesen waren: eine von ihnen hieß Daglind. Spiegelschwestern, so hatte Myrsina ihre Mitgefangenen genannt. Als sie floh, ließ sie die anderen zurück. Und manchmal, wenn sie dem Machtradius des Spiegels zu nahe gekommen war, hatte sie die Reflektion der gefangenen Schwestern in spiegelnden Oberflächen gesehen.

Was willst du von mir?, fragte ich und griff dabei instinktiv nach der Gedankensprache. Ich ballte die Hände so fest auf meinem Schoß, dass meine Fingernägel in meine Handflächen schnitten.

Das Gesicht im Wasser lächelte breit. *Mondlicht im Glas. Blut auf dem Finger. Einen Dorn aus Nacht geschmiedet.*

Ich setzte schon zur nächsten Frage an, als das Krachen von Holz mich zusammenfahren ließ. Ich fuhr herum, gerade rechtzeitig, um das Geschrei von Krähen zu hören, die aus dem Wald aufflogen.

Der Spiegel spricht mit den Jägern … Gott, wieso hatte ich nicht sofort begriffen?

Die Stimme in meinem Kopf kicherte. Dann sagte sie, was ich bereits fürchtete.

Sie kommen!

Äste schlugen mir ins Gesicht, als ich zurück durch den Wald rannte. Ich setzte alles daran, Matej mit meinen Gedanken zu warnen. Als ich endlich Antwort von ihm bekam, lief ich hinaus auf eine mit Heidekraut überwucherte Schneise.

Die falsche Lichtung, dachte ich panisch, in ebenjenem Moment, als Matejs Frage mich erreichte.

Was ist los, was ist passiert?

Sie sind hier, sandte ich in heller Panik. *Die Jäger! Sie sind …*

Da brach der erste von ihnen auch schon aus dem Unterholz. Er war ein großer Kerl, mit langen verfilzten Haaren. Er schwang eine Axt und schlug damit einen Schössling beiseite, der ihm im Weg stand. Ich zögerte keinen Augenblick, zog das Wurfmesser, das in einer Lasche an der Rückseite meines Gürtels steckte, und schleuderte

es in seine Richtung. Es traf ihn direkt über dem Brustbein und der Einschlag ließ ihn auf die Knie sacken.

Anthea!

Ich wirbelte herum. Matej kam in langen Sätzen auf mich zugesprungen.

»Pass auf!«, schrie ich, aber da bohrte sich auch schon der erste Armbrustbolzen vor ihm in den Boden. Matej sprang zurück.

»Nein!« Ich wollte zu ihm rennen und konnte gerade noch zurückweichen, als ein Pfeil kaum eine Handbreit entfernt an meiner Brust vorbeischoss. Etwas Großes, Weißes glitt über meinen Kopf hinweg und mitten hinein zwischen die Bäume. Zwei weitere Jäger traten hinaus auf die Schneise, gerade als aus dem Wald ein schriller Aufschrei ertönte. Ich zog ein zweites Messer, zielte, wurde jedoch jäh von hinten gepackt und auf den Boden geworfen. Ich warf mich herum, doch da ließ sich der Jäger schon auf mich fallen und packte meine Handgelenke.

Panisch versuchte ich ihn abzuschütteln, bäumte mich auf und wand mich unter seinem Gewicht. Sein Gesicht war falsch, alles an ihm war falsch. Die wuchernden Brauen und der Bart, der von seinem Kinn abstand. Das silberne Leuchten seiner Augen. Ich schrie auf und er packte mich an der Kehle. Breite Finger drückten zu und mir tanzten schon schwarze Flecke vor den Augen, als Matej sich mit einem hasserfüllten Knurren auf den Jäger stürzte. Der hob noch abwehrend die Arme vors Gesicht, aber Matejs Aufprall katapultierte sie beide von mir herunter.

Ich rollte mich auf den Bauch und suchte fieberhaft zwischen der Heide nach meinem Messer, als mich ein neuer Angreifer an den Haaren packte und auf die Füße zog. Eine Frau schrie, aber ich sah nur den Jäger am gegenüberliegenden Waldrand. Er hielt eine Armbrust im Anschlag, die direkt auf mich zielte. Ich schloss die Augen, hörte das metallische Klacken des Auslösers und wartete auf den Einschlag des Bolzens. Als wie durch ein Wunder nichts passierte, holte ich mit dem Kopf aus und traf den Jäger, der mich festhielt, am Kinn. Sein Griff löste sich, einen Augenblick nur, aber das genügte. Ich fuhr herum, zog schon in der Drehung mein letztes Messer und rammte es ihm in die Flanke. Er heulte auf und taumelte zur Seite.

Am ganzen Körper zitternd wich ich zurück. Der Jäger hechelte wie ein verwundetes Tier, hielt sich die Seite und sank auf ein Knie. Plötzlich war Lelia bei mir und packte mich am Arm.

»Geht es dir gut?«, fragte sie mit vor Panik hoher Stimme. »Bist du ihn Ordnung?«

Ich konnte ihr nicht antworten, war wieder verstummt wie Jahre zuvor. Langsam, wie sich ein Wasserlauf seinen Weg durch einen Felsen bahnte, sickerte das Geschehene in mein Bewusstsein. Ich starrte hinunter auf den Jäger, der mittlerweile am Boden lag und sich nicht mehr rührte. Mein Messer steckte immer noch in seiner Seite. Ich hatte getötet. Instinktiv. So, wie Matej es mir beigebracht hatte. Ich hätte mein Messer zurückholen müssen, um für den nächsten Angriff gewappnet zu sein. Stattdessen starrte ich nur auf den Mann zu meinen Füßen. Ausgemergelt sah er aus, mit hohlen Wangen und dunklen Ringen unter den Augen. Die Hand, mit der er nach meinem Messer gegriffen hatte, hing jetzt schlaff herab. Die Haut war schwarz vor Schmutz, rot vor neuem und dunkel von altem, getrockneten Blut.

»Das waren alle.« Lelia redete so schnell, dass ein Wort direkt in das nächste überfloss. »Ich glaube, das waren alle.«

Ich sah zur Seite, zu dem grauhaarigen Jäger, dem Matej die Kehle herausgerissen hatte. Zwei Tote hier, ein weiterer gefällt von meinem ersten Messerwurf. Aber da waren mehr gewesen, oder nicht? Der Schütze am Waldrand … Meine Hand glitt zu meiner Brust, dorthin, wo mich der Armbrustbolzen hätte treffen sollen. Ich schluckte und zwang die Worte heraus. »Was ist passiert? Wo ist …?«

Mein Blick glitt an Lelia vorbei und hinaus auf die Schneise. Und dann verstand ich, warum der Bolzen mich nicht getroffen hatte.

Matej lag zwischen mir und dem Waldrand auf der Erde: Ein regloser Körper zwischen Heidekraut, das bereits rot von seinem Blut war.

15

LISBETH

Das Licht, das in den Innenhof fiel, war viel zu grell. Lisbeth war bereits mit Kopfschmerzen aufgewacht und die Morgensonne stach wie Nadeln in ihre Augen. Sie hätte auf Klara hören und sich das Frühstück ans Bett bringen lassen sollen. Aber Arbeit wartete auf sie.

Nach dem Michaelisfest war der Alltag in die Burg zurückgekehrt. Die Aufregung hatte sich gelegt, die Abläufe waren entspannter. Dennoch gab es viel zu tun. Der Winter stand an, die letzten Ernten würden bald eingeholt werden und der Fruchtzins musste eingesammelt, ausgewertet und in den Büchern vermerkt werden. Dazu kam die scheinbar nie versiegende Korrespondenz, über die die Burgherrin zumindest den Überblick behalten musste.

Lisbeth rieb sich mit den Fingern über die geschlossenen Lider. Sie war zwar froh, dass sie mittlerweile als Herrin akzeptiert wurde, aber heute wünschte sie sich zurück in eine Zeit, in der es niemanden kümmerte, wenn sie einen Vormittag lang im Bett blieb.

Kurz bevor sie die Tür zum Frühstücksraum erreichte, schloss Klara zu ihr auf und berührte ihren Arm.

»Pfefferminz«, sagte sie und drückte Lisbeth ein gefaltetes Taschentuch in die Hand.

Lisbeth hob es unter ihre Nase. Der Stoff war getränkt mit Pfefferminzöl. Sie drückte das Tuch an ihre Schläfe und schenkte Klara ein mattes Lächeln. »Ich danke dir.«

Klara lächelte zurück und neigte kurz den Kopf. Sie war wirklich eine gute Seele. Ein kleiner Page öffnete die Tür, Lisbeth trat über die Schwelle und ihre Kopfschmerzen wurden schlagartig schlimmer.

Barbara saß am Tisch, rüstig und munter wie eh und je.

Lisbeth stockte und überspielte ihre Überraschung, indem sie mit raschem Schritt auf Barbara zuging. Ihre Schwägerin stand auf und Lisbeth küsste sie auf beide Wangen. »Schwester! Ich sehe, du fühlst dich besser?«

Sie hätte damit rechnen müssen. Ein altes Schlachtross wie Barbara würde sich nicht für immer ausbremsen lassen. Und doch, wenn sie ehrlich war, hatte sie in den letzten Tagen keinen Moment lang an ihre Schwägerin gedacht. Als würde ihr Höhenflug beim Michaelisfest und der Pakt, den sie im Wald geschlossen hatte, genügen, um Barbara aus ihrem Leben zu löschen.

Welch dummer Fehler.

»Viel besser«, sagte Barbara und setzte sich wieder. »Und es wurde auch Zeit. Wenn das Gebräu des alten Lemnius nicht langsam gewirkt hätte, hätte ich ihn bald an seinem Zauselbart aufhängen lassen.«

»Das geschähe im recht, so gern, wie er uns mit seinen Elixieren quält.« Lisbeth zwang sich zu einem Lächeln, selbst als der Ärger in ihr aufflammte. Neben Barbaras Teller lag nicht nur eine Handvoll Depeschen, sondern auch das aufgeschlagene Haushaltsbuch.

Ruhig, ermahnte sie sich. *Jetzt nichts überstürzen.*

Sie ging zum anderen Ende des Tisches und gab dabei unauffällig das Taschentuch zurück an Klara. Gestern noch hatte das Haushaltsbuch in Lisbeths Schreibzimmer gelegen. Jemand musste es auf Barbaras Geheiß von dort geholt haben. Jemand, der es nicht für nötig befunden hatte, Lisbeth darüber zu informieren.

Ein Diener zog einen Stuhl für sie zurück und sie biss die Zähne zusammen, als die Stuhlbeine über den Boden schabten. Betont würdevoll setzte sie sich an den Tisch. Klara nahm an ihrer Seite Platz.

Heute hatte ihre Schwägerin nicht mit dem Essen auf sie gewartet. Käse und Trauben häuften sich auf ihrem Teller und sie tunkte gerade eine Scheibe dunklen Brotes in ihren Wein. War ihr Appetit also zurückgekehrt. Wunderbar.

»Wein, Herrin?«, fragte der Diener und Lisbeth nickte zustimmend.

»Ich sehe, du hast die Menüabfolge an Michaelis verändert.« Barbara sah auf das Haushaltsbuch hinunter und schob sich eine weitere Traube in den Mund.

Lisbeths Hand verkrampfte sich um ihre Gabel. »Es war nötig«, sagte sie. »Das Ragout war am Abend vor dem Fest verdorben.«

Vergeblich versuchte sie, das Hochgefühl heraufzubeschwören, das sie in den Tagen vor dem Fest gefühlt hatte. Wenn nur ihre Kopfschmerzen nicht so heftig wären.

»Also hast du ein Hausschwein für einen Braten schlachten lassen«, erwiderte Barbara indes abwesend. »Das wirft unseren Zuchtplan durcheinander, aber ich schätze, Konrad wird sich bald selbst um die nötigen Planänderungen kümmern. Die Schweine waren schon immer sein ganzer Stolz.«

Lisbeth, die eben nach einem Kanten Brot greifen wollte, hielt inne.

»Mein Herr Gemahl kehrt zurück?«

Barbara deutete auf eine der Depeschen, hielt es aber nicht für nötig, sie Lisbeth zu zeigen. »In drei Wochen vermutlich. Er schreibt, dass es eine weitere Konzilssitzung geben soll, allerdings hier auf Wolkenstein. Drei Tage vor Allerheiligen.«

Sie nahm sich ein Stück Käse und warf einen weiteren Blick auf die Depesche. Lisbeth starrte ebenfalls auf das Stück Papier, das vor ihren Augen zu verschwimmen begann.

»Das ist eine große Ehre, keine Frage«, fuhr Barbara fort. »Ich hoffe nur, dass wir keinen frühen Wintereinbruch bekommen, sonst sind die Pässe unbegehbar.«

Lisbeth versuchte, weiter zuzuhören, aber es war, als würde Wind in ihren Ohren rauschen.

Graf Konrad war auf dem Weg nach Wolkenstein. Ihr Gemahl kehrte zu ihr zurück.

16

LISBETH

Es war ein Traum, das wusste sie. Dennoch konnte sie nicht aufwachen. Sie war zurück in der Schlafkammer ihrer Eltern, die sie eigens für Lisbeths Hochzeitsnacht geräumt hatten. Klara hatte sie bis auf ihr Unterhemd entkleidet und ihr schweres, mit goldenen Fäden durchwirktes Hochzeitskleid lag nun über einer Stuhllehne wie die abgelegte Haut einer monströsen Schlange.

Lisbeth saß am Fuß des Bettes und fuhr mit den Händen über ihr Haar, das offen über ihrer rechten Schulter hing. Sie hatte nicht erwartet, dass sie nervös sein würde. Immerhin wusste sie, was sie erwartete, aus ihrer Erfahrung mit Jakob und den Lektionen ihrer Mutter. Also warum hatte sie plötzlich das Bedürfnis, sich unter der Bettdecke zu verstecken wie ein kleines Mädchen?

Wieder und wieder ließ sie ihr Haar durch die Hände gleiten. Sie starrte auf das Feuer im Kamin. Auf die Flammen, die sich dort wanden und sträubten, als versuchten sie, dem Holz zu entkommen, das sie an den steinernen Boden band. Sie selbst spürte die Anwesenheit des Mannes, den sie geheiratet hatte, wie Druck in der Luft, aber sie brachte es nicht fertig, sich nach ihm umzudrehen.

Sie hörte seinen Atem, schwer und schleppend nach all dem Wein, den er getrunken hatte. Sie roch seinen Schweiß und das Lavendelöl, mit dem man ihm die Haare zurückgekämmt hatte. Kleider raschelten, ein Gürtel wurde aus der Schnalle gezogen und fiel dann mit einem dumpfen Klirren zu Boden.

Hand über Hand, immer am seidenen Fluss ihres Haars entlang.

Die Dielen knarzten, als er sich näherte, und jeder Muskel in ihrem Körper zog sich schmerzhaft zusammen. Ihre Hände krampften sich um ihr Haar, als sein Schatten über sie fiel.

Lisbeth fuhr aus dem Schlaf hoch, nur um zu sehen, wie ein mannshoher, tiefschwarzer Schatten über ihrem Bett aufragte. Sie stieß einen erstickten Schrei aus und wich panisch zurück. Hastig zog sie ihre Decke hoch bis zur Brust, aber da verflog die Illusion. Sie blinzelte und fuhr sich mit der Hand über die Augen. Ihr Zimmer war dunkel, aber leer. Sie war allein.

Lisbeth war bis an die äußerste Ecke ihres Bettes gerutscht und ihre Schulter drückte gegen einen der Pfosten, die den Baldachin hielten. Sie packte ihre Decke fester und starrte auf die Stelle, an der sie sich den Schatten eingebildet hatte. Obwohl sie es besser wusste, rechnete ihr Hasenherz immer noch damit, dass sich etwas Lebendiges in der Dunkelheit versteckte.

Früher, als sie noch klein gewesen war, hatte Gudrun ihr Märchen erzählt, finstere Geschichten von Menschenfressern, Hexen und Teufeln mit goldenen Haaren. Lisbeth hatte die Geschichten und die Gänsehaut gemocht, die sie davon bekommen hatte. Nur war sie nicht mehr ganz so mutig gewesen, sobald es Nacht wurde. Damals hatte sie sich eingeredet, dass die Ungeheuer sie nicht finden würden, wenn sie nur ganz fest die Augen schloss. Heute glaubte sie das nicht mehr. Sie würde gefunden werden, egal, was sie versuchte. Blicke würden sie verzehren, Hände nach ihr greifen. Der Geruch von Schweiß und Lavendel würde ihre Nase füllen, viel zu warme Hände würden sie packen und sie würde das Gesicht von Atemwolken abwenden, die nach Wein und Zwiebel stanken.

Lisbeth schluckte den sauren Geschmack der Angst hinunter. Jetzt, da die Panik verebbte, fühlte sie sich ausgezehrt. Ihre Augen gewöhnten sich weiter an die Dunkelheit und sie erkannte die Umrisse der Bettpfosten, die Falten des zurückgebundenen Vorhangs und die Ecken des Spiegels, der neben ihrem Bett stand.

Heute war Neumond und kein Licht fiel auf das Glas. Lisbeth spürte eine dunkle Leere in sich wie ein Echo des schwarzen Spiegels. Sie war aufgewacht, in mehrerer Hinsicht. Das Michaelisfest, der Ausritt mit Jakob, ihr überschwängliches Ja in den wirbelnden Blättern: All das erschien ihr plötzlich wie ein kindischer Traum. Hatte sie wirklich geglaubt, dass irgendeine Zaubermacht sie von ihrem Schicksal erlösen konnte? Was für eine Dummheit. Es gab keine Magie, nicht wirklich. Barbaras Krankheit und alles, was darauffolgte, war nichts weiter gewesen als ein glücklicher Zufall.

Mit zitternden Fingern tastete sie nach den Schwefelhölzern auf ihrem Nachttisch und zündete eine Kerze an. Die Flamme flackerte, kämpfte sich mühsam in die Luft, flackerte wieder.

»Elisabeth.«

Die Stimme raunte durch das Zimmer und Lisbeth schloss kurz die Augen. *Das bilde ich mir nur ein.*

Glaubst du das wirklich?

»Du hast versprochen, mir zu helfen«, sagte Lisbeth und war erschrocken, wie zittrig und verletzt ihre Worte klangen.

Als sie das nächste Mal sprach, flüsterte die Stimme direkt neben ihrem Ohr.

»Komm zu mir.«

Erschrocken sah Lisbeth hoch. Das Licht der Kerze flackerte über die Oberfläche des Spiegels. Er stand nur wenige Schritte von ihrem Bett entfernt, aber sein Glas zeigte weder die Kerze noch Lisbeths Bett. Stattdessen sah Lisbeth auf eine Reflektion des überwucherten Gartenturms, der unter ihrem Fenster stand.

Es ist wahr. Es ist doch wahr!

Gebannt schlug Lisbeth ihre Decke zurück und rutschte an den Rand des Bettes. Im Spiegel sah sie, wie eine zierliche blasse Gestalt zur Tür des Turms ging und hinter dem Vorhang aus Heckenrosen verschwand.

Bevor sie noch darüber nachdenken konnte, hatte sie die Kerze vom Nachttisch gehoben und war aufgestanden.

Kurze Zeit später stand sie im Innern des verlassenen Turms. Hinter ihr raschelte der Vorhang aus Heckenrosen leise im Wind. Vor ihr klaffte ein Loch im Boden.

Viele Burgherren ließen sich Geheimgänge in ihre Stammsitze bauen. Verborgene Wege, über die man eine Burg verlassen konnte, sollte sich das Blatt im Verlauf einer Belagerung gegen sie wenden. Lisbeth vermutete, dass dies ein solcher Notausgang war.

Schmale, steile Stufen führten vom Rand des Lochs hinunter unter das Fundament von Wolkenstein. Früher war dieser Ausgang wohl durch ein eisernes Gitter versperrt gewesen, aber jemand hatte die Angeln des Gitters durchsägt und es beiseitegezogen. Nichts würde sie daran hindern, der Treppe nach unten zu folgen. Nichts, außer ihrem gesunden Menschenverstand.

Das Licht ihrer Kerze flackerte, während Lisbeth hinab in die Finsternis starrte. Noch konnte sie umkehren. Sie stellte sich vor, wie sie sich umdrehte, die Heckenrosen beiseiteschob und durch den nächtlichen Garten zurück zum Palas ging. Wie sie ihr Schlafzimmer erreichte, das große Bett, die weichen Daunendecken und Felle. Der Spiegel würde verstummen, sie würde die Kerze löschen und sich am nächsten Morgen in ihren Alltag ergeben. Nach Barbaras Spielregeln spielen. Auf die Rückkehr ihres Gemahls warten.

Mit dem Daumen fuhr sie über das kalte Gold des Rings, den ihr Graf Konrad nach ihrer Hochzeit über den Finger gestreift hatte. Ihre Heirat hätte ihr Sicherheit und zumindest ein wenig mehr Freiheit verschaffen sollen. Sie hatte sich eingeredet, dass der Bewegungsspielraum einer Ehefrau und Burgherrin genug sein würde, um ihr den Rest erträglich zu machen. Aber ein Teil von ihr hatte schon damals gewusst, dass das nicht stimmte. Nur hatte sie nie eine Wahl gehabt.

Das war jetzt anders.

Lisbeth schob ihren Fuß nach vorn, bis ihre Stiefelspitze den obersten Rand der Treppe berührte. Was auch immer da unten auf sie wartete, dieses eine Mal würde sie ihre eigene Entscheidung treffen.

Der Gang am Ende der Treppe war zunächst gemauert und danach aus dem bloßen Fels herausgehauen. Es war kalt dort unten und feucht. Immer wieder trat Lisbeth in flache Pfützen. Sie wusste nicht, wie lange sie schon unterwegs war, aber ihre Kerze war schon beinahe heruntergebrannt. Was sie machen würde, wenn das Licht erlosch, wusste sie nicht.

Der Tunnel wurde immer schmaler, so schmal, dass ihre Schultern beinahe die Wände berührten. Lisbeth strich mit den Fingerspitzen am Fels entlang, bis sie plötzlich etwas Kaltes, Glattes berührte. Stirnrunzelnd hielt sie inne und führte ihre Kerze nah an die Wand. Eine Ader aus schwarzem Kristall zog sich durch den rauen Felsen. Nein, kein Kristall. Das war Glas. Lisbeth folgte der Ader mit ihren Fingern und ihrer Kerze. Rasch fand sie eine Stelle, an der sich die Glasader aufteilte und in mehrere Stränge verzweigte. Das Licht der sterbenden Flamme flackerte über die glatte Oberfläche und für einen kurzen Augenblick glaubte Lisbeth, im Herz des Glases etwas bläulich Weißes aufleuchten zu sehen wie einen schimmernden Pulsschlag. Dann erlosch ihre Kerze und Lisbeth blieb in der Dunkelheit zurück.

»Elisabeth.«

Lisbeth keuchte erschrocken und zog ihre Hand zurück. Sie drehte ihren Kopf in die Richtung, aus der das Flüstern gekommen war. Dort, in einiger Entfernung, sah sie ein mattes Leuchten. Sie war beinahe am Ziel.

Lisbeth zog sich ihren Mantel enger um die Schulter und ging weiter.

Der Gang endete in einer Höhle, die nach nassem Kalkstein und lehmiger Erde roch. Als Lisbeth in die Höhle trat, entglitt der Kerzenhalter ihren Fingern, aber sie bemerkte es kaum. Staunend sah sie nach oben.

Der Spiegel befand sich kaum einen Meter über ihrem Kopf. So groß war er, dass er die ganze Höhlendecke vereinnahmte. Er war kreisrund und glatt wie die Oberfläche eines Sees in einer windstillen Nacht. Der Vergleich lag nahe, denn ein gespenstisches Leuchten ging

von dem Glas aus. Als ob der Mond vom Boden der Höhle zum Spiegel hinaufscheinen würde.

Wie in Trance trat Lisbeth vor und blieb unter der Mitte des Spiegels stehen. Sie sah nach oben und ihr eigenes, weißes Gesicht blickte zu ihr hinunter. Ihr Herz klopfte so heftig in ihrer Brust, dass es schmerzte. Sie hatte Angst, ja, aber der Anblick dieses unterirdischen Himmelszelts war so wunderbar, dass sie ihm nicht widerstehen konnte. Oder wollte. *Elisabeth*, formte es stumm.

Sie schluckte. »Ich bin hier.«

Das Spiegelbild hob eine Hand und Lisbeth sah eine dünne Tränenspur aus Blut, die am Zeigefinger der anderen hinunterlief. Sie wusste, was sie tun musste. Sie zog eine der Nadeln aus ihrem Haar, das Klara am Abend zuvor in einem langen Zopf an ihrem Kopf festgesteckt hatte. Die Nadelspitze durchbrach die Haut an ihrer Fingerkuppe mühelos.

Lisbeth stellte sich auf die Zehenspitzen und hob ihre Hand, bis ihre Fingerspitzen das Glas berührten. Ihr Spiegelbild tat es ihr gleich.

Lisbeth schloss die Augen. Einen Augenblick lang drückte sie ihren blutenden Finger noch gegen das Glas, dann streifte eine fremde Hand über ihre Handfläche. Lisbeth zwang sich, still zu halten.

»Ich bin hier«, wiederholte sie.

Kalte, glasglatte Finger schlossen sich um ihr Handgelenk und packten zu.

17

LISBETH

Als sie die Augen öffnete, hatte die Welt sich umgekehrt. Anstatt zum Spiegel hinaufzublicken, stand sie auf seiner glatten Oberfläche. Immer noch erstrahlte der Spiegel in silbernem Licht. Die Höhle, die Lisbeth jetzt umgab, war jedoch so groß, dass sich über ihrem Kopf und jenseits der Ränder des leuchtenden Spiegels eine scheinbar endlose Dunkelheit ausbreitete.

Lisbeth wandte den Kopf, drehte sich um die eigene Achse und fand sich ihrem Spiegelbild gegenüber. Wie sie stand es auf dem Spiegel, ein Zwilling ihrer selbst, von dem sie nun keine Barriere mehr trennte. Lisbeth hob die Hand und ihr Spiegelbild tat es ihr gleich. Erneut legten sie die Fingerspitzen aneinander. Gänsehaut überzog Lisbeths Arme. Die Finger ihres Gegenübers waren eisig, fühlten sich jedoch trotzdem lebendig an. Sie zog ihre Hand zurück und wieder spiegelte die andere ihre Bewegung. Dann blinzelte sie, obwohl Lisbeths Augen weit offen blieben.

»Hast du mit mir gesprochen?«, fragte Lisbeth.

Ihr Spiegelbild neigte den Kopf. Es war eine simple Bewegung, aber irgendetwas an ihr war falsch. Sie war zu glatt, zu fließend. Als würde sich hinter der Fassade dieser Gestalt etwas anderes verstecken. Etwas, was die Bewegung eines Menschen ein wenig zu perfekt nachahmte.

Lisbeth nahm ihren ganzen Mut zusammen. »Du hast mir etwas versprochen.«

»Macht«, sagte ihr Spiegelbild. »Freiheit.« Lisbeth erkannte ihre eigene Stimme, aber aus dem Mund der anderen klang sie eigenartig hohl. Der Widerwillen in ihrem Herzen schwoll an, aber Lisbeth zwang sich, ihn zu ignorieren.

»Es ist ein Handel«, sagte sie. »Ein Tausch.«

Wieder neigte das Spiegelbild den Kopf. »Um drei Zustimmungen habe ich dich gebeten. Drei hast du gegeben, aus freien Stücken.«

Das erste Ja auf der Lichtung. Das zweite nachts vor dem Spiegel in ihrer Schlafkammer. Das dritte im Blättersturm mit Jakobs Kuss nur einen Fingerbreit entfernt.

»Nun können wir beginnen«, sagte das Spiegelbild. »Ich gebe dir, wonach du dich sehnst. Du zahlst meinen Preis.«

Lisbeth schluckte. »Was … was ist der Preis?«

Irgendwo in der Dunkelheit knackte etwas. Lisbeth fuhr zusammen. Es klang, als hätte eine Oberfläche aus Eis einen Riss bekommen.

»Ein Opfer«, sagte ihr Spiegelbild. »Ein Opfer ist nötig.«

Lisbeth ballte die Fäuste. »Das verstehe ich nicht.« Sie log. Ein Teil von ihr begriff sofort, wonach die andere fragte. Sie konnte ihre Sehnsucht nicht stillen, ohne sich die Hände schmutzig zu machen. Hatte sie es nicht schon lange gewusst?

Das Spiegelbild griff nach Lisbeths Handgelenk und hob ihren Arm. Lisbeth biss die Zähne zusammen und ließ es zu. Das Spiegelbild drehte Lisbeths Handfläche nach oben.

»Ein Opfer«, wiederholte sie. »Bevor der Mond das nächste Mal voll am Himmel steht, musst du ein Opfer zu mir bringen. Du musst dein eigenes Blut vergießen …«, sie strich mit dem Daumen über das getrocknete Blut an Lisbeths Zeigefinger, »… und mir ein Mädchen geben.«

Die Offenbarung traf Lisbeth wie ein Schlag vor die Brust. Es war doch schlimmer, als sie befürchtet hatte. »Ein Mädchen?«, wiederholte sie mit matter Stimme. Das konnte sie nicht tun. So weit konnte sie nicht gehen.

»Ein weibliches Herz wird genügen«, sagte das Spiegelbild.

»Ich verstehe nicht …«

Das Spiegelbild drückte mit dem Daumen in Lisbeths Hand. »Dein Blut.« Sie begegnete Lisbeths Blick. »Und ein weibliches Herz, das in einer Menschenbrust schlägt.«

Ein weibliches Herz. Das bedeutete, es musste kein Kind sein. Es konnte eine Frau jeden Alters sein. Und da sah sie es. Direkt vor ihrem inneren Auge, sofort, ohne nachzudenken. Das Gesicht ihrer Schwägerin.

»Ich kann nicht«, flüsterte Lisbeth. »Das kann ich nicht tun.«

Aber gleichzeitig preschten ihre Gedanken voraus wie galoppierende Pferde. Wenn Barbara aus dem Weg wäre …

Nein. Nein, so weit konnte sie nicht gehen. Die Kälte, die sie umgab, drang durch ihre Kleider und durch ihre Haut. Sie war kurz davor, zu begreifen, in welcher ungeheuerlichen Situation sie sich befand, und die Panik vor diesem Moment schnürte ihr die Luft ab.

Lisbeth hob den Blick und sah in die Augen ihres Gegenübers. Grau waren sie, wie ihre, aber seltsam ausdruckslos.

Elisabeth. Die Stimme in ihrem Kopf klang sanft und weiblich, aber irgendwo darunter war auch das Echo von Jakobs Tonfall, wenn er ihren vollen Namen aussprach. Und darunter, ganz entfernt, stand ein junges Mädchen auf einer stürmischen Klippe und rief ihren Namen wie eine Freiheitserklärung über die Wälder.

Ich bin Elisabeth!

Lisbeth zog ihre Hand aus dem Griff ihres Gegenübers. Etwas in ihr schrie verzweifelt, sich nicht abzuwenden, diese Chance zu ergreifen. Hätte ihr Spiegelbild sie festgehalten oder sie zu einer Zustimmung gedrängt, dann wäre es Lisbeth leichtergefallen, den Handel abzulehnen. Aber die andere stand nur da und erwiderte ruhig ihren Blick.

Nimm sie. Nimm ihre Hand. Gib ihr, was sie will.

Lisbeth wich zurück. Ihr Blick glitt nach unten und sie sah sich selbst im Glas. Sich selbst mit einer Blätterkrone aus Kristall auf dem Kopf.

Nimm ihre Hand.

»Ich kann nicht«, flüsterte sie noch einmal. »Ich … ich will den Handel nicht abschließen.«

Lisbeth drückte beide Hände an ihre Brust und zu ihren Füßen verschwamm ihr gekröntes Bildnis in dünnem blauem Rauch.

18

ANTHEA

Wir hatten uns in die Wälder oberhalb der Lichtung zurückgezogen. Weit waren wir nicht gekommen, aber immerhin hatten wir ein wenig Entfernung zwischen uns und den Schauplatz unseres Kampfes gebracht.

Aufgeweichte Nadeln, die im letzten Jahr von den Fichten abgefallen waren, bedeckten den Boden. Ich saß mit dem Rücken am Stamm einer dieser Bäume und knüpfte ein Band aus rotem, weißem und grünem Wollgarn.

Das kleine Lagerfeuer, das wir am letzten Abend entzündet hatten, war beinahe heruntergebrannt. Matej lag nahe den glühenden Kohlen. Ein Leinenverband war um seinen Körper gewickelt und drückte eine Kräuterkompresse an die Stelle, an der er getroffen worden war. Der Bolzen war unter dem Brustbein eingeschlagen und hatte dabei eine Rippe gebrochen. Wäre der Jäger ein paar Meter näher gestanden oder wäre der Bolzen eine Handbreit höher in Matejs Brust gedrungen, dann wäre es aus mit ihm gewesen.

Ich zog das rote Garn durch eine grüne Schlaufe und verknüpfte beides mit einem weißen. Mit rotem, mit rotem, mit grünem. Meine Finger knüpften unablässig, um die Angst fernzuhalten. Trotzdem spürte ich immer wieder den kalten Bolzen zwischen meinen Händen und Matejs warmes Blut auf meiner Haut.

Das Rauschen großer Flügel näherte sich durch den Wald. Federn flatterten, aber als ich den Kopf hob, trat Lelia auch schon in ihrer Menschengestalt zwischen zwei Fichten hervor. Sie ging zuerst zu Matej und hockte sich neben ihn. Sie prüfte seinen Verband, fühlte seinen Puls und hielt dann ihr Ohr an seine Schnauze, um seinem Atem zu lauschen. Dass er so gut versorgt war, verdankten wir allein ihrer Heilkunst.

Sobald sie mit ihrer Untersuchung zufrieden war, kam Lelia zu mir und setzte sich neben mich. Dieses Mal ließ sie Abstand zwischen uns und auch dafür war ich dankbar. Im Moment hätte ich keine Berührung ertragen können.

»Ich habe die Wälder so weit abgesucht wie ich konnte. Außer uns ist niemand mehr hier. Sollte also keine bösen Überraschungen mehr geben.«

»Danke«, antwortete ich und meinte damit nicht nur ihre Erkundungen.

Sie nickte, kramte in meinem Rucksack und zog unseren letzten Kanten Brot heraus. Sie brach sich ein Stück ab und reichte den Rest an mich weiter. Ich widerstand meinem ersten Impuls, legte das halb geknüpfte Band auf meinen Schenkel und nahm das Brot. Ich hatte seit gestern nicht gegessen. Hatte nicht einmal daran gedacht.

»Er schläft tief und fest, das ist gut. So heilt er schneller.« Lelia biss von ihrem Brot ab und kaute. »Wir sollten hier so bald wie möglich weg, nur für den Fall, dass dieser verflixte Spiegel uns noch mehr von diesen Spukgestalten auf den Hals hetzt.«

Spukgestalten war das richtige Wort. Nachdem Matej versorgt gewesen war, war ich von einem Ende der Schneise zum anderen gelaufen, um meine Messer einzusammeln. Keiner der Jäger hatte unsere Auseinandersetzung überlebt, aber so, wie ihre Leichen aussahen, waren sie zuvor schon mehr tot als lebendig gewesen. Bei einem von ihnen hatte ich eine Wunde unter dem Schlüsselbein gesehen, die wohl schon seit Wochen unbehandelt vor sich hin schwärte. Aus Matejs Erzählung wusste ich, wie unbeirrbar die Jäger waren. Wie besessen. Hatte die Dienerin des Spiegels sie einmal in ihrem Bann, dann gehorchten sie nur noch ihrem Befehl. Je länger sie so lebten, umso mehr verschwand ihre eigene Persönlichkeit, bis sie nur noch als Gefäß für die Macht des Spiegels existierten.

Unwillkürlich strich ich über die Glasadern an meinem rechten Auge. Auch ich trug jetzt die Macht des Spiegels in mir. Bedeutete das, dass der Fluch mich auch überwältigen würde? Vielleicht nicht. Vielleicht würde mein Herz vorher zu Glas erstarren.

Mein Mut schrumpfte noch mehr in sich zusammen, wenn das überhaupt möglich war. Wenn ich wenigstens die Spiegelspuren finden könnte, aber in dieser Hinsicht war ich weiterhin blind. Es sah ganz danach aus, als hätte ich mir meinen eigenen Tod ganz umsonst aufgehalst.

»Wer hat dir das eigentlich beigebracht?«, wollte Lelia wissen und riss mich damit aus meinen trüben Gedanken.

Im ersten Moment wusste ich nicht, was sie meinte. Mit vollem Mund zeigte sie auf das Band auf meinem Schenkel.

Ich zuckte mit der Schulter. »Marietta. Sie war eine Freundin meiner Mutter und hat sich nach ihrem Tod um mich gekümmert.« Als ich bei den Gauklern gelebt hatte, war Marietta schon zu alt gewesen, um mit den anderen auf der Bühne zu stehen. Stattdessen hatte sie sich um das Nähen und Flicken der Kostüme gekümmert. Ich war ihr dabei zur Hand gegangen, sobald ich es konnte. Das Sticken hatte ich von ihr gelernt, genauso wie das Knüpfen jener Knoten, die einem Reisenden Glück auf der Straße bringen sollten. Den Rest – die komplizierten Flechtmuster und Farbabfolgen – hatte ich mir selbst ausgedacht.

»Die Talismane in deinem Rucksack verkaufst du, oder?«, fragte Lelia weiter.

»Wenn das Geld knapp ist, ja«, gestand ich. »Sie wirken allerdings nicht.« Ich verkniff mir eine Rechtfertigung. Wenn man auf der Straße lebte, dann waren die Möglichkeiten, sich seinen Lebensunterhalt zu verdienen, begrenzt. Meistens kamen wir ganz gut ohne Geld aus. Matej jagte für uns und ich konnte ab und an als Erntehelferin arbeiten und bekam dafür im Tausch neuen Proviant. Aber für manche Dinge musste man mit barer Münze bezahlen. Für ein Dach über dem Kopf, wenn es Winter wurde. Für ein paar Ellen Stoff, aus denen sich ein heranwachsendes Mädchen passende Kleider nähen konnte. Für Informationen über verfluchtes Glas. Und so weiter.

Meine ›Talismane‹ waren ein guter Nebenverdienst. Wenn ich Zeit und Material hatte, dann knüpfte ich Amulette, die ich unterwegs oder auf den Märkten verkaufen konnte. Ich flocht Bänder aus Lederschnüren, Wollgarn und schmalen Stoffborten, die ich zuvor mit Blättern und winzigen Sternen bestickt hatte. Hin und wieder knüpfte ich Holzperlen oder kleine Splitter von geschliffenem Quarz in die Bänder. Als Anhänger benutzte ich runde Flusskiesel, bleiches Treibholz und andere Fundstücke. Einmal wob ich Elsterfedern in den Tragegurt einer Tasche und behauptete, die würden den Träger vor Diebstahl beschützen.

Ich verkaufte meinen Plunder als Liebes- und Schutzzauber. Als Glücksbringer für eine gute Ernte. Ich hatte genügend Zeit mit Zaubervolk verbracht, um zu wissen, was ich sagen musste, um die Leute an meiner Ware zu interessieren. Aber genauso gut wusste ich, dass meine Amulette nichts weiter waren als kurioser Tand.

Ich beruhigte mein schlechtes Gewissen immer damit, dass ihr Glaube an meine Talismane den Menschen immerhin ein gutes Gefühl gab. Mit Lelia, einer Frau mit tatsächlicher magischer Begabung, wollte ich allerdings nicht über meine Scharlatanerie sprechen.

Ich wollte unser Gespräch in eine andere Richtung lenken, aber bevor mir das gelang, fragte Lelia: »Darf ich?«

Widerwillig gab ich ihr das halb geknüpfte Band und sie wendete es mit einem nachdenklichen ›Hm‹ zwischen ihren Fingern. Schließlich gab sie es an mich zurück. »Kennst du die Unterscheidung der zwei und zwei?«

»Der was?«, fragte ich verwirrt

»Es gibt ein paar Zauberzünfte, die weit durch die Zeitalter der Welt zurückreichen«, erklärte Lelia. »Die Frauen, die sie ausüben, teilt man jeweils in zwei Ober- und Unterkategorien.« Sie hob einen Finger in die Höhe. »Frauen der ersten Kategorie nennen wir die *mystica*. Das sind Priesterinnen und Seherinnen. Du weißt schon, Auguren, Orakel und so weiter.« Sie hob einen weiteren Finger. »Frauen der anderen Kategorie nennen wir *magi*. Das sind die Wandlerinnen …«, sie tippte sich mit beiden Fingern gegen die Brust, »… und die Weberinnen.« Bei diesem Wort zeigte sie in meine Richtung und hob eine fragende Augenbraue.

»Davon höre ich zum ersten Mal«, gestand ich.

»Das Wissen ist auch nur den Eingeweihten vorbehalten«, sagte Lelia. »Aber für schöne Mädchen mit Fuchshaaren und Eulenmasken machen wir eine Ausnahme.«

Ich spürte, wie meine Wangen glühten. Was für ein Unsinn. Verlegen schob ich mir eine lose Haarsträhne hinter das Ohr.

Lelia fuhr unbeirrt fort. »Ehrlich gesagt bin ich noch nie einer Priesterin begegnet und auch keiner Seherin. Aber durch Nonna kenne ich ein paar Wandlerinnen.«

Ich räusperte mich und fragte mit belegter Stimme: »Können sich alle in Vögel verwandeln?«

»Vögel, Dachse, Kreuzottern«, zählte Lelia auf. »Ich kannte mal eine, die verwandelte sich in eine Blattlaus. Sehr seltsame Frau.«

Ich war mir ziemlich sicher, dass das Letzte ein Scherz war, aber bei Lelia konnte man nie so genau wissen. Sie streckte ihre langen Beine aus und lehnte sich an einen Felsen hinter ihrem Rücken.

»Die meisten Wandlerinnen spezialisieren sich auf die Heilkunst. Wahrscheinlich, weil wir durch das Tier in uns einen näheren Bezug zur Natur und ihren Kräften haben«, fuhr sie fort. »Oder vielleicht, weil wir durch unsere zwei Körper ein natürliches Interesse an der Anatomie unterschiedlicher Wesen haben. Oder es ist einfach nur Tradition, wer weiß.«

Ich begann wieder an meinem Band zu knüpfen. Ich verstand natürlich, was Lelia hier tat. Sie wollte mich von meiner Furcht und meinem Schock über Matejs Beinahetod ablenken. Das funktionierte zwar nicht ganz, aber sie hatte mich immerhin neugierig gemacht.

»Was machen Weberinnen?«, fragte ich.

»Genau das.« Lelia deutete auf das Band zwischen meinen Fingern und ich senkte ertappt die Hände. »Sie knüpfen Zauberknoten, weben Lebensfäden, sticken Liebesbeschwörungen und Erfolgsformeln in Tücher. Xenia, die Weberin, die Nonna vor ein paar Jahren besucht hat, hat behauptet, sie könne ihre Ahnenlinie bis zu Arachne von Hypaipa zurückverfolgen. Zu dem Zeitpunkt hatten sie und Nonna allerdings schon zwei Flaschen Heidelbeerwein intus.«

Ich strich mit dem Daumen über mein Band und wickelte es dann um meinen Zeigefinger. Bei Lelias Worten erinnerte ich mich an ein Spiel, das ich schon beinahe vergessen hatte. Dabei saßen sich zwei Personen gegenüber. Zu Beginn hielt eine davon eine lange Garnschlaufe mit gespreizten Händen in die Höhe. Die andere Person nahm dann die Fäden auf, drehte sie umeinander und spannte sie auf ihre eigenen Finger. Danach war wieder die erste Person an der Reihe und wob die Fäden in ein neues Muster. Wenn man es richtig machte, spannte sich am Ende ein kompliziertes Geflecht zwischen den beiden Spielerinnen. Genau so wie ein Spinnennetz.

Ich wusste nicht mehr, wann ich dieses Fadenspiel zuletzt gespielt oder wann ich es gelernt hatte. Sicher war es auch etwas, was Marietta mir beigebracht hatte.

Ich steckte das halb fertige Band in die Tasche meiner Weste. »Dann wäre es praktisch, wenn ich eine Weberin wäre«, sagte ich. »Aber ich fürchte, das einzig Magische an meinen Bändern sind die Münzen, die sie mir ab und zu in die Börse bringen.«

»Bist du dir sicher?«, fragte Lelia.

»Sehr.« Vielmehr sah es danach aus, als ob mir für Magie jedwede Veranlagung fehlte. Meine Talismane waren wirkungslos, und selbst der Splitter aus Zauberglas wirkte bei mir nicht so, wie er es sollte.

Um nicht ganz in Selbstmitleid zu versinken, nickte ich in Lelia Richtung. »Die Tätowierung zwischen deinen Brauen«, fragte ich, »hat sie etwas mit deiner Zauberzunft zu tun?«

Wahrscheinlich hatte mich Lelias Offenheit doch noch angesteckt. Bei niemandem sonst hätte ich mich getraut, so eine persönliche Frage zu Stellen.

Sie hob eine Braue. »Mehr oder weniger«, antwortete sie. Zunächst schien es, als ob sie den Rest für sich behalten wollte, aber dann überlegte sie es sich doch anders. »Nonna sagt, *mystica* und *magi* markieren die Stufen ihrer Ausbildung mit bestimmten Symbolen.« Lelia berührte den winzigen Halbmond über ihrer Nasenwurzel, dann fuhr sie mit der Fingerspitze ihre Stirn hinauf. »Je mehr Lektionen ich meistere, je mehr Erfahrung ich sammele, umso mehr Symbole werde ich mir verdienen.«

Ich dachte an die unterschiedlichen Mondphasen, die auf Barbagiannas Gesicht tätowiert gewesen waren, und plötzlich sah ich Lelia in neuem Licht. »Hast du dich uns deshalb angeschlossen?«, fragte ich. »Um dir das nächste Symbol zu verdienen?«

Ich fühlte mich erleichtert, als hätte ich ein Rätsel gelöst. Das würde natürlich erklären, warum Lelia hier war.

Sie jedoch sah mich nachdenklich an, bevor sie sagte: »Ich kann das hier als Teil meiner Lehrjahre verbuchen, ja.«

Hatte ich also richtiggelegen. Ein wenig bekümmerte es mich, dass Matejs Zynismus wohl schon zu sehr auf mich abgefärbt hatte. Mir war es tatsächlich schwergefallen, Lelia zu glauben, dass sie uns einfach nur helfen wollte. Aber jetzt, da ich wusste, dass ihre Hilfsbereitschaft ihr auch etwas einbringen würde, konnte ich mich entspannen. Und so sagte ich, was längst überfällig war.

Ich drehte mich zu ihr und erlaubte mir ein Lächeln. »Ich bin froh, dass du hier bist.«

Das überraschte sie, aber ich meinte zu sehen, dass sie sich auch freute. »Wenigstens einer von euch,« sagte sie mit einem schrägen Lächeln. Dann wanderte ihr Blick zu Matej und ihre Miene wurde ernst. »Vielleicht habe ich ihn falsch eingeschätzt«, gab sie schließlich zu. Im Gegensatz zu mir hatte sie gesehen, wie Matej sich zwischen mich und die Armbrust des Jägers geworfen hatte. Das schien Eindruck gemacht zu haben.

Ich folgte ihrem Blick und plötzlich hatte ich einen Kloß im Hals. Matej schlief so fest, dass ich nicht einmal eine vage Ahnung seiner Träume erhaschen konnte. »Er wollte wirklich nicht, dass ich den Splitter nehme«, sagte ich. »Wenn er könnte, würde er mich von allen Risiken fernhalten.« Ich richtete mich auf und spürte, wie mein Rücken sich anspannte. »Aber es ist immer noch meine Entscheidung, bei ihm zu bleiben und ihm bei seiner Suche nach Myrsina zu helfen.«

»Er liebt die Frau im Spiegel.« Lelia sagte es so selbstverständlich, dass ich ihre Vermutung bestätigte, ohne nachzudenken.

»Ja.«

»Und du?«

Die Frage verblüffte mich so sehr, dass mir die Stimme versagte. Was meinte sie damit? Ob ich Myrsina liebte? Oder Matej? Aus einem Grund, den ich nicht verstand, zog sich meine Brust schmerzhaft zusammen. Es fühlte sich an, als wäre ich kurz davor, erneut zu verstummen. Als würde meine Sprachlosigkeit wie eine dunkle Flut in mir aufsteigen und alle Worte auslöschen.

»Schon gut«, sagte Lelia sanft. Ich schluckte und rang noch um Fassung, als sie schon wieder das Thema wechselte. »Wenigstens wissen wir jetzt, dass die Magie des Splitters funktioniert.«

Ich zuckte zusammen. »Was? Wie kommst du darauf?«

Sie zog die Beine an und lehnte sich mit verschränkten Armen auf ihre Knie. »Du hast gesagt, der Spiegel hätte die Jäger geschickt, um dich zu finden«, sagte sie. »Daraus schließe ich zwei Dinge: Erstens, der Spiegel spürt den Splitter, und zweitens, er hält dich für eine Gefahr.«

Mein Mund war mit einem Mal staubtrocken. Mit Lelia zu sprechen war, als wollte man den Sprüngen eines Wasserhüpfers folgen. Kaum hatte sie ein Nest aus Fragen in mir aufgerüttelt, sprang sie zum nächsten. Ich hatte kaum Zeit zu begreifen, geschweige denn zu verarbeiten, was sie an Gedanken in mir lostrat.

»Wir bleiben besser nicht hier«, krächzte ich.

»Nein«, stimmte sie mir zu. »Aber ich würde vorschlagen, dass wir erst abends weiterziehen. Dann haben wir mehr Deckung.«

»Was ist mit Matej?«, fragte ich besorgt.

Lelia zog ihre Arzneitasche zu sich heran. »Er kann heute noch ruhen und ich werde zusehen, dass ich ihm ein wenig Extrastärke gebe.«

Ich runzelte die Stirn. »Wie?«

»So neugierig.« Lelia tippte sie sich an die Seite ihrer Nase und grinste. »Alle unsere Geheimnisse kann ich dir aber wirklich nicht verraten.«

In meinem Traum bin ich wieder ein Kind und renne weinend durch das Unterholz. Zweige peitschen mir ins Gesicht. Irgendwo hinter mir poltern die Jäger durch das Unterholz. Sie sind mir dicht auf den Fersen. Bald werden sie mich packen und an das Ding im Spiegel verfüttern. Ich höre totes Holz unter ihren Stiefeln krachen, höre das Rascheln des Dickichts wie eine Welle, die mich in jedem Moment unter sich begraben wird.

Mein Fuß bleibt an einer Wurzel hängen und ich schlage der Länge nach hin. Keuchend rappele mich wieder auf und humpele weiter, doch ich komme keine zehn Schritte weit, bevor eine dunkle Gestalt direkt vor mir auftaucht. Instinktiv weiche ich zur Seite aus und wähne mich schon in Sicherheit, da packt mich eine Hand am Arm. Der Jäger reißt mich grob zu sich zurück und ich schreie auf. Das Gesicht des Mannes leuchtet, es ist ganz überzogen von silbernen Glasadern und nur seine Augen klaffen wie zwei schwarze Löcher inmitten des Geisterlichts.

Ich glaube schon, mein Herz wird vor Angst zerspringen, da hallt ein Warnschrei durch den Wald. Der Jäger lässt mich los, um ein Messer zu ziehen. Ich falle auf die Knie, schlinge die Arme über meinen Kopf und mache mich klein, so klein wie möglich.

Ihr seht mich nicht. Ihr seht mich nicht.

Ich klammere mich an diesen Gedanken, als um mich herum das Knurren eines Raubtiers die Männerschreie durchbricht. Das Dickicht zerbirst und ein schwerer Körper schlägt dumpf auf dem Boden auf.

Ihr seht mich nicht.

Wimmernd presse ich beide Arme über meine Ohren. Ich will nichts mehr sehen, aber egal, wie fest ich die Lider nach unten drücke, vor meinem inneren Auge erscheint immer noch die Lichtung. Ich sehe den gleißend hellen Spiegel, die tastenden, zuckenden Hände und die Jäger, die wie ein Mann zu mir herumfahren.

Ihr seht mich nicht. Ihr seht mich nicht.

Anthea.

Matjes Gedankenstimme drängt sich zwischen meine Panik. Ich schüttele den Kopf, aber da ist er plötzlich bei mir und versucht, seine Schnauze unter meinen Ellenbogen zu schieben. Ohne die Augen zu öffnen schlinge ich die Arme um seinen Hals.

Anthea, Mädchen.

Ich drücke mein Gesicht in sein Fell und einen Moment lang lässt er es zu, bleibt er mein Fels, schickt mir Trost und lässt mich wissen, das alles gut sein wird. Dann löst er sich aus meiner Umarmung.

Wir müssen weg von hier.

Kaum hat er das in meine Richtung gesandt, höre ich einen Pfiff hinter uns im Wald. Matej schiebt mich an und ich zwinge mich auf die Beine.

Lauf, *sendet er.* Lauf!

Irgendwo schnalzt eine Bogensehne. Wir fliehen durch das Unterholz, weg von den Jägern. Weg von der Lichtung. Weg von Myrsina.

Abrupt schreckte ich aus dem Schlaf hoch und zuckte zusammen, als ich meine Umgebung nicht erkannte. Einen Herzschlag später fiel mein Blick auf Matej und das abgebrannte Lagerfeuer vor uns. Ich atmete zitternd aus und schob mir die Haare aus dem Gesicht.

Ganz ruhig, sagte ich mir. Wir lagerten immer noch oberhalb der Spiegellichtung. Und so hell, wie es war, war der Abend immer noch eine gute Weile entfernt.

Ich setzte mich auf und streifte mir ein paar lose Blätter von den Ärmeln. Zum späten Nachmittag war ein Regenschauer über das Waldstück gezogen. Ich hatte mithilfe zweier Äste und meines Mantels einen notdürftigen Unterstand für Matej und mich errichtet. Mittlerweile hatte sich der Schauer zu einem leichten Nieselregen abgeschwächt und der Geruch von feuchtem Laub lag in der Luft.

Ich griff nach dem Wasserschlauch, der neben mir auf der Erde lag, und nahm einen Schluck. Ich saß dicht neben Matej, aber er schlief immer noch so tief, dass er meine Bewegungen nicht bemerkte. Gut möglich, dass Lelias Kräuter ihm diesen Heilschlaf ermöglichten, aber wenn ihm das Erleichterung verschaffte, dann sollte es mir nur recht sein.

Ich sah auf ihn hinunter und beobachtete, wie sich seine Flanken beim Atmen langsam hoben und senkten. An seiner Halskrause zeigten sich die ersten weißen Härchen. Ich wusste das, auch wenn ich sie im Halbschatten des Unterstandes nicht sehen konnte.

Altvertraute Schuldgefühle nagten an mir. Jetzt, da ich mich wieder so nahe der Lichtung befand, wurden sie stärker. Sie weiter zu verdrängen war unmöglich. Insbesondere, da sich die Vergangenheit zu wiederholen schien: Wie damals hatte ich helfen wollen und stattdessen dafür gesorgt, dass Matej sich meinetwegen in Gefahr brachte.

Wieder sah ich ihn reglos in der Heide liegen und die Erinnerung daran vermischte sich mit der Nacht, in der mein Angstschrei uns verraten hatte. Die Jäger hatten mich sofort bemerkt und ich war voller Panik aus meinem Versteck unter den Holunderbüschen geflohen. Das ganze Spielbrett sortierte sich neu, als die Männer in Grün auf mich Jagd machten, als wäre ich ein Kaninchen. Matej hätte die Möglichkeit nutzen können, um in den Spiegel zu springen. Stattdessen hatte er sich dafür entschieden, mich zu retten. Für mich zu töten. Egal, wie sehr ich mich bemühte, ich schaffte es nicht, diese Schuld

zu begleichen. Vielleicht, weil ich am Ende doch genau das war, was die Jäger damals in mir gesehen hatten. Ein ängstliches Kaninchen.

Hatte ich mir insgeheim gewünscht, dass wir den Spiegel nicht wiederfinden würden? Konnte ich deshalb nicht auf die Magie des Splitters zugreifen?

Ich zwang mich, über diese Fragen nachzudenken. Es stimmte, dass die Angst mein stetiger Begleiter war. Auch wenn ich mir einredete, dass sie mich nicht beeinflusste. Mit den Jahren waren die Schrecken dieser Nacht in meinem Gedächtnis verblasst und ich hatte geglaubt, dass ich das alles verarbeitet hatte. In Wahrheit hatten die Albträume jedoch nie aufgehört. Ich träumte von gläsernen Händen, die sich nach mir ausstreckten und mich gierig in das dunkle Herz des Spiegels zogen.

Matej wiederum träumte davon, wie Myrsina hinter dem Spiegel stand und mit den Fäusten gegen das Glas hämmerte. Er rannte auf sie zu, schaffte es aber nie, sie zu erreichen, bevor sich die Dunkelheit um sie und den Spiegel schloss.

Unsere Geschichte war unterbrochen. Unfertig. Und ich ahnte, dass keiner von uns Ruhe finden würde, bevor wir uns dem Spiegel ein letztes Mal gestellt hatten.

Ich zögerte, dann legte ich meine Hand auf Matejs Rücken. Sein Fell war struppig und sein Körper schlaff vor Müdigkeit. Er war ein wildes Tier, ausgebremst durch den Kummer und die Sehnsucht eines Menschen. Wenn ich es zuließ, spürte ich, wie sich sein Verlust für ihn anfühlte. Wie eine Prellung, die nicht heilen will.

Ich hatte Angst, ja. Vor dem Spiegel. Vor dem, was hinter dem Glas auf uns wartete. Aber am meisten fürchtete ich mich davor, meinem Schicksal nicht gewachsen zu sein.

Mein Blick glitt von Matej über die feuchte Asche unseres Lagerfeuers und hinauf in die Bäume. Eine Schleiereule saß auf einem knorrigen Ast und hielt Wache. Ihr weißes Gefieder schimmerte sanft im Wassernebel.

Ich ließ Matej los und steckte stattdessen die Hand in meine Westentasche. Meine Finger fanden das halb geknüpfte Band und ich strich mit der Fingerspitze über die festen Knoten.

Ich konnte mich weiter von meiner Angst lähmen lassen. Oder ich konnte etwas unternehmen.

Noch während ich hinsah, wandte die Eule den Kopf und warf mir einen Blick mit ihren Goldaugen zu.

Am Abend zogen die Regenwolken weiter und gaben einen Himmel frei, der die Farbe von reifen Pflaumen hatte. Gras raschelte an meinen Füßen, als ich unseren Spuren durch den Wald zurück folgte. Das geknüpfte Band hielt ich in meiner geschlossenen Faust.

Mit klopfendem Herzen trat ich hinaus auf die Schneise, auf der Matej angeschossen worden war. Jeder Schritt kostete mich Überwindung, aber ich zwang mich, zu einem der gefallenen Jäger zu gehen. Eine Krähe flog von der Leiche auf, als ich mich näherte. Beim Wissen um das, was ich gleich sehen würde, drehte sich mir der Magen um.

Ich schloss die Augen, atmete ein letztes Mal durch, dann trat ich an den Jäger heran. Es war der Mann, der mit der Armbrust auf mich gezielt hatte. Ich vermutete, dass ein Messerstich durch den Hals ihm den Garaus gemacht hatte, aber sicher war ich mir nicht. Die Krähen hatten bereits angefangen, an seinen Augenlidern zu picken.

Übelkeit wallte in mir auf und ich presste meine Hand vor Mund und Nase. *Reiß dich zusammen*, sagte ich mir.

Als ich wieder hinsah, versuchte ich, die Spuren der Aasfresser zu ignorieren und stattdessen den Mann zu sehen, der er im Leben gewesen war. Anders als die anderen hatte er noch keine grauen Haare und ich fragte mich unwillkürlich, ob er der junge Kerl gewesen war, der damals das Mädchen zum Spiegel getragen hatte.

Lelia hatte recht gehabt: Es musste einen Grund geben, warum die Männer uns angegriffen hatten. Und war es nicht eigenartig, wie schnell sie hier aufgetaucht waren? Hatte der Spiegel sie auf den Weg geschickt, sobald ich mir den Splitter ins Auge gestochen hatte? Oder hatten sie diese Gegend nie verlassen und waren wie Geister durch die Wälder gestreift? Warum? Was war in jener Nacht passiert?

Vor zehn Jahren glaubte Matej, dass sich die Jäger aus dem Staub gemacht hatten. Als er am Abend nach unserem missglückten Überfall zur Lichtung zurückgekehrt war, waren die Männer mit dem

Spiegel bereits weitergezogen. Wir nahmen die Verfolgung wieder auf, aber nach einem halben Tagesmarsch standen wir vor einem Rätsel. Mitten in den Wäldern unterhalb eines Gebirgspasses hörte die Spur der Wagenräder abrupt auf. Es gab auch keine Fußabdrücke oder andere Fährten, die uns angezeigt hätten, wohin die Jäger gegangen waren. Es war, als hätte die Erde den Spiegel und seine Bewacher verschlungen.

Jetzt waren sie wieder hier. Das bedeutete wohl, dass der Spiegel irgendwo einen sicheren Hafen gefunden hatte. Gut möglich, dass er sich eine neue Dienerin gesucht und sein Netz neu ausgebreitet hatte. Vielleicht hatte er sich auch neue Jäger ausgesucht und diese hier ohne Rücksicht auf Verluste in den Kampf geschickt.

Ich setzte mich neben den Jäger auf die Fersen. Er hatte sich sein Schicksal nicht ausgesucht. Wir sollten ihn und seine Gefährten beerdigen, aber dafür fehlte uns schlicht das Werkzeug. Ich zog eine Grimasse, streckte die Hand aus und schob den Kragen seines zerschlissenen Wamses beiseite. Frische Kratzer kreuzten sich mit altem Narbengewebe auf seiner Brust. Ich zog die Hand zurück. So viel Leid.

Zeit, etwas dagegen zu unternehmen.

Ich schloss die Augen und spürte in mich hinein. Sofort zog sich die Angst wie ein eiserner Ring um meine Brust zusammen. Ich wollte weg von hier, weit weg, zurück in den Süden, auf eine der Straßen, die zum Meer führten. Dort war es uns immer gut gegangen.

Stattdessen schloss ich die Finger um das Band in meiner Tasche und atmete bewusst ein und aus. In den Bändern steckte zwar keine Magie, aber es beruhigte mich, wenn ich mit den Fingerspitzen über die Knoten des Bandes fuhr. Als meine Panik schließlich ganz verebbte, ließ ich das Band los und bewegte stattdessen die Finger in der Tasche, als würde ich die Fäden an einem unsichtbaren Webrahmen wirken. Ich war vielleicht keine magische Weberin, aber Fäden zu knüpfen war mir immer schon leichtgefallen. Vielleicht konnte ich mit dem Glas genauso umgehen? Konnte es aufgreifen wie ein loses Garn und mich von ihm führen lassen?

Eine Spur, dachte ich. *Ich muss nur eine Spur finden.*

Noch einen Augenblick verhielt ich mich ganz still, dann öffnete ich die Augen.

Das Erste, was ich sah, war ein Blitzen in der Brustwunde des Jägers. Ich schob alle anderen Gedanken beiseite und konzentrierte mich darauf. Es blitzte heller, erst unter einer Narbe, dann unter der nächsten. Stirnrunzelnd beugte ich mich näher heran und erkannte, was mir zuvor verborgen geblieben war. Die Wunde des Jägers war mit Glassplittern durchsetzt. Sie hatten sich in seine Haut gegraben wie Holzwürmer in einen alten Dachbalken. Erschrocken fuhr ich zurück und spürte im selben Moment einen stechenden Schmerz in meinem rechten Auge. Instinktiv schlug ich mir die Hand vors Gesicht, aber da war der Schmerz auch schon wieder verschwunden. Ich schüttelte den Kopf, senkte die Finger und keuchte vor Staunen.

Die verstreuten Splitter in der Wunde leuchteten immer noch wie winzige Sterne, aber nun war seine ganze Brust von silbernen Adern durchzogen. Ich sog scharf den Atem ein und kam auf die Füße. Das Spiegeladernetz beschränkte sich nicht auf den Körper des Jägers. Es breitete sich auch unter ihm aus und schickte leuchtende Fäden nach allen Richtungen über den Boden. Es sah aus, als hätte der Waldboden Risse bekommen.

Ich wich einen Schritt zurück. Das Spiegeladernetz breitete sich in einem Radius von etwa einer Ellenlänge um den Jäger herum aus und verblasste dann zur Unkenntlichkeit. Nur an einer Stelle verlief eine leuchtende Ader weiter zwischen den Heidekrautbüscheln. Ich drehte mich zur Seite. Wie der Lauf eines silbernen Fadens führte die Spiegelader über die Schneise und hinein in den Wald.

Mir wurde kalt, aber gleichzeitig fuhr ich kerzengerade in die Höhe. In dieser Richtung lag die Lichtung, auf der wir den Spiegel das letzte Mal gesehen hatten. Und dahinter lag der Pass, der uns in die Berge führen würde.

19

LISBETH

»… kann man nur hoffen, dass das Konzil rasch zu Taten aufruft.« Vater Benedikt schüttelte den Kopf und bekreuzigte sich, nur um sicherzugehen. »Ich wollte ja meinen Ohren nicht trauen, als Bruder Johann mir das alles erzählte. Ketzerische Predigten, und das nur zwei Täler weiter.«

Lisbeth unterdrückte mit Mühe ein Gähnen. Wer diesem rechtschaffenen Priester der katholischen Kirche zuhörte, brauchte zum Einschlafen keinen Baldrian. Sie warf einen verstohlenen Blick über die Schulter des Priesters, in der Hoffnung, irgendjemanden zu sehen, der ihre Aufmerksamkeit brauchte.

Lisbeth, Vater Benedikt und Klara standen am Rand des unteren Burghofs, direkt neben dem Ausgang der kleinen Kapelle. Lisbeth hatte den Fehler gemacht, sich nach der Mittagsmesse auf ein Gespräch mit dem Geistlichen einzulassen, und nun hörte sie sich seit einer gefühlten Ewigkeit dessen Ausführungen über die Ausbreitung der Lutheraner an. Sie persönlich ging davon aus, dass sich dieses ganze Possenspiel um Thesen und dergleichen spätestens im nächsten Frühjahr im Nichts auflösen würde – entweder aufgrund der Unfähigkeit der Verfechter dieser Bauernreligion oder durch den Gegenschlag, den Kirche und Adel ohne Zweifel längst planten. Was brachte es also, sich darüber den Kopf zu zerbrechen?

Vater Benedikt jedoch schien die Woge des religiösen Aufbegehrens im Alleingang aufhalten zu wollen. Und so ließ er sich in jeder Predigt und zu jeder Gelegenheit über das Höllenfeuer aus, das Dissidenten und Ketzer erwartete. Da sein Repertoire an abschreckenden Bildern jedoch begrenzt war, hatte Lisbeth das Gefühl, dass er jedes Mal, wenn sie ihn hörte, dasselbe erzählte.

Glühende Schürhaken, dachte Lisbeth und bemühte sich, Blickkontakt mit dem Priester zu halten. *Brennende Dämonenzungen, Bottiche aus kochendem Fett und so weiter und so weiter.*

Klara, die neben ihr ausharrte, konnte ihre Langeweile weniger gut verbergen. Als ihr Mund aufklappte, stieß Lisbeth sie mit dem Ellenbogen an. Sofort drehte sich Klara zur Seite und kaschierte ihr Gähnen hinter einem Husten.

Vater Benedikt wandte sich ihr besorgt zu. »Geht es Euch gut, meine Liebe?«

Klara räusperte sich. »Ja, Pater. Bitte, fahrt fort.«

Oder auch nicht, dachte Lisbeth, aber so schnell würden sie diesem kleinen Mann mit dem struppigen Haarkranz nicht entkommen. Während er von irgendeinem Pamphlet erzählte, wanderten Lisbeths Gedanken zu der Sache, die ihr einfach keine Ruhe lassen wollte.

Drei Nächte war es her, seit sie den Spiegel in seinem unterirdischen Versteck aufgesucht hatte. Drei Nächte, seitdem sie seinen Handel ausgeschlagen hatte. Eine bleischwere Müdigkeit saß ihr seitdem in den Knochen. Sie konnte sich kaum aufraffen, ihren Tag zu beginnen, geschweige denn sich auf ihre Aufgaben in der Burg zu konzentrieren.

Nicht dass ihr neben Barbaras sprühendem Tatendrang viel zu tun übrig blieb. Seit ihrer Genesung schien sie doppelt so viel Energie wie zuvor zu haben. Noch schlimmer: Das ganze Burgleben drehte sich wieder wie selbstverständlich um sie. Niemand kam mehr, um Lisbeth um Rat zu fragen. Keiner wartete auf ihre Befehle. Jetzt, da die Bienenkönigin zurück war, tanzte der ganze Schwarm nach ihrer Melodie.

Der Frust über diesen Rückschritt saß wie ein dumpfer Schmerz in Lisbeths Eingeweiden. Barbara regelte den Alltag auf Wolkenstein selbstbewusst und kompetent. Sie ging einfach davon aus, dass alle genau das taten, was sie wollte. Bei all dem verhielt sie sich ganz

anders als Lisbeths Mutter. Barbara begnügte sich nicht damit, die Fäden im Hintergrund zu ziehen. Sie packte mit an und hielt mit ihrem Wissen nicht hinter dem Berg. Weder die Schreibfeder noch das Rechenbrett bereiteten ihr Probleme, und ihre Erfahrung in Sachen Weinherstellung schien der des Winzers in nichts nachzustehen. Hier war eine Frau, die sich nicht nur wohl in ihrer Haut fühlte, sondern ihre Autorität mit Leichtigkeit trug. Mit anderen Worten: Barbara war genau das, was Lisbeth gern sein wollte. Und sie brauchte dafür keinen Handel, bei dem sie ihre Seele aufs Spiel setzte.

Lisbeth widerstand dem Drang, sich den Nacken zu massieren. Egal, wie sehr sie sich bemühte, sie konnte den Gedanken nicht abschütteln, dass es eine Lösung für all ihre Probleme gab. Eine unmögliche Lösung, ja, aber vielleicht ließen sich die Bedingungen des Handels doch noch abmildern?

Gestern früh hatte sie die Versuchung schließlich nicht mehr ausgehalten und hatte den Spiegel von ihrer Schlafkammer in die Stube räumen lassen. Danach hatte sie dem Schmied befohlen, den Tunnel im Gartenturm zu verschließen. Ihre Erklärung dafür war plausibel. Beim Erkunden des Gartens war ihr der offene Durchgang aufgefallen und ihr wäre sofort klar gewesen, was für ein Sicherheitsrisiko der Tunnel darstellte. Der Schmied hatte den Auftrag ohne Zögern entgegengenommen. Er fragte sie lediglich, ob sie ein Scharnier und ein Schloss für das Gitter haben wollte. Sie hatte sich gezwungen, Nein zu sagen.

Lisbeth zog die Unterlippe zwischen ihre Zähne. Sie wünschte, sie hätte mit Jakob über ihr Erlebnis sprechen können, aber bisher hatte sie dazu noch nicht den Mut gefunden. Dabei wusste sie nicht einmal, wovor sie sich am meisten scheute: vor dem Geständnis, dass sie den Handel, der ihnen beiden geholfen hätte, doch abgelehnt hatte, oder vor seiner Reaktion, wenn sie ihm erzählte, was genau der Preis für diesen Handel gewesen wäre.

»Diese ganze Zunft des Buchdruckens ist mir ohnehin suspekt«, sagte Vater Benedikt und riß Lisbeth damit aus ihren Gedanken. »Findet Ihr nicht auch?«

Lisbeth seufzte innerlich. »Ich schätze, es verhält sich damit wie mit jeder Zunft«, sagte sie. »Ob sie gottgefällig ist, hängt nicht zuletzt von den Menschen ab, die sie ausüben.«

»Wahr, sehr wahr«, stimmte Vater Benedikt ihr zu. Lisbeth wollte ihm schon das Wort abschneiden, bevor er zu einer neuen Tirade ansetzen konnte, als etwas Neues sie ablenkte. Weiter unten im Hof wurde ein Tor zu den Ställen geöffnet. Das Bellen von Hunden klang zu ihnen herauf und kurz darauf tollte eine Meute Jagdhunde in den Hof hinaus. Lisbeths Jagdhunde. Sie erkannte den gefleckten Pelz von Fenn sofort.

Lisbeth runzelte die Stirn. Es war kurz nach Mittag. Eine ungewöhnliche Tageszeit, um mit den Hunden auszureiten. Ein Karren holperte den Hof hinunter und blieb vor den Ställen stehen. Ein großer Käfig stand auf der Ladefläche des Gespanns. Lisbeths wandte sich instinktiv in Richtung der Hunde, aber da tauchte auch schon Jakob aus dem Stall auf. Widerwillig drehte sie sich wieder zu Vater Benedikt um. Der regte sich mittlerweile über ein Loch im Kirchendach des nächstgelegenen Dorfes auf. Lisbeth versuchte, seinem Gejammer zu folgen, als ein Jaulen erklang.

Sie fuhr herum, der Priester war vergessen. Zwei Männer in der dunkelbraunen Uniform des Grafen standen am hinteren Ende des Karrens und einer von ihnen hob gerade einen Hund in den Käfig. Jakob hielt ihn am Arm fest, aber der zweite Kerl hatte sich schon den nächsten Hund gegriffen. Heißer Zorn durchfuhr Lisbeth, als sie sah, wie grob der Mann Fenn am Genick packte.

»Was …«, begann Klara, doch Lisbeth hatte sich bereits in Bewegung gesetzt. Mit langen Schritten marschierte sie über den Hof. Als sie bei dem Wagen ankam, biss Fenn seinem Häscher gerade in den Arm. Der schrie auf und ließ den Hund fallen. Sofort sprang Fenn auf Lisbeth zu. Sie zeigte mit einer knappen Geste auf den Boden.

»Platz.« Augenblicklich setzte sich Fenn neben sie und spitzte die Ohren.

Der Mann mit der Bisswunde fluchte immer noch, aber sein Kumpan und Jakob zogen sich beide die Hüte vom Kopf und verbeugten sich. Lisbeth suchte kurz nach Jakobs Blick. Der Ärger, den sie in seinen Augen schwelen sah, heizte ihre eigene Wut an.

»Was geht hier vor?«, verlangte sie zu wissen. Fenn sah kurz zu ihr auf und wedelte einmal mit dem Schwanz.

»Sie bringen die Hunde weg«, sagte Jakob mit grollender Stimme.

Lisbeths verengte ihre Augen zu Schlitzen. »Sie machen was?«

»Anweisung der Herrin Barbara«, sagte der Mann, der sich verbeugt hatte. Lisbeth erkannte ihn wieder. Er war einer der Jäger, die sie auf ihrem ersten Ausritt hier begleitet hatten. Merten hieß er. Und der andere hieß Lentz.

Merten redete weiter, aber Lisbeth hörte ihm nur halb zu. Das Wichtigste verstand sie sofort. Barbara hatte angewiesen, dass Lisbeths Jagdhunde beim Müller im Ort unterhalb der Burg untergebracht werden sollten. Weil der Platz in den Ställen für die Hunde des Grafen gebraucht wurde, die ja bald mit ihm nach Wolkenstein zurückkehren würden.

Hass auf Barbara bohrte sich in Lisbeths Brust wie glühendes Eisen. Ihre Hunde wegschicken! Ihr eins der wenigen Dinge nehmen, die ganz ihr gehörten. Das würde ihr so passen. Sie ballte die Fäuste und stellte sich vor, wie sie auf Barbara zumarschierte und ihr geradewegs ins Gesicht schlug.

»Meine Hunde bleiben hier«, sagte sie. Es kostete sie viel, einen ruhigen Ton beizubehalten. »Jakob. Bring sie zurück in ihren Zwinger.«

Mertens Miene zeigte seine Unentschlossenheit. Nervös drehte er die Kappe zwischen den Fingern. Der Mann Lentz jedoch zauderte nicht. Als Jakob sich in Bewegung setzte, um den braunen Rüden aus dem Käfig zu heben, stieß Lentz ihn grob zurück. Den Arm, in den Fenn gebissen hatte, hielt er gegen die Brust gedrückt.

»Wir haben unsere Befehle«, schnauzte er. »Und ich werd den Teufel tun und drauf warten, bis die Herrin Barbara dem Fräulein das erklärt hat. Ich hab noch genug andere Dinge zu tun.«

Lisbeth spürte, wie ihre Wangen glühten. Sie machte einen Schritt auf Lentz zu, aber da hatte Jakob ihn auch schon am Kragen gepackt und gegen die Seite des Karrens gestoßen.

»Wie wär's, wenn ich dir das Gesicht einschlage?«, knurrte Jakob. »Dann hast du eine schöne lange Auszeit auf dem Metzgertisch des Baders.«

Lisbeth sah Mertens Stirnrunzeln und die Überraschung auf Lentz' Gesicht. Keiner von ihnen hatte mit der Vehemenz von Jakobs Reaktion gerechnet. Das hier war ein gefährlicher Moment. Ihr Herz war zwar ganz auf Jakobs Seite, aber er war kurz davor, sich vor diesen

Männern zu viel herauszunehmen. Sie wusste, dass sie ihn aufhalten musste. Gleichzeitig spürte sie bei dem Zorn, den er ausstrahlte, eine ganz neue Entschlossenheit.

»Lass ihn gehen«, sagt sie kühl. »Der Mann macht immerhin nur seine Arbeit.« Jakobs Faust schloss sich noch fester um den Kragen des Mannes, dann ließ er ihn los. Der konnte es wohl nicht lassen und stieß Jakob vor die Brust. Lisbeth konnte sehen, wie ein Muskel an Jakobs Kiefer zuckte. Lentz hatte keine Ahnung, wovor sie ihn gerade bewahrt hatte.

»Sein Arbeitseifer ist verständlich«, fuhr Lisbeth fort. »Immerhin hängt seine Anstellung vom Wohlwollen der Burgherrin ab. Egal, wer das sein mag.«

Lentz, der sich eben nach dem nächsten Hund gebückt hatte, erstarrte und sah zu ihr hoch. Wahrscheinlich ging ihm gerade zum ersten Mal auf, dass sich die Machtverhältnisse in der Burg durchaus ändern konnten. Gut möglich, dass sich so mancher eine neue Arbeit suchen musste, wenn Barbara einmal nicht mehr am Ruder stand.

»Lentz«, warnte Merten. Lentz erbleichte unter Lisbeths eiskaltem Blick. Sie stellte sicher, dass er ihre Drohung richtig verstanden hatte, dann machte sie auf dem Absatz kehrt. Sie schnippte mit den Fingern und Fenn trabte neben ihr her den Hof hinauf.

Sollten sie ruhig versuchen, ihr Fenn wegzunehmen. Sie würde Barbara und ihren Handlangern eine Lektion erteilen, und dafür brauchte sie niemandes Hilfe.

20

LISBETH

Zwei Abende später saß Lisbeth in ihrer Stube und las. Klara saß am anderen Ende der gepolsterten Bank, während Fenn zwischen ihnen auf dem Boden lag und an einem Knochen nagte. Lisbeth las Klara gerade eine Szene aus der Fabel vom Fuchs und den Trauben vor, als im Vorzimmer die Tür aufgestoßen wurde. Barbaras wütende Stimme polterte durch die Wände, als sie Lisbeths Pagen aufscheuchte.

»Da ist sie«, sagte Klara leise.

»Später als erwartet«, erwiderte Lisbeth mit einem kleinen Lächeln.

Im nächsten Augenblick tauchte der Page im Durchgang zwischen Vorzimmer und Stube auf.

»Frau Elisabeth«, begann er, »die Herrin Barbara …«

Aber da schob Barbara ihn auch schon mit einem schroffen »Lass uns allein« beiseite.

Lisbeth und Klara wechselten einen Blick. Auf Lisbeths Nicken hin stand Klara auf und verließ mit einem angedeuteten Knicks für Barbara die Stube. Auf einen Wink von Lisbeth folgte Fenn ihr treu auf den Fersen.

»Geht in die Küche oder sonst wohin«, rief Barbara über ihre Schulter. »Wir brauchen keine Extraohren hier.«

Soso, dachte Lisbeth. *Lässt sie sich also doch aus der Fassung bringen.*

Betont gelassen legte sie ihr Buch zur Seite. »Schwester«, sagte sie herzlich. »Fühlt Ihr Euch nicht wohl?«

»Lass die Charade«, fauchte Barbara. »Du hast Einladungen für die Konzilssitzungen verschickt.«

Lisbeth unterdrückte ein Lächeln. Ja, das hatte sie durchaus. Sie hatte gewartet, bis Barbara zu der Besichtigung eines neuen Weinbergs aufgebrochen war, und dann hatte sie sich das Buch mit den Listen der Edelleute, Stammhalter und Bischofssitze bringen lassen. Sie hatte den Schreiber aufgesucht und ihm die Einladungen diktiert, hatte selbst ihr Siegel daruntergesetzt und mit Elisabeth von Zirm, Gräfin zu Wolkenstein unterzeichnet. Dabei hatte sie auch darauf geachtet, jene Männer einzuladen, die sie am Michaelisfest beeindruckt hatte. Sie hatte geschrieben, dass sie die Gäste mit Freuden höchstselbst und an der Seite ihres hochgeschätzten Gemahls begrüßen würde. Barbara erwähnte sie in diesen Schreiben mit keinem Wort.

Lisbeth faltete die Hände auf dem Buch in ihrem Schoß. »Die Aufgabe wartete darauf, erledigt zu werden. Da habe ich mich ihrer angenommen. Genauso wie du es anscheinend für notwendig erachtet hast, meine Hunde auszuquartieren.«

Sie wollte, dass Barbara sich von dieser Spitze getroffen fühlte. Stattdessen runzelte ihre Schwägerin nur kurz die Stirn, bevor sie begriff, um was es hier ging. Kurz musterte sie Lisbeth, dann zog sie einen der leeren Stühle zu sich heran und setzte sich ihr gegenüber. Der Spiegel, den Lisbeth in diesen Raum hatte bringen lassen, stand direkt hinter ihr. Das Glas spiegelte Barbaras Rücken und die hochgesteckte Frisur an ihrem Hinterkopf. Die gläsernen Köpfe ihrer Haarnadeln glitzerten im Widerschein des Kaminfeuers.

»Du benimmst dich wie ein trotziges Kind«, sagte Barbara ruhig.

»Ich tue nur, was der Frau des Grafen geziemt«, gab Lisbeth ebenso gefasst zurück.

Barbara hob eine Braue, dann schüttelte sie resigniert den Kopf. »Als ob du mit deinen jungen Jahren wüsstest, was es heißt, eine Ehefrau zu sein.«

Lisbeth erstarrte. Barbara verzog das Gesicht und rieb sich dann mit der Hand über die Stirn. »Das war nicht recht von mir, entschuldige.« Sie sah zur Decke, dann setzte sie erneut an. »Das Leben hier

ist nicht leicht. Du wurdest gut erzogen, daran zweifle ich nicht. Aber eine Erziehung wie deine bereitet dich nicht auf die Realität einer Gutsverwaltung vor.« Sie sah Lisbeth an, als würde sie tatsächlich auf ihre Zustimmung warten. Lisbeth biss so fest die Zähne zusammen, dass ihr Kiefer schmerzte.

»Manchmal erinnerst du mich an Johanna, Konrads zweite Frau«, fuhr Barbara fort. »Obwohl sie noch jünger war als du, glaube ich. Und ja, auch unbeholfener.« Nachdenklich blickte sie zur Seite. »Vielleicht fiel es ihr deshalb leichter, sich hier einzufügen. Sie war ein weiches Mädchen.«

Lisbeths Wut wuchs und wuchs. Natürlich war Barbara mit dem ›weichen Mädchen‹ zurechtgekommen. Die hatte ihr sicher freie Hand gelassen. Wahrscheinlich wünschte sie sich, Lisbeth genauso formen zu können wie einen warmen Klumpen Wachs. Aber nicht mit ihr.

Die Abwertung ihrer Ausbildung – und damit auch all der Opfer, die sie gebracht hatte, um hierherzukommen – steckte in Lisbeths Rachen wie eine Fischgräte. Barbara fuhr indessen fort, von Konrads toten Ehefrauen zu schwärmen.

»Katharina war da anders«, sagte sie mit einem Lächeln. »Ich weiß nicht warum, aber mit ihr ließ es sich wunderbar Hand in Hand arbeiten. Ihr Garten war ihr ganzer Stolz, habe ich dir das schon erzählt?«

»Ja«, sagte Lisbeth kalt. »Du hast mir von diesen wunderbaren Frauen erzählt. Zu dumm, dass sie beide unter deiner Aufsicht das Zeitliche gesegnet haben.«

Barbaras Miene versteinerte erst vor Schock, dann kroch ihr die Zornesröte in die Wangen.

Lisbeth packte ihr Buch mit den Fabeln so fest, dass das Leder des Einbands knackte. »Aber am Ende war ihr Tod nicht so schwer zu verkraften, oder? Immerhin waren sie für dich und Konrad nichts weiter als wandelnde Mutterleibe. Und von denen gibt es immer genug Nachschub.«

Barbara sprang auf und stieß dabei mit der Hüfte gegen einen Nähtisch. Lisbeth fuhr ebenfalls in die Höhe, das Buch immer noch in der Hand.

»Eine so giftige Zunge wie deine ist mir noch nie untergekommen!«, fuhr Barbara sie an.

»Ich sage nur die Wahrheit«, feuerte Lisbeth zurück. »Und ich muss mir von einer alten Jungfer wie dir nicht erklären lassen, wie man sich als Ehefrau verhält.«

»Besser eine alte Jungfer als eine Dirne wie du!«

Lisbeth zuckte zusammen. Die nächste Beleidigung zerfiel zu Asche auf ihrer Zunge.

Barbaras stand ihr mit geballten Fäusten gegenüber und ihre Augen wurden schmal. »Hast du gedacht, dass niemand etwas von deinem schmutzigen kleinen Geheimnis weiß?«, zischte sie. »Für so dumm hätte ich dich nun doch nicht gehalten.«

Lisbeth stand da wie vom Donner gerührt. Worauf spielte Barbara an? Wusste sie von Jakob? O Gott – wusste sie von …?

»Die Leute auf einer Burg reden«, fuhr Barbara fort. »Das hat dir wohl auch niemand beigebracht, oder? Ein paar Becher Wein, ein paar Münzen und die Diener deines Vaters haben Konrads Sängern eine pikante Geschichte erzählt. Über ein Erntefest und die blutigen Laken, die man zwei Monate später verbrennen musste.«

Lisbeth spürte, wie sie anfing zu zittern. Barbaras Gesicht erschien ihr wie eine Fratze, während ihr Blick sich in ihren bohrte. »Hast du wirklich geglaubt, dass niemand es mitbekommen hat?«

Hätte sie es gekonnt, wäre Lisbeth in diesem Moment davongelaufen. Aber sie war wie gelähmt. Sie öffnete den Mund für eine Erwiderung, dann glitt ihr Blick zu dem Spiegel. Ihr eigenes schreckensblasses Gesicht sah ihr über Barbaras Schulter hinweg entgegen.

»Als Florentin es mir erzählte, habe ich beschlossen, nichts zu sagen.« Barbara schnaubte. »Diese ›alte Jungfer‹, wie du mich so schön genannt hast, weiß, wie es in der Welt zugeht. Besser als du, mein Herz. Und wenn du von Konrad schwanger geworden wärst …«

Sie sprach den Satz nicht zu Ende, aber Lisbeths Hand glitt trotzdem zu ihrem Bauch. Sie wusste, was Barbara andeutete. Würde sie Konrads Kind in sich tragen, hätte Barbara ihr Geheimnis für sich behalten.

Kinder sichern unsere Stellung, hallte der Leitspruch ihrer Mutter in Lisbeths Ohren. *Nichts sonst.*

Lisbeth fuhr sich mit der Zunge über die Lippen. »Was auch immer sie dir erzählt haben, war eine Lüge.«

Sie hatte die Worte jedoch kaum herausgebracht, da wischte Barbara sie auch schon zur Seite. »Mach dich nicht noch lächerlicher«, sagte sie. »Du verwöhntes, undankbares Gör. Von jetzt an werden wir hier andere Saiten aufziehen, das verspreche ich dir!«

Das. Das war genau die Art von Herablassung, die Lisbeth brauchte, um ihre Schockstarre abzuschütteln. Angst loderte in ihrer Brust, aber gleichzeitig breitete sich der Hass auf Barbara in ihr aus wie eine giftige Wolke.

Wütend machte sie einen Schritt auf ihre Schwägerin zu, nur um sofort wieder stehen zu bleiben. Ihr Spiegelbild war ebenfalls auf Barbara zugetreten, aber das Gesicht, das Lisbeth jetzt entgegenstarrte, verzerrte sich zu einem bitterbösen Lächeln. Lisbeth blieb stehen, aber ihr Ebenbild griff sich eine Schere vom Nähtisch und rammte sie der gespiegelten Barbara von vorn durch den Hals.

»Nein!« Lisbeth schlug beide Hände vor den Mund und das Fabelbuch polterte zu Boden.

»Was …?« Irritiert drehte Barbara sich um und sah die Szene im Spiegel: Ihr eigenes Spiegelbild, zusammengebrochen auf dem Boden. Über ihr stand Lisbeth mit jenem dünnen Lächeln auf dem Gesicht, in der Hand die Schere, von deren Spitze das Blut tropfte.

Lisbeth taumelte rückwärts, stieß mit den Beinen gegen die Bank und ließ sich darauf fallen.

»Hexerei«, flüsterte Barbara. Das Wort traf Lisbeth wie ein eiskalter Schwall Wasser. Langsam drehte sich Barbara zu ihr um. Ihre Augen waren weit aufgerissen, ihr Gesicht aschgrau. »Hexerei!«

»Nein!« Lisbeth sprang auf und Barbara wich vor ihr zurück. Ihre Hand schoss zu dem mit Perlen besetzten Kruzifix, das sie um den Hals trug. »Heilige Maria, Mutter Gottes«, betete sie, während sie in Richtung der Tür zurückwich.

Lisbeth schüttelte den Kopf, packte die Lehne der gepolsterten Bank und suchte fieberhaft nach Worten. Die ganze Situation geriet außer Kontrolle. »Ich …«

Barbara warf einen letzten Blick auf den Spiegel, wurde noch blasser und wirbelte herum. In zwei Schritten war sie durch die Tür und rannte davon in Richtung Loggiengang.

»Nein, warte!« In heller Panik sprang Lisbeth auf. Ihr Spiegelbild sah ihr seelenruhig hinterher.

»O Gott«, flüsterte Lisbeth und lief los. Als sie in den Loggiengang hinausstolperte, eilte Barbara bereits zum Kopf der Treppe, die nach unten in den Innenhof führte. Ihre Faust umklammerte immer noch das Kreuz an ihrem Hals.

Lisbeth raffte ihre Röcke. „Warte!«

Beim Klang ihrer schrillen Stimme wandte Barbara erschrocken den Kopf nach ihr um. Lisbeth öffnete den Mund und riß ihn dann noch weiter auf, als Barbaras Füße sich im Saum ihres Rockes verhedderten. Lisbeth streckte die Hand aus, war aber noch zu weit entfernt. Barbara riß die Augen auf, stieß ein Keuchen aus und stürzte rücklings die Treppe hinunter.

Lisbeth stand da, die Hand noch immer in der Luft. Erst als die Stille mehrere Herzschläge lang anhielt, senkte sie den Arm. Langsam, sehr langsam schritt sie zur Balustrade.

Barbara lag mit verdrehtem Hals am Fuß der Treppe und starrte mit leerem Blick in die Luft. Eine Haarlocke hatte sich aus ihrer Frisur gelöst und lag in der Blutlache, die sich unter ihrem Kopf ausbreitete.

Lisbeths Hände packten die Balustrade.

Das ist nicht wahr. Das darf nicht wahr sein!

Ihr Blick glitt über den Innenhof. Er war leer. Niemand hatte gesehen, was passiert war, niemand hatte Barbara gehört, niemand … Lisbeth erstarrte und ihr Herzschlag flatterte in ihrer Brust wie ein gefangener Vogel.

Die blinde Küchenmagd stand unter einem der Säulenbögen und starrte mit ihren blassblauen Augen direkt zu Lisbeth hinauf.

21

ANTHEA

Je weiter nördlich wir kamen, desto kräftiger leuchtete das Orange der Lärchen zwischen immergrünen Kiefern und Zirben. Auf der Höhe des Bergpasses verschwanden die Bäume schließlich ganz und machten Hängen mit blutroten Heidelbeersträuchern Platz.

Ein Gewitter grollte in der Ferne, als ich durch die knöchelhohen Büsche streifte und ein Tuch voller Heidelbeeren zurück zu unserem Lager trug. Wir hatten noch einige Stunden Tageslicht vor uns, aber die Vernunft hatte uns dazu gebracht, schon jetzt eine geschützte Stelle zum Übernachten zu finden.

Auch wenn Matejs Wunde gut heilte, kamen wir dennoch langsam voran. Ich selbst hatte mir einen Wanderstab aus einem kräftigen Eichenast geschnitzt, um den Weg über die Berge besser zu meistern. Ich war unser Kompass, aber diese Aufgabe beanspruchte mich sehr. Obwohl ich die Magie geweckt hatte, flackerte die Spiegelspur unstet vor meinem Fluchauge und ich musste mich anstrengen, um sie zu sehen. Mein letzter Blick in Lelias kleinen Bronzespiegel hatte mir zudem verraten, dass eine der Glasadern nun dem Lauf meiner Nase folgte und beinahe meinen Nasenflügel erreicht hatte.

Als ich an unserem Lager ankam, saß Lelia neben Matej. Wir hatten uns ein Stück Wiese zwischen ein paar buschhohen Zirben ausgesucht. Ein schmaler Gebirgsbach plätscherte in der Nähe und versorgte uns mit frischem Trinkwasser.

Lelia hatte Matejs Verband erneuert und faltete gerade die alten Leinenstreifen zusammen. Ich setzte mich neben die beiden.

Lelias Blick fiel auf das blau befleckte Tuch in meinen Händen. »Schmecken sie gut?«, fragte sie hoffnungsvoll.

Ich hielt ihr meine ›Beute‹ hin. Sie nahm sich ein paar der Beeren und zerdrückte sie genüsslich auf der Zunge. Ich bemerkte währenddessen den toten Hasen, der auf einem Stein am Bachufer lag.

Sie hat für dich gejagt?, fragte ich Matej.

Ja, antwortete Matej. *Sie ist keine schlechte Jägerin. Für ein Federvieh.*

Lelia schnaubte und nahm sich noch ein paar Heidelbeeren. »Was für ein hehres Lob!«, sagte sie. »Wirklich, ich fühle mich geschmeichelt.«

Ich musste lächeln. Seit dem Angriff der Jäger herrschte Waffenstillstand zwischen den beiden. Er beschwerte sich nicht mehr über ihre Dreistigkeit. Sie warf ihm nicht mehr vor, mich auszunutzen. Er hatte lediglich einen Armbrustbolzen abfangen müssen, um sich ihre gute Meinung zu sichern.

Ein Stich fuhr mir ins Auge. Ich zuckte zusammen und fasste mir unwillkürlich an mein geschlossenes Lid. Wenn die Fluchmagie wirkte, fühlte es sich immer so an, als würde sich ein Sandkorn unter mein Lid graben. Aber natürlich war da nichts, was ich wegwischen konnte. Trotzdem rieb ich über die Haut und drückte die Fingerspitze in meinen Augenwinkel, bis das Jucken abebbte.

Als ich die Augen wieder öffnete, trafen mich zwei besorgte Blicke. Lelia sagte nichts, sondern zog sofort ihre Arzneitasche zu sich heran.

Wie viel Zeit haben wir noch?, fragte Matej.

»Ich weiß es nicht«, sagte Lelia und reichte mir die kleine Tonphiole mit den Augentropfen.

Dankbar tröpfelte ich mir die kühlende Flüssigkeit unter mein Lid. »Es wird schon noch eine Weile gut gehen«, sagte ich und versuchte damit, meine eigene Furcht zu überspielen. »Barbagiannas Meisterin hat auch nicht nur eine Woche mit der Scherbe gelebt, oder?«

Lelia schüttelte den Kopf. »Drei Jahreszyklen hat sie durchgehalten.«

»Na dann«, sagte ich mit einem gezwungenen Lächeln. »Alle Zeit der Welt.« Was natürlich niemand von uns erwähnte, war, dass Barbagiannas Meisterin Mittel zur Verfügung gehabt hatte, um das Ausbreiten des Glases zu verlangsamen.

Kummer streifte mein Bewusstsein wie ein schwarzer Krähenflügel und ich wusste genau, wer ihn ausstrahlte.

Matej?

Wenn ich nicht verwundet wäre, kämen wir viel schneller voran, sandte er. *Du verlierst Zeit und es ist meine Schuld.*

Ich hob eine Braue. *Ja, wie konntest du es auch wagen, einen Armbrustbolzen für mich abzufangen.*

Er schnaubte, zuckte mit dem Ohr und legt die Schnauze auf die Pfoten. Während Lelia sich aufmachte, Feuerholz zu sammeln, zog ich meinen Rucksack zu mir heran und holte einen Beutel mit Haferflocken daraus hervor. Ich beschloss, einen Brei zu kochen, so wie Marietta ihn früher für mich zubereitet hatte. Sie hatte immer Nüsse mit hineingerührt und einen Klecks Honig. Letzteres hatte ich zwar nicht zur Verfügung, aber die Heidelbeeren würden ein guter Ersatz sein.

Ich kramte nach dem kleinen Topf, den ich mit mir trug, und dachte dabei an jene Nächte an Mariettas Lagerfeuer. Daran, wie ich mich an sie gekuschelt hatte. Wie sie in dem schweren Kessel rührte und eine Melodie vor sich hin summte.

Ich konnte mich nicht daran erinnern, dass ich mich seit Mariettas Tod je wieder so sicher gefühlt hatte.

An diesem Ort war ich noch nie. Zuerst glaube ich, ich wäre in einer Höhle, doch dann sehe ich die Säulen, die sich zu allen Seiten aus dem Schatten schälen. Rund sind sie und so hoch, dass sich ihr oberes Ende in den Schatten der Halle verliert.

Irgendetwas an diesen riesigen Säulen rüttelt an meiner Erinnerung. Der Boden unter meinen Füßen ist glatt und leuchtet matt wie die gefrorene Oberfläche eines Sees in einer mondhellen Nacht. Ein feiner Dunst wabert um meine Füße und kräuselt sich um meine Knöchel.

Mir ist kalt. Ich schlinge die Arme um meinen Oberkörper und sehe mich vergeblich nach etwas Vertrautem um. Wo bin ich hier? Und warum habe ich das Gefühl, als müsste ich die Antwort auf diese Frage kennen?

Noch während ich mich ratlos nach hier und dort wende, blitzen blaue Linien unter dem Dunst auf wie Adern aus Sternenlicht. Sie verzweigen sich nach allen Seiten, flackern und verschwinden in der Dunkelheit jenseits der Säulen.

Eine dieser Linien leuchtet besonders hell. Sie pulsiert geradezu. Mein Blick wandert an ihr entlang, bis ich ihr Ende finde. Die Kälte kriecht unter meine Haut bis zu meinem Herz und es erstarrt zu Eis.

Die leuchtende Linie endet an einem mannshohen Rahmen aus einem tiefschwarzen Material. Das Ding sieht aus wie ein Spiegel und ist doch gleichzeitig ein Fenster, denn der Blick durch den Rahmen zeigt mir einen anderen Raum und das flackernde Licht mehrerer Kerzen.

Langsam, wie in Trance gehe ich darauf zu. Mit jedem Schritt wird das Gefühl eines Déjà-vu stärker. Hat mir jemand von einem Ort wie diesem erzählt? Habe ich über ihn gelesen?

Je näher ich dem Rahmen komme, desto deutlicher sehe ich die Szene auf der anderen Seite. Ich erkenne einen schweren Kandelaber mit brennenden Kerzen, eine mit Holz getäfelte Kammer und eine Frau mit goldenen Haaren, die auf dem Boden kauert. Stirnrunzelnd mache ich den nächsten Schritt, als ich das Geräusch bemerke.

Ein Rascheln bewegt sich parallel zu mir durch die Schatten, so als würde hinter den Säulen ein schwerer Leib über den Boden gleiten. Die Härchen in meinem Nacken und an meinen Armen richten sich auf. Mein erster Instinkt ist zu fliehen und mich zu verstecken, aber gleichzeitig habe ich Angst davor, mich zu bewegen.

Steh still. Steh ganz still, *sage ich mir, obwohl ich weiß, dass mich diese Taktik nicht retten wird.*

Das Rascheln zieht an mir vorbei, dreht eine Schlaufe und bewegt sich dann auf die Rückseite des Rahmens zu. Es ist ein Tor, begreife ich plötzlich. Das, was ich dort sehe, ist ein Tor, das in die Haut der Welt gerissen wurde. Und in dem Moment begreife ich, wo ich bin.

Eine Halle, umgeben von hohen Säulen und Dunkelheit: So hatte mir Matej Myrsinas Gefängnis beschrieben.

Ich bin in der Halle hinter dem Spiegel. Im Herz des Spiegels, wie Barbagianna es genannt hatte. Irgendwie hat mein Traum mich hierhergeführt. Unwillkürlich will ich mir an das Auge greifen, durch das ich

den Glassplitter getrieben habe. Doch die Furcht vor dem, was sich in der Dunkelheit regt, lähmt mich.

Es ist nur ein Traum, *versuche ich mich zu beruhigen. Nichts hiervon ist echt.*

Aber warum kann ich dann nicht aufwachen?

Zu dem Rascheln kommt jetzt ein leises Klimpern, als der Urheber des Geräusches hinter das Tor kriecht. Ein grauer, sich windender Schemen erscheint kurz neben dem Rahmen und verschwindet dann dahinter. Mit wachsender Unruhe wende ich meinen Blick wieder zu der Frau auf der anderen Seite.

Sie liegt immer noch auf dem Boden, die Stirn auf die Holzdielen gepresst. Ihre Schultern beben, so sehr weint sie. Die Luft um mich herum beginnt zu knistern, so wie sie es manchmal vor einem Gewitter tut. Wieder dieses Klimpern und Schaben, als würde sich etwas auf der Rückseite des Tores sammeln und übereinanderwälzen.

Sie ist reif, *flüstert eine aufgeregte Stimme.* Reif wie eine süße Pflaume. *Gier und Hunger rollen über mich hinweg wie eine Welle und ich schnappe entsetzt nach Luft.*

Die Frau auf der anderen Seite streckt die Hand aus und ihre Finger berühren beinahe die Grenze zwischen dem Hier und Dort.

»Hilf mir«, fleht sie. »Bitte!«

Wieder erscheint die Rundung eines grauen Körpers neben dem Tor, dann tasten blasse Finger an der Seite des Rahmens hinauf. Starr vor Schock sehe ich zu, wie sich erst eine zweite, dann eine dritte Hand von hinten über das schwarze Holz schiebt. Blind, aber begierig tasten sie nach dem Übergang in das kerzenhelle Zimmer.

Die Frau auf der anderen Seite hebt den Kopf und streicht sich die Haare zurück. Ihre blauen Augen blicken direkt in meine Richtung. »Hilf mir«, wiederholt sie mit tränenerstickter Stimme.

Reif! *Ein aufgeregtes Zittern schüttelt die tastenden Hände und wie auf ein Signal schieben sich weitere Arme und Hände aus der Dunkelheit und packen den Rahmen. Gleich wird sich das, was sich am anderen Ende dieser Arme befindet, erheben und durch das Tor zwängen.*

»Nein.« Das Wort entkommt meinen Lippen als heiseres Krächzen. Ich will es einfangen, will mir die Hände vor den Mund pressen, aber da ist es schon zu spät. Die blassen Arme halten inne und die Zeit erstarrt

mit ihnen. Entsetzt weiche ich zurück, nur einen Schritt, dann bläst kühler Atem gegen meinen Nacken. Die Stimme spricht ganz nah an meinem Ohr.

Wen haben wir denn da?

Mit einem erstickten Schrei fuhr ich aus dem Schlaf hoch. Es war mitten in der Nacht und ich saß halb, halb hing ich mit dem Rücken an einem Felsen. Einige Meter unter mir plätscherte der Bach und an seinem Ufer schliefen Matej und Lelia. Ich war es, die hätte Wache halten sollen.

Mit zitternden Händen zog ich mir das Wolltuch enger um die Schultern. Die Nachtluft kühlte den Schweiß auf meinem Gesicht und holte mich zurück ins Hier und Jetzt. Trotzdem rechnete ich noch halb damit, zwischen den Zirben das Rascheln und Schleifen eines schweren Körpers zu hören.

Ich hatte keine Ahnung, weshalb ich ausgerechnet jetzt vom Ort hinter dem Spiegel geträumt hatte. Oder ob diese Vision tatsächlich nur ein Traum gewesen war. Ich wusste nur eines: Wenn ich zuvor gehofft hatte, dass der Spiegel von uns nichts ahnte, dann war die Hoffnung jetzt zerschlagen.

Er hatte mich gesehen.

22

LISBETH

Lisbeth saß am Kopfende des Esstischs. Vor ihr stand ein Teller mit einer Scheibe Brot und einem Stück Käse, von dem sie ein paar kleine Brocken gegessen hatte. In ihrer Hand hielt sie einen Brief: die Antwort des Freiherrn von Fuchs auf ihre Einladung zum Novemberkonzil. Sie starrte auf die verschnörkelte Schrift, ohne die Worte wahrzunehmen. Der Kammerdiener trat mit dem Weinkrug neben sie, aber er goss zu heftig ein und ein paar Tropfen spritzten auf ihre Hand.

Jäh aus ihren Gedanken gerissen, hob Lisbeth den Brief außer Reichweite und starrte den Diener wütend an. Der verbeugte sich sofort.

»Verzeiht, Herrin!« Er entfernte sich mit demütig gesenktem Kopf, aber Lisbeth runzelte die Stirn. Täuschte sie sich, oder hatte sie den Ansatz eines Grinsens auf seinen Lippen gesehen?

Nicht zum ersten Mal wurde ihr bewusst, dass sie auf dem Stuhl saß, der sonst Barbara vorbehalten gewesen war. Sicher redeten die Diener darüber, aber Lisbeth hatte sich nur deshalb dorthin gesetzt, um zu signalisieren, dass der Tod ihrer Schwägerin die Burg nicht ins Chaos stürzen würde. Ihre Schutzbefohlenen sollten sehen, dass sie die vertrauten Abläufe beibehielt.

Nur dass vermutlich niemand außer ihr die Geste so verstand.

Barbaras Beerdigung lag zwei Tage zurück, ihr Tod bereits eine Woche. Sie war fünf Tage aufgebahrt gewesen, wie es sich für eine

Frau ihres Standes gehörte. Lisbeth roch noch immer den Weihrauch und die süßlich-bitteren Kräuter, die man unter ihr verteilt hatte, um den Verwesungsgeruch zu übertünchen.

Lisbeth legte den Brief beiseite, wischte sich mit der Serviette über die Hand und nahm einen Schluck Wein. Es war ein schwerer Rotwein mit einem herben Beigeschmack, den sie nicht mochte. Das konnte an ihrer Stimmung liegen. Seit Tagen hatten sie weder Appetit noch schmeckte ihr das Essen, zu dem sie sich zwang.

Als der Diener mit einem Teller mit kaltem Braten zurückkehrte, lehnte sie ab.

»Darf ich Euch etwas anderes bringen, Herrin?«, fragte er.

Sie schüttelte nur den Kopf und er zog sich zurück. Ihr eigener Page stand am Rand des Speisezimmers und wartete auf ihre Anweisungen. Aus dem Augenwinkel sah sie, wie er und der Diener einen Blick austauschten. Sie zwang sich, nicht darauf zu reagieren.

Barbaras Tod hatte die Stimmung in der Burg verwandelt. Sogar die geringsten Dienstboten trugen ihr zu Ehren Trauerflor. Als Lisbeth zwei Tage nach dem Vorfall in die Küche gegangen war, um die Speiseplanung für die folgende Woche festzulegen, hatte die Bäckersfrau in Tränen aufgelöst an einem der großen Arbeitstische gesessen. Die anderen Bediensteten drängten sich in einem Grüppchen zusammen und versuchten, sie zu trösten.

Lisbeth hätte am liebsten auf dem Absatz kehrtgemacht. Meister Oswald, mit dem sie seit Michaelis ein gutes Verhältnis gehabt hatte, war zu seiner sauren Attitüde zurückgekehrt. Als sie mit ihm gesprochen und seine knappen Antworten zähneknirschend akzeptiert hatte, war ihr nur allzu bewusst geworden, wie sehr dieser Austausch ihre erste Begegnung spiegelte. Auch da war er barsch und abweisend gewesen. Nur dass damals Barbara ihre Unterhaltung unterbrochen hatte. Jetzt schien ihre Abwesenheit den ganzen Raum auszufüllen wie Winterluft eine verlassene Ruine.

Sie hatte sich bemüht, weiter sanft und geduldig mit dem Küchenmeister zu sprechen. Ihre Handflächen waren längst feucht vor Schweiß gewesen. Hinter ihr hatte das Küchenpersonal mit Töpfen geklappert und das Herdfeuer geschürt. Alles Geräusche einer geschäftigen Küche. Und trotzdem hatte es sich angefühlt, als würden sich die Blicke aller Anwesenden in Lisbeths Rücken bohren.

Niemand hatte ihr Barbaras Tod vorgeworfen, zumindest nicht in ihrem Beisein. Niemand hatte sie wegen irgendetwas beschuldigt. Und doch schien sich in den Gesichtern und der Haltung der Menschen eine neue Ablehnung ihr gegenüber abzuzeichnen. War das ein Ausdruck ihres Kummers? Waren sie verunsichert, weil Barbara nicht mehr wie gewohnt die Zügel in der Hand hielt und sie mit Lisbeth als Herrin vorliebnehmen mussten? Oder schwang da noch etwas anderes mit? Vielleicht zweifelten sie an der Geschichte darüber, wie ihre ursprüngliche Herrin zu Tode gekommen war.

Der Moment hatte sich für immer in Lisbeths Gedächtnis eingegraben. Wieder und wieder sah sie, wie Barbara sich umdrehte, sah ihr überraschtes Gesicht, als ihr Fuß ins Leere trat. Und dann lag Barbara am Fuß der Treppe mit verzerrter Miene und starrem Blick. In Lisbeths Erinnerung leuchtete Barbaras karmesinrotes Kleid wie eine Anklage, aber woran sie sich am meisten erinnerte, war das Seidentuch, das Barbara am Ausschnitt getragen hatte. Es war ein zarter, blasser Stoff, der mit winzigen goldgelben Blüten bestickt war. Blut war von der Seite des Kragens in die Seide gesickert und hatte dort neue rote Blumen gemalt.

Wäre es nach Lisbeth gegangen, hätte man das Tuch nach Barbaras Tod verbrannt. Barbaras Zofe hatte sie jedoch unter Tränen gebeten, das Tuch mit ihrer Herrin begraben zu dürfen. Es sei ein Geschenk der ersten Frau des Grafen gewesen. Diese Bitte konnte Lisbeth ihr nicht ausschlagen, aber als sie an Barbaras Sarg stand und das Tuch zwischen ihren gefalteten Fingern sah, hatte sich ihr Magen vor Übelkeit zusammengekrampft.

Wenn sie die Augen schloss, sah sie das blutgetränkte Tuch an Barbaras Wange, so als wäre das Bild auf die Innenseite ihrer Lider gebrannt.

Es war ein Unfall gewesen. Als Barbara stürzte, war Lisbeth noch viele Schritte entfernt gewesen. Wäre sie näher bei ihr gestanden, hätte sie ihre Schwägerin festgehalten. Wieder und wieder stellte sie sich vor, wie sie nach vorn sprang und Barbara am Handgelenk packte. Doch die Vergangenheit ließ sich nicht ändern.

Lisbeth wünschte sich fast, dass sie sich vor der Burggemeinde rechtfertigen könnte. Diese Gelegenheit bekam sie nicht. Alle sprachen ihr Beileid aus, aber nach dem ersten Austausch mit Vater Benedikt und dem Burgverwalter sprach niemand mit ihr über die Umstände von Barbaras Sturz. Allerdings war sie nicht die Einzige, die bei dem Vorfall zugegen gewesen war.

Als Lisbeth die Küche besucht hatte, hatte sie halb gehofft und halb gefürchtet, die blinde Küchenmagd anzutreffen. Doch sie war nicht dort. In all der Aufregung nach Barbaras Sturz hatte Lisbeth keine Gelegenheit gehabt, mit dem Mädchen zu sprechen. Und was hätte sie ihm auch sagen sollen? Es war absurd, aber sie hatte das Bedürfnis, dem Mädchen zu erklären, was passiert war. Schließlich hatte es den Sturz nicht gesehen, sondern nur die Geräusche gehört. Wer wusste schon, was sie sich zusammenreimte? Und was sie weitererzählte?

Wenn das Mädchen nur nicht blind wäre. Dann hätte sie bezeugen können, dass Lisbeth nicht für Barbaras Sturz verantwortlich gewesen war.

Ich hätte sie festgehalten.

Lisbeth griff nach dem Weinkelch und nahm einen weiteren Schluck. Er schmeckte immer noch abscheulich. Widerwillig brach sie ein Stück Käse ab und schob es sich in den Mund, um den Geschmack des Rotweins zu übertünchen.

Was bedeutete es schon, was das Mädchen dachte? Lisbeth machte sich nur selbst verrückt. Sie fühlte sich beobachtet, vermutete, dass man hinter ihrem Rücken tuschelte. Beweise hatte sie dafür jedoch nicht. Solche Wahnvorstellungen waren gefährlich. Vor allen Dingen durfte sie sich ihr Unbehagen nicht anmerken lassen, denn das würde nur Wasser auf die Mühlen der Gerüchteküche schütten. Und sie hatte sich nichts vorzuwerfen.

Ach ja?, mischte sich eine gehässige kleine Stimme in ihre Gedanken. *Das hat deine liebe Schwägerin aber ganz anders gesehen.*

Gerüchte schneiden tiefer als Schwerter. Das war noch so eine Weisheit ihrer Mutter. Lisbeth schob einen Käsekrümel auf ihrem Teller hin und her. Sie wollte die Erinnerung unterdrücken, aber aufs Neue hörte sie, wie Barbara sie beschuldigte, unverheiratet schwanger geworden zu sein. Und nicht nur das: Sie hatte von dem Blut auf den Laken gewusst.

Es war Gudrun, dachte Lisbeth. *Gudrun hat die Entscheidung getroffen. Sie hat es getan. Nicht ich.*

Wieder fühlte es sich an, als würde sich eine Faust um ihren Magen schließen und die Finger fest zusammendrücken. Wenn sich ihr Geheimnis bis zu Barbara durchgesprochen hatte, wer auf Wolkenstein wusste dann noch davon?

Sie haben sich verschworen, flüsterte dieselbe kleine Stimme. *Sie alle halten dich für schuldig und verdorben.*

Lisbeth schüttelte den Kopf, als könnte sie ihre Ängste wie lästige Fliegen verscheuchen. Dann erinnerte sie sich daran, dass ihr Page immer noch an der Wand des Zimmers stand.

Mit betonter Gelassenheit wischte sie sich die Finger an der Serviette ab und hob den Brief des Freiherrn wieder auf. Sie versuchte, sich auf die Worte zu konzentrieren, verlor aber bereits nach dem zweiten Satz den Faden.

Sie wünschte, sie hätte die Organisation des Konzils nicht an sich gerissen. Jetzt sah es so aus, als ob sie Barbara von ihrem Platz hatte verdrängen wollen. Und vor diesem Hintergrund wirkte es so, als käme Barbaras Tod ihr mehr als gelegen. Was nicht stimmte.

Ich wollte nicht, dass sie stirbt, dachte Lisbeth verzweifelt. *Das wollte ich nie!*

Ach ja?

Ungewollt blitzte der Anblick ihres Spiegelbildes vor ihrem inneren Auge auf. Lisbeth sah die Schere in ihrer eigenen Hand, sah, wie ein sämiger Blutstropfen an der Klinge hinunterglitt und zu Boden stürzte.

Nein. Lisbeth ballte die freie Hand zur Faust. *Das bin ich nicht.*

Sie schloss kurz die Augen und atmete aus. Dann legte sie den Brief ab und griff ein drittes Mal nach dem Weinkelch. Sie nippte an dem Wein und verzog das Gesicht. Warum zu Teufel schmeckte er so bitter? Und warum gab sie sich überhaupt damit ab? Sie würde sich einen Apfelwein bringen lassen. Sie wandte den Kopf und bemerkte gerade noch, wie der Blick ihres Pagen auf ihrem Kelch ruhte. Der Junge schlug rasch die Augen nieder, aber sie hatte es trotzdem bemerkt.

Langsam fuhr sich Lisbeth mit der Zungenspitze über die Lippen und erstarrte.

Sie denken, du hast sie umgebracht, flüsterte die Stimme in ihrem Kopf. *Vorher haben sie dich nicht ernst genommen. Jetzt hassen sie dich.*

Panik wallte in ihrer Brust auf. Der herb-bittere Beigeschmack des Weins schien ihren ganzen Mund auszufüllen.

Sie hassen dich, wiederholte die Stimme. *Und vielleicht haben sie beschlossen, dich zu bestrafen.*

Lisbeth ging im Garten auf und ab, die Hände in die Seiten gestützt. In ihrem Magen rumorte es und kleine Schweißperlen standen auf ihrer Stirn.

Es war Unsinn, sagte sie sich. Niemand hatte ihren Wein vergiftet. Ihr Unbehagen war nur der Anspannung der letzten Tage geschuldet. Sie hatte zu wenig gegessen, kaum geschlafen. Und doch konnte sie nicht aufhören, sich mit der Hand über den Mund zu wischen.

Sie musste sich beruhigen. Ihre Situation mit besonnenem Kopf abwägen. Lisbeth blieb an der äußeren Mauer des Gartens stehen und stützte sich mit einer Hand ab. Sie versuchte, tief ein- und auszuatmen, und kurz schien es so, als wollte ihr Magen sich beruhigen.

Sie krallte die Hände in die Mauer und hob den Kopf. Regenwolken hingen tief am Himmel und die Bergkette südlich des Tales war ganz im grauen Dunst verschwunden. Ihr Blick folgte dem gewundenen Lauf des Flusses und sie stellte sich vor, wie sie ihr Pferd sattelte und ohne Erklärung oder Rechtfertigung davonritt.

Wenn es nur so einfach wäre.

Ein kühler Windhauch strich über ihr Gesicht und sie schloss dankbar die Augen. Ihre Hände entspannten sich, dann hörte sie das Rascheln. Sie wandte den Kopf und ihr Blick fiel auf den Gartenturm. Der Vorhang aus Heckenrosen wiegte sich sacht im Wind, während die Dornen über das Gemäuer kratzten. Lisbeth dachte daran, wie sie nachts aus dem unterirdischen Gang zurückgekehrt war, ihr Herz schwer und ihre Haut kalt von der Berührung ihres Spiegelbildes.

Zu dumm, dass du den Handel ausgeschlagen hast, kommentierte die Stimme in ihrem Kopf. *Wäre Barbara durch deine Hand als Opfer gestorben, hättest du wenigstens einen ordentlichen Vorteil daraus gezogen.*

Es dauerte einen Augenblick, bis Lisbeth begriff, was sie da gedacht hatte. Entsetzt zuckte sie zusammen und wich vor dem Gartenturm zurück. Nein! Sie hätte Barbara nicht töten können und sie hatte sich ihren Tod nicht gewünscht, niemals!

Und doch konnte sie die Erinnerung an ihr Ebenbild im Spiegel nicht auslöschen. Jene Lisbeth mit der blutigen Schere und dem Lächeln auf dem Gesicht.

Lisbeth schlang beide Arme um ihren Leib und krümmte sich unter einem erneuten Krampf. Sie wäre an der Gartenmauer hinuntergerutscht und hätte sich zwischen den Lavendel sinken lassen, hätte sie in diesem Moment nicht ein lautes Bellen gehört.

Lisbeth hob den Kopf und sah Fenn durch die schmale Gartentür laufen, dicht gefolgt von Klara. Mit Mühe richtete sie sich auf. Sie durfte sich jetzt keine Blöße geben, auch vor Klara nicht.

Bei ihrem Anblick rannte Fenn ungebremst auf sie zu und sprang mit wild wedelndem Schwanz um ihren Rocksaum herum. Lisbeth hätte ihn gern zur Begrüßung gestreichelt, wagte es jedoch nicht, sich zu ihm herunterzubeugen. Klara, die nun auch bei ihr ankam, bemerkte es und runzelte die Stirn.

»Ist alles in Ordnung?«, fragte sie.

»Nur wieder diese verdammten Kopfschmerzen«, log Lisbeth. »Wie geht es dir?«

»Oh, gut«, antworte Klara ausweichend. »So gut, wie es eben im Moment geht, schätze ich.«

Fenn packte Lisbeths Saum mit den Zähnen und zog spielerisch daran. Sie schob ihn sacht mit dem Fuß beiseite. »Was meinst du damit?«

»Ich schlafe so schlecht«, gab Klara zu. Sie sah zurück zur Burg, dann schlang sie sich die Arme um den Körper. »Es ist seltsam, oder? Die Stimmung ist so anders in der Burg. Hast du nicht auch das Gefühl, als hätte sich ein Schatten über alles hier gelegt?« Sie rieb sich mit dem Handrücken über die Stirn. »Gestern Abend, als ich die Treppe zu meiner Kammer hochging … ach, ich weiß auch nicht. Es kam mir so vor, als wäre es zwischen den Mauern mit einem Mal viel kälter.«

»Die Leute trauern«, sagte Lisbeth. »Das verändert einen Ort.«

Klara schwieg. Der Zweifel stand ihr ins Gesicht geschrieben, aber Lisbeth hatte nicht die Kraft, sie weiter zu beruhigen. Wieder verkrampfte sich ihr Magen und sie tastete so unauffällig wie möglich nach der Mauer in ihrem Rücken, um sich an ihr abzustützen.

Barbara hatte sie der Hexerei bezichtigt und Lisbeth spürte immer noch den heißen Stich, den diese Anschuldigung ihr versetzt hatte. Nicht, weil sie sich ungerecht angezeigt fühlte, sondern weil sie tief in ihrem Herzen wusste, dass Barbara sie ertappt hatte. Sie dachte daran, wie sie sich den Finger an der Glaskrone blutig gestochen hatte. Erinnerte sich an das dreifache Ja, das sie dem Wesen hinter dem Spiegel gegeben hatte. Am Ende hatte sie den Handel zwar abgelehnt, aber sie war nahe daran gewesen, sich dunklen Kräften zu verschreiben. Nah genug, um ihr eine Schlinge oder einen Scheiterhaufen einzubrocken?

Lisbeth presste die Lippen aufeinander. Nein. Sie würde das alles hinter sich lassen. Sie musste. Und zuallererst musste sie ihre eigene Ungewissheit beheben. Sie musste erfahren, was die Leute in der Burg über sie redeten, und wenn nötig, jeden Verdacht gegen ihre Person aus der Welt schaffen.

»Das Mädchen«, sagte Lisbeth zu Klara. »Die kleine blinde Küchenmagd.«

»Agnes«, sagte Klara.

Lisbeth nickte knapp. »Bring sie bitte in meine Kammer. Ich möchte mit ihr reden.«

Klara runzelte wieder die Stirn, aber auf einen Blick von Lisbeth hin verkniff sie sich die Fragen.

»Natürlich«, sagte sie. »Und ich bringe dir ein frisches Tuch mit Minzöl und einen Tee mit Bärwurzbirnhonig, das hilft beim Entspannen.«

Trotz allem, was sie umtrieb, musste Lisbeth lächeln. Klaras ehrliche Sorge um sie war der erste Lichtblick seit Tagen. »Danke.« Sie drückte Klaras Hand. »Sei so gut und nimm Fenn wieder mit, ja? Ich kann mich gerade nicht um ihn kümmern.«

Klara nickte, schnippte mit den Fingern und führte Fenn zurück durch den Garten. Er folgte ihr, sah sich aber im Laufen immer wieder nach Lisbeth um. Sie wartete, bis die beiden hinter der Gartentür verschwunden waren, dann beugte sie sich wieder vor und schlang ihre Arme um ihre Körpermitte. Übelkeit drückte wie eine Faust gegen die Innenseite ihres Magens.

Dirne, zischte Barbaras Stimme an ihrem Ohr.

Lisbeth beugte sich vornüber und übergab sich in den Lavendel.

23

ANTHEA

Zwei Tage später hatten wir den Bergpass hinter uns gelassen und waren in ein weites grünes Tal abgestiegen. Ein breiter Fluss schlängelte sich durch Wiesen und Obsthaine. Das Wasser rauschte durch ein Bett aus hellem Gestein und schien fast weiß durch all die Strudel und Stromschnellen.

Da wir die Weiler und befestigten Marktstädte nahe der der Handelsstraße meiden wollten, suchten wir uns Pfade entlang der Hänge, die das Tal eingrenzten. Wir wanderten durch Weinberge und über festgetretene Wege neben den schmalen Wasserkanäle, die die Bauern zur Bewässerung ihrer Felder angelegt hatten.

An einem sonnigen Nachmittag ließ Matej Lelia und mich auf einem dieser Wege zurück. Es war das erste Mal seit dem Angriff der Jäger, dass er sich wieder kräftig genug fühlte, um allein durch die Gegend zu streifen. Dieses sichtbare Zeichen seiner Genesung ließ mein Herz leichter werden.

Während er in den Wäldern über uns auf die Jagd ging, saßen Lelia und ich am Rand eines Weges, der sich in mehrere Hundert Meter Höhe an eine Hügelwand schmiegte. Im Schutz von Birken und Buchen ließen wir die Beine über den Rand des Abhangs baumeln. Einige Meter hinter uns gurgelte ein Wasserlauf und vor uns breitete sich das Panorama des Tals aus.

Wir hatten uns vor dem Aufstieg ein paar Äpfel gestohlen und waren dabei, unsere Beute genüsslich zu verspeisen. Die Schale der Äpfel war dunkelrot, ihr Fruchtfleisch fest und saftig und ihr Geschmack traf die perfekte Mitte zwischen süß und säuerlich. Ich aß meinen Apfel samt Gehäuse auf und leckte mir danach noch den Saft von den Fingern.

Mein Fluchauge war friedlich und für den Moment konnte ich das Glas in mir fast vergessen.

Lelia beugte sich nach vorn und spuckte ihre Apfelkerne ins Tal. Nach Tagen, an denen die Sonne sich hinter einer dicken Wolkendecke versteckt hatte, war heute der erste heiße Tag. Ich hatte die Ärmel hochgekrempelt und Lelia ihr Hemd ganz ausgezogen, sie trug nur noch ihre Weste. Lichtflecke und die Schatten der Birkenblätter auf ihrer olivbraunen Haut. Ich ertappte mich bei dem Wunsch, sie am Arm zu berühren, nur um herauszufinden, wie viel Wärme ihre weiche Haut bereits abgespeichert hatte.

»Der Ausblick hier kann sich sehen lassen«, sagte Lelia, und ich zog erschrocken den Kopf zwischen die Schultern. Ich hätte sie nicht so anstarren sollen. Sie jedoch kümmerte sich nicht um meinen Ausrutscher, oder hatte ihn vielleicht gar nicht bemerkt. Stattdessen lehnte sie sich zurück und stütze sich mit ihren Händen ab. »So langsam kann ich verstehen, warum du mit Isegrim auf Wanderschaft gehst.«

»Bist du denn nicht mit Barbagianna durchs Land gezogen?«, fragte ich. »So, wie sie von ihren Reisen mit ihrer Meisterin gesprochen hat, dachte ich, eure Hütte sei nur euer Basislager.«

Lelia schüttelte den Kopf. »Nonna ist viel gereist. Aber nach dem Tod ihrer Meisterin hat sie sich in unserer Hütte niedergelassen.«

»Hast du ihre Meisterin nicht kennengelernt?«

»Nein, das war vor meiner Zeit.« Sie legte den Kopf in den Nacken und sah hoch zu dem Baldachin aus Ästen und Blättern über unseren Köpfen. »Eigentlich war auch nicht geplant, dass ich bei Nonna in die Lehre gehen sollte. In meiner Familie war ich die Drittgeborene. Wir haben in der Nähe von Torino gewohnt. Kennst du das?«

»Ich glaube, wir sind einmal in der Nähe vorbeigekommen«, antwortete ich. Ich fragte mich, wie Lelia als Kind ausgesehen hatte. Vor meinem inneren Auge sah ich einen kleinen Wildfang, der mit wehenden Haaren und barfuß durch die Gassen eines Dorfes rannte.

»Nonna habe ich erst mit sechs Jahren kennengelernt«, erzählte Lelia weiter. »Sie kam in dem Winter, als das Fieber über unseren Ort hereinbrach. Meine zwei jüngsten Brüder wurden krank und, nun ja.«

Ein Schatten huschte über ihr Gesicht und wieder hätte ich beinahe nach ihrer Hand gegriffen.

»Nonna konnte den älteren der beiden retten, aber Pippo hat es nicht geschafft.« Lelia lächelte traurig. »Er hatte gerade erst seine ersten Zähnchen bekommen. Hat an allem herumgenagt, was er in die Finger bekam.« Sie bemerkte meinen mitleidigen Blick und zuckte wieder mit der Schulter. »Nachdem sie bei uns getan hatte, was sie konnte, ging Nonna durchs Dorf und half allen, die sich helfen lassen wollten. Bei vielen konnte sie das Ruder noch herumreißen. Bei manchen war es schon zu spät. Ich bin ihr zur Hand gegangen und von da an war ich ihr Lehrling.«

An dieser Geschichte war sicher noch mehr dran und ich brannte darauf, Lelia Fragen zu stellen. Hatte sie sich für das Leben mit ihrer Großmutter entschieden? Und wenn ja, was hatte sie dazu gebracht? Aber ich wollte nicht nachhaken. Wenn wir noch eine Weile zusammen unterwegs waren, vielleicht ergab sich dann noch eine gute Gelegenheit.

Lelia zog ein Bein auf den Rand des Wegs und lehnte sich mit dem Arm auf ihr angewinkeltes Knie. »Nonna nahm mich damals mit nach Hause. Ich kenne Grezzana und die Gegend um Nonnas Hütte. Aber weiter bin ich nie gekommen.«

»Ich wandere schon mein Leben lang«, sagte ich.

Lelia warf mir einen Blick zu. »Hast du dir je gewünscht, dich irgendwo niederzulassen?«

Ich dachte kurz darüber nach, aber die Antwort fiel mir nicht schwer. »Nein«, sagte ich. »Ich mag die Bewegung. Die Abwechslung.« Jetzt musste ich lächeln. »Zwei Jahre nachdem ich mich Matej angeschlossen hatte, kam er zu der Überzeugung, dass ich ein richtiges Zuhause brauche. Ein Dach über dem Kopf. Wir hatten damals gerade zwei der Gaukler wiedergetroffen, mit denen ich aufgewachsen bin.« Ein bisschen Wehmut konnte ich mir bei dem Gedanken an Iacopo und Paolo nicht verkneifen. Die beiden hatten beschlossen, nach unseren Strapazen mit Margarethe und den Jägern sesshaft zu werden. Sie hatten sich an der Küste niedergelassen und sich in den zwei Jahren seit unserer Trennung als Instrumentenbauer etabliert.

Die beiden waren ehrlich froh, mich wiederzusehen, und als Matej das bemerkte, beschloss er, dass ich in ihrer Obhut besser dran wäre. Egal, wie sehr ich protestierte, er war nicht von diesem Gedanken abzubringen. Ich rechnete damit, dass Iacopo und Paolo seine Bitte abschlagen würden, aber stattdessen waren sie sofort bereit, mich aufzunehmen. Und weil ich Matej nicht verärgern wollte – und vielleicht, weil ich auch ein bisschen glaubte, dass er recht haben könnte –, blieb ich. »Matej hat mich bei ihnen gelassen und ist allein weitergezogen«, erzählte ich Lelia.

»Und?«, fragte sie.

»Es hatte sich von Anfang an nicht richtig angefühlt«, sagte ich. »Iacopo und Paolo, also die beiden Gaukler, waren gut zu mir. Sehr gut sogar. Sie haben sich so viel Mühe gegeben, damit ich mich wohl bei ihnen fühle. Aber ich hatte das Gefühl, als ob die Wände nachts näher rückten, und ich träumte von der offenen Straße und dem Geräusch von Regen auf einem Blätterdach.«

Ja, davon hatte ich geträumt. Und von Matej, der durch das Licht- und Schattenspiel eines Waldes rannte.

Lelia hob den Mundwinkel. »Wie lange hast du es dort ausgehalten?«

»Eine Woche.« Ich verschränkte die Hände in meinem Schoß. »Ich wusste, wohin Matej als Nächstes gehen wollte und bin ihm nachgelaufen. Danach gab es keine Debatte mehr.«

Was nicht ganz stimmte. Nach meinem Auftauchen hatte Matej durchaus versucht, mich zur Rückkehr zu überreden. Aber als ich ihn endlich wiedergefunden hatte, weinte ich so heftig vor Erleichterung und Angst, dass er es nicht über sich brachte, mich gegen meinen Willen zurückzuschicken. Vielleicht hätte ich mich schlecht fühlen sollen, weil ich ihn drängte, mich bei sich zu behalten. Aber damals war ich einfach nur froh, dass ich mit ihm weiterziehen durfte. Und mit der Zeit spürte ich, dass er genauso froh über meine Gesellschaft war. Lange Zeit war das genug für mich gewesen: Matejs Freundschaft und immer wieder ein neuer Weg, eine neue Richtung, die wir einschlagen konnten.

Lelia streckte ihr Gesicht in die Sonne. »Ich glaube, du hast die Seele eines Vogels«, sagte sie. »Du willst frei sein, genau wie ich.«

»Vielleicht«, gab ich zu und musste wieder lächeln.

»Ihr wart bestimmt schon oft am Meer, oder?«

»Ja«, sagte ich. »In einem Frühling lebten wir einen Monat lang bei einer Seehexe unten im Süden von Neapel. Sie hat damals versucht, das Schicksal des Spiegels aus dem Flug der Zugvögel zu lesen.«

Wenn etwas Lelias Interesse packte, dann wurde ihr ganzer Körper unruhig. Sie schob auch ihr zweites Bein wieder über den Rand des Weges und ließ die Füße baumeln. »Erzähl mir davon«, bat sie.

Und das tat ich. Ich erzählte von der windschiefen Hütte der Hexe, vom glasklaren Wasser in der Bucht, den flachen Felsen, von denen man ins Meer rutschen konnte. Ich hatte selten so viel am Stück gesprochen. Vielleicht war es sogar das erste Mal, dass ich eine solche Geschichte erzählte. Bisher hatte mich nicht nur meine Stimme davon abgehalten, die in etwa so melodisch klang wie das Fauchen einer Straßenkatze. Ich hätte auch nicht gedacht, dass das, was ich zu erzählen hatte, jemanden interessieren könnte.

»Ich wollte schon immer ans Meer«, sagte Lelia schließlich. »Es muss unglaublich sein. Weit und leer und gewaltig.«

Ich fühlte in der Tasche meiner Weste herum, bis meine Finger das neu geknüpfte Band fanden, das ich seit ein paar Nächten mit mir herumtrug. »Wenn das hier vorbei ist«, sagte ich, ohne Lelia anzusehen, »könnten wir vielleicht zusammen zurück zur Küste wandern.«

Wenn ich das hier überlebte, hätte ich vielleicht sagen sollen. Aber hier und jetzt, mit dem blauen Himmel, der zwischen den Baumkronen hervorblitzte, mit Matejs wiedererweckter Jagdlust und Lelia an meiner Seite fühlte es sich so an, als könnte unsere Geschichte doch noch gut ausgehen.

Lelia strahlte und mein Herz machte einen Sprung. »Versprochen?«, fragte sie.

Ich konnte nicht anders, ich musste ihr Lächeln erwidern. Kurz zögerte ich, dann ließ ich alle Fassaden fallen. Was brachte es schon, wenn ich mich hinter meiner sorgfältig antrainierten Zurückhaltung versteckte. Lelias Offenheit durchbrach doch alles. Ich zog das Band aus der Tasche und hielt es ihr hin. »Versprochen.«

Sie hob eine Augenbraue. »Was ist das?«

»Ein Talisman«, sagte ich verschmitzt. »Wer weiß, vielleicht wirkt er ja doch.«

Ich rechnete damit, dass sie meinen Scherz aufgriff, aber stattdessen blickte sie nur ernst auf das Band zwischen meinen Fingern. Ich hatte ein anderes Band, das ich selbst am Handgelenk getragen hatte, aufgelöst und eine Lederschnur daraus mit einem goldenen Faden und zwei weißen Stoffbändern verflochten. Eine Holzperle und eine weiße Feder, die ich eines Morgens an Lelias verlassenem Schlafplatz gefunden hatte, bildeten den Abschluss des Talismans.

Noch während ich ihr das Band entgegenhielt, fühlte ich mich plötzlich eigenartig befangen. Würde sie es für eine alberne Geste halten?

Lelia jedoch hielt mir ohne Umschweife ihr Handgelenk entgegen. »Bindest du es mir um?«

»Gern.« Ich räusperte mich und beugte mich zu ihr hinüber. Als ich ihr das Band ums Handgelenk legte und die Enden verknotete, streiften meine Finger ihre Haut und ich zuckte unwillkürlich zusammen. Lelia griff nach mir, doch bevor ich es verhindern konnte, zog ich meine Hand aus ihrer Reichweite. Mein Herzschlag pochte bis hoch zu meiner Kehle und ich wagte nicht, den Blick zu heben. Was war nur los mit mir, ich machte mich ja lächerlich. Ich schluckte und schloss kurz die Augen. Dann streckte ich meine Hand wieder nach Lelia aus. Ich berührte ihren Unterarm direkt neben dem Band mit meinen Fingerspitzen. Ihre Haut war genauso warm und weich, wie ich es mir vorgestellt hatte.

Ich hörte, wie Lelia scharf den Atem einsog, dann dröhnte Matejs Ruf in meinem Kopf wie eine Sturmglocke.

Anthea! Kommt schnell!

Ich sprang auf und Lelia starrte mich überrascht an. »Was …«

»Matej!«, rief ich und packte meinen Wanderstab. »Er ist in Schwierigkeiten!«

Wir rannten den Höhenweg entlang, ich mit einem Messer in der Hand und Lelia mit meinem Wanderstab bewaffnet. Wir bogen soeben um eine Kurve, als Matej von einer Anhöhe auf den Weg sprang.

Jemand kommt, warnte er uns.

Rasch nahm ich unsere Umgebung in Augenschein. Wenige Schritte vor uns neigte sich der Pfad nach unten und führte in eine

enge Schlucht. Ein Gebirgsbach strömte in Kaskaden über einen felsigen Abhang und ergoss sich am Boden der Schlucht in einen flachen Teich, bevor er weiter ins Tal strömte. Auf der anderen Seite der Furt fuhr der Pfad fort und kletterte den gegenüberliegenden Hang hinauf.

Dort, sagte Matej, aber ich sah es bereits. Ein Mädchen rannte den Weg hinunter, so schnell, dass seine Füße kaum den Boden zu berühren schienen. Einen Wimpernschlag später sah ich, wie sich das Dickicht oberhalb des Mädchens bewegte, hörte das Klirren von Waffen und das Krachen von Ästen. Dann sprang der erste Jäger hinter dem Mädchen auf den Pfad.

Lelia zischte angewidert und ich packte mein Messer fester.

»Los«, krächzte ich und rannte den Weg auf unserer Seite hinunter.

Das Mädchen erreichte den Boden der Schlucht zuerst, stolperte und fiel bäuchlings in die Furt. Wasser spritzte auf, als der Jäger hinter ihr hersprang. Drei weitere Männer waren mittlerweile aus dem Unterholz aufgetaucht und stürmten auf ihre Beute zu.

Matej zögerte keine Sekunde. Er preschte durch das seichte Wasser und rammte den ersten Jäger mit der vollen Wucht seines Körpers. Meine Brust zog sich schmerzhaft zusammen in Erinnerung an unseren letzten Kampf, doch mir blieb keine Zeit, um Angst zu haben. Als ich das Ufer erreichte, hob ein Jäger seine Axt über Matej, der immer noch mit seinem eigenen Gegner rang. Ich drehte den Griff des Messers in meiner Hand und warf es mit aller Kraft über die Furt. Noch bevor die Klinge sich in die Schulter des zweiten Jägers bohrte, sprang ich ins Wasser und zog ein weiteres Messer.

Lelia rannte an mir vorbei und zerrte das Mädchen auf die Füße, fort von Matej, der die Zähne in die Kehle seines Gegners schlug.

Ich zielte eben auf Jäger Nummer drei, als Lelia einen Warnschrei ausstieß.

»Anthea! Hinter dir!«

Ich wirbelte herum, gerade rechtzeitig, um dem Hieb eines Kurzschwertes auszuweichen. Die Spitze fuhr so dicht an meinem Arm vorbei, dass ich den Luftzug auf der Haut spürte. Ich stolperte rückwärts, fand meine Balance wieder, nur um gleich dem nächsten Hieb ausweichen zu müssen.

Der Jäger, der mich von hinten überfallen hatte, sah aus wie ein in Lumpen gekleidetes Skelett. Die Kraft in seinen Armen schien jedoch unvermindert. Er drängte mich die Furt hinauf in Richtung der Kaskaden, aber ich konnte nichts tun, außer seinen Hieben auszuweichen. Meine Wurfmesser waren hier nutzlos. Ich geriet mehr und mehr in Bedrängnis, als plötzlich Lelia hinter dem Jäger auftauchte und ihm meinen Wanderstab über den Schädel zog. Wut und Schmerz verzerrten sein Gesicht, dann brach er vor mir zusammen.

»Es sind mehr …«, brachte Lelia noch zustande, dann krachte sie selbst vornüber ins Wasser. Ein anderer Jäger hatte sie am Bein gepackt und versuchte, sie zu sich heranzuziehen. Er blutete aus einer Wunde am Kopf, aber seine Augen leuchteten in silbernem Wahnsinn.

»Lelia!«, schrie ich und warf ihr ein Messer zu. Sie ließ den Wanderstab los, fing das Messer in der Luft und rammte es in den Arm ihres Angreifers. Fieberhaft sah ich mich um, doch da schoss der erste Pfeil an meinem Kopf vorbei. Ich warf mich zur Seite, rutschte auf einem Stein aus und stürzte in die Furt. Wasser spritzte auf und ein scharfer Stich fuhr durch mein Fluchauge.

Nicht jetzt, dachte ich verzweifelt. *Guter Gott, nicht jetzt!*

Ich presste meinen Handballen gegen mein Auge und richtete mich wieder auf. Kurz sah ich um mich herum nur ein Blitzen von blauem Licht, dann klärte sich meine Sicht. Einen langen Atemzug lang schien die Zeit sich zu verlangsamen. Ich sah, wie Matej an einem der Jäger vorbeihechtete, um zu dem Bogenschützen auf dem gegenüberliegenden Hang zu gelangen. Ich sah das fremde Mädchen, das sich unter dem Griff eines Jägers duckte. Ich sah Lelia, die immer noch im Wasser mit ihrem Angreifer rang. Sah, wie der Jäger sich auf sie kniete und ihr Gesicht unter Wasser drückte.

»Lelia!«, schrie ich, und wieder zuckten blaue Blitze durch mein Sichtfeld. Ich kam schwankend auf die Beine, aber der nächste Einschlag des Schmerzes war so heftig, dass mir die Knie wegsackten und ich zurück ins Wasser fiel. Ich heulte auf und versuchte gleichzeitig, nach meinem dritten Wurfmesser zu greifen. Ich bekam es zu fassen, stemmte mich hoch und suchte hinter einem Tränenschleier nach Lelia.

Was ich sah, überrumpelte mich so sehr, dass ich mich nicht vom Fleck rühren konnte.

Das fremde Mädchen duckte sich unter dem Axtblatt eines Jägers und hob meinen Wanderstab aus dem Wasser auf. Mit Wucht stieß sie das Ende des Stabes in den Unterleib ihres Angreifers. Als der unter dem Hieb in die Knie ging, schlug sie ihm den Stab mit voller Breitseite gegen den Schädel. Ohne innezuhalten, fuhr sie herum und trat dem Jäger, der Lelia gepackt hielt, ins Gesicht. Der Schlag, den sie ihm dann gegen den Nacken verpasste, brach ihm vermutlich das Genick.

Ich starrte, dann stolperte ich durch das Wasser zu Lelia. Sie kämpfte sich bereits in die Höhe, als ich neben ihr auf die Knie fiel und sie an den Schultern aus dem Wasser hob. Sie hustete und spuckte und mit ihren Händen packte sie meine Arme, als sie sich panisch umschaute.

Zwei weitere Jäger rannten von links und rechts in die Furt, um uns in die Zange zu nehmen, aber das Mädchen trat zwischen sie, wirbelte den Stab über seinem Kopf und machte dann kurzen Prozess mit den beiden. Sie fegte gerade dem zweiten Jäger die Beine unter dem Körper weg, als der Bogenschütze von der Anhöhe in die Schlucht stürzte und auf die Felsen am Ufer aufschlug.

Anthea, sandte Matej. *Seid ihr in Ordnung?*

Ja, gab ich zurück. Ja, entgegen jeder Logik waren wir in Ordnung. Lelia lehnte sich zitternd an mich. Ich zog mein letztes Messer, würde es jedoch nicht brauchen. Der Jäger, der von links angegriffen hatte, lag bereits reglos in der Furt und sein Gefährte landete soeben mit lautem Platschen auf dem Rücken. Ein gezielter Hieb mit dem Stabende auf die Stirn des Mannes und er war erledigt.

Das Mädchen stand schwer atmend über ihm. Kurz verbarg ihr langes mausbraunes Haar ihr Gesicht, dann fuhr sie herum und stapfte auf uns zu. Unwillkürlich wichen Lelia und ich vor ihr zurück, aber das Mädchen streckte uns nur die Hand entgegen.

»Schnell, Glasmädchen, steht auf«, sagte sie. »Hier können wir nicht bleiben.«

Ungeduldig winkte sie uns zu, aber ich regte mich nicht. Die Augen, mit denen das Mädchen uns ansah, waren milchig weiß, so als hätte sich ein immerwährender Nebel über Iriden und Pupillen gelegt. Mir lief es eiskalt den Rücken hinunter.

Das Mädchen, das uns gerettet hatte, war blind.

24

LISBETH

Lisbeth stand auf der überdachten Brücke, die den Palas mit dem Wehrgang auf der inneren Ringmauer verband. Unter ihr befand sich der Eingang zu den Ställen und dort standen Klara und Jakob und steckten die Köpfe zusammen.

Sie sah den beiden aus dem Schatten der Brücke zu und wartete, bis sie sich trennten. Ihr Pulsschlag pochte dumpf in ihren Schläfen. Sie hatte schlecht geschlafen und seit ihr von dem Frühstückswein schlecht geworden war, hatte sie auch nichts mehr gegessen. Das allein hätte jedermanns Stimmung gedrückt, aber der Anblick von Klara und Jakob verstärkte Lisbeths Unmut.

Seit Barbaras Tod hatte sie sich von Jakob ferngehalten, selbst als er ihr über Klara eine Nachricht geschickt hatte. Sie *wollte* zu ihm gehen, mit jeder Faser ihres Seins, aber sie zwang sich, nicht nachzugeben. Sie durfte im Moment nicht das Risiko eingehen, ihn zu treffen.

Klara freilich war von dieser Einschränkung nicht betroffen.

Unten auf dem Hof drückte Jakob Klaras Arm und kehrte in den Stall zurück. Als Klara daraufhin den unteren Hof überquerte, stieg Lisbeth die Treppe von der Brücke zum Hof hinunter. Sie trat auf den gepflasterten Boden, kurz bevor Klara eine Seitentür des Palas erreichte. Überrascht von ihrem plötzlichen Auftauchen, blieb Klara abrupt stehen. Lisbeth registrierte den Schreck auf dem Gesicht ihrer Zofe und verwahrte die Reaktion sorgfältig in ihrem Gedächtnis.

Warum sollte Klara sich vor ihr erschrecken? Das war eine interessante Frage.

»Elisabeth«, brachte Klara hervor.

»Ich bin auf dem Weg zur Kapelle«, unterbrach Lisbeth sie. »Leistest du mir Gesellschaft?«

Klara sammelte sich schnell. »Selbstverständlich«, antwortete sie. Als Lisbeth in die Richtung der Kapelle ging, beschleunigte Klara ihren Schritt, um mit ihr mitzuhalten. Lisbeth wartete darauf, dass sie ihr erzählte, über was sie mit Jakob gesprochen hatte. Aber Klara sagte nichts.

Auch das war interessant.

Das Licht, das durch die hoch gelegenen Fenster der Kapelle fiel, war schwach und trübe von den Bodenstreuflocken, die in der Luft schwebten. Lisbeth trat an den Altar und begann, ein paar vertrocknete Rosen aus einer der zahlreichen Vasen zu ziehen. Der Blumenschmuck, den man zu Barbaras Ehren aufgestellt hatte, war nahezu verwelkt. Sie würde Vater Benedikt anweisen, die Sträuße und Gebinde vor der nächsten Messe entfernen zu lassen.

»Hast du mittlerweile das Mädchen ausfindig gemacht? Agnes?«, fragte Lisbeth, ohne ihre Zofe dabei anzusehen.

Klara, die es Lisbeth gleichtat und verwelkte Blumen aus einer anderen Vase pflückte, warf ihr einen entschuldigenden Blick zu. »Nein«, sagte sie. »Es tut mir leid, aber anscheinend ist sie gerade nicht auf der Burg. Man hat mir gesagt, sie würde das Kloster besuchen, in dem sie aufgewachsen ist.«

Lisbeths Finger verkrampften sich um den Stiel einer Rose. *Was für ein Zufall*, flüsterte die Stimme in ihrem Kopf. *Ausgerechnet jetzt verlässt sie die Burg.*

Lisbeth presste die Lippen aufeinander und riss die Rose aus dem Strauß. »Wer hat ihr das erlaubt?«, wollte sie wissen.

Klara hob überrascht die Brauen. »Ihre Meisterin, nehme ich an.« Sie zögerte. »Soll ich einen Boten nach ihr schicken?«

Damit alle mitbekamen, dass Lisbeth sie sprechen wollte? So weit kam es noch. »Nein«, sagte sie knapp. »Sag mir nur Bescheid, wenn sie wieder da ist.«

Wenn sie zurückkehrte. Wer wusste schon, wo sie wirklich war und mit wem sie sprach.

Einen Moment lang stand Klara unschlüssig mit den aussortierten Blumen in der Hand da, dann sagte sie: »Ich habe noch etwas anderes gehört.«

»Oh?« Lisbeth fächerte die übrigen Dahlien und Rosen in ihrer Vase auseinander, damit die Lücken zwischen ihnen nicht auffielen.

»Anscheinend kam gestern Abend eine Depesche an. Graf Konrad und sein Gefolge sollen in sieben Tagen hier sein.«

Lisbeths Hand an der Vase erstarrte. Sie hatte gewusst, dass ihr Mann früher oder später zurückkehren würde. Doch bisher hatte es kein festgelegtes Datum gegeben. Sieben Tage. Das war keine lange Schonfrist.

Sie wusste nicht, was sie mehr beunruhigen sollte. Konrads anstehende Rückkehr oder die Tatsache, dass der Burgverwalter es nicht für nötig befunden hatte, sie darüber zu informieren.

Klara sah sie besorgt von der Seite an. »Was wirst du tun, wenn Konrad wieder da ist?«

»Was meinst du damit?«, fragte Lisbeth ruhig, auch wenn sie sehr wohl verstand, woher Klaras Sorge rührte. Klara durchschaute das Machtgefüge in hochgeborenen Familien. Sie wusste, dass Lisbeths Lage prekär war. Konrad würde zurückkehren und sich mit dem Tod seiner Schwester auseinandersetzen. Er würde Fragen stellen und in diesem Zuge die argwöhnischen Blicke der Burgbewohner auf seine frisch angeheiratete Frau bemerken.

Kam es hart auf hart, würde nur eine Frage zählen: Wer war Konrad wichtiger? Die Schwester, der er die Verantwortung für seine Ländereien anvertraut hatte? Oder die Ehefrau, bei der er erst einmal gelegen hatte und die nicht schwanger geworden war? Eine Ehefrau, die vielleicht nie schwanger werden würde. Falls ihm dann noch bestimmte Gerüchte zu Ohren kämen …

Aufs Neue wälzte sich Übelkeit durch ihren Magen, aber sie unterdrückte diese Anwandlung sofort. Erst da fiel ihr auf, dass Klara noch

immer nach Worten für eine Antwort suchte. Zum ersten Mal, seit sie die Kapelle betreten hatten, sah Lisbeth sie direkt an. Klaras Augen weiteten sich und Lisbeth bemerkte, wie fest sie die vertrockneten Blumen umklammert hielt. Dann endlich begriff sie.

Sie denkt, du hast Barbara umgebracht. Das wurde Lisbeth schlagartig klar. Klara hatte alles mitbekommen. Jeden Moment, in dem Lisbeth ihrer Frustration Luft gemacht hatte. Jede Herabsetzung, jede Konfrontation. Sie wusste genau, wie sehr sich Lisbeth über Barbara geärgert hatte. Und nun glaubte sie, Lisbeth hätte sich von ihrer lästigen Schwägerin befreit.

»Es ist nur«, begann Klara stockend. Sie holte tief Luft und fuhr fort: »Ich mache mir Sorgen. Nach dieser ganzen furchtbaren Sache mit Barbara … Ich meine, deine Position in der Burg ist vielleicht nicht so sicher, wie sie sein könnte. Und man weiß ja, dass Frauen gern die Schuld zugeschoben wird. Auch wenn es dafür gar keinen Grund gibt.« Das Letzte fügte sie etwas zu rasch hinzu.

Lisbeth hatte ihre Miene vielleicht doch nicht ganz unter Kontrolle, denn Klara trat einen schnellen Schritt auf sie zu und berührte ihre Hand.

»Ich bin auf deiner Seite, das weißt du«, sagte sie. »Du kannst dich auf mich verlassen, egal, was du brauchst.«

Lisbeth maß sie mit kühlem Blick, aber innerlich spürte sie, wie sich eine heiße Wut ausbreitete. Wie konnte sie es wagen! Wie konnte sie behaupten, auf Lisbeths Seite zu sein, wenn sie ihr offensichtlich zutraute, einen Mord begangen zu haben? O ja, Klara würde wollen, dass Lisbeth sich aus ihrer misslichen Lage befreite. Immerhin war sie ihre Zofe und damit von ihr abhängig. Zumindest, bis sie eine andere Gönnerin gefunden hatte. Oder einen anderen Gönner.

Lisbeth dachte daran, wie Klara mit Jakob gesprochen hatte. Wie er ihren Arm berührt hatte. Wie oft unterhielten sich die beiden, wenn sie nicht dabei war? Und über was redeten sie?

»Du klingst gerade so, als würdest du dich auf eine Zeugenaussage vorbereiten«, sagte Lisbeth kühl und Klara zuckte entsetzt zusammen.

»Was? Nein! So habe ich das nicht gemeint.« Sie schloss ihre Hand um Lisbeths.

So eine feine kleine Lügnerin. Die Worte schienen direkt neben Lisbeths Ohr zu erklingen und sie zuckte unwillkürlich mit dem Kopf. Kurz war sie überzeugt, dass sich tatsächlich jemand mit ihnen in der Kapelle befand. Da Klara jedoch nicht reagierte, mussten es wohl doch nur ihre eigenen Gedanken gewesen sein. Die Stimmen in ihrem Innern wurden ihr mehr und mehr zu einem dauerhaften Begleiter. Nun, kein Wunder. Nachdem sie offensichtlich niemanden hatte, mit dem sie offen sprechen konnte, musste sie ihre Lage eben mit sich selbst besprechen.

»Du traust mir so einiges zu, und dann wieder doch nichts.« Lisbeth entzog sich Klaras Griff und drückte ihr stattdessen ihre welken Blumen in die Hände. Bevor Klara antworten konnte, drehte sie sich um und verließ die Kapelle.

Klara sah in ihr eine Mörderin. Zu Jakob konnte sie nicht gehen. Und Konrad war auf dem Weg nach Wolkenstein.

Sieben Tage bis zu seiner Rückkehr, hallte es in ihrem Kopf. Es klang wie eine Drohung.

25

LISBETH

Sie stand vor einer mannshohen Empore aus dunklem Eichenholz. Die Richter starrten auf sie hinunter wie Wasserspeier von einem Burgdach. Richter Karl Welsperg war unter ihnen, genauso wie Meister Oswald und Agnes, das blinde Mädchen. In ihrer Mitte saß Barbara von Wolkenstein, prächtig ausstaffiert in ihrem roten Kleid und dem Seidentuch mit den blutigen Flecken. Der Tod hatte einen grauen Film über ihre Haut gelegt und dunkle Schatten untermalten ihre eingesunkenen Augen.

Das ist ein Traum. Lisbeth klammerte sich an den Gedanken. *Du träumst.*

Sie senkte den Blick und eine eisige Kälte ließ jeden ihrer Muskeln erstarren. Vor ihren Füßen klaffte ein kreisrunder Brunnenschacht, der sich wie eine Wunde in den Boden bohrte. Sie sollte zurücktreten, Abstand gewinnen zu diesem Abgrund, aber ihr Körper rührte sich nicht vom Fleck. Die Spitzen ihrer Schuhe berührten den Rand des Schachts und die schwarze Dunkelheit in der Tiefe ließ Lisbeth schwindeln.

Das Rascheln von Kleidern und flüsternde Stimmen wogte um sie herum wie das Summen eines Insektenschwarms. An den Wänden des Saals drängte sich das Burgvolk. Schulter an Schulter standen sie da, reckten die Köpfe und neigten sich einander zu, um zu tuscheln. Alle beobachteten Lisbeth mit Augen so hell wie poliertes Silber.

Panisch öffnete sie ihren Mund, um zu sprechen, um sich zu verteidigen, aber kein Laut kam ihr über die Lippen.

Barbara schob ihren Stuhl mit einem hölzernen Kreischen zurück und eine wilde Angst loderte in Lisbeth auf wie ein Waldfeuer. Hilflos nahm sie wahr, wie sich hinter ihrem Rücken etwas anderes näherte. Jemand kam den Gang zum Gerichtssaal entlang. Seine schweren Schritte dröhnten bis tief in ihre Knochen, aber sie konnte sich nicht nach ihnen umdrehen, konnte nicht fliehen, nicht sprechen.

Bitte, flehte sie stumm. Links von ihr, eingepfercht in die Masse aus Menschen, sah sie Jakob, der den Arm um Klara gelegt hatte. Klara verbarg das Gesicht an seiner Schulter, aber keiner der beiden rührte auch nur einen Finger, um Lisbeth zu helfen.

Wieder öffnete sie den Mund und wollte Jakobs Namen rufen. Es fühlte sich an, als hätte jemand ein Eisenband um ihre Brust geschlungen und würde es immer enger zusammenziehen. Sie brachte keinen Ton heraus, konnte kaum noch atmen. Und die Schritte hinter ihrem Rücken kamen näher.

Barbara erhob sich und begann zu sprechen, aber anstelle von Worten kam das Klicken und Scharren von Zikaden über ihre Lippen. Sie streckte ihren Arm aus und deutete mit einem grauen Finger auf Lisbeth. Die Tür zum Gerichtssaal flog auf und die Türflügel krachten mit einem Donnerknall gegen die Wände. Eine Welle aus widerlich warmer Luft brandete gegen Lisbeths Rücken und glitt über die weiche Haut an ihrem Nacken.

Nein.

Endlich fuhr sie herum und sah die Dunkelheit, die aus dem Türrahmen quoll und sich bis zur Decke aufbäumte. Das Eisenband schloss sich so eng um ihr Herz, das ein stechender Schmerz durch ihren ganzen Körper fuhr. Lisbeth wich zurück, merkte noch, wie ihre Ferse über den Rand des Brunnens rutschte, dann stürzte sie ins Leere.

Schweißgebadet schreckte sie aus dem Schlaf hoch und warf das Federbett von ihrem Körper. Ein Traum! Nur ein Traum, redete sie sich ein, nur im nächsten Augenblick entsetzt aufzuschreien.

Das flackernde Licht einer Kerze fiel auf den Boden neben ihrem Bett und erhellte einen Albtraum, aus dem es kein Erwachen geben würde.

Nein. Nein, nein, bitte. Nein.

Schluchzend presste sich Lisbeth beide Hände vor den Mund. Auf dem Boden neben ihrem Bett lag Fenn, reglos, mit glasig starrenden Augen und rotem Schaum vor dem Maul.

26

ANTHEA

Das blinde Mädchen hieß Agnes. Sie führte uns aus der Schlucht hinaus, folgte einem schmalen Trampelpfad hinunter ins Tal und marschierte entlang des Gebirgsbaches durch einen Wald aus Erlen und Birken.

Matej lief neben mir und humpelte. Die Sorge um ihn nagte an mir und mischte sich mit all den anderen Fragen, die sich in meinen Kopf drängten. Wer war dieses Mädchen und wie hatte sie es geschafft, die Jäger besiegen? Wieso hatten die Männer sie überhaupt verfolgt?

Und dann war da noch der Name, bei dem sie mich gerufen hatte. ›Glasmädchen‹.

Ich glaube, sie weiß über den Spiegel Bescheid, sagte Matej

Ja, stimmte ich ihm zu.

Dann sollten wir herausfinden, was sie sonst noch weiß.

Ich tauschte einen raschen Blick mit Lelia, die schräg hinter mir ging, und sie nickte. Über der Schulter trug sie eine Armbrust, die sie einem der gefallenen Jäger abgenommen hatte.

Wenige Schritte vor uns spannte sich eine Brücke aus Seilen und Holzbrettern über den Fluss. Hier überquerten wir das Wasser. Mit zusammengebissenen Zähnen sah ich zu, wie Matej vorsichtig eine Pfote vor die andere setzte, um nicht das Gleichgewicht zu verlieren und in die Stromschnellen zu stürzen.

Agnes wiederum lief leichtfüßig wie ein Reh über die Planken und ich fragte mich wieder, wie sie das alles ohne Augenlicht schaffte. Sie sprang vom Ende der Brücke auf das Ufer und wir folgten ihr. Als sie jedoch weiterlaufen wollte, blieben wir drei wortlos stehen.

Agnes ging ein Stück voran, bevor sie unser Zurückbleiben bemerkte, dann kehrte sie zurück. Sie trug noch immer meinen Wanderstab und die Erinnerung daran, wie sie damit den Schädel eines Jägers zertrümmert hatte, war noch sehr frisch.

»Was ist?«, fragte sie mit einem Stirnrunzeln.

»Das ist jetzt weit genug, findest du nicht?«, fragte Lelia spitz.

Agnes' Stirnrunzeln vertiefte sich.

Ich verschränkte die Arme vor der Brust. »Wir gehen nicht weiter, bevor du uns erklärt hast, was da oben passiert ist und was du mit den Jägern zu schaffen hast.«

Einen Moment lang stand Agnes unschlüssig da, dann nickte sie. »Gut, das ist wahrscheinlich sinnvoll. Immerhin würdet ihr sonst kopfüber ins Unglück rennen.«

Wieder wechselten Lelia und ich einen Blick.

»Was meinst du damit?«, fragte ich.

Agnes legte den Kopf schief. »Ihr seid doch hier, um den Spiegel zu finden, oder nicht?«

»Was weißt du über den Spiegel?«, fragte ich. »Und woher weißt du, dass wir nach ihm suchen?«

Wir saßen im Schatten der Erlen, die am Rand des Flussufers wuchsen. Ihr Blätterdach verbarg uns zumindest ein wenig vor suchenden Blicken. Auch wenn ich mir nicht vorstellen konnte, dass auch nur einer der Jäger nach Agnes' Rundumschlag wieder aufstand.

Dieses Mädchen war ein einziges Rätsel. Es war weder groß noch wirkte es besonders kräftig mit den schmalen Schultern und dem kindlichen Gesicht. Ich schätzte, dass sie höchstens fünfzehn Jahre alt war. Ihre einfache braune Kleidung deutete auf einen niederen Rang hin und ihre rauen Hände sprachen von harter Arbeit. Trotzdem war es mir unbegreiflich, wie diese Hände einen Wanderstab in eine tödliche Waffe hatten verwandeln können. Ich konnte mir eher vorstellen, wie sie einen Boden schrubbte oder ein Spinnrad drehte.

Wer *war* sie?

Agnes zeigte auf mein Gesicht beziehungsweise mein Fluchauge. »Du trägst Glas in dir.«

Ich spürte, wie Matej sich neben mir anspannte.

»Wie kannst du das wissen?«, fragte Lelia sofort. »Du kämpfst vielleicht wie ein Berserker in Röcken, aber ich bin mir ziemlich sicher, dass du nicht sehen kannst.«

»Ich kann hören, wie es sich in ihr ausbreitet«, sagte Agnes gleichmütig und wieder rann ein Schauer über meine Haut. Lelia nahm meine Hand und ich ließ es zu, dankbar, dass sie mich erdete.

»Aber es hat dich noch nicht in seiner Gewalt«, fuhr Agnes fort. »Ihr benutzt eine Glasscherbe als Kompass, nicht wahr?«

Sie weiß zu viel, sagte Matej und gab ein grollendes Knurren von sich.

Agnes griff nach dem Wanderstab und meine Hand zuckte zu dem Messer an meinem Gürtel. Kurz starrten wir uns angespannt an, dann zog Agnes die Hand von dem Stab zurück.

»Wie wäre es damit?«, schlug sie vor. »Ihr erzählt mir, was euch herbringt, und ich erzähle euch, was ich über den Spiegel weiß.«

Unser Teil war schnell erzählt. Insbesondere, weil wir nicht alles preisgaben. Wir begannen unsere Geschichte mit Barbagianna und behaupteten, dass sie uns den Auftrag gegeben hatte, den Spiegel zu finden und zu vernichten.

Lelia zuckte bei diesem verkürzten Bericht mit keiner Wimper. Ich war froh, dass sie mitspielte und spürte auch Matejs Dankbarkeit und Anerkennung. Es fühlte sich so an, als entwickelte sich unser Duo langsam, aber sicher zu einem Trio. Das gefiel mir.

»So, das reicht«, sagte Lelia schließlich. »Jetzt bist du dran, blindes Mädchen. Wo ist der Spiegel und warum hat er dir seine Jäger auf den Hals gehetzt? Denn auf uns hatten sie es dieses Mal nicht abgesehen, oder?«

Agnes, die während meiner ganzen Erzählung mit den Fingern auf dem Boden getrommelt hatte, schüttelte den Kopf. »Nein, sie waren hinter mir her.« Sie biss sich auf die Unterlippe und tastete dann nach dem Rosenkranz, den sie sich ums Handgelenk geschlungen hatte. Nervös ließ sie die hölzernen Perlen durch ihre Finger gleiten. »Ich hätte früher handeln müssen. Wenn ich geahnt hätte, dass der Spiegel wieder erwacht ist … Aber ihr! Ihr seid hier, um den Spiegel zu vernichten! Wenn das gelänge, würde es alles ändern. Alles!«

Wovon redet sie?, wollte Matej wissen. Seine Gedanken waren untermalt von einem pochenden Schmerz, den er nicht mehr ganz vor mir verbergen konnte.

Ist es die Schusswunde?, fragte ich besorgt. *Oder hast du dich frisch verletzt?*

Ist jetzt nicht wichtig.

Matej …

Er warf mir einen Blick zu. *Mir geht es gut, Mädchen. Konzentrieren wir uns auf das Gespräch.*

Widerwillig gab ich nach, aber ich nahm mir vor, Lelia bei der nächsten Gelegenheit zu bitten, sich Matej noch einmal anzusehen. Ich hatte den Gedanken jedoch kaum zu Ende gedacht, da streckte Lelia die Hand nach mir aus und drückte kurz meinen Arm. Sie hatte verstanden, worüber Matej und ich uns ausgetauscht hatten.

Erleichtert atmete ich aus. Ich wandte mich wieder an Agnes. »Was meinst du damit, ›der Spiegel ist erwacht‹?«

Wieder schüttelte Agnes den Kopf. »Er hat lange geschlafen. Wahrscheinlich hat die Erde seine Macht doch gedämmt, aber irgendwie muss er sich aus dem Bann befreit haben.«

Lelia stieß ein Schnauben aus. »Kryptischer geht es nicht, oder?« Sie lehnte sich nach vorn und schnippte mit den Fingern, um Agnes' Aufmerksamkeit auf sich zu lenken. »Die ganze Geschichte«, forderte sie. »Von Anfang an, wenn's recht ist.«

Agnes' Körper straffte sich, dann atmete sie aus und nickte. »Entschuldigt. Der Spiegel befindet sich nicht weit von hier, in der Nähe von Burg Wolkenstein. Er hat sich lange Zeit nicht bemerkbar gemacht, aber vor einigen Monden kam die neue Frau des Grafen auf die Burg und seitdem mehren sich die Hinweise, dass der Spiegel wieder anfing, seine Macht auszubreiten. Aber ich war mir nicht sicher. Es war nur ein Gefühl, so als würde sich an manchen Tagen ein Schatten über der Burg ausbreiten. Und dann fühlte es sich wieder so an, als würde ich mir das nur einbilden.« Sie ballte die Fäuste in ihrem Schoß. »Vielleicht wollte ich es nicht glauben«, gestand sie. »Aber jetzt gab es einen Todesfall und ich höre das Flüstern des Spiegels in der Burg. Und *sie* hört es auch. Sie hat sich ihm zugewandt.«

Wie wir befürchtet haben, sagte Matej. *Der Spiegel hat eine neue Dienerin gefunden.*

Ich dachte an die blonde Frau, die in meinem Traum den Spiegel um Hilfe angefleht hatte. Und ich erinnerte mich an die gierige Erregung des Dings, das hinter dem Spiegel gelauert hatte.

Ein kalter Schauder schüttelte mich. »Woher wusstest du, mit was du es zu tun hast?«, fragte ich Agnes.

Das Mädchen zögerte.

Lelias Augen wurden schmal. »Wir hätten dich auch den Jägern überlassen können, weißt du.«

Agnes presste die Lippen aufeinander, bevor sie weitersprach. Es war deutlich, dass sie diese Information nur ungern preisgeben wollte. »Man hat mich auf die Burg geschickt, um Wache zu halten. Falls der Spiegel sich regt.«

Wer hat sie geschickt?, fragte Matej sofort. Ich wiederholte laut seine Frage.

Wieder zögerte Agnes, dann hob sie das Handgelenk mit dem Rosenkranz. Das Kreuz, das am Ende des Gebetbands hing, war mit blassblauen, fast weißen Edelsteinen besetzt.

»Meine Mutter Oberin hat mich geschickt«, sagte sie. »Ich hatte die Aufgabe, Alarm zu schlagen, wenn der Spiegel sich regt.«

»Scheint ja wunderbar funktioniert zu haben«, murrte Lelia und Agnes wandte sich erschrocken in ihre Richtung. Lelia jedoch gab ihr keine Gelegenheit, sich zu rechtfertigen. »Dir ist schon bewusst, dass du uns bisher noch keine einzige klare Antwort gegeben hast? Also, noch mal: Wer ist diese Mutter Oberin und was habt ihr mit dem Spiegel zu schaffen?«

Agnes schwieg. Lelias Miene verhärtete sich und sie stand auf. »Gut, dann gehen wir besser unserer Wege.«

Sie hat recht, stimmte Matej ihr zu. *Ich traue dem Mädchen nicht.*

Ich glaube, Lelia will sie provozieren, gab ich zurück und erhob mich ebenfalls.

»Nein, wartet!« Agnes sprang auf. Volltreffer.

Lelia sammelte unser Gepäck auf. »Worauf? Dass du noch weiter um den heißen Brei herumredest?«

»Du hast versprochen, du würdest uns sagen, was du über den Spiegel weißt, wenn wir dir unsere Geschichte erzählen«, erinnerte ich sie.

»Ich weiß nicht, was ich euch erzählen darf«, platzte es aus Agnes heraus. »Mein Orden bewahrt Wissen, das …« Sie klickte frustriert mit der Zunge gegen ihre Zähne. »Aber wenn ihr den Spiegel wirklich vernichten wollt, dann sind wir auf der gleichen Seite! Dieses Ding … das Ding hinter dem Spiegel ist *böse*.«

»Und Schnee ist kalt«, sagte Lelia trocken.

Agnes wandte sich an mich und fasste mich am Arm. »Du hast dein Leben in die Waagschale geworfen, als du das Glas in dir aufgenommen hast«, sagte sie in drängendem Ton. »Du willst den Spiegel vernichten, ihr alle wollt das, das stimmt wirklich, ja?«

Gänsehaut kroch meine Arme hinauf, als sie die Waagschale erwähnte. »Es stimmt«, bestätigte ich.

»Dann können wir euch helfen!«, rief Agnes aus und ihre Wangen glühten vor Aufregung. »Wenn wir unser Wissen zusammenlegen, wer weiß, vielleicht gelingt uns dann, was alle anderen nicht geschafft haben! Vielleicht können wir diesem Monster endlich ein Ende bereiten!«

Dazu müsste sie ihr Wissen erst einmal teilen, schaltete sich Matej ein, fast zeitgleich mit Lelia, die sagte: »Und diese Weitergabe von Wissen passiert wann genau?«

»Ihr könnt mit ins Kloster kommen«, sagte Agnes. »Sobald die Mutter Oberin euch kennengelernt hat, kann sie euch alles erklären!«

»Aber sicher«, murmelte Lelia. Ihre ganze Haltung drückte Ablehnung aus.

Agnes jedoch drückte meinen Arm. »Bitte!«, sagte sie. »Wenn es einen Weg gibt, den Spiegel endgültig zu vernichten, dann müssen wir es versuchen! Es kann nicht so weitergehen, nicht nachdem wir schon …« Sie unterbrach sich und sah mich mit hilfloser Miene an.

Wie groß war das Risiko, das wir mit diesem Mädchen eingehen würden? Und wie wertvoll wären im Gegenzug die Informationen, die wir über den Spiegel bekommen könnten?

Die ganze Sache ist suspekt, gab Matej zu bedenken. *Lelia hat recht, sie hat noch keine Frage klar beantwortet. Und wir wissen immer noch nicht, wie ein blindes Mädchen sich so zurechtfinden kann wie sie. So kämpfen kann wie sie.*

Da steckt noch viel mehr hinter ihrer Geschichte, stimmte ich ihm zu. *Andererseits haben wir immer noch keine Ahnung, wie wir den Spiegel zerstören können. Wir wissen nur, wie wir ihn finden.*

Das stimmt. Matej überlegte. *Aber haben wir wirklich Zeit, um den Umweg zu diesem Kloster zu machen?*

Ich widerstand den Drang, die Glasadern auf meiner Wange zu befühlen. *Wenn uns das den Vorteil verschafft, den wir brauchen, dann wäre es die Verzögerung wert.*

»Wie weit ist dein Kloster von hier entfernt?«, fragte ich Agnes.

»Nicht weit«, antwortete sie schnell. »Wenn wir uns beeilen, sollten wir vor heute Abend dort sein.«

Ich sah zu Lelia, die mir im Gegenzug einen zweifelnden Blick zuwarf.

Matej?, fragte ich.

Er zögerte, dann sagte er: *Sie hat recht. Du hast dein Leben in die Waagschale geworfen. Du entscheidest.*

Ich sah zu Boden. Mir wäre es lieber gewesen, er hätte mir diese Verantwortung nicht übertragen. Aber mein Bauch sagte mir, dass wir die Gelegenheit, die Agnes uns anbot, nicht ignorieren durften.

Ich traf meine Entscheidung. Und betete, dass es die richtige war.

»Geh voran«, sagte ich zu Agnes. »Wir kommen mit dir.«

27

ANTHEA

Ein Seitenarm des Tals führte uns durch einen Engpass zwischen zwei Hügelketten und dann wieder vorbei an Wiesen und Feldern, die bereits abgeerntet wurden. Hier und da sah man die gedrungenen Häuser von Bauernhöfen hinter Walnussbäumen hervorschauen. Doch obwohl wir einer Straße folgten, in die Wagenräder tiefe Rillen gegraben hatten, begegneten wir nur wenigen anderen Menschen. Einmal kreuzte ein Ziegenhirt mit einer Herde unseren Weg und warf uns einen abschätzenden Blick zu. Aber seine Ziegen nahmen auf unserer Höhe Galopp auf und er musste sich beeilen, um sie einzuholen. Vermutlich rochen sie den Wolf an unseren Kleidern.

Matej lief nicht mit uns, sondern suchte sich seinen eigenen Weg irgendwo parallel hinter Hecken und Obstbäumen. Bevor wir aufgebrochen waren, hatte Lelia ihn noch rasch untersucht und ihm ein Schmerzmittel verabreicht. Ich hatte ihn gewarnt, sich nicht zu überanstrengen, aber er ging nicht darauf ein.

All seine Sinne waren in Alarmbereitschaft. Das Wissen, das wir uns dem Spiegel wenn auch auf Umwegen näherten, trieb ihn nicht nur an, sondern pumpte auch neue Kraft durch seinen Körper. Meine Sorge, dass er *zu viel* Kraft verbrannte, teilte er nicht. Oder es war ihm egal.

Ich hatte gehofft, ihm mit dem Splitter ein wenig Last abnehmen zu können. Da hatte ich die Rechnung ohne seinen Starrsinn gemacht.

Agnes ging uns mit zügigen Schritten voraus. Den Wanderstab hatte sie nicht mehr hergegeben und ich ließ es dabei bewenden. Unsere Unterhaltung war nach unserem Aufbruch versandet. Es war deutlich, dass Agnes ihr Kloster so schnell wie möglich erreichen wollte. Matej und ich teilten ihren Drang zur Eile. Nur Lelia schien unserem Ziel nicht entgegenzufiebern.

»Bin ich die Einzige, die es seltsam findet, dass das blinde Mädchen uns führt?«, fragte sie, als die Straße einen Knick machte, um dem Lauf eines Baches zu folgen.

Ich hob eine Braue. »Findest du das seltsamer als den Rest unserer Reise?«

Lelia stieß ein schnaubendes Lachen aus. »Nicht wirklich.«

Ich begrüßte ihr Lachen, denn seit unserem Austausch mit Agnes hatte sie sich ganz entgegen ihrer sonstigen Art in sich zurückgezogen. Sie sprach kaum und warf Agnes immer wieder düstere Blicke zu.

Ich versuchte, unser Gespräch am Laufen zu halten. »Immerhin haben wir mit ihr eine echte Geheimwaffe«, sagte ich. »Falls die Jäger uns noch einmal angreifen.«

Das sorgte dafür, das Lelias Miene sich noch mehr verfinsterte. »Ja, und vielleicht verrät sie uns auch irgendwann, wo sie so kämpfen gelernt hat.« Sie schwieg kurz, dann fragte sie: »Wie viele von diesen verdammten Jägern gibt es überhaupt?«

»Meine Vermutung?«, fragte ich. »Dutzende.«

Lelia stöhnte. »Zauberhaft.«

»Ich denke, sie bleiben zurück, wenn ihre jeweilige Herrin stirbt«, fuhr ich fort. »Ihr Tod hebt den Bann, den sie über sie gelegt hat, anscheinend nicht auf.«

»Weißt du, welcher Zauber dahintersteckt?«, fragte Lelia.

»Nicht genau. Aber Myrsina hat einmal beobachtet, wie Margaretes Stiefmutter sich einen neuen Jäger gefangen hat.« Ich zögerte, dann sagte ich: »Sie hat ihm eine Glasscherbe ins Herz gestochen.«

Erschrocken drehte sich Lelia zu mir um und starrte auf mein Auge. Sicher fragte sie sich, ob der Glasfluch mich genauso willenlos machen könnte wie die Jäger. Es war eine Sorge, die ich selbst mit aller Kraft unterdrückte.

»Ich glaube, es gehört mehr dazu, als sich das Glas einzuverleiben«, wiederholte ich laut die Vermutung, mit der ich mich selbst beruhigte.

»So, wie Myrsina es erzählt hat, hat Margarethe nicht nur die Jäger ihrer Stiefmutter übernommen, sondern auch ein paar neue rekrutiert. Junge Männer, die sich von ihrer Aufmerksamkeit geschmeichelt gefühlt haben und von ihrer Schönheit betört waren. Die nicht begriffen, worauf sie sich einließen, wenn sie in ihren Dienst traten.«

»Hat diese Margarethe ihnen offen gesagt, dass sie das Glas nehmen sollen?«, fragte Lelia. »Oder hat sie sie damit überrumpelt?«

»Ich weiß nicht. Warum fragst du?«

»Es könnte sein, dass der Zauber anders wirkt, je nachdem, in welchem Zusammenhang und mit welcher Intention das Glas in den Körper eines Menschen gerät.« Nachdenklich starrte sie auf die Straße vor uns. »Die meisten Zauber verweben sich mit dem Willen der Person, die sie ausübt.«

»Verweben«, wiederholte ich und konnte mir einen Blick auf mein Armband an Lelias Handgelenk nicht verkneifen.

»Ja.« Lelia hob den Arm und drehte das Band so hin und her, dass die weiße Feder kurz aufleuchtete. »Ich schätze, alle Magiearten sind sich im Grunde ähnlich.«

Ich nickte, aber meine Gedanken hingen noch an den Jägern. Ich hatte mich schon oft gefragt, was Frauen dazu brachte, sich dem Spiegel zu verschreiben. Egal, womit er ihnen drohte oder welche Belohnung er ihnen versprach, sie mussten doch wissen, dass sie sich zum Werkzeug des Bösen in der Welt machten. Vielleicht gärte in den Seelen dieser Frauen bereits eine Dunkelheit, die der des Spiegels entsprach. Vielleicht waren sie tatsächlich ahnungslos.

Aber selbst wenn sie sich aus naiver Neugier heraus verführen ließen, dann verdammten sie sich doch selbst mit zwei entscheidenden Taten: der Versklavung der Jäger und dem ersten Menschenopfer. Hatte eine Dienerin erst jene Grenze überschritten, gab es zumindest aus meiner Sicht kein Zurück mehr.

Nicht dass wir je davon gehört hätten, dass eine Frau versucht hätte, sich aus dem Bündnis mit dem Spiegel zu befreien.

»Ich fühle mich nicht wohl bei dieser ganzen Sache.« Lelia nickte in Agnes' Richtung.

»Geht mir auch so«, stimmte ich zu. »Da ist entschieden zu viel Geheimniskrämerei im Spiel.«

»Es ist nicht nur das.« Lelia zog ihre Unterlippe zwischen die Zähne. Es war das erste Mal, dass ich bei ihr Anzeichen von Nervosität bemerkte. »Ein Kloster. Nonnen. Ist dir bestimmt nicht neu, aber die Kirche und Zauberinnen haben nicht das beste Verhältnis zueinander.« Sie brach ab und fuhr mit leiserer Stimme fort. »Ich wünschte, wir hätten ihr nichts von Nonna erzählt.«

Bei dieser Aussage wurde mir heiß und kalt. Daran hatte ich gar nicht gedacht. Matej und ich hatten uns immer weit am Rand vom gesellschaftlichen Leben bewegt, aber selbst wir konnten manchmal nur haarscharf eine Begegnung mit der Inquisition vermeiden. Mehr als einmal kamen wir am Haus eines Apothekers oder einer Kräuterfrau an, nur um festzustellen, dass die Bewohner entweder geflohen oder verschleppt worden waren. Die wenigen Glücklichen, die von der Anklage der Hexerei freigesprochen wurden, verschwanden spurlos. Die übrigen wurden vor den Städten unter Unkraut und Unrat verscharrt.

Das Bild von Barbagiannas Hütte, verlassen und verfallen, blitzte ungebeten vor meinem inneren Auge auf. Ich starrte auf Agnes' Rücken. Nach ihrem Kampf gegen die Jäger hatte ich schlicht angenommen, dass sie auf der gleichen Seite wie wir stand. War das bereits ein Fehler gewesen?

»Wenn Agnes' Schwestern den Spiegel bekämpfen, dann können wir doch argumentieren, dass wir am gleichen Strang ziehen?«, fragte ich.

»Die Betonung liegt auf ›wenn‹«, sagte Lelia düster. »Außerdem, wer sagt uns, dass sie nicht alles Magische über einen Kamm scheren und wir in ihren Augen genauso verdammungswürdig sind wie der Spiegel?«

Das war ein ernüchternder Gedanke. »Vielleicht habe ich mich doch falsch entschieden«, sagte ich schließlich. Sollten wir umkehren? Noch war es dafür nicht zu spät.

Lelia trat einen Schritt näher an mich heran und nahm meine Hand. »Ich verstehe, warum du mit ihr gehen willst«, sagte sie. »Du hast recht, wir wissen nicht, wie wir den Spiegel bekämpfen können. Wenn Agnes' Leute eine Antwort darauf haben, dann müssen wir sie hören. Nur …«

»Was?« Ich starrte geradeaus und versuchte mich von der Berührung unserer Finger nicht aus der Fassung bringen zu lassen. Ein

heißer Knoten zog sich in meinem Bauch zusammen. Wie konnte sich etwas so gut und gleichzeitig so furchtbar verwirrend anfühlen?

Lelia schluckte, bevor sie fortfuhr. »Ich kann nicht mit euch ins Kloster gehen.« Ich konnte es nicht verhindern. Meine Hand zuckte und ihre Finger schlossen sich fester um meine.

Sie sah zur Seite. »Ich habe vor langer Zeit geschworen, dass ich keinen Fuß in eine Kirche setzen werde.« Es klang, als wollte sie sich verteidigen. Als schämte sie sich für eine Entscheidung, die mehr als nachvollziehbar war.

Irgendwie fand ich es immer nachvollziehbar, wenn andere mir signalisierten, dass sie die Straße nicht weiter mit mir teilen konnten.

Eine sehr alte, sehr vertraute Angst bäumte sich in mir auf. *Geh nicht,* wollte ich sie anflehen. *Lass mich nicht allein.* Stattdessen tat ich, was ich immer tat. Ich verschloss das, was mein Hasenherz sagen wollte, tief in meiner Brust. Ich erwiderte kurz den Druck von Lelias Hand und als sie sich zu mir umdrehte, nickte ich ernst.

»Das verstehe ich gut«, sagte ich. »Wahrscheinlich ist es sogar besser, wenn wir nicht alle mit ins Kloster gehen. Wenn dann etwas schiefgeht, kannst du uns zu Hilfe kommen.«

Was genau sie bewirken sollte, falls wir in Schwierigkeiten gerieten, konnte ich mir zwar nicht vorstellen, aber vielleicht fühlte sie sich mit diesem Gedanken besser.

Lelia sah mich zweifelnd an. Ich jedoch setzte ein Lächeln auf, drückte noch einmal tröstend ihre Hand und ließ sie dann los. Schweigend gingen wir weiter, während über uns ein paar Schwalben ihre Kreise über den dämmernden Himmel drehten.

Als wir uns dem Kloster näherten, kehrte Matej zu uns zurück. Lautlos tauchte er neben mir auf und passte seinen Schritt dem meinen an.

Und?, fragte ich.

Niemand folgt uns.

Ich atmete erleichtert aus.

Mittlerweile war die Sonne hinter den Bergen versunken und nur ein schwach goldener Schimmer glühte noch über den Gipfeln. Im Tal selbst breitete sich die Dunkelheit aus wie eine Flut.

Agnes' Kloster lag außerhalb eines kleinen Weilers. Als wir in Sichtweite kamen, läutete eben die Glocke zur Abendmesse. Agnes' Schultern entspannten sich sichtlich bei ihrem Klang. Sie drehte sich kurz zu uns um und lächelte.

»Nicht mehr weit«, sagte sie und bog von der Straße auf die Wiese ab, vermutlich, weil sie eine Abkürzung kannte.

Im Gegenzug zu Agnes wurde unser kleines Grüppchen immer langsamer. Ich starrte auf die Gebäude des Klosters, als könnten mir die Umrisse der Mauern verraten, was uns in ihrem Inneren erwartete. Ein Wohnturm ragte dunkel und wuchtig in der Landschaft auf und die Mauer eines Friedhofs schimmerte matt in der herannahenden Nacht. Allein die Fenster der Kirche waren von Kerzenlicht erleuchtet.

Als wir einen Obsthain vor den Mauern des Klosters erreichten, blieb Lelia schließlich stehen.

Was hat sie?, wollte Matej wissen, aber ich vertröstete ihn.

Ich erkläre es dir später.

»Ist es so weit?«, fragte ich sie.

Lelia starrte mit blassem Gesicht und geballten Fäusten an mir vorbei auf das Kloster. Ich folgte ihrem Blick. Agnes hatte den Obsthain bereits durchquert und war kaum mehr als ein grauer Schemen, der sich von uns entfernte.

»Lelia?«, hakte ich nach.

Sie sah mich an, offensichtlich hin- und hergerissen zwischen Gehen und Bleiben.

»Ist schon gut«, sagte ich. Ich zog mir Rucksack und Reisebündel vom Rücken und übergab sie ihr. Egal, was uns im Kloster erwartete, ich hatte nicht vor, all unsere Habseligkeiten in die Reichweite der Nonnen zu tragen. »Halt Ausschau nach uns, in Ordnung? Spätestens morgen früh sind wir zurück.«

Und wenn nicht, dachte ich, *dann kehr so schnell wie möglich zu deiner Großmutter zurück*. Ich hoffte, sie würde vernünftig genug sein, um genau das zu tun.

Einen Moment länger erwiderte Lelia meinen Blick, dann sah sie zu Matej und kurz hatte ich das Gefühl, als würden die beiden etwas untereinander austauschen. Ich runzelte die Stirn, weil ich keinen von beiden hörte. Schließlich nickte Lelia, als hätte Matej ihr etwas bestätigt.

»Seid vorsichtig.« Mit diesen Worten drehte sie sich um und ging ohne weitere Verabschiedung davon. Es fühlte sich so an, als hätte jemand einen Angelhaken in meine Brust geschlagen und würde nun an der Schnur ziehen.

Anthea?, fragte Matej. *Sollen wir mit ihr gehen?*

Ich presste die Lippen aufeinander und schüttelte den Kopf.

Nein. Wir brauchen Antworten.

Agnes' Abkürzung führte uns über einen Friedhof direkt zum Hauptportal der Kirche.

»Die Schwestern werden jetzt alle bei der Messe sein«, erklärte sie. »Aber ich glaube, es ist besser, wenn wir sofort mit der Mutter Oberin sprechen. Der Spiegel weiß, dass ich unseren Orden warnen will.«

Immerhin liegt ihr die Sache am Herzen, sagte Matej und ich nickte grimmig. Mit Einbruch der Nacht war es kühl geworden und als Agnes die schwere Eichentür zur Kirche aufzog, schlug uns eine Woge noch kälterer Luft entgegen.

Agnes schlüpfte, ohne auf uns zu warten, nach drinnen. Matej schüttelte sich und ging ihr nach.

Hoffen wir, dass wir das Richtige tun, sagte Matej. *Wir könnten Hilfe wirklich gut gebrauchen.*

Ja. Ein Kloß formte sich in meiner Kehle, als ich zusah, wie Matej mit steifen Schritten durch das Portal trat. Ich warf einen letzten Blick auf den schwarzblauen Himmel über dem Kirchendach, dann folgte ich den beiden.

Das letzte Mal, dass ich eine Kirche betreten hatte, lag nun schon vier Jahre zurück. Wir waren auf der Suche nach einer Omenleserin gewesen und man hatte uns gesagt, dass man sie beim Gottesdienst antreffen konnte. Die Kirche lag auf einer kleinen vorgelagerten Insel neben dem Hafen eines Fischerdorfes. Es war eine kleine Kirche ohne Glockenturm gewesen, innen wie außen weiß getüncht und mit zehn einfachen Holzbänken ausgestattet. Die Fenster hatten keine Glasscheiben und wenn die Gemeinde zur Andacht verstummte, hörte man das Meer rauschen.

Agnes' Kirche war anders. Die Wände waren bereits in der Vorhalle so hoch, dass sich das Deckengewölbe im Schatten verlor. Säulen aus massivem Stein säumten den Eingang und den Durchgang zum Kirchenschiff. Im hinteren Teil der Kirche und für uns noch außer Sichtweite sprach eine Frau ein Gebet auf Latein. Die Art, wie ihre Worte hallten, verriet mir schon, wie weiträumig der Hauptteil der Kirche sein musste.

Agnes war längst weitergangen, aber Matej verharrte an der Schwelle zwischen Vestibül und Langhaus. Als ich zu ihm aufschloss, glitt mein Blick zu einer Nische in der Wand neben ihm. Eine übermannsgroße Marienfigur stand dort, die Falten ihres langen Gewandes erhellt von zahlreichen Kerzen. Ihr Gesicht lag im Schatten, aber ihr bloßer Fuß schimmerte im Kerzenlicht. Sie hatte ihn auf eine Mondsichel aus Marmor gestellt.

Ich erinnerte mich an ein Lied, das die Frauen auf den Feldern rund um Padua gesungen hatten.

Anthea, mahnte mich Matej und ich wandte meine Aufmerksamkeit dem Hauptschiff zu. Dutzende Holzbänke säumten den mit Marmor gefliesten Mittelgang und auch hier ragten Säulen wie Bäume in die Höhe. Die Gemeinde, die sich zur Andacht versammelt hatte, war nicht groß. Nur etwa ein Drittel der vorderen Bänke war besetzt von Frauen in schwarzen Gewändern. Die Nonnen kehrten uns den Rücken zu, aber mir fiel auf, dass das Gebet von vorhin verstummt war. Ich kniff die Augen zusammen, um mich an das unstete Licht in der Kirche zu gewöhnen.

Agnes stand am Ende des Mittelgangs und sprach direkt vor dem Altar mit einer Frau, deren Habit sie als Mutter Oberin kennzeichnete.

Wir gehen besser zu ihr, sagte Matej, aber er zögerte, genauso wie ich.

In Ordnung, sagte ich schließlich und setzte mich in Bewegung. Seite an Seite gingen wir den Mittelgang entlang. Keine der Frauen regte sich und die stumme Versammlung war zutiefst beunruhigend.

Ich unterdrückte meinen Fluchtinstinkt und konzentrierte mich stattdessen auf Agnes und die Mutter Oberin. Nach einem Priester hielt ich vergeblich Ausschau. Eigenartig. Hätte nicht ein Mann der Kirche hier sein müssen, um die Messe zu lesen?

Matej rückte so nahe an mich heran, dass sein Fell mein Bein streifte. Beinahe hatten wir die hinterste Reihe der Nonnen erreicht. In den Seitengängen der Kirche waren Kandelaber aufgestellt und das Kerzenlicht flackerte über gefaltete Hände und gesenkte Häupter.

Ich fuhr mir gerade nervös mit der Zungenspitze über die Lippen, als das Kirchenportal hinter uns mit einem lauten Krachen ins Schloss fiel. Ich zuckte zusammen, Matej duckte sich in Angriffshaltung und die Nonnen drehten sich wie eine Person zu uns um.

Dutzende Gesichter starrten uns entgegen und sie alle hatten weiße, blinde Augen.

28

ANTHEA

Die Mutter Oberin verschwendete keine Zeit. Während die übrigen Nonnen nacheinander die Kirche verließen, wies sie uns den Weg in einen Erker abseits des Chores. Hier stand ein kleinerer Altar sowie drei Stühle.

Ich warf einen Blick zurück über meine Schulter. Zwei Nonnen löschten die Kerzen im Seitenschiff hinter uns. Der Umstand, dass sie nicht sehen konnten, schien sie nicht im Mindesten zu beeinträchtigen. Eine weitere stattliche Frau ging mit einem langen Zündholz an uns vorbei und entfachte ein Weihrauchgefäß, das auf einem Sockel neben dem Erker stand. Agnes war verschwunden.

Ich straffte die Schultern und drehte mich wieder um. Selbst in diesem Winkel waren die Wände über und über mit Fresken bemalt. Kerzenlicht flackerte über Gestalten mit langen Körpern und knöchellangen Gewändern aus älteren Zeiten. An ein paar Stellen blätterte die Farbe ab, aber das tat der Kunstfertigkeit der Bilder keinen Abbruch. Weinranken ringelten sich zwischen den dargestellten Szenen. Hier und da versteckte sich ein Tier zwischen den Blättern und Wimpel wehten an den langen Stangen, die die menschlichen Figuren in den Händen hielten.

Mein Blick hing an einem gelben Totenschädel im Blattwerk des Freskos, als die Mutter Oberin sich zu uns gesellte. Sie war eine große Frau mit breiten Schultern, die sich mit dem Selbstvertrauen einer Anführe-

rin bewegte. Es war allerdings schwer einzuschätzen, wie alt sie war. Ihr Gesicht trug zwar Falten, aber im Widerschein der Kerzen mochten die Spuren der Jahre ausgeprägter wirken, als sie es eigentlich waren.

Sie nahm mit dem Rücken zum Altar Platz und wies auf den Stuhl, der ihr gegenüberstand. »Bitte, setzt euch. Nahe bei mir, wenn es euch nichts ausmacht.«

Ich zog einen der Stühle heran und tat, worum sie mich gebeten hatte. Matej stellte sich etwas abseits hin, so als wollte er im Notfall zwischen uns springen.

Die Mutter Oberin hob ihre Hände in Richtung meines Gesichtes. »Darf ich?«, fragte sie.

Matej entblößte stumm seine Zähne, aber ich beruhigte ihn.

Ist schon in Ordnung.

»Ja«, sagte ich und beugte mich ihr entgegen. Sie legte die Hände zuerst an meine Wangen und fuhr dann mit unheimlicher Zielgenauigkeit die Glasadern auf meiner Haut nach. Ihre Hände waren rau und schwielig, genau wie die von Agnes. Ich schloss meine Augen und ihr Daumen strich über mein rechtes Lid. Was auch immer sie fühlte, sie ließ sich keine Reaktion anmerken.

Schließlich lehnte sich die Mutter Oberin zurück und faltete die Hände in ihrem Schoß. Als ich mich aufrichtete, kam ein junge Novizin mit einem Tablett und drei Bechern in die Kapelle.

»Wasser«, sagte die Mutter Oberin. »Ihr seid nach dem langen Weg sicher durstig.«

Die Novizin reichte mir einen Becher, stellte den zweiten rasch vor Matej auf den Boden und zog sich mit eiligen Schritten zurück. Ohne die Mutter Oberin aus den Augen zu lassen, stellte ich meinen Becher ebenfalls auf den Boden.

Sie neigte den Kopf. »Das Misstrauen ist verständlich, nehme ich an. Dann kommen wir zur Sache. Was wollt ihr von dem Spiegel?«

Netter Versuch, kommentierte Matej und wandte ihr demonstrativ den Rücken zu. Er drehte eine Runde um meinen Stuhl und setzte sich dann neben mich.

»Verzeiht«, sagte ich, »aber Agnes hat uns im Gegenzug für unsere Geschichte Antworten versprochen. Solange wir die nicht bekommen, werden wir nichts mehr erzählen.«

Einen Moment lang verharrte die Mutter Oberin, ohne die Miene zu verziehen. Dann nickte sie. »Dann soll es so sein«, sagte sie. »Was wollt ihr wissen?«

»Was habt Ihr mit dem Spiegel zu schaffen?«, fragte ich und wappnete mich gegen ihre Reaktion. Wie würde sie reagieren? Feindselig oder ausweichend?

»Der Spiegel ist die Bürde meines Ordens«, antwortete sie. »Ihn zu bewachen ist unsere heilige Aufgabe, schon seit Generationen.«

Ihre Geradlinigkeit verschlug mir beinahe die Sprache. »Die Kirche weiß über den Spiegel Bescheid?«, brachte ich schließlich hervor.

Die Mutter Oberin gestattete sich ein säuerliches Lächeln. »Nein, Rom weiß nicht, dass es den Spiegel gibt. Und wenn sie es wüssten, dann hätten sie keine Ahnung, wie man ihm beikommen kann. Nein«, wiederholte sie, »dieses Wissen ist den Frauen meines Ordens vorbehalten. Es wurde ihnen von ihren Müttern anvertraut, die es wiederum von ihren Müttern und Müttersmüttern weitergereicht bekamen. Unsere Blutlinien waren schon alt, als die Heilige Römische Kirche noch ein Traum in den Herzen von ehrgeizigen Männern war.« Ihre Stimme hatte einen predigenden Rhythmus angenommen, so als würde sie einen Glaubenssatz intonieren. Gleichzeitig straffte sich ihre Haltung mit einem Stolz, der sie noch größer, noch ehrfurchtgebietender wirken ließ. »Der Mond schien bereits auf unsere Altäre, als die Welt jung war.«

Ich runzelte die Stirn. Zugegeben, ich hatte noch nicht viel mit Nonnen zu tun gehabt. Trotzdem war ich mir ziemlich sicher, dass das, was ich hier hörte, nicht mit dem Selbstverständnis eines normalen Nonnenordens zu vereinbaren war. Aber mit wem oder *was* hatte ich es dann zu tun?

Mystica. Der Name flackerte in meinem Gedächtnis auf wie eine Kerzenflamme. Als Lelia mir von den Zauberzünften erzählt hatte, hatte sie von den *mystica* gesprochen, zu denen unter anderem auch Priesterinnen gehörten. War es möglich, dass wir die Lage hier völlig falsch eingeschätzt hatten?

»Ihr seid keine Nonnen«, sprach ich meinen Verdacht laut aus.

Die Mutter Oberin hob eine Braue. »O doch, in den Augen der Kirche und der übrigen Welt sind wir genau das.« Sie nahm einen

Schluck aus ihrem Becher und stellte ihn dann beiseite. »Über Jahrhunderte hinweg hat die christliche Kirche versucht, jedes Wissen und alle heiligen Praktiken auszulöschen, die ihr Monopol gefährden könnten. Aber in Wahrheit hat sie dafür gesorgt, dass alte Bräuche und Göttinnen in neuem Gewand überleben. Han-'Ilat, Innana, Mondgöttin, Madonna. Es ist egal, welchen Namen man ihr gibt. Die Große Mutter ist genauso wandelbar wie die Himmelszeichen im Verlauf der Jahreszyklen. Und für uns spielt es keine Rolle, welchen Mantel wir tragen, um ihr darunter zu dienen.«

Ich dachte an die Marienfigur mit dem Sichelmond zu ihren Füßen. Und ich dachte daran, dass die Mutter Oberin die Messe selbst gelesen hatte. Wie war es diesen Frauen gelungen, sich eine solche Freiheit zu sichern, und das direkt unter der Nase der Kirchenväter? Und was genau hatte die Mutter Oberin vorhin gepredigt?

Frag sie nach dem Spiegel, drängte Matej.

»Man hat uns gesagt, der Spiegel wäre alt«, sagte ich. »So alt wie Euer Orden?«

Als die Mutter Oberin überrascht die Brauen hochzog, wusste ich, dass ich ins Schwarze getroffen hatte. Wenn sie mich jetzt fragte, wer mir das erzählt hatte, würde ich den Mund halten. Egal, ob Agnes ihr schon alles erzählt hatte, ich würde ihr gegenüber Barbagiannas Namen nicht erwähnen.

»Nein«, sagte die Mutter Oberin schließlich. »Und ja.«

Oh, bei allen Teufeln, fluchte Matej.

Als ich zur Frage ansetzte, hob die Mutter Oberin beschwichtigend die Hand. »Der Spiegel, wie ihr ihn kennt, ist jünger«, erklärte sie. »Aber das, was hinter dem Glas umgeht, ist älter als die Welt selbst.

Ich habe euch erzählt, dass Verfechter des Christentums die Ausübungen anderer Religionen unterbinden wollten. Nun, sie sind nicht die Ersten, die es auf jene abgesehen hatten, die der Großen Mutter dienten.« Sie senkte den Kopf, als würde sie in ihrer Erinnerung nach den richtigen Worten suchen.

»Der Überlieferung nach gab es vor vielen Hundert Jahren Krieg in den Ländern östlich des Mittelmeeres. Eroberer fielen über Inseln und Küsten her und zerstörten die Tempel der Großen Mutter, die die Menschen dort angebetet hatten. Sie vergewaltigten und töteten ihre Priesterinnen und bestraften jeden, der dem alten Glauben nicht entsagte.« Sie schloss kurz die Augen, dann fuhr sie fort:

»Jene Priesterinnen standen so knapp vor der völligen Vernichtung, dass sie beschlossen, einen großen Zauber zu wirken. Sie fingen das Mondlicht, banden es auf der Erde und erschufen aus seinem Stoff ein silbernes Tor, das zu einem Ort namens *géphyra* führte. Manche beschreiben den Ort als Brücke zwischen dem Hier und dem Anderswo. Andere nannten es das Labyrinth der Dämmerwege. In jedem Fall handelt es sich dabei um einen Übergangsort – einem Fluchtweg, zumindest in den Augen der Priesterinnen. Erst schufen sie ein Tor zu jenem Ort, dann schufen sie Ausgänge zu einem Anderswo. Nicht nur für sich selbst, sondern auch für jene, die sie beschützten. Sie dachten, damit würden sie ihren Verfolgern entkommen. Aber sie machten einen Fehler.«

Das Licht im Erker wurde immer schwächer, je weiter die Kerzen auf dem Altar herunterbrannten. Nur das Weihrauchgefäß glomm unverändert vor sich hin und schickte dünne Schwaden in unsere Richtung wie die tastenden Ranken einer Ackerwinde.

»Das Labyrinth der Dämmerwege ist den Menschen aus guten Gründen verschlossen«, fuhr die Mutter Oberin fort. »Niemand weiß genau, wie oft die Priesterinnen es durchschritten. Aber irgendwann hatten sie den Bogen überspannt. Sie hatten das Tabu der Grenzübertretung zu oft gebrochen und etwas Dunkles, Hungriges angelockt.«

»Die Macht hinter dem Spiegel«, schob ich ein und erschrak darüber, wie heiser meine Stimme selbst für meine Verhältnisse klang.

»So kann man es nennen, ja«, bestätigte die Mutter Oberin. »Die Altmütter hatten einen Namen dafür, aber ich werde ihn hier nicht aussprechen. Die Kirche würde es wohl einen Dämon nennen, aber selbst dieser Begriff wird dem, was sich auf den Wegen regte, nicht gerecht. Am Anfang war es nicht gut oder böse. Es war nur hungrig und dieser Hunger bestimmte sein ganzes Wesen. Es unterschied nicht zwischen Freund und Feind, zwischen rechtschaffend und verdorben. Es verschlang jeden, den es auf den Dämmerwegen fand. Und mit jedem Mahl wurde es mächtiger, wurde es gieriger. Bis es schließlich versuchte, in unsere Welt einzudringen.«

Sofort dachte ich an gläserne Arme, die sich wie die Tentakel eines Tintenfisches aus dem Spiegel streckten. Meine Nackenhaare stellten sich auf und ich schlang unwillkürlich die Arme um meinen Körper.

»Die Priesterinnen schlugen es zurück«, erzählte die Mutter Oberin. »Aber sie zahlten einen hohen Preis. Die wenigen, die überlebten, wirkten einen neuen Zauber: Sie schlossen das Mondtor und versiegelten es mit Glas. Sie dachten, der Dämon würde wieder in der Leere unter den Dämmerwegen verschwinden, aber aus irgendeinem Grund tat er das nicht.

Vielleicht hatte der Bannzauber der Priesterinnen ihn von seinem Ursprung abgeschnitten. Vielleicht war er zum Wachen verdammt, nun, da er einmal geweckt worden war. In jedem Fall hat er es irgendwie geschafft, am Leben zu bleiben. Sich an die Dämmerwege zu binden.

Die Priesterinnen schworen, das Mondtor zu bewachen und dafür zu sorgen, dass das, was sie dahinter eingesperrt hatten, nie wieder entkam. Und so wartete es. Und hungerte. Und sann auf Rache.«

Was auch immer sie sonst war, die Mutter Oberin konnte Geschichten erzählen. Gebannt hörte ich ihr zu, während meine Hand zu meiner Brust wanderte. Dorthin, wo die Glasadern früher oder später nach meinem Herz greifen würden.

»Sein Hass richtete sich fortan gegen Frauen«, fuhr die Mutter Oberin fort. »Nicht nur gegen jene, die es eingesperrt hatten. Es begann, Frauen und Mädchen in seinen Bann zu ziehen.« Ein schmales, freudloses Lächeln verzog ihren Mund. »Das gelang ihm gut, auch aus seinem Gefängnis heraus.«

Ich schluckte. »Ich dachte, die Priesterinnen hätten den Spiegel, ich meine, das Tor versiegelt?«

»Ein Tor, das einmal geöffnet wurde, lässt sich nie wieder ganz verschließen«, erklärte die Mutter Oberin. »Das Mondtor – der Spiegel, wie du ihn nennst – lässt sich von unserer Seite aus öffnen, auch wenn der Preis dafür hoch ist. Menschen können die Barriere passieren, entweder freiwillig oder als Opfer. Nur das Ding, das auf der anderen Seite lauert, kann sein Gefängnis nicht mehr verlassen. Was es aber nicht davon abhält, den Spiegel mit seiner dunklen Magie zu durchwirken.«

Ihr Gesicht verzerrte sich und machte deutlich, wie sehr sie jenes Wesen und sein Wirken verabscheute. »Es flüstert durch das Glas und schlägt Dornen in die Herzen derer, die unbedarft oder dumm genug sind, um ihm zuzuhören. Es bringt seine Anhängerinnen dazu, andere Frauen und Mädchen auf seine Seite zu schicken. Es ernährt sich von ihrer Lebenskraft, aber das wisst ihr bereits, nicht wahr?«

Ich nickte langsam. Mit einem solchen Überfluss an Informationen hatte ich nicht gerechnet. Ich musste mich anstrengen, um alles abzuspeichern und mit dem zu verknüpfen, was ich bereits wusste. Oder was ich zu wissen glaubte.

»Der Spiegeldämon kann also nicht physisch auf unsere Seite durchdringen?«, hakte ich nach.

»Nein«, bestätigte die Mutter Oberin. »Das hindert ihn allerdings nicht daran, seinen Einfluss in unserer Welt auszubreiten. Er kratzt an den Bruchlinien, jenen Stellen, an denen die Grenze zwischen dem Diesseits und den Dämmerwegen dünn ist. Aber der Zauber der Altmütter wirkt: Jedes Mal, wenn die Magie des Dämons ein Tor zu öffnen versucht, versiegelt sich die Schwelle sofort mit Glas.«

Ich schluckte. Eigentlich sollte mich diese Information beruhigen. Wie oft hatte ich geträumt, dass etwas Monströses aus einem Spiegel kroch und mich überfiel? Aber nichts von dem, was sie mir hier erzählte, war tröstlich.

»Das Ding hinter dem Spiegel ist längst zu einem Geschwür auf dem Antlitz der Welt geworden.« Die Mutter Oberin senkte den Kopf, dann richtete sie sich wieder auf. »Mittlerweile habt ihr es sicher verstanden. Wir sind die Nachkommen dieser Priesterinnen. Wir haben die Aufgabe, das Mondtor zu bewachen. Für diese Aufgabe allein schulen wir unsere Töchter und bilden sie im Kampf aus.«

»Aber das verstehe ich nicht«, unterbrach ich sie. »Wenn Euer Orden den Spiegel bewacht, wie kam es dann, dass er erst Margarethes Stiefmutter und dann Margarethe in seinen Dienst gelockt hat?«

Das passt alles nicht zusammen, stimmte Matej mir zu und ich legte eine Hand an seinen Nacken.

Der nächste Teil der Geschichte ging der Mutter Oberin weniger leicht über die Lippen. »Seit Beginn der Verfolgung unserer Schwestern mussten die Frauen meines Ordens ums Überleben kämpfen,

sich versteckt halten und gleichzeitig dafür Sorge tragen, dass unser Wissen nicht verloren ging.« Sie schürzte die Lippen. »Wir müssen davon ausgehen, dass die Aufgabe, den Spiegel zu bewachen, zeitweise hintangestellt wurde. Und vielleicht erfüllten einige nicht so gewissenhaft ihre Pflicht, wie sie es hätten sollen.« Mit einem irritierten Seufzen wandte sie das Gesicht zur Seite. Es war offensichtlich, dass sie mit jenen, die ihre Pflicht nicht erfüllten, hart ins Gericht ging. »Es kam, wie es vielleicht kommen musste: Eine der Wächterinnen verfiel der Versuchung des Spiegels und schaffte ihn außer Reichweite.«

So viel zu ›heilige Pflicht‹, kommentierte Matej und nieste. Der Weihrauch reizte seine Nase und ich konnte spüren, wie der scharfe Geruch seine Sinne vernebelte. Ich hätte die Mutter Oberin gern um einen Ortswechsel gebeten, aber sie jetzt zu unterbrechen würde den Fluss an kostbaren Informationen stoppen.

»Um ehrlich zu sein«, gestand sie, »hatte mein Orden den Spiegel schon zu Zeiten meiner Großmutter nicht mehr in seiner Gewalt. Lange Zeit blieb er für uns verloren. Bis er zurück über die Berge kam.«

Ich setzte mich kerzengerade hin. »Ihr seid der Grund, warum der Spiegel vor zehn Jahren verschwunden ist?«

Erstaunen und Wut brandeten mit solcher Wucht in Matejs Bewusstsein hoch, dass sogar ich ins Wanken geriet. Wären diese Frauen nicht gewesen, hätten wir Myrsina dann schon vor Jahren retten können?

Die Mutter Oberin nickte. »Wir haben ihn den Jägern abgenommen und ihn in den Wäldern östlich von hier vergraben.«

Ich hielt mich an den Kanten meines Stuhls fest. »Warum habt Ihr ihn nicht vernichtet?«

»Der Spiegel lässt sich nicht vernichten.«

Mein Herz sank. »Und das, was hinter ihm eingesperrt ist …«

»… kann ebenfalls nicht getötet werden«, vollendete sie meinen Satz. Dann neigte sie ihren Kopf zur Seite. »Zumindest mit keiner Macht, die wir kennen. Ihr wurdet von einer Zauberin ausgeschickt. Barbagianna, so heißt sie, nicht wahr?« Ich zuckte bei der Nennung ihres Namens zusammen, aber die Mutter Oberin fuhr unbeirrt fort. »Wisst ihr etwas, was wir nicht wissen?«

Sie hält etwas zurück, sagte Matej.

Ich hoffte, dass er recht hatte. Ich hoffte, dass uns diese Frau nur testen wollte, bevor sie uns verriet, wie man das Ding hinter dem Spiegel vernichten konnte. Denn sonst wäre nicht nur unser Weg zum Kloster umsonst gewesen.

Was konnte ich dieser Frau geben, damit sie uns vertraute? Ich wusste es nicht und meine Ratlosigkeit lag schwer auf meinen Schultern. Ich war erschöpft. Von unserer Reise, von der Furcht vor dem Glas in mir und dem ständigen Suchen nach Antworten, die wir doch nicht bekamen. Ich wünschte, Lelia wäre hier. Dass wir es hier mit Priesterinnen eines alten Mondkultes zu tun hatten, änderte alles.

Was soll ich ihr sagen?, fragte ich Matej. *Wie bekommen wir sie dazu, uns die ganze Wahrheit zu sagen?*

Ich weiß es nicht, antwortete er. *Aber vielleicht ist es jetzt an der Zeit, die Taktik zu wechseln.*

Ich wusste, woran er dachte. Er war so kurz davor, aufzustehen und die Zähne zu fletschen. Aber was würde das bringen? Ich musste nur an Agnes und meinen Wanderstab denken, um zu wissen, dass sich diese Frau nicht durch Drohungen einschüchtern lassen würde. Selbst wenn es ein zorniger Wolf war, der sich vor ihr aufbaute.

Ich habe eine andere Idee, sagte ich und fing an zu sprechen, bevor er mich aufhalten konnte.

»Man hat uns gesagt, dass wir das Herz des Spiegels vernichten müssen.« Ich straffte die Schultern und wappnete mich gegen Matejs Reaktion. »Und wir haben eine Verbündete auf der anderen Seite, die uns vielleicht dabei helfen kann.«

Matejs Kopf fuhr zu mir herum. *Anthea!*

Ich fuhr fort. »Eine Freundin ist vor etwas über zehn Jahren in den Spiegel gesperrt worden. Davor hat sie sich dem … dem Dämon widersetzt und hätte seine Macht beinahe gebrochen. Sie wird nicht aufgegeben haben, nur weil sie wieder mit ihm eingesperrt ist. Ich glaube eher, dass sie die Zeit in ihrem Gefängnis nutzt, um seine Schwachpunkte ausfindig zu machen.«

Matejs Entsetzen schlug gegen die Wände meines Bewusstseins wie die Flügel eines verzweifelten Falters. Aber es war getan. Ich hatte der Mutter Oberin ein Pfand gegeben. Jetzt war sie am Zug.

Ich schluckte. Mein Mund war trocken und der Weihrauchdampf kratzte in meinem Hals. Ich war kurz davor, den Becher vom Boden aufzuheben und das Wasser zu trinken.

Die Mutter Oberin lehnte sich nachdenklich auf ihrem Stuhl zurück. »Euer Ziel ist also nicht in erster Linie, den Spiegeldämon zu vernichten, sondern eure Freundin zu befreien.«

»Wir wollen den Dämon vernichten«, beharrte ich. Ich spürte, wie Matej sich vor mir zurückzog, und versuchte, seine Stille zu ignorieren. »Aber das eine kann mit dem anderen Hand in Hand gehen. Myrsina hat sich schon ihr ganzes Leben lang dem Willen des Spiegels widersetzt. Wenn jemand einen Grund hat, ihm den Garaus zu machen, dann ist sie es.«

»Wisst ihr, wie sich der Spiegeldämon seine Dienerinnen untertan macht?«

Ich runzelte die Stirn. Wieso wechselte sie das Thema? »Myrsina sprach davon, dass der Spiegel seinen Dienerinnen Versprechungen zuflüstert.«

Die Mutter Oberin schüttelte den Kopf. »Das ist schon der zweite Schritt. Der erste Schritt ist der Blick in den Spiegel und die Begegnung mit dem eigenen Spiegelbild.«

Ich stieß die Luft aus. Ich wusste nicht, ob ich noch eine weitere Geschichte aushalten würde. Es fiel mir ohnehin schon schwer, mich zu konzentrieren. Mein Blick schweifte zu den Wänden des Erkers. Die Fresken lagen nun fast vollständig im Schatten und die dargestellten hageren Figuren wirkten zunehmend unheimlicher. Was war dort überhaupt zu sehen? Der Leidensweg Christi oder Szenen aus dem Leben von pilgernden Königen? Oder waren das doch andere, fremdartige Geschichten? Ich blinzelte und zwang meine Aufmerksamkeit zurück zu der Nonne, die vor mir saß.

»Ist erst der Blickkontakt hergestellt, gräbt das Wesen hinter dem Spiegel seine Dornen in das Herz der armen Unseligen. Unsere Augen sind die Fenster unserer Seele. Durch sie erkennt der Dämon unsere innersten Wünsche, unsere Sehnsüchte und Ängste. Er setzt sie gegen uns ein. Verspricht uns, wonach wir uns am meisten verzehren, tröstet uns, lässt jede Furcht und jeden Zweifel von uns abfallen – oder befeuert sie auf eine Weise, die wir nicht aushalten können. Niemand ist dagegen gefeit. Niemand kann sich der Versuchung widersetzen. Jede Frau, die in den Spiegel sieht, gibt ihre Prinzipien, jede Moral und jede Vernunft auf. Im Kampf gegen das, was hinter dem Mondtor lauert, ist Blindheit die einzige Lösung.«

Es dauerte, bis ich begriff, was sie da gerade gesagt hatte, dann jedoch breitete sich das Entsetzen wie eine Öllache in mir aus. Die Frauen dieses Ordens blendeten sich absichtlich!

Anthea … Matejs Gedanken klangen dumpf, als wäre er weit entfernt. Ich fuhr mir mit der Zungenspitze über die Lippen und schmeckte den bitteren Film, den der Weihrauch darauf hinterlassen hatte. Die Kräuter in dem kleinen Gefäß mussten mittlerweile schwarz schmoren, denn der Rauch roch verbrannt und bitter.

Die Mutter Oberin sprach weiter, ruhig und sachlich. »Wenn sie so lange im Schatten des Spiegeldämons gelebt hat, dann ist eure Freundin längst verloren. Genauso wie die Frau auf Burg Wolkenstein.« Ich hob den Blick zu ihr, oder zumindest versuchte ich es. Ihr Gesicht verschwamm vor meinen Augen und der Umriss ihrer Kutte schien mit den Schatten im Erker zu verschmelzen. »Sie wird dem Spiegel Leben opfern und seine Gier nähren. Ihr Schicksal ist besiegelt. Wir können nur verhindern, dass sie *seine* Kraft weitervermehrt.«

Ich wollte protestieren, brachte aber kaum ein Wort heraus. »Myrsina ist nicht verloren …«

Die Mutter Oberin hörte mir nicht zu. »Wir werden die Dienerin des Dämons töten und den Spiegel an einen anderen Ort bringen«, sagte sie. »Noch weiter in die Wildnis, dorthin, wo ihn niemand finden wird. Wir werden ihn aushungern, bis seine Macht ganz erschöpft ist. Das ist der einzige Weg.«

Ich rieb mir Tränen aus den Augen. Mein erster Gedanke war, dass sich das Glas wieder bemerkbar machte, aber nein, beide Augen brannten, beide Lider wurden schwer.

Es brauchte Matej, der neben meinem Stuhl auf den Boden sank, bis ich begriff, wie dumm wir gewesen waren. Ich drehte den Kopf zu dem qualmenden Weihrauchgefäß. Ich schaffte es kaum, so träge fühlte sich mein Körper an. Mittlerweile füllte der Rauch den ganzen Erker aus und die Fresken dahinter schienen sich mit den Wolken zu winden und zu krümmen.

Eine Hand fasste mich am Kinn. Die Mutter Oberin drehte meinen Kopf, sodass ich ihr direkt in die trüben Augen sah. »Du siehst die Spur des Spiegels. Das können wir nicht erlauben.«

Mit schwacher Hand tastete ich nach dem Messer an meinem Gürtel, aber es war zu spät. Als die Mutter Oberin mich losließ, kippte ich vornüber vom Stuhl und verlor das Bewusstsein.

29

LISBETH

Sie stürmte durch das Unterholz. Äste schlugen ihr ins Gesicht und Dornen rissen an ihrer Haut, aber das scherte sie nicht. Wann immer sie die Augen schloss, sah sie Fenns leblosen kleinen Körper, so als hätte man ihr das Bild von innen auf die Lider gebrannt. Krallenspuren auf dem Boden verrieten, wie verzweifelt er gegen das Ersticken gekämpft hatte. Und sie hatte nichts von seinem Todeskampf gehört.

Lisbeth brach durch das Gehölz am Rand der Lichtung und stolperte ins Freie. Die Felswand ragte über ihrem Kopf auf und der Himmel darüber färbte sich samtblau.

Sie riss ihren Ärmel von einem Haselast los, drehte sich um und ihr Herzschlag setzte aus. Die Spirale war fort. Nasse Blätter lagen wild verstreut im Gras, aber von dem magisch gewirkten Muster aus gelbem Laub war nichts mehr zu sehen.

»Nein.« Lisbeth lief zur Mitte der Lichtung und ließ sich dort auf die Knie fallen. »Nein, nein, nein!« Fieberhaft fuhr sie mit den Fingern durch die Wiese und presste ihre Hände auf die Erde. Was, wenn die Magie von diesem Ort verschwunden war? Das durfte nicht sein. Sie konnte nicht zurück in die Burg, nicht mit leeren Händen.

Sie haben Fenn umgebracht, jammerte ihre innere Stimme. *Sie haben Fenn vergiftet, und ich bin als Nächste dran.*

Lisbeth schluchzte und lehnte ihre Stirn auf das Gras. Fenn. Ihr wundervoller wilder Fenn. Sie erinnerte sich so gut daran, wie Jakob

ihr den Welpen geschenkt hatte. Ihr Unterleib hatte immer noch von den Folgen von Gudruns Kräutertee geschmerzt und seit Tagen wirkten die Farben ihrer Umgebung bleich und abgenutzt. Sie hatte sich in der hintersten Ecke des Stalls verkrochen, wäre am liebsten für immer dort geblieben. Und dann war Jakob gekommen und hatte ihr Fenn in die Arme gelegt. Einen kleinen weißen Welpen mit schwarzen Ohren und einem braunen Fleck über dem Auge. Er hatte an ihrem Ärmel gezerrt, die Schnauze unter ihren Arm geschoben und sich auf ihrem Schoß zusammengerollt.

Sie wusste noch genau, wie es sich angefühlt hatte, über sein Fell zu streicheln und seinen Atem mit jedem Heben und Senken seiner Flanken zu spüren. Jakob hatte ihr nicht nur ein hilfloses Wesen gegeben, um das sie sich kümmern musste. Er hatte ihr einen Weg zurück ins Leben geschenkt, zurück zu ihr selbst.

Jetzt war Fenn tot. Jakob vermutete, dass er einen der vergifteten Rattenköder erwischt hatte, die die Winzergesellen in den Weinkellern der Burg auslegten. Aber Lisbeth wusste es besser. Fenns Tod war ein Akt der Rache. Wer auch immer ihren Hund ermordet hatte, war überzeugt davon, dass sie Barbara auf dem Gewissen hatte. Und nun hatte sie endgültig nichts in der Hand, um sich vor einem Angriff auf sich selbst zu schützen.

Lisbeth grub die Finger in die weiche Erde. Sie kam zu spät. Zu spät! Sie hatte ihre Chance verpasst, als sie den Handel ausgeschlagen hatte. Die Macht, die diesen Ort belebt hatte, war verschwunden und es gab keinen Ausweg mehr, keine Rettung.

Panik schnürte ihr die Kehle zu. Sie würde sich entweder Konrads Urteil stellen müssen oder man würde sie bereits vorher aus dem Weg räumen. So oder so hatte sie keine Kontrolle mehr über das, was als Nächstes passierte. So oder so drehte sich ihr Leben wie eine Spirale in die Dunkelheit.

»Ich bin bereit«, flüsterte sie mit bebender Stimme. »Ich schließe den Handel ab. Ich bringe dir dein Opfer.«

Erhöre mich, flehte sie stumm. *Bitte, bitte, hör mich an.*

»Ein Frauenherz«, versprach sie mit tränenerstickter Stimme. »Ich bringe es zu dir. Ich verspreche es.« Tränen quollen unter ihren Lidern hervor. Sie hielt ihre Augen fest geschlossen, aber sie hörte, wie um sie herum das Rascheln von Blättern anhob, leise erst, dann immer lauter. Wie das Rauschen eines Wasserfalls toste es um sie herum, als der Wind über die Wiese fuhr und das verstreute Laub in die Luft wirbelte.

»Bitte«, flehte Lisbeth. »Bitte.«

Der Wind zerrte an ihrem Haar, bis sie den Kopf hob. Ein Sturm brauste um ihre kniende Gestalt. Gelbe und braune Blätter stoben zum Himmel empor, kreisten über der Lichtung und glitten dann in der Form einer perfekten Spirale zurück auf den Boden. Der Wind erstarb und einen Herzschlag lang hörte Lisbeth nichts außer ihrem eigenen bebenden Atem. Dann rumorte der Boden vor ihren Knien und die Erde teilte sich. Fingerspitzen wuchsen aus dem Erdreich empor, bis sich Lisbeth eine porzellanweiße Hand entgegenreckte.

Die Erleichterung, die Lisbeth erfasste, war überwältigend. »Danke«, hauchte sie. Es war noch nicht zu spät. Sie konnte noch alles in Ordnung bringen. Ohne zu zögern ergriff sie die erdverschmierte Hand.

»Sag mir, was ich tun soll.«

Die weiße Hand packte zu.

»Sag mir, was ich tun soll.«

Lisbeth kniete auf dem hellen Rund des Spiegels. Ihr Spiegelbild kauerte ihr direkt gegenüber und ihrer beider Hände waren auf der Oberfläche des Glases ineinander verschlungen.

Das Spiegelbild hatte sich vorgebeugt und flüsterte in Lisbeths Ohr. Anweisungen, wie sie das Opfer zu erbringen hatte. Es sagte ihr, dass sie richtig handelte, dass ihre Feinde schon längst ihre Ränke schmiedeten.

»Wer?«, fragte Lisbeth. »Wer sind meine Feinde?«

Ihr Spiegelbild legte die freie Hand an Lisbeths Nacken und lehnte die Stirn gegen ihre. Als Lisbeth die Augen schloss, entfalteten sich Bilder in ihrem Kopf. Sie sah den Kammerdiener mit dem Weinkelch, die verhuschten Augen ihres Pagen, gefolgt von Meister Oswalds saurer Miene. Kurz sah sie Klara, die sich zu Jakob lehnte, und spürte

einen Stich in ihrer Brust. Dann sah sie die blinde Magd, die am Rand des Lichthofs stand. Anders als in jener schicksalhaften Nacht war ihr Gesicht ganz im Schatten verborgen. Angst flutete Lisbeth wie heißes Wasser.

»Das Mädchen ist auf dem Weg zum Kloster der Mondfrauen«, flüsterte ihr Spiegelbild. »Dort wurde sie aufgezogen. Dorthin geht sie immer wieder zurück.« Seine Finger gruben sich in Lisbeths Nacken. »Und sie ist nicht allein.«

Lisbeth beobachtete, wie sich der Schauplatz vor ihrem inneren Auge veränderte. Plötzlich sah sie einen breiten Fluss, der über ein flaches Bett aus Stein und Kieseln rauschte. An seinem Ufer lagerten eine Frau mit schwarzem Haar, die ihr fremd war, ein großer grauer Wolf und das blinde Mädchen. Dicht saßen sie beieinander, während das Mädchen erzählte und erzählte. Lisbeth hörte ihre Worte nicht, aber sie war sich sicher, dass das Mädchen über sie sprach.

»Wer sind die anderen?«, fragte sie mit heiserer Stimme.

»Sie mischen sich ein, wo sie nichts zu suchen haben. Nehmen sich, was ihnen nicht gehört«, flüsterte das Spiegelbild. »Glasdiebin. Menschenwolf. Sie kommen, um uns aufzuhalten.«

Es hatte kaum zu Ende gesprochen, da drehte sich das blinde Mädchen in ihre Richtung und ein gehässiges kleines Lächeln verzerrte ihr Gesicht.

Lisbeth zuckte zurück und das Spiegelbild nahm die Hand von ihren Augen.

»Sie ist es«, sagte Lisbeth und spürte, wie ihr gleichzeitig die Hitze in die Wangen stieg und eine beißende Kälte in ihr Herz kroch. »Sie wiegelt die anderen gegen mich auf!«

Das Spiegelbild nickte und legte den Kopf zur Seite. »Was wirst du tun?«

Lisbeth ballte die Faust auf ihrem Schenkel. »Ich werde sie dir bringen«, sagte sie. Bei den Worten schien sich ihr Innerstes zu Stein zu verhärten, aber sie begrüßte das. Stein war besser als weiches Fleisch, war weniger verwundbar. Würde keine Angst und keinen Schmerz zu ihr hindurchlassen. Lisbeth lehnte sich vor. »Sie kann das Opfer sein.«

Das Spiegelbild legte die Hände auf ihre Schultern, beugte sich ihr entgegen und lehnte seine Stirn an die von Lisbeth.

»Ja.«

Es war Selbstschutz, sagte Lisbeth sich. Das tat man mit Intriganten. Das tat man, wenn man selbst am Leben, an der Macht bleiben wollte. All die Jahre über hatte ihre Mutter ihr weisgemacht, dass Frauen sich durch Zurückhaltung, gutes Benehmen und vorsichtige Manipulation relevanter Männer einen Platz am Kopf der Tafel sicherten. Aber was war diese Macht, von der ihre Mutter gesprochen hatte? Eine Illusion. Ein Kartenhaus, das einstürzte, sobald man die Gunst der tatsächlich Mächtigen verlor. Nein. Sie hatte es satt, ein Spiel zu spielen, bei dem sie nur verlieren konnte. Heute Nacht würde sie die Regeln ändern.

»Du bist bereit«, stellte das Spiegelbild fest.

»Das bin ich«, bestätigte Lisbeth.

»Gut.« Das Spiegelbild ließ Lisbeth los und tauchte stattdessen die Hände in den Spiegel, auf dem sie beide knieten. Das Glas teilte sich unter seinen Fingerspitzen wie Wasser. Es zog die Hände wieder heraus und mit ihnen die kristallene Krone, die Lisbeth in jenem ersten Spiegeltraum gesehen hatte. Wieder hielt das Spiegelbild ihr die Krone entgegen.

»Nimm dein Werkzeug.«

Lisbeth richtete sich auf, griff nach einer der gläsernen Zacken und brach sie aus dem Reif. Die scharfe Kante schnitt in ihre Haut und ein Tropfen Blut rann an ihrem Handgelenk hinunter.

»Bring mir das Mädchen«, sagte das Spiegelbild. »Und ich sorge dafür, dass niemand mehr deine Autorität infrage stellt.«

Lisbeth drehte den gläsernen Zacken, sodass das Licht an seiner Kante entlangglitt. Wie würde sie es anstellen? Wem konnte sie genug vertrauen, um das Mädchen für sie zu finden? Ihr erster Gedanke galt Jakob, aber diesen Einfall verwarf sie sofort wieder. Er würde es nicht verstehen und sie hatte keine Zeit mehr für Zweifel. Sie brauchte sich bloß den blutigen Schaum vor Fenns Maul vor Augen zu führen, um zu wissen, dass sie das Richtige tat.

»Wie?«, fragte Lisbeth. »Wie kann ich sie zu dir bringen?«

Wieder ergriff das Spiegelbild ihre Schultern und lehnte sich vor. Sie zuckte zusammen, als sein kalter Atem ihr Ohr streifte.

»Ich schicke dir Hilfe.«

Lisbeth spürte den Druck von feuchter, kalter Erde an ihren Wangen und ihrem Ausschnitt. Erschrocken fuhr sie hoch, presste die Hände auf die Wiese und stemmte sich nach oben. Kurz sah sie ihr eigenes Gesicht aus dem Boden zu ihr emporblicken wie eine Totenmaske, die aus dem gelben Laub ragte. Dann sank ihr Ebenbild zurück ins Erdreich.

Mit pfeifendem Atem kniete sie sich aufrecht hin und legte den Kopf in den Nacken. Tief sog sie die Luft ein, dann beugte sie sich wieder vor. Sie wollte sich Gras und Erde von der Haut wischen, als ihr bewusst wurde, dass sie noch immer die abgebrochene Kronenzacke in der Hand hielt. Das Glas hatte sich verändert: War es zuvor klar und durchscheinend gewesen, so hatte es nun die Farbe und den gedämpften Glanz von geschliffenem Obsidian angenommen. Seine Kanten waren jedoch nicht weniger scharf.

Scharf genug, um zu töten, dachte Lisbeth und schauderte.

Sie starrte noch immer auf das schwarze Glas, als ein lautes Krächzen sie aus ihren Gedanken riss.

Sie hob den Kopf und sah gerade noch, wie zwei Raben aus einem der nahen Bäume aufflogen. Dann bemerkte sie die Schemen, die sich zwischen den Baumstämmen bewegten. Graue, mannshohe Schatten schlurften mit einem dumpfen Klirren und dem Rascheln loser Kleidung auf sie zu.

Instinktiv hob sie die Glasscherbe wie einen Dolch. Dann erinnerte sie sich an das, was das Spiegelbild zu ihr gesagt hatte.

Ich schicke dir Hilfe.

Mit hämmerndem Herzen zwang sie sich, aufzustehen und zu warten. Dreizehn Männer traten nacheinander auf die Lichtung hinaus. Sie alle waren hager, sahen mehr tot als lebendig aus mit ihren eingesunkenen Wangen und tief liegenden Augen. Die zerschlissene Kleidung hing von ihren hageren Körpern, aber in ihren Händen hielten sie Äxte, lange Messer und Armbrüste. Als sie näher kamen, sah Lisbeth, dass sie alle im Kampf versehrt worden waren. Das Gesicht des einen war zur Hälfte mit dunklem Blut verkrustet Der Arm eines anderen stand im unnatürlichen Winkel von seiner Schulter ab.

Ich schaffe das, ermahnte sie sich. *Ich werde nicht die Nerven verlieren.*

Die Männer bildeten einen Kreis um sie, dann verbeugten sie sich. Einer von ihnen, ein Mann mit einem schwarzen, verfilzten Bart und einer hässlichen Wunde an der Seite seines Halses, richtete sich als erster wieder auf. Sein Hemd klaffte über seiner Brust auf und offenbarte ein silbern glitzerndes Aderwerk, das sich unter seiner Haut ausbreitete.

Ich schicke dir Hilfe.

Lisbeth ließ ihren Blick über die verhärmten Männer gleiten. Ihr Herz pochte dumpf unter ihrem Brustbein. Hätte sie noch irgendeinen Zweifel gehabt, dann wurde ihr spätestens jetzt klar: Sie hatte einen Handel mit dem Teufel geschlossen. Ein letztes Mal regten sich Skrupel in ihr, doch sie schüttelte sie ab wie einen Mantel, den sie nicht mehr tragen wollte.

Dieses Mal würde sie keinen Rückzieher machen.

»Herrin.« Der Schwarzbart neigte das Haupt vor Lisbeth und sie spürte eine wilde Genugtuung. »Wir gehen, wohin du es uns befiehlst.«

30

ANTHEA

Der harzige Geruch eines Lagerfeuers wand sich durch meinen Schlaf. Im Traum sah ich Mariettas verbeulten Eisenkessel und den Haseneintopf, der darin schmorte. Frauenhände warfen Lorbeerblätter in den Kessel, Pfefferkörner und ein paar getrocknete Pflaumen. Der Duft, der aus dem Kessel aufstieg, war süß und würzig und weckte Erinnerungen an bessere Tage.

Jemand summte eine Melodie, die ich kannte, und ich stimmte mit ein. Blätter raschelten, das Feuer flackerte, und plötzlich war ich in einer Hütte, die Barbagiannas Zuhause ähnelte. Die gleiche Stimme, die zuvor das Lied gesummt hatte, sprach jetzt einen Reim, doch die Worte perlten an mir ab wie Wasser von einer polierten Klinge. Eine Frau saß mir gegenüber, aber anstatt mir ihr Gesicht anzusehen, hatte ich nur Augen für ihre Armbänder aus buntem Garn und die winzigen Symbole, die in langen Linien von ihren Unterarmen bis über ihre Handrücken tätowiert worden waren.

Sie hielt mir ihre Hände entgegen und zwischen ihren Fingern spannte sich ein kompliziertes Muster aus rotem Faden.

Wie ich es dir beigebracht habe, principessa, sagte die Frau. *Sorgfältig wie eine Spinne, nicht wie ein Kätzchen mit einem Wollknäuel.*

Ein Kind kicherte, dann streckten sich zwei kleine Hände nach dem Fadenspiel aus.

Spinnt den Faden, spinnt das Leben, sangen Frau und Kind zusammen, während sie abwechselnd die Fäden hoben und überkreuzten. *König, Bettler, Greis und Kind. Ein Gewand und eine Schere, spinnt den Faden, webt den Wind.*

Wieder dieses Rascheln von Blättern oder Flügeln, ganz in meiner Nähe. Etwas knirschte, knackte und dann hörte ich das Schleifen eines schweren Körpers über einen glatten Boden.

Ich schüttelte die Dunkelheit ab und stand vor einem Spiegel. Anstatt meines Spiegelbildes sah ich jedoch eine rothaarige Frau, die mit dem Rücken zu mir stand. Instinktiv streckte ich die Hand aus.

Myrsina.

Ich hatte das Glas kaum berührt, da brachen fünf Hände aus dem Glas wie ein Knäuel hungriger Vipern und packten mein Handgelenk.

Ich fuhr mit einem Schrei aus dem Schlaf hoch, nur um mich sofort wieder zusammenzukrümmen. Mein Auge tat so weh; es fühlte sich an, als hätte jemand einen glühenden Schürhaken hineingestoßen.

Hör auf, flehte ich den Schmerz an. *Bitte, bitte hör auf!*

Ich vergrub mein Gesicht in den Händen und wiegte mich wimmernd vor und zurück. Verzweifelt versuchte ich, irgendetwas außer den Schmerzen wahrzunehmen, aber das Brennen und der Druck in meinem Auge war wie eine Spirale, aus der ich nicht entkommen konnte.

Als Matej seinen Kopf gegen meine Hände drückte, schluchzte ich laut auf. Der Schmerz brannte unvermindert weiter, aber Matej war ein Anker und ich klammerte mich an ihn. Schließlich senkte ich die Hände, lehnte meine Stirn an seine und zwang mich, bebend ein- und auszuatmen. Es dauerte, bis der Schmerz nachließ, aber schließlich verebbte die Pein in meinem Auge und ließ mich mit einer Erschöpfung zurück, die mich in ihrer Schwere fast zu Boden drückte.

Besser?, fragte Matej.

Ich konnte nur nicken. Er löste sich von mir und begann, an den Wänden des Raumes entlangzustreifen, vor und zurück wie ein ruheloser Schatten.

Langsam, ganz langsam fand ich mich wieder in meiner Umgebung zurecht. Ein Tonkrug stand in meiner Reichweite und ich hob ihn auf und setzte ihn ohne zu zögern an meine Lippen. Mir war egal, ob die Nonnen dort etwas hineingemischt hatten. Wenn sie uns töten wollten, würde keine meiner Vorsichtsmaßnahmen sie jetzt noch aufhalten. Kühles, willkommenes Wasser füllte meinen Mund und floss meine Kehle hinunter.

Als ich meinen Durst gestillt hatte, setzte ich den Krug ab und sah mich das erste Mal richtig um. Die Nonnen hatten uns in eine Kammer unter dem Dach gesperrt. Boden und Deckengestühl waren aus Holz, die Wände aus sandfarbenem Stein. Ein kleines Fenster, kaum größer als meine Handfläche, öffnete sich über meinem Kopf. Ich nahm an, dass wir uns in dem Wohn- und Wehrturm befanden, der hinter der Kirche stand.

Ich schob mir die Haare aus dem Gesicht. Sie fühlten sich ölig und verfilzt durch den Staub der Straße an. Ich schüttete ein wenig Wasser über meine Hände und wusch mir damit das Gesicht, fühlte mich aber trotzdem noch benommen. Das lag nicht nur an den Schmerzen in meinem Auge. Welches Kraut auch immer die Nonnen in ihren Weihrauch gemischt hatten, es hatte ganze Arbeit geleistet.

Oh, ich kam mir so dumm vor. Wie hatte ich glauben können, dass wir diesen Frauen vertrauen konnten? Und warum war ich nicht misstrauisch geworden, als die Mutter Oberin die ganze geheime Entstehungsgeschichte ihres Ordens vor uns ausbreitete? Natürlich hatte sie uns genau das erzählt, was uns an Ort und Stelle halten würde. Eine verheißungsvolle Information nach der anderen, bis der vergiftete Weihrauch wirkte und wir ihr wehrlos zu Füßen lagen.

Uns hier einzusperren: War das von Anfang an ihr Plan gewesen? Ich vermutete es.

Ächzend stemmte ich mich auf die Beine und drehte mich um. Wenn ich mich auf die Zehenspitzen stellte, konnte ich gerade so aus dem Fenster blicken, aber außer einem blassblauen Himmel und ein paar verstreuten Wolken sah ich nichts.

Ich sackte zurück auf den Boden und ging quer durch den Raum zu der einzigen Tür. Sie war aus massivem Holz und die viereckige Öffnung, die sie auf Augenhöhe hatte, war mit einem eisernen Kreuz versperrt. Es war unnötig, aber ich packte den Türgriff und stemmte mich gegen das Holz. Die Tür bewegte sich kein Stück.

So. Und nun? Ich rutschte mit dem Rücken an der Tür hinunter und setzte mich auf den Boden. Matej stand in meiner Nähe und hatte mir mit aufgestellten Ohren zugesehen.

Meinst du, sie wollen uns töten?, fragte ich ihn, ohne dabei meine Mutlosigkeit zu verhehlen.

Seine Antwort war knapp. *Wenn sie das gewollt hätten, hätten sie es schon getan.* Er fing wieder an, durch die Kammer zu wandern, stellte sich kurz mit den Vorderpfoten an die Wand unter dem Fenster und ließ sich dann wieder auf alle viere fallen.

Er hatte mal wieder eine Mauer zwischen uns hochgezogen, doch sie war nicht ganz so undurchlässig wie sonst. Ich spürte seinen Frust wie das Summen einer irritierten Biene am Rand meines Bewusstseins.

„Du bist wütend auf mich», sagte ich laut.

Anstatt zu antworten, drehte er eine weitere Runde durch die Kammer. Ich sah ihm zu und zum ersten Mal in all den Jahren unserer Freundschaft war ich wütend auf ihn.

Meine Wut begann klein wie ein Funke, doch sie schien reichlich Zunder zu finden, denn je länger ich ihm beim Kreise drehen zusah, desto zorniger wurde ich.

Ich kann nicht fassen, dass du wütend auf mich bist, sandte ich ihm, bevor ich mich zurückhalten konnte.

Ich bin nicht wütend auf dich, gab er zurück, und das brachte das Feuer in mir so richtig zum Lodern.

Du warst einverstanden mit unserem Umweg hierher, sagte ich. *Wir waren beide der Meinung, dass es das Risiko wert ist!*

Du hättest ihnen nichts von Myrsina erzählen sollen.

Der Vorwurf traf mich wie ein Schlag ins Gesicht.

Ich dachte, das würde die Nonnen auf unsere Seite bringen, verteidigte ich mich. *Und jetzt wissen wir zumindest mehr über den Spiegel, oder nicht?*

Ich kratzte mein letztes bisschen Kampfgeist zusammen. *Wir können es immer noch zu Ende bringen*, sendete ich ihm zu. *Vielleicht hat die Mutter Oberin recht und der Spiegel kann nicht zerstört werden. Aber vielleicht lügt sie oder sie weiß eben nicht alles.*

Er ging nicht darauf ein. *Wir hätten nicht herkommen sollen*, sagte er und die bittere Hoffnungslosigkeit in seinen Gedanken nahm mir den letzten Wind aus den Segeln. *Dieses ganze Gerede darüber, den Spiegel zu vernichten, ist nichts als Torheit.*

Mein ganzer Körper erschlaffte und eine kalte Hand schloss sich um mein Herz.

Was meinst du damit?

Wer sind wir schon? Er schüttelte sich und ging auf und ab, auf und ab. *Diese Scheinnonnen sind ja offensichtlich magiebegabt und zum Kampf ausgebildet. Wenn sie schon seit Jahrhunderten versuchen, den Spiegel zu zerstören und es nicht schaffen, wie sollen wir das dann bewerkstelligen? Wir haben uns zu viel aufgehalst. Wir hätten uns nur darauf konzentrieren dürfen, Myrsina zu retten.*

Mitten im Raum blieb er stehen, den Kopf von mir abgewandt.

Jetzt ist alles verloren.

Seine Untergangsstimmung öffnete sich vor mir wie ein Abgrund. Mit diesem Gedankenfluss bestätigte er alles, was ich je befürchtet hatte. Egal, was ich versucht hatte, egal, wie sehr ich mich angestrengt hatte, ich hatte ihm nicht helfen können. Ich hatte ihn nur enttäuscht, wieder und wieder. Die Verzweiflung und das Gefühl, versagt zu haben, zogen an mir wie ein Sog. Aber gleichzeitig loderte da dieser Zorn. Er richtete sich gegen Matej, der mir mit seiner Schwarzmalerei den Boden unter den Füßen wegzog. Und er richtete sich gegen mich selbst. Wie oft hatte ich ihn aus seinen dunklen Gedanken geholt, hatte meine eigenen Zweifel und Ängste geschluckt, um ihn nicht weiter zu entmutigen? Und wofür? Wofür?

Matej gab den Kampf auf. Er gab Myrsina auf. Und mich, denn wenn wir nicht versuchten, aus dieser Sackgasse zu entkommen, war mein Schicksal ebenfalls besiegelt. Mein Herz würde zu Glas erstarren. Und es klang, als wäre er bereit, diesen Verlust als unvermeidbar zu akzeptieren.

»Ich schätze, es war alles ein Fehler«, sagte ich laut. »Der Umweg hierher ins Kloster, der Handel mit Barbagianna und deine Entscheidung, dich mit mir zu belasten.« Wut und Kummer ballten sich zu einem festen Klumpen in meinem Hals. »Wahrscheinlich wäre es das Beste gewesen, du hättest mich zurückgelassen. Spätestens nach dem

Debakel auf der Lichtung. Dann hättest du jetzt, was du wolltest. Du hättest Myrsina gerettet.«

Er drehte sich zu mir um und ich spürte einen Anflug von Überraschung von seiner Seite. Ich ignorierte ihn. Ein harter Kloß saß in meiner Kehle, aber ich quetschte die Worte trotzdem heraus. »Und es war dumm von mir, die Scherbe zu nehmen, nicht wahr? Wie konnte ich annehmen, dass es auch nur den leisesten Unterschied macht, wenn ich mein eigenes Leben in die Waagschale werfe.«

Ich schlang die Arme um meine Knie und drehte das Gesicht zur Wand, bevor ich in Tränen ausbrechen konnte.

Anthea, begann Matej, aber dieses Mal war ich es, die die Mauern um mich herum hochzog. Ich baute sie höher und stärker, als ich es je gekonnt oder gewollt hatte.

Ich saß mit der Schulter an der Tür, als im Flur vor der Kammer die Bodendielen knarzten und ein Schlüssel klimperte. Mein Körper spannte sich an. Leise stand ich auf und stellte mich an die Wand neben der Tür.

»Anthea?« Agnes' Stimme klang klar durch das kleine Fenster in der Tür.

Ich antwortete nicht. Matej schlich lautlos zur anderen Seite des Türrahmens. Wir schwiegen uns immer noch an, aber ich konnte mir gut vorstellen, was er tun würde, wenn sich diese Tür auch nur einen Spaltbreit öffnen würde.

Ich tastete meinen Gürtel entlang, aber natürlich hatten die Nonnen mir alle Messer abgenommen.

»Wir haben euch etwas zu essen mitgebracht«, sagte Agnes und klang dabei fast flehentlich. »Bitte, wenn ihr versprecht, uns nicht anzugreifen, dann öffne ich die Tür.«

›Uns‹, dachte ich. Wie viele im Kampf ausgebildete Frauen warteten da draußen? Ich hätte lügen können. Hätte sagen können, dass wir uns friedlich verhalten würden, damit Agnes die Tür aufschloss. Aber etwas sagte mir, dass es nicht so einfach sein würde.

Ich löste mich von der Wand und stellte mich so hin, dass ich durch das vergitterte Fenster in der Tür sehen konnte. Da war Agnes, deren Haar jetzt in einem züchtigen Zopf zurückgebunden war. Und hinter ihr standen zwei Nonnen mit Armbrüsten im Anschlag. Ich erkannte eine der beiden als die stämmige Frau, die in der letzten Nacht den Weihrauch angezündet hatte.

»Was habt ihr mit uns vor?«, fragte ich.

Agnes zuckte zusammen und etwas schepperte leise. Ich vermutete, dass sie ein Tablett mit Tellern und Verpflegung in den Händen hielt, aber von diesem Winkel aus konnte ich das nicht sehen. Mein Magen grummelte vor Hunger, aber ich rührte mich nicht vom Fleck.

Agnes zögerte und warf einen Blick zu der stämmigen Nonne.

»Sag es ihr ruhig«, antwortete die Frau. »Dann kann sie sich darauf vorbereiten.«

Ich verzog keine Miene, als Agnes näher an die Tür herantrat. »Anthea, bitte, du musst dir keine Sorgen machen«, sagte sie. »Wir werden euch nur so lange hierbehalten, bis wir die Sache mit dem Spiegel in Ordnung gebracht haben.«

»Damit meinst du den Mord an der Frau in der Burg, ja?«

Dieses Mal zuckte sie nicht vor meinen Worten zurück. »Es muss sein«, sagte sie. »Sie trägt den Schatten des Spiegels in sich, das lässt sich nicht rückgängig machen.«

»Und danach vergrabt ihr den Spiegel an einer neuen Stelle, damit er in ein paar Jahren die Krallen nach einer neuen Dienerin ausstrecken kann?«

Agnes schüttelte den Kopf. »Nein, so ist das nicht, wir …«

»Verteidige dich nicht«, unterbrach die stämmige Nonne und wandte sich dann an mich: »Und du, Mädchen. Sprich nicht von Dingen, die du nicht verstehst. Schlimm genug, dass du und deine Laienfreunde sich so auf den Spiegel fixiert haben.«

Ich schenkte ihr keine Beachtung und richtete meine Worte stattdessen nur an Agnes. »Ich dachte, wir kämpfen auf der gleichen Seite.«

Agnes' Gesicht verzog sich zu einer Miene des Bedauerns. Ich glaubte, sie hatte die feindliche Reaktion der Mutter Oberin auf uns nicht erwartet. Und wahrscheinlich fühlte sie sich unwohl bei dem Gedanken, uns in diese Lage gebracht zu haben. Aber die Art, wie sie immer wieder die Bestätigung der anderen Nonnen suchte, sagte mir auch, dass sie sich den Regeln ihres Ordens und dem Befehl ihres Oberhauptes nicht widersetzen würde.

»Du sagst, die Frau auf der Burg trägt den Schatten des Spiegels in sich«, sagte ich und kämpfte darum, meine Stimme ruhig zu halten. »Das tue ich auch, oder nicht? Habt ihr mit mir das Gleiche vor wie mit ihr?«

»Nein, nein«, versicherte Agnes, aber dann zögerte sie. »Das … das ist etwas anderes. Die Mutter Oberin hat es uns erklärt. Du kannst gerettet werden.«

Am Rand meines Sichtfeldes bemerkte ich, dass Matej unruhig wurde. Mich ergriff indes eine dunkle Vorahnung. »Wie genau sieht diese Rettung aus?«, fragte ich vorsichtig.

Draußen vor der Tür straffte Agnes die Schultern. »Es gibt drei Rituale der Läuterung, die wirst du mit unserer Hilfe durchlaufen. Aber davor …« Sie schluckte, bevor sie mit fester Stimme weiterfuhr. »Davor müssen wir deine Augen ausbrennen, um das Glas unschädlich zu machen und deine Verbindung zum Spiegel zu durchtrennen.«

31

LISBETH

Sie hatten Fenn am Fuße eines Walnussbaums begraben. Lisbeth hatte einen Stein an die Stelle gelegt, auch wenn sie sich sicher gewesen war, dass sie sein Grab von nun an blind finden würde.

Nun, einen Tag nach seinem Tod, bedeckten bereits Laub und reife Walnüsse in ihren grünen Mänteln die umgegrabene Erde. Lisbeth räumte sie nicht zur Seite. Fenn war ein wildes Geschöpf gewesen. Sollte die Wildnis ihn zurück in ihre Arme nehmen.

Lisbeth stand vor dem Grab ihres Hundes, die Arme um den Brustkorb geschlungen, den Kopf gesenkt. Es war eine milde Nacht, auch wenn sich in der kühlen Feuchte auf ihrem Nacken bereits die grauere Herbstzeit ankündigte. Aber noch war es nicht so weit. Noch lag der Duft von trocknendem Heu in der Luft. Fledermäuse drehten ihre Kreise und der fast volle Mond hing goldrot wie ein Kupferstück am Himmel. Lisbeth lächelte. Die Nacht war schon immer ihre Freundin gewesen.

Jakob trat an sie heran und legte ihr den Arm um die Schultern. Er war der Einzige, der bei Fenns Beisetzung dabei gewesen war. Sie hatte sich gehütet, irgendjemandem davon zu erzählen, insbesondere Vater Benedikt nicht. Der hätte es ohnehin nicht verstanden. Tiere haben keine unsterbliche Seele, hätte er gesagt. Trauer und Begräbnisse, das sollte dem Verlust von Menschen vorbehalten bleiben.

Menschen. Als ob die in irgendeiner Hinsicht edler oder wertvoller waren als ihr mutiger kleiner Fenn.

Jakob küsste sie auf den Scheitel und sie erlaubte sich, sich an ihn zu lehnen. Mit ihm hatte sie schon immer gut schweigen können. Jakob war ohnehin niemand, der viele Worte verschwendete. Wenn er etwas mitteilen wollte, tat er es oft durch Taten. Wie zum Beispiel in jenen Tagen, nachdem Lisbeth ihr gemeinsames Kind aufgegeben hatte. Als sie sich geschämt und seine Reaktion gefürchtet hatte. Sie hatte noch gar nicht ganz begriffen, dass sie schwanger war, hatte keine Zeit gehabt, sich zu überlegen, ob sie das Kind gern auf die Welt gebracht hätte, da war es auch schon vorbei gewesen. Sie hatte keine Worte gefunden und Jakob hatte keine Erklärungen von ihr verlangt, hatte tatsächlich gar nichts gesagt. Stattdessen hatte er sie in seine Arme genommen wie jetzt, und ein paar Nächte später hatte er ihr Fenn in den Schoß gelegt.

Lisbeth empfand keine Trauer mehr. Tatsächlich fühlte sie sich ruhig, gelassen beinahe. Wäre da nicht der Zorn auf die Menschen in der Burg gewesen, der am Rand ihrer Wahrnehmung knisterte. Vielleicht war das, was sie gerade empfand, die Stille im Auge des Sturms. Der Vergleich gefiel ihr.

»Wir sollten zurückgehen«, sagte Jakob, »bevor jemand dein Fehlen bemerkt.«

Lisbeth rührte sich nicht. Der Wahlnussbaum stand an einem Fuhrweg unterhalb der Burg, gerade außerhalb des Schattens der hinteren Außenmauer. Ein aufmerksamer Wächter hätte sie und Jakob vielleicht als dunkle Gestalten ausmachen können. Ihr war es egal. Sie würde bald nichts mehr von diesen boshaften Intriganten zu befürchten haben.

Jakob drückte ihre Schulter. »Lisbeth?«

»Geh du schon vor«, sagt sie und löste sich aus seiner Umarmung. »Ich will noch ein wenig Zeit für mich.«

Sie spürte geradezu, wie Jakob die Stirn runzelte, also stellte sie sich auf die Zehenspitzen und küsste ihn auf den Mund. Sie liebte es, wenn er sich ihr entgegenneigte, sie sanft berührte, wenn er sie eigentlich an sich drücken wollte.

»Geh«, sagte sie. Er zögerte, aber schließlich gehorchte er. Sie wartete, bis er hinter einer Rundung des Burghangs verschwunden war, dann drehte sie sich um und ging die Wiese hinauf auf den Wald zu. Die Jäger würden bald zurück sein. Und wenn alles nach Plan verlaufen war, dann würden sie Lisbeth ihre Beute zu Füßen legen.

32

ANTHEA

Agnes und die Nonnen hatten das Essen wieder mitgenommen, ohne die Tür zu öffnen. Mir war es egal. Hunger war im Moment das geringste meiner Probleme. Es fühlte sich so an, als hätte ich nicht nur zwischen mir und Matej eine Wand hochgezogen, sondern auch meine eigenen Gefühle eingemauert.

Der Tag war an uns vorbeigezogen und der Schatten des Weinkrugs auf dem Boden wurde länger und länger. Mittlerweile dürfte Lelia bemerkt haben, dass etwas nicht stimmte, aber sie allein würde kaum etwas gegen diese Nonnen ausrichten können. Ich konnte nur hoffen, dass sie vernünftig genug war, uns und diesem ganzen Desaster den Rücken zuzukehren.

Matej versuchte, zu mir durchzudringen. Ich spürte seine Gedanken an meiner Barriere scharren, aber ich bewegte weder mich noch mein Bewusstsein.

Agnes Worte hallten in meinem Kopf wie eine Stimme, die durch einen langen Korridor zu mir drang. *Wir müssen deine Augen ausbrennen.* Ich hätte Angst empfinden müssen. Hätte mich aufbäumen und gegen das, was mir bevorstand, ankämpfen sollen. Stattdessen fühlte ich mich leer. Ausgehöhlt.

Ich berührte meine Wange und versuchte, die Glasadern dort nachzuzeichnen. Vielleicht hatten sie sich mittlerweile über meine ganze rechte Gesichtshälfte ausgebreitet. Im Gegensatz zu Agnes und der Mutter Oberin konnte ich das Glas jedoch nicht ertasten. Unter meinen Fingerspitzen fühlte sich meine Haut an wie immer.

Noch einmal fuhr ich mir mit meiner Fingerspitze über meine Wange. Kurz dachte ich daran, wie es sich angefühlt hatte, Lelias Arm zu berühren. Dann sperrte ich auch diese Erinnerung hinter meinen Mauern ein.

Ich musste eingeschlafen sein, denn als Matej mich weckte, war es dunkel in unserer Kammer. Er stand direkt neben mir und stieß immer wieder seinen Kopf an meine Schulter. Ärgerlich schob ich ihn beiseite, dann hörte ich, wie in einem der Stockwerke unter uns etwas Schweres zu Boden polterte.

Ruckartig setzte ich mich auf. Die Nonnen hatten uns keine Kerzen gegeben, also war der Mond vor dem Fenster unsere einzige Lichtquelle. Er war fast voll, aber er musste sich hinter den Wolken verbergen. Der Schimmer, der durch das Fenster fiel, war schmutzig und seltsam rötlich.

Was ist los?, dachte ich in Matejs Richtung und erinnerte mich daran, dass ich ihn ausgesperrt hatte. Erschöpft und desorientiert, wie ich war, schaffte ich es nicht gleich, unsere Verbindung wiederherzustellen. Also stand ich auf und stellte mich selbst an die Tür. Ich spähte durch das vergitterte Loch, konnte aber nichts Außergewöhnliches entdecken.

Matej schloss sich mir an, kratzte kurz mit den Pfoten an der Tür und ließ sich dann mit einem leisen Wimmern wieder auf alle viere fallen. Ich sah mich noch einmal im dunklen Flur um, so gut ich es eben konnte, dann sank ich neben Matej auf die Knie. Ich war selten diejenige, die eine Berührung initiierte, aber dieses Mal legte ich meine Hände auf seine Schultern und lehnte meine Stirn an seine. Ich streckte meine Wahrnehmung nach ihm aus, strauchelte, als ich ihn nicht gleich fand, und verband mich dann wieder mit seinen Gedanken, so wie sich zwei Enden eines gerissenen Seils wieder verknoten ließen.

Rauch. Das war das erste Wort, das mich erreichte.

Ich runzelte die Stirn, hob den Kopf und roch an der Luft. Ja. Ja, er hatte recht. Der Geruch von Rauch lag in der Luft. Schwach zwar, aber beißender als der Geruch von einem einfachen Kaminfeuer. Wieder polterte es unter uns, dann krachte Holz.

Ich stand auf und presste mein Gesicht an das Guckloch. Täuschte ich mich oder wurde der Gestank stärker? Hinter mir drehte Matej einen engen, nervös wirkenden Kreis durch die Kammer.

Wir müssen hier raus, sandte ich. Ich hatte den Gedanken kaum zu Ende formuliert, da rannte jemand die Treppen zum Flur hinauf. Es gab einen dumpfen Aufprall, als wäre die Person der Länge nach hingeschlagen, dann setzten sich die eiligen Schritte fort. Ich hatte mein Gesicht immer noch an das Guckloch gepresst, als eine blasse kleine Gestalt vor mir auftauchte.

»Agnes?«, krächzte ich mit belegter Stimme.

Sie hatte einen Schlüsselbund mitgebracht. Es klirrte, als sie mit zitternden Fingern nach dem richtigen Schlüssel suchte. Matej kam zu mir und scharrte wieder an der Tür.

»Agnes«, wiederholte ich. »Was ist los? Was passiert da unten?«

Sie stieß ein Schluchzen aus, vor Erleichterung oder Furcht, konnte ich nicht sagen, und steckte einen der Schlüssel ins Türschloss. Einen Wimpernschlag später hatte sie die Tür geöffnet und Matej und ich traten ihr über die Schwelle entgegen.

Agnes ließ den Schlüsselbund zu Boden fallen. Sie bebte am ganzen Körper, aber ihre Miene war entschlossen. »Sie sind hier. Die Jäger. Sie sind hier.«

Ich erstarrte, meine Hand noch immer an die offene Tür gelegt.

Agnes packte meinen Arm, so fest, dass es schmerzte. »Schnell«, drängte sie. »Bevor sie die letzte Verteidigung durchbrechen.«

Ihre Worte ließen keinen Zweifel daran, wie die Lage stand. Und als wäre das nicht erschütternd genug, begannen in genau diesem Augenblick die Glocken Sturm zu läuten.

Die Mauern, die mich zuvor innerlich abgeschirmt hatten, waren zusammengebrochen. Panik tobte in mir und mir fiel nichts Besseres ein, als wieder nach der leeren Messerschlaufe an meinem Gürtel zu greifen. Ich hatte keine Waffen, nichts, mit dem ich mich würde wehren können. Und der Geruch von Rauch rollte jetzt zu uns herauf wie ein schreckliches Omen.

Bleib dicht bei mir, sandte Matej, dann liefen wir gemeinsam mit Agnes zur Treppe.

Zwei Stockwerke unter uns füllte zäher Qualm die Flure und den Treppenschacht. Ich musste sofort husten und hielt mir den Ärmel vor Mund und Nase. Das brachte freilich nicht viel.

Agnes lief uns immer noch voraus, aber sie stolperte auf der nächsten Treppe. Verspätet fragte ich mich, ob sie bereits verletzt war.

Jetzt hörten wir auch das Feuer, das irgendwo unter uns tobte. Das Prasseln der Flammen und das Krachen von Holz wurde dabei immer wieder von Schreien und Kampfgeräuschen durchbrochen. Die Kirchenglocken läuteten weiter und erschütterten die Luft mit einem dumpfen, dissonanten Dröhnen.

Angst stieg mir sauer die Kehle hinauf. Vergeblich sah ich mich auf unserem Weg nach etwas um, was ich als Waffe gebrauchen konnte. Die Flure des Wehrturms waren leer bis auf den Rauch, der durch die Ritzen zwischen den Dielen drang.

Vor dem nächsten Treppenabgang drehte Agnes sich zu mir um und griff noch einmal nach meinem Arm.

»Wir müssen schnell sein«, rief sie mir zu. »Das ist unsere einzige Chance.«

Ich konnte nur nicken, da war sie auch schon die nächsten Stufen hinuntergesprungen.

Mach dich bereit, warnte Matej und folgte ihr. Ich presste mir den Ärmel fester vors Gesicht und stieg hinunter in die immer dicker wallenden Schwaden.

Es war, als wären wir in die Hölle selbst hinabgestiegen. Auf der Hälfte der Treppe schlug uns die Hitze entgegen wie eine Faust und als wir das Erdgeschoss erreichten, wusste ich, dass dieser Turm nicht mehr zu retten war. Flammen leckten an Holzbalken zur Decke hinauf und breiteten sich dort aus wie ein Baldachin aus Feuerzungen.

Inmitten der Zerstörung war ein Kampf in vollem Gange. Mehrere Meter von uns entfernt hielt sich die stämmige Nonne mit einer Lanze zwei Jäger vom Leib. Der linke Ärmel eines ihrer Angreifer brannte lichterloh, aber das schien ihn nicht einmal zu bremsen. Rauch und Hitze brannten in meinen Augen, Qualm füllte meine Nase. Jeder Atemzug fühlte sich an, als würde ich flüssiges, glühendes Eisen in meine Lunge saugen.

Ich verlor den Überblick. In einem Moment war Agnes noch vor mir, dann war sie in den Rauch eingetaucht. Ich bemerkte eine weitere Nonne in schwarzen Gewändern, die reglos auf dem Boden lag, das Gesicht abgewandt. Agnes tauchte neben ihr auf, zog irgendeine Waffe unter dem gefallenen Körper ihrer Schwester hervor und rannte los, um der anderen Nonne zu Hilfe zu eilen.

Der Ausgang, drängte Matej und stieß mit seinem Körper gegen meine Beine. Ich drehte den Kopf und sah eine verheißungsvolle Öffnung nach draußen hinter einer Wand aus Rauchwolken und Funkenschlag. Die Tür des Wehrturms stand weit offen, aber ein Dachbalken war direkt davor heruntergebrochen und stand nun in Flammen. Er versperrte den Ausgang wie eine Schranke, aber ich glaubte, ich *hoffte,* dass wir uns darunter ducken und entkommen konnten. Ich hastete durch den Raum und sah mich dabei nach Agnes um. Sie, die andere Nonne und die Jäger waren jetzt nichts weiter als tanzende Schatten im Herz des Infernos. Ich zögerte, auch wenn mir die Augen tränten und mir der Mangel an frischer Luft die Brust eindrückte.

Anthea, raus hier! Matej schob mich von hinten mit dem Kopf an.

Agnes, sagte ich und starrte immer noch zu den Kämpfenden. Sie hatte uns freigelassen, um uns den Feuertod zu ersparen. Das war ihre Entscheidung gewesen, da war ich mir sicher.

Wir können nichts für sie tun, drängte Matej. *Wir müssen hier raus, bevor es zu spät ist!*

Widerwillig wandte ich mich dem Ausgang zu. Matej huschte an mir vorbei und ich folgte ihm, so geschüttelt von einem Hustenanfall, dass ich mich vornüberbeugen musste.

Beeil dich!

Ich richtete mich auf, hielt die Luft an und machte zwei schnelle Schritte auf den Ausgang zu. Weiter kam ich nicht, bevor eine riesenhafte Gestalt im Türrahmen auftauchte und den brennenden Balken mit einem Hieb seiner Axt durchschlug.

Ich erkannte ihn wieder. Es war der Jäger mit dem Glas in der Brust. Der Jäger, der tot in einer Schneise auf der anderen Seite der Berge liegen müsste. Es war unmöglich, er konnte es nicht sein, und dennoch war es so. Voller Entsetzen starrte ich auf die zerfetzten Überreste seines Augenlids und das offen liegende Fleisch an seinem Hals. Dort hatten die Raben an ihm genagt.

Der Widergänger trat vor und seine Augen blitzten silbern auf, als er mich sah »Du.« Er grollte das Wort und für einen winzigen Augenblick verzerrte sich sein Gesicht, als würde sich etwas dahinter bewegen. Plötzlich doppelte sich meine Sicht und ich sah mich selbst durch seine Augen. Gleichzeitig spürte ich den Hass des Spiegels, der in ihm brannte. Den Hass auf mich.

Ich fühlte mich ertappt, auf der Stelle festgenagelt. Und das Glas in mir begann zu *klingen*, als hätte jemand mit einem Hämmerchen dagegengeschlagen.

Anthea, lauf! Matej duckte sich und sprang mit gefletschten Zähnen auf die Beine des Jägers zu. Der holte mit der Axt aus und Matej sprang zurück, nur um ihn sofort von der anderen Seite anzugreifen.

Hast du nicht gehört?

Hilflos sah ich zu, wie er den Jäger umkreiste und versuchte, ihn zurückzudrängen. *Nein, ich …*

Die Klinge der Axt sauste so haarscharf über Matejs Rücken hinweg, dass die Schneide über sein Fell gefahren sein musste.

Ich sagte, LAUF!

Die Holzdecke über uns knackte, splitterte und zerbarst in einem Regen aus glühenden Funken. Ich kreuzte meine Arme schützend über dem Kopf und stolperte rückwärts. Ich roch schwelendes Haar – meines oder das von Matej?

»Matej!« Mein Schrei fühlte sich an, als würde ich mit Krallen durch meine Kehle fahren. Ich hustete und versuchte, mich wieder nach vorn zu Matej durchzukämpfen. Flammen schlugen von einem Deckenholz auf, das vor mir zu Boden gekracht war, dann pflügte der Jäger durch eine Wolke aus schwarzem Qualm und streckte eine blutverschmierte Hand nach mir aus. Ich wich keuchend zurück, halb blind von dem Rauch, der mir ins Gesicht schlug. Ich wagte einen letzten Versuch, sah mich verzweifelt nach Matej in all dem Chaos um. Da stürzte ein weiterer Teil der Decke vor mir herab und explodierte beim Aufprall in einem Feuerball.

Mit einem verzweifelten Wimmern fuhr ich herum und floh quer durch das Erdgeschoss des Wehrturms. Ich hatte keine Ahnung, ob es eine zweite Tür nach draußen geben würde, aber ich musste einen Fluchtweg finden.

Ich werde einen Ausweg finden, redete ich mir zu. *Ich muss. Und dann rufe ich Matej.*

Ich konnte kaum noch atmen und die Hitze schien mir die Haut von den Knochen zu schälen. Wie lange würde Matej den Jäger aufhalten können? Ich versuchte mit aller Gewalt, das Band zwischen uns aufrechtzuerhalten, aber es zerfaserte immer wieder. Jeder Instinkt in mir schrie, dass ich hier rausmusste, raus, raus!

Ich fand den Eingang zu einem Korridor, stolperte und fiel der Länge nach hin. Hustend und um Luft ringend richtete ich mich auf, fand aber nicht mehr die Kraft, ganz aufzustehen. Die Wände um mich herum standen in Flammen; tatsächlich schien sich die ganze Welt in Feuer verwandelt zu haben.

Matej, sandte ich verzweifelt, erhielt aber keine Antwort.

Steh auf, sagte ich mir selbst. *Steh auf, verdammt noch mal.*

Im Raum hinter mir schien nun das ganze Obergeschoss nach unten durchzubrechen. Das Innere des Turms brach mit einem Donnergrollen in sich zusammen und das Feuer brüllte. Ich kämpfte darum aufzustehen, schaffte es, mich auf meine Knie zu schieben, und hob den Kopf. Was ich sah, schien mehr Traum als Wirklichkeit zu sein.

Durch den immer enger werdenden Korridor aus goldrotem Feuer und schwarzem Qualm flog eine weiße Eule. Ihre Schwingen schnitten durch den Rauch und Funken stoben in Wirbeln um sie herum, aber sie flog in einer kerzengeraden Linie direkt auf mich zu.

Ich kniete immer noch auf dem Boden, als die Eule vor meinen Augen in einer Wolke aus schimmernden Federn auseinanderstob und Lelia sich über mich beugte.

»Schnell«, sagte sie, hustete und zog mich auf die Beine.

»Matej«, schluchzte ich.

»Zu spät.« Lelia schlang ihren Arm um meine Hüfte und begann, mit mir in die Richtung zu laufen, aus der sie gekommen war. Die Flammen griffen nach uns, aber sie hielt mich aufrecht und zog mich an ihrer Seite durch das Inferno.

33

LISBETH

Sie näherten sich wie ein Rudel Wölfe. Lisbeth hörte das Rascheln des Unterholzes auf allen Seiten der Lichtung. Hörte das schwere Atmen der Männer, das Knirschen von Leder und das Schleifen schleppender Schritte. Mondlicht verlieh dem Gras unter Lisbeths Füßen einen silbrigen Glanz. Sie hatte das abgebrochene Ende des schwarzen Glaszackens mit mehreren Streifen Leder umwickelt und hielt ihn nun wie einen Dolch mit beiden Händen umklammert. Ihr Spiegelbild hatte ihr erklärt, was sie tun musste.

Während sie wartete, trat ein Jäger nach dem anderen hinaus ins Mondlicht. Es waren weniger Männer als zuvor, also hatte es einen Kampf gegeben. Lisbeth fragte sich, wer sich ihnen wohl entgegengestellt hatte. Die frommen Frauen waren es sicher nicht gewesen, die konnten nur beten und verleumden. Aber dann verwarf sie die Frage. Es war unwichtig, was den Männern bei ihrem Überfall auf das Kloster widerfahren war. Was zählte, war das Ergebnis.

Einer der Jäger schleifte einen schweren Sack auf die Lichtung und ließ ihn dort fallen. Zwei weitere zerrten die blinde Magd an einem Tau hinter sich her.

Sie hatten dem Mädchen die Hände auf den Rücken gefesselt, es geknebelt und ihm eine Schlinge um den Hals gelegt. Sie wehrte sich, wand sich in ihren Fesseln, aber einer der Jäger zog kurz und hart an dem Seil um ihren Hals und das brachte sie mit einem Wimmern zum Stillstand.

Lisbeth atmete flach ein und aus, dann hob sie das Kinn und ging auf das Mädchen zu. Als sie fast bei ihm war, zuckte die Magd zurück und eine dunkle, dickflüssige Wut breitete sich in Lisbeth aus. Das Mädchen *wusste*, wer hier zu ihm kam. Ihre scheinbar blinden Augen waren also nichts als eine List, waren es immer schon gewesen.

Lisbeths Zorn wuchs, als sie sich vorstellte, wie das Mädchen durch die Burg ging und den Menschen Lügen über sie ins Ohr flüsterte. Wie sie ihnen erzählte, dass sie Barbara von der Treppe gestoßen hatte. Ihnen erzählte, dass Barbara sie Hexe gerufen hatte, dass Barbara das Böse in ihr erkannt hatte, o ja, und dafür sterben musste. Und dann? Als sie alle in der Burg gegen Lisbeth aufgebracht hatte? Dann war sie losgelaufen, um einer Horde Nonnen von der Hexe auf der Burg zu erzählen.

Der Hass, den diese Gedanken in Lisbeth schürten, hinterließ einen metallischen Geschmack auf ihrer Zunge. Genug. Sie würde sich nicht mehr an der Nase herumführen lassen. Nicht von diesem milchblassen Mädchen, nicht von irgendjemandem.

»Bringt sie nach vorn«, sagte sie und das Mädchen riss die Augen weit auf. Die Angst auf seinem Gesicht war eine süße Genugtuung.

Die Jäger schleiften das zappelnde, stöhnende Mädchen zur Mitte der Lichtung und zwangen es dort auf die Knie. Lisbeth holte ein letztes Mal tief Luft, dann drehte sie sich um und schritt quer über die Blätterspirale. Vor dem Mädchen machte sie halt, schloss die Augen und formte einen klaren Gedanken.

Ich bin bereit.

Dann tu, was du tun sollst, antwortete die Stimme ihres Spiegelbildes. Die Worte in ihrem Kopf klangen gemäßigt, aber Lisbeth spürte ein Zittern darunter. Kein ängstliches Zittern, sondern das Beben einer Vorfreude, die sich nicht ganz verbergen ließ.

Sie sank auf die Knie. Das Mädchen, das sich bis eben gegen seine Fesseln gesträubt hatte, erstarrte. Sie knieten so dicht voreinander, dass Lisbeth sich nur ein wenig hätte vorbeugen müssen, dann hätte sie der anderen einen Kuss auf die Stirn geben können.

Einen Kuss der Verdammnis. Lisbeth musste lächeln. Wäre das nicht ein passender Abschied für eine kleine Lügnerin gewesen?

Sie nahm ihre linke Hand vom Griff des gläsernen Dolches und hob ihn mit der rechten in die Höhe. Eine Träne lief über die Wange des Mädchens, dann zog Lisbeth die Klinge des Dolchs über ihre eigene Handfläche. Schmerz biss in ihre Haut, aber sie begrüßte ihn. Während das Mädchen sie immer noch anstarrte wie ein Hase in der Schlinge, drückte Lisbeth ihre blutende Handfläche auf die Blätterspirale.

Vielleicht hatte das Mädchen geglaubt, dass sie ihm die Kehle aufschlitzen würde, aber nein, so funktionierte das nicht. Lisbeth drückte ihre Hand in die Erde und spürte, wie ihr Blut nach unten sickerte. Hörte, wie der erste Tropfen auf glattes Glas fiel.

Das Mädchen hielt still, bis der erste Schauder über den Boden der Lichtung lief. Dann fuhr es zusammen, als hätte es sich verbrannt. Sie versuchte aufzustehen, aber dafür war es zu spät. Sie hatte sich kaum aufgerichtet, da brach die erste schimmernde Hand aus dem Erdreich und packte ihren Unterschenkel. Das Mädchen schrie gegen ihren Knebel an und schüttelte wild den Kopf. Ihr Haar peitschte über Lisbeths Wange und sie wich zurück, stand auf und machte erst einen Schritt rückwärts, dann zwei.

Mehr und mehr Hände stießen aus der Erde und weiße Finger schlossen sich um die Beine, die Taille und die Arme des Mädchens. Sie kämpfte und wehrte sich bis zum Schluss, aber die Hände zogen sie nach unten, zogen sie in die Erde und zu dem Schlund aus silbernem Licht, der dort auf sie wartete. Sie versank bis zur Hüfte, bis zur Brust, hob das Gesicht, als würde sie sich verzweifelt an jeden letzten Atemzug klammern, und verschwand dann ganz. Die Erde schloss sich über ihrem Kopf, als wäre sie nie da gewesen.

Als das Opfer vollbracht war, stand Lisbeth einen Augenblick stumm da. Auch die Jäger, die sich im Kreis um sie aufgestellt hatten, rührten sich nicht. Sie wirkten, als wären sie zu Stein erstarrt, aber wahrscheinlich warteten sie nur auf ihre nächsten Befehle.

Lisbeth starrte auf die Stelle, an der das Mädchen verschwunden war, und für einen Wimpernschlag sickerte die Erkenntnis darüber, was sie da gerade getan hatte, in ihr Bewusstsein. Ihr Herz begann zu hämmern und das Entsetzen in ihr stieg an wie eine Flut. Sie öffnete den Mund, hätte beinahe aufgeschrien, da ging ein weiterer Ruck durch den Waldboden.

Die Euphorie ihres Spiegelbildes traf Lisbeth wie ein Blitzschlag. Reine, überschäumende Begeisterung brandete durch ihren Körper und löschte jeden anderen Gedanken aus. Sie war ein Falke, der von einem Windstoß in die Luft gehoben wurde, ein Blättersturm über den Baumwipfeln. Sie ritt im Galopp über eine Wiese, wirbelte beim Tanz im Kreis und warf die Arme auseinander, um mit der wilden Welt um sie herum eins zu werden. Sie war unantastbar, lebendig, voller Abenteuerlust.

Sie war frei.

Der Rausch endete so abrupt, wie er begonnen hatte. Als Lisbeth wieder zu sich kam, stand sie immer noch auf der Wiese, aber der Anflug von Reue, den sie eben noch empfunden hatte, war wie weggeblasen. Sie fühlte sich lichtdurchflutet, als würde sie von innen heraus strahlen. Sie streckte ihre Hand aus, doch ihre Haut sah überraschend normal aus. Zumindest auf den ersten Blick.

Lisbeth drehte ihre Handfläche nach oben. Der Schnitt des Dolches hatte sich geschlossen und zurück war nur eine dünne weiße Narbe geblieben. Sie lächelte.

Es ist vollbracht, flüsterte die Stimme ihres Spiegelbildes. *Und nun …*

»… der nächste Schritt«, vollendete Lisbeth.

Sie wandte sich zu den Jägern links von ihr. Auf ihren Wink hin trugen zwei von ihnen den Leinensack auf die Lichtung und legten ihn ihr zu Füßen. Einer der Männer knotete den Sack auf und zog das Tuch auseinander.

Zum Vorschein kam der graue Wolf, den Lisbeth in ihrer Vision gesehen hatte. Unter normalen Umständen wäre er ein beeindruckendes Raubtier gewesen. Doch so wirkte er einfach nur erbärmlich. Die Jäger hatten jeweils seine Vorder- und Hinterläufe zusammengebunden. Ein weiteres Seil verschnürte seine Schnauze und Ruß und Blut verklebten sein Fell.

Lisbeth kniete sich vor ihm hin und revidierte ihren ersten Eindruck ein wenig. Der Wolf lag zwar reglos da, aber er war wach. Seine golde-

nen Augen folgten jeder ihrer Bewegungen auf eine Art, die sie vermuten ließ, dass er nur auf eine Gelegenheit wartete, um sie anzugreifen.

Nur dass er die nicht bekommen würde.

Ihr Spiegelbild hatte ihr von dem Wolf erzählt. Von dem Wolf und dem Mädchen, das mit ihm wanderte.

Sie sind gekommen, um uns zu vernichten, hatte ihr Spiegelbild sie gewarnt. *Das Mädchen hat sich etwas genommen, das nicht ihm gehört, und jetzt verdreht es meinen eigenen Zauber, um sich an uns anzuschleichen.* Als das Spiegelbild von diesem Diebstahl sprach, hatte es zum ersten Mal verärgert geklungen. Nein, das war zu harmlos. Purer Zorn hatte das Flüstern beinahe in ein Zischen verwandelt. *Als ob es das könnte. Als ob es mich überlisten könnte.*

Lisbeth war nicht dumm. Sie begriff sehr wohl, dass der Wolf und das Mädchen eher die Feinde des Spiegelbilds waren als ihre eigenen. Aber was auch immer hinter dem Spiegelbild steckte, war jetzt die Quelle ihrer eigenen Macht. Wenn sie sie beschützte, schützte sie auch sich selbst.

Lisbeth hob den schwarzen Dolch. Der Wolf zuckte zusammen, versuchte aber nicht, ihr auszuweichen. Er starrte sie weiter an. Sie. Nicht den Dolch in ihrer Hand. Erstaunlich. Sie hätte nicht gedacht, dass Tiere fähig waren, Hass zu empfinden. Der Blick des Wolfes verriet ihr jedoch deutlich, dass er sie mit jeder Faser seines Wesens verabscheute.

»Du und das Mädchen, ihr hättet nicht herkommen sollen«, sagte sie. Sie legte den Dolch beiseite, packte sein Gesicht mit beiden Händen und hob seinen Kopf an.

»Du kannst mich verstehen, nicht wahr?«, fragte sie. »Und sie kann es auch.«

Dieses Mal fuhr er heftiger zusammen und versuchte, sich ihrem Griff zu entwinden. Sie packte ihn fester.

»Ich habe eine Nachricht für dein Mädchen mit den Feuerhaaren. Sag ihr, dass ich hier auf sie warten werde. Sie hat Zeit bis zum nächsten Mondaufgang.«

Sie spürte, wie sich jene silberne Macht in ihr regte, wie sie durch ihre Adern pulsierte und sich nach ihm ausstreckte. Sie durchbrach seine Barrieren mühelos und, oh, es fühlte sich gut an. So gut. Das Flüstern rauschte durch ihr Blut hinein in den Wolf und über ihn hinaus, auf Gedankenpfaden, die er so verzweifelt vor ihr verschließen wollte und es doch nicht konnte.

Lisbeth lehnte sich ganz nah an ihn heran. »Wenn sie bis dahin nicht hier ist, werden meine Jäger dich töten«, raunte sie. »Und wenn ich sehr gnädig bin, werden sie deinen Pelz für sie an einen dieser Bäume nageln.«

34

ANTHEA

Wenn sie bis dahin nicht hier ist, werden meine Jäger dich töten. Die Worte formten sich in meinem Kopf wie ein Fallbeil. Ich grub meine Finger in meine Oberschenkel. Mit Matej empfand ich unser geteiltes Bewusstsein wie einen sanften Strom, in den wir beide eintauchen konnten. Die Gedankenverbindung mit der Dienerin des Spiegels war anders. Ich fühlte mich festgenagelt wie ein Schmetterling an einem Brett, und jeder Teil der Nachricht traf mich wie ein Hammerschlag. Ich konnte weder reagieren noch antworten. Und durch all das hindurch spürte ich das Glas, das von innen gegen meine Haut drückte und sich nach dem Spiegel ausstreckte.

Wenn ich sehr gnädig bin, werden sie deinen Pelz für sie an einen dieser Bäume nageln.

Die Verbindung riss ab und mein Körper zuckte wie unter einem Peitschenschlag. Ich sprang auf, oder versuchte es, denn bei der ersten Bewegung fiel ich zurück auf den Boden und schnappte nach Luft wie ein Schiffbrüchiger, den das Meer ans Land gespült hatte.

Jemand griff nach mir und ich hielt mich an einer Schulter fest. Schwarze Flecken tanzten vor meinen Augen und das Glas in mir war immer noch unruhig. Wie etwas Lebendiges wand es sich an der Seite meines Halses hinunter und zu meinem Herzen. Ich hörte meinen eigenen Atem pfeifen, spürte, wie sich meine Brust schmerzhaft zusammenzog, dann presste Lelia ihre Hand über mein Herz und ihre andere über mein rechtes Auge.

»Schhhh«, raunte sie mir zu. »Schhh, hör nicht auf das Glas. Hör nur auf meinen Atem. Ein, aus, so ist es gut.«

Ich sackte nach vorn, lehnte mich an sie und versuchte, den ruhigen Rhythmus ihres Atmens zu imitieren. Als es mir endlich gelang, blieben wir dennoch eine Weile genauso sitzen und atmeten im Einklang.

»Sie haben Matej«, flüsterte ich schließlich. »Der Spiegel und seine Dienerin. Sie haben Matej.«

Nach dem Brand waren Lelia und ich in den Schatten der Berge geflohen. Wir hatten einen flachen Fluss durchquert und uns auf der anderen Seite in einem Lärchenhain versteckt. Von dort aus sahen wir den orangenen Schein des Feuers, das sich durch das Kloster der Mondfrauen fraß. Am Ende stand das hölzerne Dach des Wehrturms lichterloh in Flammen und der schwarze Qualm wälzte sich wie ein Dämon aus einem gebrochenen Siegel himmelwärts.

Die ganze Zeit über hatte ich versucht, Matej zu erreichen. Ich redete mir ein, dass er lebte, dass er *am Leben sein musste*, während meine Angst wie ein kleines Tier mit scharfen Krallen an meinem Herzen scharrte. Zuerst spürte ich nur eine ganz schwache Präsenz, einen Funken, der mich glauben ließ, dass er dem Feuer entkommen war und bald zu uns aufschließen würde. Dann erreichten mich die Worte der fremden Frau.

Ich lag auf der Seite, auf einem Boden, der ganz bedeckt war von herabgefallenen Nadeln. Ich hielt beide Hände vor mein rechtes Auge. Lelia saß im Schneidersitz neben mir und in sanften Kreisen über meinen Rücken streichelte.

Jedes Mal, wenn ich versuchte mich aufzurichten, regte sich das Glas in mir. Es gab nur Ruhe, wenn ich ganz still hielt. Doch sobald ich mein Fluchauge öffnete, blitzten die Glasadern unten im Tal auf wie klaffende Wunden in der Landschaft. Sie alle führten den Weg zurück, den wir gekommen waren, und ich zweifelte nicht daran, dass

sie mich zu der Lichtung bringen würden, auf der die Nonnen den Spiegel vergraben hatten. Ich versuchte mir vorzustellen, wie genau die Jäger Matej dort festhielten, und scheiterte.

Sie werden sein Fell an einen Baum nageln. Von all den furchtbaren Dingen, die *sie* uns angedroht hatte, hatte sich dieses Bild am tiefsten in mein Gedächtnis gegraben.

Wie lange war es bis zum nächsten Abend? Und wie weit war die Lichtung entfernt?

Schließlich hielt ich es nicht mehr aus. Ich behielt eine Hand vor meinem Auge, stand jedoch auf. Meine Glieder schmerzten, als wäre ich meilenweit gerannt, und meine Haut spannte dort, wo ich dem Feuer zu nahe gekommen war.

»Ist das klug?«, fragte Lelia, aber ich antwortete nicht. Stattdessen ging ich zu unserem Gepäck, das sie am Fuß einer Lärche verstaut hatte. Mit einer Hand wühlte ich unbeholfen darin herum, bis ich ein Stoffband fand, das ich für meine Stickarbeiten aufgehoben hatte. Mit geschlossenen Augen band ich es mir so um den Kopf, dass es wie eine Binde über meinem Fluchauge lag.

Lelia kam mir nach und runzelte die Stirn. »Was tust du?«

»Ich hab es nicht verstanden«, murmelte ich. »Selbst nach dem Albtraum, aber es war so eindeutig. Ich hätte es begreifen müssen, hätte etwas tun müssen.«

»Anthea«, unterbrach mich Lelia besorgt. »Wovon redest du?«

»Im Kloster …« Ich schluckte. »Im Kloster habe ich durch die Augen des Jägers gesehen, und der Spiegel hat durch seine Augen geblickt. Das Glas, das Glas ist die Verbindung.« Ich berührte die Augenbinde und prüfte ihren Knoten. »Der Spiegel sieht durch mein Fluchauge. Deshalb wussten die Jäger, wo wir sind.«

Lelia streckte die Hand nach mir aus, aber ich wich ihr aus. »Ich hätte etwas tun müssen«, redete ich weiter. »Oben in den Bergen. Im Kloster. Sie haben uns wegen mir gefunden.«

»Das ist doch nicht deine Schuld«, widersprach Lelia. »Du konntest es nicht wissen. Nicht einmal Nonna wusste darüber Bescheid.« Sie fuhr sich mit den Händen durch die Haare und presste sich dann eine Hand vor die Stirn. »Sie hätte dir die Scherbe nicht anbieten dürfen. Verdammt, selbst ihre Meisterin scheiterte an der Glasmagie. Ich hätte sie aufhalten müssen. Sie hätte es besser wissen müssen.«

Sie sprach weiter, aber ich hörte ihr nur halb zu. Fieberhaft überlegte ich, wie wir aus dieser Sackgasse wieder herauskommen könnten. Gleichzeitig wusste ich, dass es keine Rolle spielte, ob es einen Ausweg gab oder nicht. Ich musste zu Matej gehen. Ich würde kämpfen, egal wie aussichtslos es war, und wenn ich verlor, dann verlor ich, aber ich durfte ihn keinen Augenblick länger in den Fängen der Jäger lassen. Ich wühlte durch unser Gepäck, fand das scharfe kleine Messer in Lelias Arzneitasche und stand auf.

Lelias Augen weiteten sich, als sie die Klinge sah. »Was hast du vor?«

»Zu Matej gehen.« Ich steckte das Messer in eine der Schlaufen an meinem Gürtel, dann schlang ich mir die Armbrust, die wir den Jägern gestohlen hatten, über die Schulter. »Wenn ich nicht vor dem nächsten Mondaufgang dort bin, bringen sie ihn um.« Ich ging schon los, aber Lelia trat mir in den Weg.

»Und dann?«, fragte sie in scharfem Ton. »Wenn du dort bist? Glaubst du, sie werden euch einfach gehen lassen?«

»Ich muss zu ihm.« Ich schob mich an ihr vorbei. Sie packte mich am Oberarm.

»Das ist Selbstmord!« Ihre Finger gruben sich in meine Haut und ihr Blick suchte meinen. Ich sah zur Seite, schüttelte sie ab und kehrte ihr den Rücken zu.

»Ich kann ihn nicht zurücklassen, nicht schon wieder«, sagte sich. Meine Augen brannten, aber ich würde nicht weinen, nicht jetzt. Mir war, als wäre ich bereits zu Glas geworden. Ein Mädchen aus Glas, dessen Körper über und über von Rissen durchzogen war. Wenn ich auch nur einen Augenblick innehielt, wenn ich zögerte und mich in meine Verzweiflung ergab, dann würde ich in tausend Stücke zerbrechen. Und damit hätte ich Matej endgültig im Stich gelassen.

Das hast du bereits, flüsterte eine Stimme in meinem Kopf. *Das hast du schon längst.*

»Lass uns wenigstens einen Moment darüber nachdenken!«, rief Lelia und trat mir erneut in den Weg. »Einen Plan schmieden! Du hilfst ihm nicht, wenn du dein eigenes Leben einfach so wegwirfst. Und er würde auch nicht wollen, dass du das tust.«

Das stimmte. Er würde nicht wollen, dass ich mein Leben für ihn riskierte. Ich wusste das. Und doch hatte ich ihm vorgeworfen, dass ihm mein Überleben egal war.

Meine Kehle schnürte sich noch fester zusammen, als ich an unseren Streit dachte. Sollte das unser Abschied gewesen sein? Meine im Zorn gesprochenen Worte und dann Matej, der gegen einen Jäger kämpfte, um mir die Flucht zu ermöglichen?

Egal, wie sehr ich mich bemühte, wir kamen immer wieder an diesen Punkt. Ich brachte Matej in Schwierigkeiten, wieder und wieder, bis sein Glück irgendwann aufgebraucht war.

Krack. Ich spürte förmlich, wie sich ein weiterer Riß in meiner Fassade öffnete.

»Ich bin wie ein Mühlstein um seinen Hals«, krächzte ich mit dünner Stimme. »Wäre ich nicht gewesen, hätte er Myrsina längst gefunden. Und ich …« Ich schloss die Augen und presste die Lippen aufeinander, um die Worte zurückzuhalten. Das schlechte Gewissen, das mich niederdrückte, war nicht neu. Es war ein Widerhall aus jener Nacht, in der ich Matejs ersten Sprung in den Spiegel vereitelt hatte. Und ja, jetzt, da sich der Teufelskreis schloss und Matej sich wieder für mich geopfert hatte, konnte ich es nicht mehr verleugnen.

All die Jahre hatte ich versucht, mir einzureden, dass ich aus Angst vor dem Spiegel geschrien hatte. Und das stimmte, ja, aber nur zum Teil. Die Wurzeln der Furcht, die mir in jener Nacht das Herz zusammengedrückt hatte, reichten tiefer. Ich hatte gewusst: Wenn Matejs Plan gelang, dann würde er hinter dem Glas verschwinden und vielleicht nicht zurückkehren. Und ich wäre allein.

Lelia fasste mich bei den Schultern. »Was redest du da?«

»Ich hab ihn dazu gebracht, sich um mich zu kümmern«, gestand ich. »Ich hab ihn an mich gebunden, genauso wie Marietta, und ich wollte ihm etwas dafür zurückgeben. Ich wollte ihm helfen. Aber alles … alles, was ich getan habe, war, seinen Weg schwieriger zu machen. Und jetzt …« Ich sog bebend die Luft ein. »Wäre ich nicht gewesen, dann wäre er jetzt gar nicht hier. Er wäre längst bei Myrsina.«

Lelia starrte mich an und ich hätte am liebsten mein Gesicht vor ihr verborgen. Das war die ganze schmutzige Wahrheit. Ich hatte Matej die Möglichkeit gestohlen, seine Liebste wiederzusehen, weil ich Angst davor hatte, zurückgelassen zu werden. Weil ich mich an jemanden klammerte, der im Grunde nicht zu mir gehörte. Und war das nicht die Geschichte meines Lebens?

Seit dem Tod meiner Mutter war ich ein Überbleibsel, ein loses Blatt, das hilflos und nutzlos in der Welt herumwirbelte. Marietta und Matej hatten sich die Verantwortung für mich aufgehalst, weil sie gute Herzen hatten. Und ich? Ich schaffte es einfach nicht, ihnen ihre Güte zu vergelten. »Ich kann es nie wiedergutmachen«, sagte ich mehr zu mir selbst, und die Erkenntnis schlug eine weitere Kerbe in mein Herz.

Lelia gab einen erstickten Laut von sich und ich wich einen Schritt vor ihr zurück.

»Ich kann es nie wiedergutmachen«, wiederholte ich. Meine Stimme brach auf dem letzten Wort und da war Lelia plötzlich bei mir und packte mich am Kragen meiner Weste. Ich weiß nicht mehr, was ich erwartete. Dass sie mich schüttelte, mir vielleicht eine Ohrfeige verpasste, um mich aus meiner Spirale des Selbstmitleids zu reißen. Stattdessen küsste sie mich.

Stocksteif stand ich da. Die Berührung ihrer Lippen ließ die Zeit anhalten und löschte meine wirbelnden Gedanken aus wie ein Windstoß eine Kerze. Irgendwo, in einem fernen Winkel meines Bewusstseins, wunderte ich mich, wie weich und kühl sich ihr Mund anfühlte.

Meine Brust bebte noch immer von meinem panischen Atmen und den Tränen, die ich mit aller Macht unterdrückte. Lelia beendete den Kuss und lehnte ihre Stirn an meine.

»Du bist niemandem etwas schuldig«, sagte sie mit brüchiger Stimme. Ich spürte, dass sie genauso schnell atmete wie ich und irgendwie war es das, was mich aus meiner Starre löste. Ich schluchzte und riss mir die Hand vor den Mund. Da zog Lelia mich zu sich heran und nahm mich in die Arme. Ich konnte sie nicht mehr zurückhalten, die Tränen nicht und auch nicht den Kummer, der wie eine Flutwelle durch meinen Körper nach oben stieg. Alles, alles brach sich Bahn. Jede Nacht, in der ich wach gelegen und Matej beobachtet hatte, aus Angst, er könnte verschwinden. Die ersten Tage unserer gemeinsamen Wanderschaft, in denen ich immer wieder die Straße zurückgeblickt hatte, in der unmöglichen Hoffnung, den bunten Wagen der *Viaggiatori* zu sehen.

Ich weinte so heftig, dass ich zitterte. So haltlos, dass meine Knie nachgaben und ich zu Boden gesunken wäre. Ich brach auseinander, ja. Aber Lelia hielt mich fest umklammert und bei ihr fand ich zu mir zurück, anstatt mich zu verlieren.

35

LISBETH

Lisbeth trat aus dem Gestrüpp, das die Lichtung umgab, und klopfte sich loses Laub vom Kleid. Der Mond hing bereits tief am Himmel und die Schatten unter den Bäumen waren dunkler, aber ihre Augen hatten sich längst an die Nacht gewöhnt.

Sie hätte müde sein müssen, erschöpft von den Ereignissen dieser Nacht. Stattdessen summte ihr Körper förmlich vor überschüssiger Energie. Sobald sie in die Burg zurückgekehrt war, würde sie ihr Bett in Unordnung bringen und ihr Nachthemd überstreifen. Sie konnte kaum erwarten, dass der Tag begann, denn, oh, was für ein Tagwerk vor ihr lag. Als Erstes würde sie Meister Oswald in ihr Arbeitszimmer rufen. Keine Küchenbesuche mehr: Er sollte sich daran gewöhnen, dass jetzt ein anderer Wind wehte. Und wenn er ihr dann seine finsteren Blicke zuwarf, nun, dann würde er in ihr ein ebenbürtiges Echo finden.

Lisbeth lächelte. Sie stellte sich vor, dass die Bewohner der Burg wilde Pferde waren, die sie einreiten würde. Sie würde nicht nachlassen, bis sie alle gelernt hatten, ihre Hand am Zügel zu lieben.

Sie war so gefangen von ihrer Vorstellung, dass sie die andere Person erst bemerkte, als sie ihr in den Weg trat. Erschrocken griff sie nach dem schwarzen Dolch, den sie am Gürtel trug. Dann trat der andere vor und im grauen Zwielicht erkannte Lisbeth Jakob.

Einen Augenblick lang starrte sie ihn völlig überrumpelt an, dann sickerte die Bedeutung seines Auftauchens in ihr Bewusstsein. Jakob war ihr gefolgt. Zuerst war sie empört darüber, dass er ihr nachspioniert hatte. Dann folgte ein viel erschreckenderer Gedanke: Was hatte er gesehen?

Sein fassungsloser Blick beantwortete die letzte Frage.

Lisbeth verschränkte die Arme vor ihrem Bauch, halb um in die Verteidigungshaltung zu gehen, halb um den Dolch vor ihm zu verbergen, obwohl es dafür wahrscheinlich schon zu spät war.

»Was tust du hier?«, fragte sie und konnte den Vorwurf nicht ganz aus ihrer Stimme tilgen.

Er starrte sie stumm an und unter seinem Blick begannen ihre Wangen zu glühen. Sie wandte das Gesicht zur Seite und hasste sich dafür. Scham war etwas für schwache Frauen und sie hatte sich geschworen, dass sie das nie wieder sein würde.

»Ich nehme an, du hast alles gesehen?«, fragte sie trotzig.

»Wer war das Mädchen?« Jakobs Stimme klang brüchig, so als fiele es ihm schwer, die Frage zu stellen.

Lisbeth grub die Finger in ihre Arme. Sie zwang sich, Jakob direkt anzusehen. »Hast du sie nicht erkannt? Sie war das Bäckermäuschen, das überall in der Burg Lügen über mich verbreitet hat.«

Etwas zuckte über Jakobs Gesicht. Mitleid oder Entsetzen? In der Dunkelheit war das schwer auszumachen. Er hatte ebenfalls die Arme vor dem Körper verschränkt und so standen sie einander gegenüber, als ob sie sich gegenseitig mit einem Schild abwehren müssten.

Plötzlich verspürte Lisbeth den verzweifelten Drang, ihn von der Logik ihrer Entscheidungen zu überzeugen. Gerade er durfte keinen falschen Eindruck von ihr bekommen. Sie machte einen raschen Schritt auf ihn zu und fasste ihn mit beiden Händen am Arm. »Ich musste handeln, Jakob. Sie hat versucht, alle gegen mich aufzuwiegeln, und es hat funktioniert. Sie haben sich gegen mich gewendet, das musst du doch bemerkt haben!«

»Lisbeth …«, begann er, aber sie unterbrach ihn.

»Sie haben Fenn vergiftet.« Ihre Stimme brach auf dem letzten Wort. »Sie haben Fenn vergiftet, und ich wäre die Nächste gewesen.«

Jakob riss überrascht die Augen auf. »Was?«

»Sie hassen mich, weil sie denken, dass ich Barbara umgebracht habe.« Sie stieß ein bitteres Lachen aus. »Nicht dass ich zuvor ihre liebste Person gewesen wäre.«

»Fenn hat einen Rattenköder zwischen die Zähne bekommen«, widersprach Jakob, aber sicher klang er nicht.

Lisbeth stieß schnaubend die Luft aus. »Du glaubst doch nicht wirklich, dass Fenn so dumm gewesen wäre? Dass er das Gift nicht gerochen hätte?«

Sie hatte Zweifel in ihm gesät, sie konnte es sehen, aber trotzdem rang er noch immer mit sich. »Selbst wenn …« Er brach ab, runzelte die Stirn und nahm endlich ihre Hände. »Selbst wenn, Lisbeth. Was da auf der Lichtung passiert ist … guter Gott.«

Ihr wurde kalt. »Du hast gewusst, dass ein Zauber über der Lichtung liegt. Ich habe dir gesagt, dass wir ihn nutzen können, um uns selbst zu beschützen. Um endlich all das abzuschütteln, was uns davon abhält, zusammen zu sein. Und wenn ich mich recht erinnere, warst du einverstanden damit.«

Sie spürte, wie der Druck seiner Hände erschlaffte, aber dieses Mal war sie es, die ihn festhielt. »Ich weiß, dass es ein dunkler Zauber ist. Und ja, vielleicht verspiele ich meine unsterbliche Seele. Aber was nützt mir ein Versprechen auf ein Himmelreich, das es vielleicht überhaupt nicht gibt, wenn mein Leben hier zur Hölle wird? Ach was, schon längst zur Hölle geworden ist.« Und noch während sie das aussprach, spürte sie alles: Jeden Moment der Furcht, wenn sie nicht sicher war, wie sie sich auf Wolkenstein verhalten sollte. Jeden missbilligenden Blick der Burgmenschen. Jede Ohrfeige ihrer Mutter, wenn sie die Wangen aufblies oder nicht aufmerksam genug ihren Lektionen lauschte. Ihre Hilflosigkeit, als ihr Vater ihren Namen in den Ehevertrag mit Konrad schrieb. Gudruns Zischen in ihrem Ohr und die unbeschreibliche Leere in ihrem Leib, nachdem sie ihr Blut und ihr Kind verloren hatte.

Tränen brannten in ihren Augen, aber sie würde nicht weinen. Diese Blöße würde sie sich nicht geben.

»Was haben die Regeln mir je gebracht?«, forderte sie Jakob heraus. »Der Preis, den ich auf der Lichtung zahlen musste, war schrecklich. Aber der Preis, sich den Gesetzen von Gott und unserer ach so frommen Gesellschaft unterzuordnen, liegt unter dem Walnussbaum. Er liegt in einem unmarkierten Grab vor den Mauern unseres Zuhauses.«

Lisbeth ließ ihn los, drehte ihm den Rücken zu und schlang wieder die Arme um den Oberkörper. »Als ich erfuhr, was mein Teil des Handels sein sollte, wollte ich nicht zur Lichtung zurückkehren. Ich hätte es aufgeben, alles. Unsere Chance auf Glück, die Möglichkeit, selbst zu bestimmen, wie ich mein Leben führe und mit wem ich es teile. Aber Barbara, sie …« Lisbeth stolperte über die Worte, die sie eigentlich nicht hatte sagen wollen. Aber nun war es heraus und sie musste es ihm erklären, musste ihn dazu bringen, dass er das ganze Ausmaß der Bedrohung begriff. »Sie hat gewusst, dass ich mit etwas Magischem in Berührung gekommen bin. Sie hat mich Hexe genannt. Und das Mädchen hat es gehört.«

Sie hätte sich zu Jakob umdrehen sollen, um zu sehen, wie er auf all das reagierte, aber sie wagte es nicht.

»Ich habe Barbara nicht getötet. Ich *wollte* sie nicht töten. Ich habe nur versucht, mir einen Platz in der Welt zu erkämpfen. Aber die Karten waren gegen mich gemischt, von Anfang an. Ich war als Tochter nie gut genug, als Ehefrau nie sittsam und als Burgherrin nie fähig genug. Ich hatte nie einen eigenen Platz in ihrer Welt, und ich war nur so lange nützlich, wie ich als wandelnder Mutterleib zu gebrauchen war. Und von solcher Sorte gibt es viele. Kein Grund also, eine Frau am Leben zu lassen, deren Ruf beschädigt ist.« Sie schluckte. »Eine Frau, die ein Kind in ihrem Leib tötet und sich damit unfruchtbar macht.«

Stille. Dann trat Jakob hinter sie und legte ihr die Hände auf die Schultern. Das tat er immer, wenn er nicht wusste, was er sagen sollte: Er hielt sie fest. Doch dieses eine Mal brachte ihr sein Schweigen keinen Trost.

»Was, denkst du, wird Konrad tun, wenn er zurückkommt?«, fragte sie in bitterem Ton. »Wenn sie ihm sagen, dass er eine Hexe geheiratet hat? Dass sie seine Schwester ermordet hat?«

Sie spürte, wie er bei ihren Worten zusammenzuckte. »Wir können fortgehen.«

Lisbeth wirbelte zu ihm herum. »Glaubst du wirklich, das würde mich retten?«, fuhr sie ihn an. »Sie würden uns verfolgen, uns hetzen wie Hasen und uns hinrichten, dich und mich. Dieses Mädchen …« Sie deute mit zitterndem Finger zurück auf die Lichtung. »… diese Lügnerin war auf dem Weg zu einem Kloster, um ihre Anschuldigungen weiterzuverbreiten. Was glaubst du, wie lange es gedauert

hätte, bis eine Depesche sich auf den Weg zum Bischof gemacht hätte? Wie lange, bevor er seine Schergen ausgeschickt hätte, um mich zu verhören?«

Erzähl ihm, was mit dem Kloster passiert ist, neckte eine gehässige kleine Stimme in ihrem Kopf. *Mal sehen, wie er dann reagiert.*

Lisbeth presste die Lippen aufeinander und versuchte, ihren bebenden Körper wieder unter Kontrolle zu bringen. Jakobs Weigerung, ihre Sicht zu teilen, frustrierte sie, aber noch schlimmer war die Furcht, die sich wie ein Wurm tiefer in ihr Herz grub.

Er wird dich fallen lassen wie einen fauligen Apfel.

Jakob wandte sich mit gequältem Gesicht ab und presste die Hand vor seinen Mund. Es tat ihr weh. Es tat ihr so unendlich weh, zu spüren, wie er ihr entglitt. Sie hatte damit gerechnet, dass er die Einzelheiten ihres Handels mit der Macht im Wald nicht gut verkraften würde. Aber tief in ihrem Herzen hatte sie geglaubt, dass er sich am Ende doch für sie entscheiden würde. Er hätte an sie glauben, sie unterstützen sollen, so wie er es immer getan hatte. Wenn auch er sich jetzt von ihr abwandte …

Ein zweites Mal ging sie zu ihm und ergriff seinen Arm.

»Ich habe getan, was getan werden musste.« Sie schloss die Augen und lehnte ihre Stirn an seine Schulter. »Bitte glaub mir.«

Bitte.

Einen endlosen Augenblick standen sie so da, dann drehte Jakob sich zu ihr und nahm sie in den Arm. Sie lehnte ihren Kopf an seine Brust und er schloss die Arme um ihre Schultern.

Sprich mit mir, dachte Lisbeth verzweifelt. *Sag mir, dass du mich liebst. Dass du auf meiner Seite bist.*

»Wir gehen besser zurück in die Burg«, sagte Jakob schließlich mit heiserer Stimme.

Lisbeth biss sich auf die Unterlippe. Beinahe hätte sie ihn gefragt, was er dachte. Was er tun wollte. Doch das wäre nur ein weiteres Zeichen von Schwäche gewesen. Vielleicht war es schon diese Umarmung.

Du bist nur so schwach, wie du es zulässt, flüsterte die Stimme in ihrem Kopf.

Jakob küsste ihr Haar, aber für Lisbeth fühlte es sich wie eine hohle Geste an. Ihr fiel auf, wie restlos die Euphorie verflogen war, die sie eben noch empfunden hatte. Sie spürte noch den Zauber, den sie sich durch das Opfer des Mädchens erkauft hatte. Doch nun, nach Jakobs Reaktion, hinterließ alles, was sie getan hatte – alles, was sie sich erhofft hatte –, einen sauren Geschmack in ihrem Mund.

Ausgerechnet er. Ausgerechnet der eine Mensch, der ihr immer eine Stütze gewesen war.

Jakob löste ihre Umarmung und zum ersten Mal bröckelte Lisbeths Gewissheit, dass sie sich wirklich auf ihn verlassen konnte.

36

LISBETH

Zurück in der Burg, ging Lisbeth in ihrer Schlafkammer auf und ab. Eine Kerze brannte auf ihrem Frisiertisch und im Licht der Flamme schwankte ihr Schatten unruhig hin und her.

Sie hatte nicht mehr daran gedacht, ihr Bettzeug so zu drapieren, dass es aussah, als hätte sie hier geschlafen. Auch ihre Kleider hatte sie bisher nur halb abgelegt: Sie hatte ihre Ärmel abgeknüpft und das Mieder aufgeschnürt, aber sie war zu abgelenkt gewesen, um weiterzumachen.

Jakob hatte nicht mit ihr gesprochen, den ganzen Weg zurück zur Burg nicht. Erst als sie kurz vor der Fallbrücke zum hinteren Tor angekommen waren, hatte er sie tiefer in den Schatten der äußeren Mauer gezogen. Aber als sie ihre Hand an seine Wange gelegt und einen Abschiedskuss erwartet hatte, hatte er nur ihre Handfläche geküsst und gesagt: *Gib mir ein wenig Zeit. Ich muss über das alles nachdenken.*

Lisbeth erinnerte sich nur zu gut daran, wie sehr sie diese Worte getroffen hatten. Sie spürte sie immer noch wie einen Stich in der Brust. Warum tat es weh? Wut wäre die passendere Reaktion gewesen.

Er hatte sie als Erste über die Brücke zum Tor gehen lassen, damit man sie nicht zusammen sah. Sie hatte die Schwelle zur Brücke fast erreicht, da hatte er ihr in gedämpften Ton hinterhergerufen. *Lisbeth. Was war die Belohnung?*

Sie hatte ihm nicht geantwortet.

»Er zweifelt an mir«, murmelte Lisbeth. »Ich kann nicht fassen, dass er an mir zweifelt.«

Sie drehte sich um und sah zu dem Spiegel, den sie vor einigen Tagen zurück in ihre Schlafkammer hatte bringen lassen. Ihr Spiegelbild wartete hinter dem Glas, bleich und schimmernd. Die Dunkelheit hinter seinem Rücken war beinahe so pechschwarz wie seine Augen.

Männer trauen Frauen nicht, flüsterte die Stimme des Spiegelbildes. *Nicht wirklich.*

Lisbeth biss sich auf die Unterlippe, aber sie widersprach nicht. Jakob war anders gewesen. Sie zerrte eine der letzten Haarnadeln aus ihrer Frisur und löste mit ungeduldigen Bewegungen ihren Zopf. Er *hatte* ihr vertraut. Und sein Vertrauen hatte ihr Stärke gegeben.

Aber war es das? War es wirklich Stärke, wenn sie die Bestätigung eines Mannes brauchte, um sich selbstsicher zu fühlen?

Jetzt tu doch nicht so, als ob die Antwort darauf nicht bereits kennen würdest. Lisbeths Finger blieben in ihren verknoteten Haaren hängen und sie riss ihre Hand mit einem Knurren los.

Nein, sie brauchte Jakob nicht. Nicht dafür. Aber er war eine der wenigen Konstanten in ihrem Leben gewesen und ihre Beziehung der eine Akt an Selbstbestimmung, der sie davor bewahrt hatte, in ihrer Rolle als Tochter und Ehefrau zu verkümmern. Sie hatte sich eingeredet, dass sie immer noch Kontrolle über sich selbst hatte, solange sie sich mit Jakob traf. Ihn zu lieben war ihre Entscheidung, ihre eigene.

Und jetzt war er kurz davor, ihr diesen Freiraum zu nehmen. War er kurz davor, für *sie beide* zu entscheiden. Was sagte das über ihre Selbstbestimmung aus?

Es sagt dir die Wahrheit; dass du nie die Kontrolle über irgendetwas gehabt hast, geschweige denn über dein eigenes Leben. Du hast dich zu Jakob geflüchtet, anstatt wirklich etwas an deiner Situation zu verändern.

Lisbeth war sich nicht sicher, ob das ihre eigenen Gedanken waren oder das Raunen des Spiegels, aber im Moment war das ihr geringstes Problem. Sie nahm ihre Bürste hoch und drehte sie zwischen den Fingern.

Gib mir ein wenig Zeit.

Mit einem wütenden Schrei schleuderte sie die Bürste durch den Raum. Verdammt sollte er sein, dass er sie so aus dem Gleichgewicht

brachte. Und verdammt sollte sie sein, wenn sie ihn jetzt aufgab. Sie hatte einen Plan. Sie wusste genau, warum sie sich mit der Macht im Wald eingelassen hatte und welche ›Belohnung‹ sie für ihre Dienste erwartete. Sie wusste nicht, wie es vonstattengehen würde, und es war ihr auch egal. Hauptsache, ihr Spiegelbild hielt sein Versprechen: Macht und Freiheit. Das war es, was sie sich erkaufte.

Sie würde sich von allen befreien, die ihr Vorschriften machen, sie kleinhalten, sie als ihren Besitz herabwürdigen wollten. Barbaras Krankheit und Lisbeths Erfolg beim Michaelisfest war nur eine Kostprobe gewesen. Wenn die Macht im Wald das geschafft hatte, dann würde sie auch dafür sorgen können, dass Konrad ihr nicht gefährlich werden konnte. Ja, am besten wäre es, wenn er nie mehr zurück nach Hause käme. Ein Unfall auf der Straße, ein Überfall, so etwas passierte ständig. Und wenn der Schatten seiner Rückkehr nicht mehr über ihr schwebte, dann würde sie ihren rechtmäßigen Platz als Herrin ihrer Grafschaft einnehmen, würde Jakob heiraten und endlich offen mit ihm zusammen sein.

Der Plan setzte allerdings voraus, dass Jakob dann immer noch zu ihr hielt.

Lisbeth presste sich eine Hand gegen die Stirn. Was tat sie hier überhaupt? Was nützte es, Pläne zu schmieden, wenn die Person, die ihr am nächsten stand, ihr einen Strich durch die Rechnung machte?

Sie würde ihn verlieren. Sie würde ihn verlieren, und es gab nichts, was sie dagegen tun konnte.

Das ist nicht ganz richtig.

Lisbeth erstarrte. Dieses Mal flüsterte die Stimme eindeutig neben ihrem Ohr. Eine dunkle Vorahnung strich wie ein Finger über ihren Rücken. »Was meinst du damit?«

Sieh her.

Lisbeth drehte sich um. Ihr Spiegelbild stand ihr gegenüber und hielt ein gläsernes Herz in den Händen. Es war ein wunderschönes Ding, filigran, in sich gebrochen wie ein Kristall, und schrecklich zugleich.

Es gibt Wege, dir seine Treue zu versichern, versprach das Spiegelbild. *Wenn du dich für sie entscheidest, musst du nie wieder an seiner Liebe zweifeln.*

Lisbeths Hand rutschte zu ihrem Mund. Gebannt von dem Anblick ging sie auf den Spiegel zu. Sie hätte das gläserne Herz gern berührt, aber im letzten Moment zog sie ihre Finger zurück.

»Ist das ein neuer Zauber?«, fragte sie mit dünner Stimme. »Oder ein Teil unseres Handels?«

Das Spiegelbild neigte den Kopf. *Ich habe dir versprochen, dich gegen deine Feinde zu beschützen.*

Lisbeth wurde kalt. »Jakob ist nicht mein Feind.«

Bist du dir sicher? Ihr Spiegelbild verschwand und an seiner statt erschien die Szene im Wald, als Jakob sie gestellt hatte. Sie selbst stand dort, die Arme um den Leib geschlungen, und Jakob stand schräg hinter ihrem Rücken. Dieses Mal jedoch sah Lisbeth sein Gesicht. Sah die Abscheu, die seine Miene verzerrte, während sie ihm ihr Herz ausschüttete.

Lisbeth presste die Faust gegen die Brust. War das wirklich so gewesen? Hatte er sie *so* angesehen? Das Bild im Spiegel änderte sich und zeigte ihr Jakob, der ihr durch den Wald hinterherschlich wie eines der Wiesel, die zu Hause immer in den Hühnerstall eingebrochen waren. Noch ein Szenewechsel und Lisbeth sah auf Jakob und Klara vor den Ställen, wie sie die Köpfe zusammensteckten und tuschelten.

Ihr Herz brach, als alles, was sie über Jakob gedacht hatte, auseinanderfiel und sich neu und schrecklich zusammenfügte.

Vielleicht war das Bäckersmädchen nicht die Einzige, die mit Blindheit geschlagen war.

Lisbeths Spiegelbild erschien wieder hinter dem Glas. Noch immer hielt es das Herz in den Händen.

Lisbeth schauderte. Kurz schloss sie die Augen und spürte förmlich, wie Jakobs Hand in ihrer lag, nur um sie dann loszulassen. Der Schmerz schnürte sich wie Eisenbänder um ihre Brust. Sie öffnete die Augen, trat nach vorn und legte die Fingerspitzen an den Spiegel.

»Sag mir, was ich tun muss.«

Das Spiegelbild lächelte sanft und Lisbeth spürte, wie sich die Oberfläche des Spiegels unter ihren Fingern veränderte. Die Frau im Spiegel schob das Herz durch die Barriere aus Glas, aber noch während Lisbeths Finger die Rundung des Herzes berührten, begann dessen Oberfläche zu bröckeln. Erschrocken sah sie hinunter. Das

gläserne Herz löste sich auf und zerfiel in winzige glitzernde Splitter. Rasch hielt sie beide Hände unter das zerfallende Herz und fing das zermahlene Glas in ihren Handflächen auf.

Es ist ganz einfach, sagte ihr Spiegelbild, und dann erklärte es Lisbeth, wie sie ihren eigenen Jäger an sich binden konnte.

37

ANTHEA

Lelia hatte ein kleines Lagerfeuer entzündet und kochte darauf einen Topf Kräutertee. Ich saß mit meiner Decke um die Schultern an eine der Lärchen gelehnt. Mein Körper war ausgelaugt vom Weinen und meine Panik so weit abgeebbt, dass ich das ganze Ausmaß meiner Erschöpfung spürte.

Es fühlte sich an, als wäre eine Ewigkeit vergangen, aber die Nacht war immer noch tiefschwarz. Ich hatte meinen Rucksack zu mir herangezogen und fuhr mit den Fingern über die Schutzknoten, die ich in seine Riemen geknotet hatte. Die hatten gehalten. Aber es war ja am Ende auch nicht der Rucksack, der Schutz nötig gehabt hatte.

Ich löste den Deckel, holte die Eulenmaske aus dem Rucksack und hielt sie in den Händen.

Lelia kam zu mir und reichte mir einen Becher mit dampfendem Tee. Der Geruch von Kamille, Minze und einem herberen, unbestimmbaren Kraut stieg mir in die Nase. Dankbar atmete ich den Dampf ein.

Lelia setzte sich im Schneidersitz mir gegenüber und lächelte zu der Maske in meinen Händen. »Du weißt schon, dass die da der Grund ist, warum ich neugierig auf dich geworden bin?« Sie lächelte breiter. »Und dazu noch deine Rauchstimme und die roten Haare.«

Ich hatte nicht die Kraft, darauf zu reagieren, aber Lelia sprach ohnehin weiter. »Du hattest etwas an dir«, sagte sie mit ernsterer

Stimme und schnaubte dann. »Ehrlich gesagt hast du mich als Erstes einfach nur wütend gemacht. Ich dachte, du hättest dich von deinem Wolf überreden lassen, dem Spiegel hinterherzujagen – und es schien dir ganz egal zu sein, was es dich kostet, für die Wünsche eines anderen zu leben. Und dann hast du dir die Scherbe ins Auge gerammt, verdammt noch mal. Ich hab einfach nicht verstanden, warum du dein eigenes Leben so mir nichts, dir nichts aufs Spiel gesetzt hast.«

Ich senkte den Blick. Ich musste in ihren Augen wirklich erbärmlich gewirkt haben. Unwillkürlich fragte ich mich, warum sie mich geküsst hatte. Aus Mitleid? Nein. Vielleicht war es überheblich, das zu glauben, aber da war mehr gewesen. Ich widerstand dem Drang, meinen Mund mit den Fingerspitzen zu berühren.

»Aber da war mehr«, sagte Lelia, und ich zuckte zusammen. Es war fast so, als hätte sie meine Gedanken aufgeschnappt.

Sie blies auf ihren eigenen dampfenden Becher, dann stellte sie ihn auf ihrem Schenkel ab. »Ich glaube, ich war so wütend, weil du mich an mich selbst erinnert hast.«

»Was meinst du damit?«, brachte ich hervor.

»Ich war die dritte Tochter in einer Familie mit sieben Kindern.« Lelia zuckte mit der Schulter und strich ihr Haar hinter ein Ohr. »In unserem Haushalt war ich mehr oder weniger unsichtbar. Meine Mutter kümmerte sich entweder um meine kleinen Brüder oder brachte meinen älteren Schwestern bei, wie man den Haushalt führt und auf dem Hof mitarbeitet. Eine Zeit lang habe ich versucht, mich meinen Schwestern anzuschließen und ihnen alles nachzumachen, aber ich war zu langsam. Meine Hände waren noch zu klein und ich war ein bisschen tollpatschig. Na ja, sehr tollpatschig, wenn man's genau nimmt. Wenn ich dann mal wieder einen Krug Wasser oder eine Schürze mit Eiern habe fallen lassen, dann haben sie mich aus dem Haus gescheucht.«

Lelia starrte auf ihren Becher und ich war mir sicher, dass sie in Gedanken wieder durch das Zuhause ihrer Kindheit streifte.

»Ich habe immer gedacht, dass meine Mutter mich wegschickte, weil ich überflüssig war«, sagte sie. »Natürlich war das Unsinn, aber als Kind malt man sich so einiges aus.« Sie hob den Blick und lächelte wieder, aber es war ein bitteres, selbstironisches Lächeln. »Dummerweise bleiben solche Überzeugungen hängen, selbst wenn man es längst besser weiß. Nachdem Nonna mich mitgenommen hatte, habe ich gelernt, dass ich einen Platz in der Welt habe und dass das auch verdammt richtig so ist. Aber manchmal …« Sie sah zur Seite, dann zuckte sie noch einmal mit den Schultern. »Manchmal frage ich mich immer noch, ob Nonna mich überhaupt beachtet hätte, wenn ich nicht zufällig zur richtigen Zeit von Nutzen für sie gewesen wäre.«

Entgeistert starrte ich sie an. Da war so vieles in ihrer Geschichte, das wie ein Echo meiner eigenen Gefühle klang. Tatsächlich war es mir nie in den Sinn gekommen, dass jemand anderes so ähnlich wie ich empfinden könnte. Es war mir immer so vorgekommen, als würden sich alle anderen zumindest bei irgendwem zugehörig fühlen.

»Diese Frage treibt mich um in schlechten Momenten«, gab Lelia zu. »Genauso wie die Angst, meine Magie nicht gut genug auszuüben und in Nonnas Augen zu versagen. Aber an guten Tagen kann ich zumindest akzeptieren, dass mein magisches Talent zwar ein Teil von mir ist, aber nicht der einzige Teil, der etwas zählt.«

»Und all das hat dich auf die Idee gebracht, mich zu küssen?«, fragte ich mit schwachem Lächeln.

Überrascht sah sie mich an, dann grinste sie. »Was soll ich sagen? Ich bin ein komplizierter Mensch.« Ihr Lächeln wurde weicher, als sie fortfuhr. »Ich habe mich von dem ertappt gefühlt, was ich in dir gesehen habe. Du warst wie ein Spiegel für mich. Und ich wollte dich packen und schütteln und dir sagen, dass du gefälligst auf dich selbst achten sollst. Aber da warst du und hast dich so sehr auf die Bedürfnisse anderer konzentriert, dass du dich selbst nicht gesehen hast. Du hast noch nicht einmal an deine eigene Magie geglaubt.« Sie hob forschend eine Augenbraue. »Ist das noch so?«

Erst jetzt bemerkte ich, dass ich den Atem angehalten hatte. Es war seltsam, so den Spiegel vorgehalten zu bekommen. Ich hätte mich entblößt fühlen können, oder verletzt von ihrer Unverblümtheit. Stattdessen fühlte es sich so an, als ob ich eine Last ablegen konnte, die ich schon viel zu lange getragen hatte. Lelia hatte meine Schwäche gesehen. Sie teilte sie, zumindest ein bisschen. Und sie betrachtete mich immer noch mit dieser offenen, für mich so neuen Wärme in ihrem Blick.

Ich atmete aus, dann nahm ich einen Schluck von dem Kräutertee. »Ich bin mir nicht sicher«, sagte ich schließlich. »Aber ich glaube, du hast recht. Da … ist etwas in mir, etwas anderes als das Glas.« Es war seltsam, das laut auszusprechen. Der Gedanke, dass ich ein magisches Talent haben könnte, erschien mir immer noch abwegig, aber meine Gespräche mit Lelia und meine Erfahrungen auf unserer Reise hatten etwas in mir aufgeschlossen.

Ich nahm meinen Mut zusammen, dann erzählte ich Lelia von dem Moment, als ich neben dem vermeintlich toten Jäger gekniet und in meinen Gedanken eine Verbindung zu ihm gewebt hatte.

»Davor konnte ich die Glaspfade nicht sehen«, sagte ich. »Aber danach waren sie plötzlich ganz deutlich da.«

Lelia nickte nachdenklich. »Dann hatten wir recht«, sagte sie, und auf meinen fragenden Blick hin: »Nonna hat es auch vermutet. Du hast das Blut einer Weberin in dir.«

»Heißt das, nur zauberbegabte Frauen können die Magie des Splitters spüren?«, fragte ich.

»Ich glaube nicht«, antwortete Lelia. »Aber ein magisches Talent hilft bestimmt dabei, die Magie zu kontrollieren. Vielleicht hast du auf der Lichtung so tief in dich hineingehört, dass du zwei Zauberadern gefunden hast – eine fremde und eine eigene.«

Und wahrscheinlich hatte ich erst meine eigenen Zweifel ausblenden müssen, um das zu bewerkstelligen, dachte ich bei mir. Laut sagte ich: »Aber warum sollte ausgerechnet ich eine Weberin sein?«

Lelia sah mich prüfend an. »Kannst du das Talent von deiner Mutter geerbt haben?«

»Ich kann mich nicht an sie erinnern«, begann ich, aber dann fiel mir der Traum über das Fadenspiel ein, den ich vorherige Nacht gehabt hatte. Ich hatte angenommen, dass es sich dabei um eine Erinnerung an Marietta handelte, aber was, wenn ich die Hände meiner Mutter gesehen hatte?

Spinnt den Faden, spinnt das Leben, König, Bettler, Greis und Kind.

Die Erinnerung an den Reim versetzte mir einen Schlag. »Ich glaube doch!« Ich setzte mich auf und die Decke rutschte von meinen Schultern. »Ich glaube, sie hat mir ein Fadenspiel beigebracht. Kann das sein?«

Lelias Augen blitzten und sie lehnte sich nach vorn. »Gut möglich«, sagte sie. »Kindern wird die Magie oft spielerisch beigebracht. Vielleicht hätte deine Ziehmutter dir mehr erzählt, sobald du alt genug geworden wärst.«

»Marietta«, flüsterte ich. »Du meinst, sie wusste Bescheid?«

»Du hast gesagt, sie und deine Mutter waren Freundinnen? Dann ist es doch wahrscheinlich.«

Ich sackte gegen den Baumstamm zurück. Mein ganzes Leben schien sich wie ein Muster aus Sand zu zerstreuen und neu anzuordnen. Ich wünschte, ich hätte Zeit, um das alles zu verarbeiten. Aber Zeit war genau das, was uns fehlte.

Kurz hielt ich mir die Hand vor die Augen, dann schüttelte ich den Kopf. »Dann habe ich eine Magie, von der ich nichts wusste«, sagte ich. »Nur hilft uns das im Moment auch nicht weiter, oder?« Ich blickte zum Himmel, aber der Mond lag wieder hinter den Wolken verborgen.

Lelia richtete sich auf. »Ich kenne mich mit Webmagie nicht aus«, gab sie zu. »Die Frauen der Zauberzünfte hüten ihre Geheimnisse. Aber könntest du nicht einfach das, was du oben in den Bergen gemacht hast, wiederholen?«

»Ich habe mir vorgestellt, eine Verbindung zu dem Jäger und dem Spiegel herzustellen. Selbst wenn ich die Magie nutzen könnte, was würde sie mir in dieser Situation helfen? Wir wissen, wie wir den Spiegel finden können.«

Lelia überlegte und strich dabei mit dem Daumen über den Rand ihres Bechers. »Der Sage nach konnte Calypso den Männern die Erinnerungen nehmen und sie in ihrem Webrahmen festknüpfen. Die Moiren hatten Zugriff auf Lebensfäden, konnten sie weiterspinnen oder kappen. Und Ariadne spann einen Faden, der den Helden, den sie liebte, sicher aus einem Labyrinth führte.«

»Ein Faden, der den Weg weist«, sagte ich. »Aber den Weg wohin?«

»Nicht den Weg zu dem Ort, an dem der Spiegel begraben liegt«, sagte Lelia. »Wie du gesagt hast, die Glaspfade würden uns auch so dorthin bringen. Aber wenn wir ihnen folgen, dann spielen wir dem Spiegel genau in die Hände. Die Frage ist: Gibt es eine Möglichkeit, ihn auszutricksen? Womit rechnet der Spiegel nicht?«

Mir wurde kalt. »Damit, dass wir Matej im Stich lassen und stattdessen unseren ursprünglichen Plan verfolgen.« Ich konnte kaum glauben, dass ich das ausgesprochen hatte, aber die Antwort war so unmittelbar auf meine Zunge gesprungen, dass ich sie preisgeben musste.

Lelia sah erschrocken hoch. »Woran denkst du?«

Die Kälte kroch weiter durch meine Haut, aber in meinem Kopf fügte sich ein Teil zum anderen. Ein *Faden* zum anderen, wenn man so wollte. »Die Mutter Oberin hat uns erzählt, dass das Ding hinter dem Spiegel versucht, andere Ausgänge in unsere Welt zu reißen.«

Lelia pfiff durch die Zähne. »Andere Ausgänge«, wiederholte sie. »Und andere Eingänge?«

Ich nickte. »Sie hat gesagt, dass das Glas die neu gerissenen Übergänge sofort versiegelt. Sie hat allerdings nicht gesagt, dass sich diese Tore von unserer Seite aus nicht auch öffnen lassen.«

»Und du weißt, wie man die Glassiegel öffnet?«, fragte Lelia mit schlecht verhohlener Aufregung.

Dieses Detail hatte mir die Mutter Oberin nicht verraten. Vielleicht dachte sie, ich würde es nicht kennen. Falls ja, dann irrte sie sich.

»Mit Blut«, sagte ich. »Man kann sie mit Blut öffnen, das wusste Matej von Myrsina.«

»Wenn du uns also einen Faden webst, der zu so einem Hintereingang führt, dann könnten wir das Ding hinter dem Spiegel überrumpeln.« Lelia schlug sich mit der flachen Hand auf den Schenkel. »Der Plan ist zumindest minimal besser als Selbstmord.«

Ich schwieg und starrte hinunter in meinen Becher. Der Tee schmeckte jetzt bitter auf meiner Zunge. »Es würde bedeuten, dass wir Matejs Leben aufgeben«, sagte ich mit tonloser Stimme.

»Nicht zwingend.«

Überrascht sah ich hoch. Lelia tappte wieder mit dem Daumen auf dem Rand ihres Bechers. »Wir sind zu zweit«, sagte sie. »Wenn du es schaffst, einen Weg zum Herz des Spiegels, ich meine, eine Hintertür zum Lager dieses Spiegeldämons zu finden, dann könnte ich die Lichtung suchen und Matej befreien.«

»Lelia …«

Sie hielt eine Hand hoch. »Komm nicht mal auf die Idee, mir zu sagen, dass das nicht mein Kampf ist. Ich finde zwar immer noch, dass Isegrim es mit seiner Jagd nach dem Spiegel übertreibt, aber von diesen seelenlosen Widergängern ermordet zu werden? Das hat er nicht verdient.« Sie schloss beide Hände um ihren Becher und kurz sah ich die Anspannung auf ihrem Gesicht. »Das Einzige, was mir daran wirklich nicht gefällt, ist, dass ich dich allein lassen muss.«

Ich hatte keine Ahnung, was ich zu all dem sagen sollte. Ich schluckte schwer. »Denkst du … denkst du, ich könnte es schaffen? Das Herz des Spiegels zu vernichten?«

Sie hob den Blick. »Denkst du, ich schaffe es, ein halbes Dutzend Jäger zu überwältigen und deinen Wolf zu retten?«

Kurz sahen wir uns beide schweigend an, dann lachte Lelia freudlos und schüttelte den Kopf. Es war absurd, aber ich musste ebenfalls lächeln.

»Auf uns«, sagte Lelia und hob ihren Becher. »Und auf verschwindend kleine Erfolgsaussichten.«

Wir stießen an und tranken beide. Lelia hatte versprochen, dass der Tee mich beruhigen würde. Mittlerweile spürte ich bereits eine angenehme Schwere in meinen Gliedern.

»Meine Chancen sind übrigens noch geringer als deine«, murmelte Lelia. »Selbst wenn ich ihn rette, reißt Isegrim mir wahrscheinlich die Kehle raus, weil ich dich habe allein gehen lassen.«

Ihre freie Hand lag auf ihrem Knie und einem Impuls folgend lehnte ich mich nach vorn und legte meine Finger über ihre. Sie zuckte zusammen, aber dann nahm sie meine Hand und drückte sie kurz.

»Damit der Plan klappt, muss das mit dem Weben funktionieren«, sagte sie.

»Ich versuche es.« Unsere Blicke trafen sich und ich schluckte schwer. »Hilfst du mir?«

Sie stellte ihren Becher auf den Boden. »Was kann ich tun?«

Ich dachte nach und versuchte, meine Zweifel zur Seite zu schieben. Was tat ich hier überhaupt? Egal, was ich versuchte, ich würde sprichwörtlich im Dunkeln tappen. Ich hatte meine Talismane immer nach Gefühl gewebt, hatte nie groß über die Muster oder die Bestandteile nachgedacht. Meine Finger schienen ganz von selbst zu wissen, was sie tun wollten. Aber war das wirklich ein Anzeichen dafür, dass mehr in mir steckte?

Ich sog einen Atemzug ein und ließ ihn langsam zurück über meine Lippen gleiten. Ich wiederholte den Atemzug und dann tat ich das Erste, was mir in den Sinn kam. Ich stellte meinen eigenen Becher ab, rutschte näher an Lelia heran und löste das Band, das ich ihr geschenkt hatte, von ihrem Handgelenk. Dabei berührte ich ihre weiche Haut und bevor ich noch ganz wusste, was ich tat, streifte ich mit der Rückseite zweier Finger über die Innenseite ihres Handgelenks. Lelia erschauderte.

»Was wir beide nicht alles anstellen könnten«, sagte sie. »Wir hätten uns wirklich unter anderen Umständen kennenlernen können, finde ich.«

Ich spürte, wie meine Wangen glühten, aber auch diese Mal konnte ich mir ein Lächeln nicht verkneifen. Sie berührte kurz meinen Mundwinkel, dann setzten wir uns aufrecht einander gegenüber.

»Und jetzt?«, fragte sie.

»Ich will etwas versuchen«, sagte ich. »Ich weiß nicht, ob es funktioniert, aber …« Hilflos schüttelte ich den Kopf, dann fasste ich Lelia bei den Händen. Das Band klemmte zwischen ihrer rechten und meiner linken Handfläche. Ich schloss die Augen und versenkte mich in mein Inneres. Ich stellte mir die Fäden des Bandes vor, malte mir aus, wie sie sich lösten und um unsere Finger wickelten. Vage wurde mir bewusst, dass ich meine Hände bewegte. Ich wollte einen Weg finden, aber bisher war es mir nur gelungen, eine Verbindung zwischen mir und dem Glas in mir herzustellen. Aber vielleicht war ein Weg genau das. Eine Verbindung zwischen mir und den Menschen, Dingen oder Orten, die ich finden wollte.

Als ich die Augen wieder öffnete, hatten wir einander losgelassen und zwischen unseren Händen spann sich ein Muster aus spinnwebfeinen goldenen Fäden. Sie leuchteten, flackerten und hielten dennoch stand.

Lelia strahlte mich triumphierend an. »Das ist doch mal was.«

38

LISBETH

Jakobs Kammer lag direkt über den Ställen. Sie war klein. Es gab nur ein winziges Fenster und kaum genug Platz für das Bett, eine Truhe und den Kamin. Ein Kupferkessel hing dort, in dem Jakob sicher seine Tinktur für wunde Pferdeknöchel kochte.

Seit sie auf Wolkenstein lebte, war Lisbeth noch kein einziges Mal hier gewesen. Wenn sie sich mit Jakob traf, dann immer im Freien. Immer weitab der Burgmauern. Nun stand sie vor seinem Kamin und starrte in die Spiegelung des Kupferkessels, als ob sie dort Antworten finden würde. Doch das Einzige, was sie sah, war Jakobs angeekeltes Gesicht.

Sie hatte immer gedacht, sie wüsste, was in seinem Kopf vorging. Oder zumindest glaubte sie, dass sie seine Gefühle für sie kannte. Er hatte ihr nie einen Grund gegeben, an seiner Liebe zu zweifeln.

Zumindest keinen, den du bemerkt hättest.

Lisbeth schüttelte den Kopf, wie um eine lästige Fliege zu vertreiben. Mit einer Hand strich sie sich eine Haarsträhne aus der Stirn, mit der anderen hielt sie den Weinschlauch, den sie mitgebracht hatte. Es war ein Leichtes gewesen, die Glassplitter dort hineinzuschütten. Wenn sie den Schlauch jetzt hin und her schwenkte, hörte sie nur das Glucksen des Weins, kein Klirren, kein verdächtiges Knirschen.

Würde Jakob die Splitter bemerken, wenn er trank?

Ihr Blick glitt zu dem Kaminsims, auf dem mehrere Gegenstände verteilt lagen. Eine verkorkte Tonflasche, eine Schachtel Schwefelhölzer, ein Lederriemen zum Messerschleifen und ein Hundehalsband. Lisbeth trat einen Schritt näher. Ja, sie hatte sich nicht getäuscht. Das war Fenns Halsband.

Der Anblick rüttelte an etwas in ihr, was sie nicht genau betrachten wollte, also wandte sie sich dem kleinen Fenster zu. Draußen graute schon der Morgen, aber wohin auch immer Jakob nach ihrem Abschied gegangen war, er war noch nicht zurück. Wo war er?

Und vor allem, fragte die Stimme in ihrem Kopf, *mit wem ist er zusammen?*

Kurz stellte Lisbeth sich vor, wie Jakob und Klara vor den Ställen standen. Nur war es diesmal Nacht und sie gingen gemeinsam hinein.

Lisbeth biss so heftig die Zähne zusammen, dass ihr Kiefer schmerzte. Egal, ob sie sich eine Annäherung zwischen Klara und Jakob einbildete oder nicht: Er war kurz davor, sich von ihr abzuwenden, *das* spürte sie. Und damit würde er alles in Gefahr bringen, was sie sich so teuer erkauft hatte. Denn je länger sie seine Ablehnung fürchtete, umso verwundbarer wurde sie.

Wut tobte erneut durch ihre Gedanken. Sie hatte bereits so viele schwere Entscheidungen getroffen. Wieso gab ausgerechnet er ihren Zweifeln neue Nahrung? Und wie sollte sie sich je frei fühlen, solange ein anderer Mensch sie so aus dem Gleichgewicht bringen konnte? War denn der Zauber ihres Spiegelbildes nicht einmal stark genug, um sie gegen Jakobs Verrat zu wappnen?

Nicht, solange sie selbst an ihren Ängsten festhielt. Das hatte die Stimme gesagt und Lisbeth spürte, dass sie recht hatte.

Du kannst dich auf niemanden verlassen. Nur auf dich selbst. Du warst es, die den Zauber auf der Lichtung geweckt und an sich gebunden hat. Aber bist du stark genug, um dich durch seine Macht befreien zu lassen? Oder klammerst du dich weiter an deine Ängste wie ein kleines Mädchen?

Lisbeth ballte die Fäuste. Sie stellte sich vor, wie der Zauber durch ihre Finger glitt. Wie sie ihn verlor, ehe er überhaupt zu wirken begonnen hatte. Nein. Sie war zu weit gegangen, um das zuzulassen. Und wenn Jakob ihre Schwachstelle war, dann würde sie sich um ihn kümmern.

Er muss das Glas nur in sich aufnehmen. Mehr braucht es für diesen Zauber nicht.

Lisbeth schloss ihre Hand fester um den Hals des Trinkschlauchs und ging zum Fenster. Das Glas würde ihn nicht töten. Es würde ihn nur dazu bringen, sich wieder an seine wahren Gefühle für sie zu erinnern. Es würde ihm helfen, seine Zweifel abzuschütteln – und seine Abscheu zu vergessen, wenn es das war, was er nun für sie empfand.

Lisbeth spürte wieder die Eisenbänder um ihre Brust. »Er liebt mich«, flüsterte sie. »Ich weiß es.« Sie musste ihm nur helfen, damit er sich nicht mehr von den Regeln kleingeistiger Menschen verunsichern ließ.

Sie ging zurück zum Kamin, stemmte eine Hand in die Hüfte und sah dann auf Fenns Halsband. Sie kannte das Muster, das in das Leder gestanzt worden war, so gut: Weinlaub, Sterne und ein springender Hund. Auch das war ein Geschenk von Jakob gewesen.

Lisbeth berührte das Halsband und schauderte. Absichtlich rief sie sich den Moment vor Augen, als Jakob sie vor der Lichtung konfrontiert hatte. Doch als sie das Halsband zu sich heranzog, drängten sich andere Begegnungen mit ihm in den Vordergrund. Erinnerungen füllten ihren Kopf und ihr Herz – daran, wie sie beieinander lagen, sich Hand in Hand durch vergessene Türen nach draußen schlichen oder wie er sie in einen Baum hob, damit sie ein paar Äpfel für sie beide pflücken konnte. Selbst wenn alles um sie herum komplizierter geworden war, war ihre gemeinsame gestohlene Zeit immer noch so einfach gewesen wie die Spiele, die sie als Kinder gespielt hatten.

Das Glas würde diese Unbeschwertheit nicht zurückbringen. Es würde Jakob nur seinen freien Willen nehmen.

Lisbeths Finger verkrampften sich um das Halsband. Ungebeten tauchte das Bild des schwarzbärtigen Jägers vor ihrem inneren Auge auf. Sie sah seine emotionslosen, blassen Augen, sah die hohlen Wangen und die Wunden an seinem Hals, die ihn nicht zu kümmern schienen. Lisbeth schloss die Augen, konnte das Bild jedoch nicht verdrängen. Stattdessen wandelte sich das Gesicht des Schwarzbarts in das von Jakob, der sie mit leerem Blick anstarrte.

»Ich kann nicht«, flüsterte sie, halb verwundert, halb verzweifelt. »Ich kann nicht.«

Dann wirst du scheitern.

Lisbeth sog bebend die Luft ein, ließ Fenns Halsband los und packte den Weinschlauch mit beiden Händen. Sie wollte vor dem Kamin zurückweichen, aber Worte prasselten auf sie nieder und hielten sie an Ort und Stelle.

Niemand hat behauptet, dass der Weg zur Freiheit einfach ist. Die Stimme in ihrem Ohr klang beinahe so, als gehörte sie ihrer Mutter. *Was hast du gedacht? Dass du nichts aufgeben musst, um Macht und Einfluss zu bekommen? Dass es genügt, ein fremdes Mädchen, einen Niemand dem Tod zu übergeben? Natürlich musst du dafür ein persönliches Opfer bringen.*

»Jakob …«, flüsterte Lisbeth.

Jakob, antwortete die Stimme. *Jakob, Jakob, Jakob, Jakob.*

Mit einem Aufschrei schleuderte Lisbeth den Weinschlauch in den kalten Kamin. Zitternd griff sie nach den Schwefelhölzern, die auf dem Kaminsims lagen, doch die Schachtel entglitt ihr, als sie ihr eigenes verzerrtes Gesicht in der Spiegelung des kupfernen Kessels sah. Das Raunen wuchs zu einer Kakophonie von Protesten und Beschimpfungen an.

Sie werden dich holen. Du bist zu schwach, um nach der Macht zu greifen.

Sie werden dich aufhängen. Dich auf dem Scheiterhaufen verbrennen.

Hexe.

Ehebrecherin.

Mörderin.

Lisbeth stöhnte, presste sich die Hände auf die Ohren und sank vor dem Kamin auf die Knie. Dort kauerte sie noch immer, als sich jemand am Rand ihres Sichtfeldes bewegte. Lisbeth fuhr vor Schreck zusammen, aber da kniete sich Klara neben ihr auf den Boden und fasste sie bei den Handgelenken. Die Angst stand ihr ins Gesicht geschrieben. Sie sagte etwas, aber im ersten Moment sah Lisbeth nur, wie sich ihr Mund bewegte. Dann senkte sie die Hände von den Ohren.

»Elisabeth«, sagte Klara mit vor Furcht verzerrter Stimme. »Was ist mit dir? Ist alles in Ordnung?«

Lisbeth blickte sie nur an. Ihr Schweigen schien Klara noch mehr zu beunruhigen, denn sie befühlte erst Lisbeths Stirn und fasste sie dann am Arm. Diese Berührung rüttelte Lisbeth aus ihrer Starre. Genau so hatte Jakob Klara vor den Ställen festgehalten. Sie fragte sich, ob ihr die Berührung gefallen hatte.

»Deine Haut ist ganz warm, ich glaube, du hast Fieber«, plapperte Klara und sah zurück zur Tür. Erwartete sie jemanden? Und warum war sie so nervös? Lisbeths Fragen reihten sich aneinander wie Perlen an einer Schnur und mit jeder dieser Perlen formte sich ein deutlicheres Muster. Klara war offensichtlich überrascht, sie hier vorzufinden. Warum? Weil sie dachte, sie würde hier nur Jakob antreffen? Etwas Dunkles, Lauerndes regte sich in Lisbeths Brust. Und was, bitte schön, könnte ihre Zofe dazu bringen, Jakob allein aufzusuchen?

Du kannst dich auf niemanden verlassen. Nur auf dich selbst.

Klara fasste Lisbeth am Ellenbogen und half ihr auf die Füße. »Wir sollten besser zurückgehen, bevor der Rest der Burg aufwacht«, sagte sie. »Ich kann den Apotheker holen lassen, sobald wir zurück in deinen Gemächern sind. Oder möchtest du doch lieber den Leibarzt?«

Lisbeth hörte ihr zu, war mit ihren Gedanken jedoch woanders. Die Stimmen in ihrem Kopf verstummten, als eine neue Idee ihren Platz einnahm. Vielleicht musste sie Jakob kein Glas verabreichen. Vielleicht gab es noch eine andere Möglichkeit, um den Zauber in ihr so stark zu machen, dass nichts mehr sie verletzen konnte.

39

ANTHEA

Ich wachte auf und blinzelte in trübes Sonnenlicht. Ein Blick zum Himmel verriet mir, dass die Wolkendecke sich auch über den Tag nicht gelichtet hatte. Die Luft war kühler und die Lärchennadeln, die an meiner Wange klebten, waren feucht.

Lelia schlief noch immer dicht an meinem Rücken. Vorsichtig drehte ich mich zu ihr um. Sie lag auf der Seite und ich betrachtete ihr Gesicht: die dunklen, langen Wimpern und das leichte Stirnrunzeln, das ich wegküssen wollte. Es war ein bittersüßes Gefühl.

Wir hatten den Rest der Nacht mit meiner Magie geübt, bis uns schließlich die Müdigkeit übermannt hatte. Der Himmel hatte sich bereits aufgehellt, als wir uns für ein paar Stunden schlafen legten. Wir ruhten uns aus wie Eulen am Tag. Und dank Lelias Tee blieb ich von Träumen verschont.

Ich lag mit dem Kopf auf meinem angewinkelten Arm. Lelia und ich waren uns so nah, dass ich ihren leisen Atem hörte. Ich wollte ihr Gesicht berühren, mit dem Finger ihre Augenbraue und die sanfte Kurve ihrer Wange nachzeichnen. Ich war so lange ohne diese Art von Berührung ausgekommen. Ohne jegliche Berührung eines anderen Menschen, wenn man es genau nahm. Sicher, manchmal hatte ich so etwas wie einen Druck unter meinem Herzen gefühlt. Zum Beispiel, wenn ich zusah, wie eine Mutter einem Kind über die Haare fuhr oder wie Paolo Iacopo einen Kuss auf die Wange drückte. Aber mir war nie bewusst gewesen, was mir tatsächlich alles fehlte.

Es schien mir ein wenig grausam, dass ich das ausgerechnet jetzt begriff – dass ich diese Möglichkeit, diese Hoffnung auf Nähe und Geborgenheit jetzt in die Finger bekam, nur um sie sofort wieder loslassen zu müssen.

Ich dachte an unseren Kuss. Wäre es besser gewesen, diese Kostprobe nicht bekommen zu haben? Nein. Ich musste lächeln. Nein, ich bereute den Kuss nicht. Egal, was uns heute erwartete, ich war froh, wenigstens diesen einen Moment und diese eine Nacht mit Lelia geteilt zu haben.

Es war eigenartig. Heute Morgen an ihrer Seite empfand ich eine Klarheit, die mir ganz neu war. Die Suche nach dem Spiegel hatte so lange mein Leben bestimmt. Ich hatte nie darüber nachgedacht, was passieren würde, wenn wir Myrsina tatsächlich befreiten. Vielleicht, weil dieses Ziel immer in unbestimmter Ferne gelegen hatte. Vielleicht, weil mir diese Zukunft Angst machte. Denn wenn Matej und Myrsina wiedervereint waren, was wurde dann aus mir? Ich hatte nie infrage gestellt, dass die Richtung meines Lebens vom Schicksal anderer bestimmt werden würde.

Jetzt merkte ich, dass ich mir Dinge wünschte, die mir früher nie in den Sinn gekommen wären. Ich stellte mir vor, wie ich mit Lelia, Matej und Myrsina zu Barbagiannas Hütte zurückkehrte. Wie Lelia und ich hinter dem Haus saßen, Erbsen schälten und uns gegenseitig einzelne Erbsen aus den Körben stahlen. Ich malte mir aus, wie wir das Meer besuchten, spürte fast das wirbelnde Wasser der Brandung an meinen nackten Füßen. Ich stellte mir vor, wie Lelia sich bückte, um eine Muschel aufzuheben, während der Wind ihr kohlschwarzes Haar in alle Richtungen wehte.

Das war eine Zukunft, die *ich* mir wünschte. Und zum ersten Mal dachte ich darüber nach, den Kurs für diese Zukunft selbst zu setzen.

Es änderte alles. Es änderte nichts. Vor mir lag immer noch eine Aufgabe, die ich mit großer Wahrscheinlichkeit nicht erfüllen konnte. In Wahrheit war es verrückt, zu glauben, dass ich gegen das Ding hinter dem Spiegel auch nur den Hauch einer Chance hatte. Und trotzdem gab es nur eine Richtung, die ich einschlagen konnte. Die ich einschlagen wollte. Ich musste unseren Kampf gegen den Spiegel zu Ende bringen, egal wie. Selbst wenn das bedeutete, dass sich alle weiteren Wege, die ich mir jetzt vorstellte, für immer schlossen.

Eine Haarsträhne war über Lelias Schulter gerutscht und ringelte sich an ihrer Wange. Ich *wollte* sie berühren. So sehr. Und fand dann doch nicht den Mut dazu. Vielleicht hätte sich das mit der Zeit geändert. Vielleicht wäre ich mutiger, verwegener, anschmiegsamer geworden.

Leise setzte ich mich auf. Ich prüfte meine Augenbinde, dann schloss ich auch mein freies Auge. Die Bewegungen, die ich mit meinen Fingern vollführte, fühlten sich zugleich fremd und vertraut an. Als wäre etwas in mir aufgewacht, was seit dem Tod meiner Mutter geschlafen hatte.

Spinnt den Faden, webt den Wind.

Als ich die Augen öffnete, hielt ich einen goldenen Faden in der Hand, der durch den Lärchenwald zurück durch das Tal führte.

Die Glaspfade und mein goldener Faden verliefen parallel, bis wir den Fuß der Hänge erreichten. Als wir an den Fluss kamen, den wir mit Agnes überquert hatten, deutete die Spur des Spiegels nach Norden und mein Faden nach Westen, geradezu hinauf in die Berge.

»Meinst du, du kannst den Spuren der Jäger folgen?«, fragte ich. Ihre Route von dem zerstörten Kloster zurück durch das Tal war auch nach Stunden noch gut sichtbar gewesen. Sie hatten sich nicht an die Straße gehalten, sondern waren direkt querfeldein marschiert. Vermutlich war es ihnen egal, ob sie uns damit den Weg wiesen. Sie wollten ohnehin, dass ich ihnen nachkam.

»Denke schon.« Lelia schob sich die Haare hinter die Ohren. Seit unserem Aufbruch heute Morgen war sie wieder sehr schweigsam. Ich begann zu begreifen, dass das ein Zeichen von einem inneren Tumult war.

Lelia blickte den Fluss hinauf, dann streckte sie die Arme über ihren Kopf und schüttelte ihre Schultern aus. »Besser, du verrätst Matej nichts«, sagte sie. »Der Spiegel kennt eure Verbindung. Wer weiß, was er mithören kann.«

»Ich weiß,« sagte ich. Ich wünschte, ich hätte ihr wenigstens unser letztes Messer mitgeben können, aber sie wollte sich den Jägern als

Eule nähern. Mein Blick glitt über die weißen und goldenen Federn, die sie sich in die Haare geflochten hatte. »Sei vorsichtig.«

»Du auch.« Sie sah mich nicht an, als sie das sagte, aber ihre Miene war wieder angespannt. Sie wollte mit mir gehen. Dass sie stattdessen Matej zu Hilfe eilte, tat sie für mich.

Die Krallen einer Eule und die Armbrust eines verwunschenen Jägers, dachte ich. *In einem Märchen wären das genau die Waffen, die wir brauchen.*

Plötzlich hatte ich das Bedürfnis, Lelia etwas mit auf den Weg zu geben, irgendetwas, was ihr zeigte, wie viel mir ihre Hilfe bedeutete. Wie viel sie mir bedeutete. Vielleicht würde ein solcher Gegenstand sie zumindest ein wenig beschützen. Im selben Moment war mir klar, was ich ihr geben konnte.

Ich zog das Band, das ich für sie geknüpft hatte, aus meiner Westentasche und band es ihr wieder ums Handgelenk. Sie hielt völlig still, aber als ich fertig war, griff sie nach meinen Händen und hielt mich fest. »Versprich mir, dass du zurückkommst«, sagte sie mir gepresster Stimme. »Versprich es mir.«

Ich erwiderte ihren Blick und wünschte mir, ich würde mich trauen, sie zu küssen. Aber was auch immer sich zwischen uns entwickelte, war zu frisch, zu unbestimmt. Und zu begreifen, was ich fühlte, geschweige denn es ihr direkt zu zeigen? Das war für mich noch viel befremdlicher als die Webmagie.

Also strich ich nur mit dem Daumen über ihr Armband und in seiner Spur erschien ein Faden im Flechtwerk, der weiß und golden leuchtete. Vorsichtig zog ich ein Ende des Fadens heraus und wickelte ihn um meinen kleinen Finger.

Ich hob den Blick und sah noch einmal in Lelias Augen, prägte mir ihr warmes Braun und den goldenen Schimmer am Rand ihrer Iriden ein. »Wenn ich zurückkomme, werde ich dich finden.«

Der Faden verknüpfte uns, auch als ich einen Schritt zurücktrat. Erst als ich die Hand senkte, verschwand die Verbindung. Aber ich wusste, dass sie immer noch da war. Ich konnte sie spüren wie eine Schwingung in der Luft, und ich wusste, dass ich den Faden zwischen uns jederzeit wieder aufnehmen konnte.

40

LISBETH

Im schwindenden Licht des Nachmittags stand Lisbeth an der Mauer des Frauengartens. Ihr Blick war in die Ferne gerichtet, aber sie nahm die Aussicht kaum wahr.

Abwesend strich sie mit den Fingern über die raue Kante der Mauer. Klara verspätete sich. Lisbeth hatte ihr aufgetragen, nach dem Aveläuten in den Garten zu kommen, aber der Glockenschlag war erklungen und verstummt und von Lisbeths Zofe fehlte jede Spur.

Sie weiß Bescheid, flüsterte die Geisterstimme an Lisbeths Ohr.

Unsinn, dachte sie. Es würde alles genau so eintreffen, wie sie es geplant hatte. Und wenn die Nacht vorbei war, wären sowohl ihre treulose Zofe als auch die Feinde des Spiegels aus dem Weg geräumt.

Lisbeth wandte den Blick nach Westen. Dort oben in den Wäldern bewachten die Jäger den Wolf und warteten auf seine Begleiterin. Sie würden kurzen Prozess mit den beiden machen. Dafür musste Lisbeth nicht anwesend sein. Sie hatte hier selbst etwas zu erledigen.

Als Schritte hinter ihr über den Kieselpfad knirschten, straffte Lisbeth die Schultern. Es war so weit.

Klara ging ungewöhnlich schnell, blieb jedoch in einigem Abstand hinter Lisbeth stehen. Lisbeth nahm sich einen Moment, dann drehte sie sich um.

Klara stand mit gesenktem Kopf da und ihre Schultern bebten. Lisbeth Magen krampfte sich zusammen. Ahnte Klara doch, warum sie hier war? Nein, unmöglich.

Du bist aufgeflogen, flüsterte die Stimme in gehässigem Ton, aber Lisbeth wischte sie beiseite. So ruhig wie möglich fragte sie: »Was ist passiert?«

Klara zögerte, dann schüttelte sie den Kopf. Lisbeth bemerkte gerade noch, dass sie stumm weinte, da schlug sich Klara die Hände vors Gesicht. Mit klopfendem Herzen ging Lisbeth zu ihr und zwang sich, ihrer Zofe die Hand auf die Schulter zu legen.

»Klara.«

Klara schüttelte noch einmal den Kopf, dann fuhr sie sich mit dem Ärmel über die Augen und riss sich zusammen. »Es ist Meister Oswald«, begann sie mit dünner Stimme. Lisbeth hielt den Atem an. »Die Küchenjungen haben ihn in seiner Kammer gefunden. Er ist ...«

... *tot*, flüsterte die Stimme und dieses Mal klang es wie der Schlag eines Gongs.

»... tot«, sagte Klara. Sie presste sich die Hand über die Augen. Es kostete sie sichtlich Mühe, nicht ganz zusammenzubrechen.

Lisbeth atmete langsam aus. Dort, wo sie eben noch Verunsicherung gespürt hatte, breitete sich jetzt eine warme Zufriedenheit aus. Ihr Spiegelbild hatte angefangen, sein Versprechen einzulösen.

Ich sorge dafür, dass niemand mehr deine Autorität infrage stellt.

Keine abschätzigen Blicke mehr, kein Getuschel hinter ihrem Rücken. Und wer konnte schon sagen, warum der Zauber gerade Oswald ausgesucht hatte? War es ›nur‹ seine ablehnende Haltung ihr gegenüber, oder hatte Oswald in seiner Küche mehr als Gerüchte gebraut? Gut möglich, dass er es gewesen war, der ein Stück Fleisch für Fenn vergiftet hatte.

Der Gedanke verschaffte Lisbeth tiefe Genugtuung. Der Zauber wirkte. Jetzt musste sie nur noch sicherstellen, dass er nicht abflaute.

Sie strich mit einer Hand über Klaras hochgestecktes Haar, dann nahm sie sie sanft am Arm.

»Komm mit«, sagte sie und führte Klara in Richtung des Gartenturms. Auf ihrem Weg entlang der Mauer fragte sie, was mit Oswald passiert war.

»Ursel meint, dass er schon eine Weile über Schmerzen in der Brust geklagt hat«, sagte Klara. »Und dass er schnell erschöpft war. Sie meinte, sein Herz wäre vielleicht zu müde geworden, aber ...«

»Aber?«, hakte Lisbeth nach.

Klara zögerte. »Die Küchenjungen sagen, er lag auf dem Boden und sein Gesicht war ganz verzerrt. Als ob …«

Mittlerweile hatten sie den Gartenturm erreicht. Lisbeth hob die Hand an die Heckenrosen, die den Eingang verdeckten. »Als ob?«

Klara biss sich auf die Unterlippe, dann sah sie rasch über ihre Schulter, als wollte sie sicherstellen, dass sie niemand belauschte. »Als ob ihn etwas zu Tode erschreckt hätte.«

Ein Schauder rann über Lisbeths Rücken, aber eigenartigerweise empfand sie das nicht als unangenehm. Als Klara mit neuen Tränen in den Augen zur Seite sah, schob sie den Vorhang aus Heckenrosen beiseite.

»Ich weiß, du hältst mich für albern«, sagte Klara. »Es stimmt wahrscheinlich, aber ich bin nicht die Einzige, die das Gefühl hat, als ob … als ob irgendetwas in der Burg umgeht. Ich habe gehört, dass die Bäckersfrau schlecht schläft und die Mägde hängen die Spiegel ab, wenn sie in unseren Kammern putzen.«

Lisbeth hielt den Rosenvorhang beiseite und wartete, bis Klara sich die Tränen vom Gesicht gewischt hatte.

»Das hier ist ein furchtbarer Ort«, sagte sie mit erstickter Stimme. »Ich wünschte, wir wären nie hergekommen. Wir hätten einfach fortreiten sollen, du und Jakob und ich.«

Falsche Schlange, dachte Lisbeth und trat ins Innere des Turms.

»Elisabeth?«, hörte sie Klaras verblüffte Stimme.

»Hier drinnen«, sagte Lisbeth. Sie hätte sich einen Vorwand einfallen lassen können, um Klara in den Turm zu locken, aber wozu? Das Licht, das durch die Heckenrosen drang, war grau und schmutzig, aber Lisbeth sah trotzdem alles, was nötig war. Das Gitter, das den Geheimgang verschlossen hatte, war aufgebrochen. Eins der Scharniere lag lose auf dem Boden vor ihren Füßen.

Sie atmete ein und roch den moderigen Geruch von nassem Waldboden und altem Schweiß.

Die Heckenrosen raschelten, als Klara ihr nachkam. Lisbeth sah über ihre Schulter zurück und betrachtete Klaras blasses Gesicht, den überraschten Blick, die leicht geöffneten Lippen.

»Was ist das für ein Ort?« Die Frage hatte Klaras Mund kaum verlassen, da trat der Jäger aus dem Schatten. Es war der Schwarzbart mit der Halswunde. Im Zwielicht des Turminneren ragte er auf wie ein Riese aus dem Märchen, mehr Waldgeist als Mensch, mehr Monster als Mann.

Klara sah ihn, riss die Augen weit auf und stieß einen erstickten Schrei aus. Der Schlag, den er ihr versetzte, ließ sie bewusstlos zu Boden stürzen.

Lisbeth sah auf ihre Zofe hinunter und stählte ihr Herz.

»Bring sie mit«, sagte sie zu dem Jäger. Sie zog den schwarzen Dolch unter ihrem Mantel hervor, schob das verbogene Scharnier mit dem Fuß beiseite und stieg die Treppe in den Geheimgang hinunter.

Der Spiegel in der Höhlendecke leuchtete immer noch. Lisbeth ging bis zu seiner Mitte, dann stach sie sich mit der Spitze des schwarzen Dolches in den Finger. Nun musste sie sich nur noch auf die Zehenspitzen stellen, um den Spiegel zu berühren.

Es wird einfacher, dachte sie. *Mit jedem Mal fällt es mir leichter, diese Grenze zu übertreten.*

Als sie ihren blutenden Finger gegen das Glas drückte, spürte sie zuerst ein Zittern, dann ein Kräuseln. Der Übergang öffnete sich bereitwillig und einen Moment lang ließ sie ihre Finger durch die Wellen im Glas gleiten.

Was bringst du mir?, flüsterte die Stimme ihres Spiegelbildes.

»Ein neues Herz«, antwortete Lisbeth.

Die Vorfreude, die bei dieser Antwort durch ihre Gedanken kribbelte, hatte etwas Widerliches an sich, aber sie unterdrückte ihren Ekel. Für Skrupel war es längst zu spät. Sie hatte viel zu verlieren und unendlich viel mehr zu gewinnen. Von jetzt an würde sie dafür sorgen, dass die Karten zu ihren Gunsten verteilt wurden.

Sie senkte die Hand und sah zurück über ihre Schulter. Der Schwarzbart hatte Klara auf den Boden der Höhle gelegt. Sie war noch immer bewusstlos. Das war vermutlich am besten.

Bring sie her, flüsterte die Stimme. *Bring sie zu mir.*

Einen kurzen Moment lang fand Lisbeth ihre Stimme nicht, ihr Blick gefesselt von Klaras Hand, die schlaff und mit der Handfläche

nach oben auf dem Boden lag. Dann schüttelte sie sich aus ihrer Taubheit.

»Bring sie her«, befahl sie dem Jäger.

Der Schwarzbart beugte sich über Klara. Lisbeth steckte ihren blutenden Finger in den Mund und zwang sich, ihm zuzusehen.

Es ist gut, dass du mir ein neues Opfer bringst, sagte die Stimme im Plauderton. *Das macht dein Versagen wenigstens ein wenig wett.*

Lisbeth erstarrte. *Versagen? Ich habe nicht versagt.*

Sie hatte ihren Protest kaum zu Ende formuliert, da hob der Schwarzbart den Kopf und legte die Hand an das Jagdmesser an seinem Gürtel. Schritte näherten sich durch den Gang: Lisbeth hörte das Schlurfen von Stiefelsohlen und das Knirschen von Leder. Instinktiv wich sie einen Schritt zurück. Sie starrte auf die Öffnung des Tunnels, sah die grauen Schemen, die sich näherten. Einen Herzschlag später traten zwei Jäger in die Höhle und schleiften Jakob in den Lichtkreis des Spiegels.

Ich habe dir gesagt, dass du nur so schwach bist, wie du es zulässt, flüsterte die Stimme. *Ich habe dir gesagt, dass du ihm nicht trauen kannst. Aber du hast mir nicht geglaubt.*

Jakob war nicht bewusstlos, aber er hing trotzdem benommen im Griff der Jäger. Sein Kopf lag mit dem Kinn auf der Brust und das wirre blonde Haar fiel ihm ins Gesicht.

Er hat dich verraten, flüsterte die Stimme. *Er hat die Jäger auf der Lichtung angegriffen und den Wolf freigelassen.*

Wieso ist das ein Verrat an mir? Die Frage blitzte in Lisbeth Kopf auf, während sie die Männer entgeistert anstarrte. Ein Teil von ihr begriff, dass Jakobs Tat dem Spiegelbild mehr schadete als ihr. Was kümmerte sie der Wolf? Doch sie hatte den Gedanken kaum zu Ende gebracht, da brodelte die Wut in ihr hoch. Er hatte hinter ihrem Rücken gehandelt. Hatte *ihre* Jäger angegriffen. Und was war das gewesen, von wegen, er bräuchte Zeit, um nachzudenken?

Er hatte sie hingehalten, begriff Lisbeth mit bitterer Überraschung. Hatte sie in Sicherheit wiegen wollen, und indessen hinter ihrem Rücken gegen sie gearbeitet!

»Was ist mit dem Wolf passiert?«, fragte sie laut.

Er ist davongelaufen wie ein Hase, antwortete die Stimme. *Aber weit wird er nicht kommen.* Hass und Blutdurst glitten über Lisbeths Bewusstsein wie feurige Zungen.

Und nun?, fragte die Stimme. *Was wirst du mit* ihm *tun?*

Die Herausforderung hinter den Worten war eindeutig. Lisbeth hob das Kinn.

»Verräter.« Beim Klang ihrer Stimme ging ein Ruck durch Jakob. Sie sah, wie er sich anspannte, dann hob er den Kopf. Sein Blick fand ihren und hielt ihn fest.

»Verräter«, wiederholte sie und sah, wie Jakobs Gesicht zuckte, als hätte sie ihn geschlagen. Das stachelte ihre Wut nur weiter an. Wie konnte er es wagen? Wie konnte er es wagen, von ihr enttäuscht zu sein?

Ein Gemurmel mehrerer Stimmen hob über ihrem Kopf an.

Tue es, platzte die Stimme ihres Spiegelbildes heraus. *Tue endlich, was du tun musst.*

Lisbeth schloss die Hand fester um den Dolchgriff.

Kein Zögern mehr, sagte die Stimme und das Gemurmel der anderen schickte die Worte als Echo durch die Höhle.

Lisbeth trat einen Schritt nach vorn und blieb stehen. Sie hatte etwas gehört, und sie war nicht die Einzige. Alle drei Jäger hoben die Köpfe und sahen zum Tunnel. Die Stimmen aus dem Spiegel zogen scharf die Luft ein, dann sprang der Wolf aus der Dunkelheit des Tunnels in die Höhle.

Chaos brach aus. Mit einem grollenden, reißenden Knurren stürzte sich der Wolf auf einen der Jäger und verbiss sich in seinem Bein. Noch bevor die anderen Männer reagieren konnten, riss Jakob sich los, entwand dem Jäger zu seiner Linken das Messer und stieß es ihm in den Bauch.

Der Schwarzbart sprang über Klara hinweg und holte mit dem Fuß aus, aber der Wolf wich seinem Tritt aus, tauchte unter dem Arm des ersten Jägers hinweg und sprang in langen Sätzen quer durch die Höhle auf Lisbeth zu. Entsetzt hob sie den Dolch, stolperte rückwärts über ihren Rocksaum und schlug hart auf dem Boden auf.

Ein schriller Schrei ertönte, Licht blitzte auf und ein stechender Schmerz fuhr durch Lisbeths Kopf. Als sie wieder aufsah, war der Wolf aus ihrem Blickfeld verschwunden, aber der Kampf zwischen Jakob und den Männern tobte immer noch. Lisbeth rappelte sich hoch und tastete nach dem Dolch.

Er gewinnt, dachte sie verblüfft. *Jakob gewinnt!*

Und tatsächlich: Jakob kämpfte wie ein Mann in einer Bärengrube, wich den Hieben seiner Gegner aus und trieb sein Messer in ihre Körper, bis der erste von ihnen nicht mehr aufstand.

Lisbeth wollte aufstehen, aber das aufgeregte, panische Getuschel der Stimmen war jetzt so laut, dass es sich anfühlte, als würde ein Wasserfall auf sie herniederprasseln.

Verrat! Verräter! Bringt ihn um! Oh, bringt ihn um, schafft ihn beiseite.

Sie presste sich eine Hand an die Schläfe, stöhnte und kämpfte sich auf die Knie. Sie hob gerade rechtzeitig den Blick, um mit anzusehen, wie Jakob den knienden Schwarzbart an den Haaren packte und ihm die Klinge seines Messers so heftig über die Kehle zog, dass das Blut spritzte.

Die Stimmen über Lisbeths Kopf – *in ihrem Kopf* – verstummten schlagartig, als der Schwarzbart vornüber zu Boden stürzte. Sein Leib zuckte und Lisbeth fragte sich mit schleichendem Entsetzen, ob er wieder aufstehen würde. Doch im nächsten Augenblick erstarrte der Jäger und lag leblos da, genauso wie seine beiden Gefährten.

Jakob stand mitten zwischen ihnen, schwer atmend und blutbespritzt. Ein Schauder lief durch seinen Körper, dann wischte er sich mit dem Ärmel über das Gesicht und trat über den Schwarzbart hinweg. Panik wirbelte in Lisbeth hoch. Rasch stand sie auf, aber da war Jakob auch schon bei ihr und packte sie an den Schultern.

»Lisbeth …«, begann er und stieß einen erschrockenen Laut aus, als sie ihm die Spitze ihres Dolches unter die Rippen presste. Seine Finger jedoch packten nur fester zu.

Lisbeths Atem ging abgehackt über ihre Lippen, aber sie hielt sich kerzengerade und der Dolch verrutschte keinen Millimeter. Sie wartete auf die Stimme ihres Spiegelbildes, hörte jedoch nur Schweigen. Sie schluckte und konzentrierte sich auf Jakob. Der starrte sie an mit einer Mischung aus Überraschung und Entsetzen auf dem Gesicht. Hatte er nicht mit ihrer Gegenwehr gerechnet? Das hätte er besser wissen müssen. Er hatte oft genug gesehen, wie sie mit dem Messer umging. Er selbst hatte ihr beigebracht, wie man einen Hirsch ausweidete.

»Bist du gekommen, um mich zu töten?« Ihre Stimme klang heiser.

Jakobs Augen weiteten sich. »Was redest du da?«

Sie verzog den Mund zu einem Zähnefletschen. »Dann bist du hier, um *sie* zu retten?«, fragte sie. Es sollte vorwurfsvoll klingen, aber ihre Stimme brach auf dem letzten Wort. Ein bitterer Kloß aus Wut und Enttäuschung drückte von innen gegen ihre Kehle. »Was hattet ihr vor, du und Klara? Wolltet ihr warten, bis sie mich aufhängen, und euch dann mit meinem Schmuck aus dem Staub machen? Das hätte euch ein angenehmes Leben gesichert.«

Ungläubig starrte er sie an, dann ließ er sie tatsächlich los. Sie jedoch packte ihn blitzschnell am Kragen und drückte ihm den Dolch fester in die Flanke. Sie würde sich nicht einlullen lassen. Oh, sie hatte gedacht, sie würde ihn kennen. Würde wissen, was er dachte. Aber sie hatte sich in ihm getäuscht.

»Lisbeth …« Er sprach ihren Namen leise aus, als fehlte ihm die Kraft, seine Stimme zu heben.

Verräter, Verräter. Das Wort sang in ihrem Kopf.

»Lisbeth«, wiederholte Jakob. Sie sah, wie sein Adamsapfel sich bewegte, als er schluckte. »Lisbeth«, wiederholte er, »bitte sieh mich an.«

Bei seinem sanften Ton schrie etwas in ihr, ein verletztes Zerrbild ihrer selbst, das nicht fassen konnte, wie zärtlich er noch immer klang. Er hätte endlich sein wahres Gesicht zeigen können, hätte die Kälte, die er ihr gegenüber empfand, nach außen kehren müssen. Stattdessen sah er sie an, als ob er sie in die Arme nehmen wollte. Sie spürte, wie ihr die erste Träne übers Gesicht lief. Wieso tat er ihr das an? Wieso?

Jakob streckte die Hand aus und berührte ihre Wange. »Wo bist du?« Tränen stiegen auch in seinen Augen auf. »Verdammt, Lisbeth, wo bist du?«

Lisbeth stieß einen keuchenden Atem aus. Was zum Teufel versuchte er hier?

Jakob lehnte sich vor und aus dem Reflex heraus wich sie mit dem Dolch ein Stück zurück, damit er sich nicht selbst aufspießte. Es ging

alles schnell. Plötzlich spürte sie seine beiden Hände an ihren Wangen und seine Stirn an ihrer. Die Dolchspitze rutschte durch die Falten seines Wamses. Sie wollte sich losreißen, wieder die Oberhand gewinnen, aber Jakob hielt sie fest.

»Komm zurück zu mir«, flüsterte er.

Lisbeth spürte förmlich, wie der steinerne Wall um ihr Herz Risse bekam. Verzweifelt wünschte sie sich die Stimme ihres Spiegelbildes zurück, aber da war nur sie selbst. Sie selbst und Jakob und die Klinge zwischen ihnen. Plötzlich fühlte sie sich allein und verwirrt in der Stille. Es war seit Tagen das erste Mal, dass ihr niemand ins Ohr flüsterte.

Jakob strich mit dem Daumen über ihre Schläfe.

»Elisabeth.«

Sie stieß ihn weg, wich vor ihm zurück und als er dieses Mal nach ihr griff, zog sie ihm die Schneide des Dolches über den nackten Arm. Sofort quoll Blut aus dem Schnitt.

Jakob stieß zischend die Luft aus, ergriff aber trotzdem ihr Handgelenk. Jetzt! Jetzt würde er ihr den Dolch aus der Hand winden und ihr die Klinge über den Hals ziehen.

»Du hast mich im Stich gelassen!«, schrie sie heiser. »Du hast aufgehört, an uns zu glauben! Ich hatte einen Weg gefunden, einen Weg für uns beide, und du … du …« Ihre Stimme versagte.

»Wir brauchen keine Hilfe«, platzte Jakob aufgebracht heraus und die Vehemenz seiner Worte ließ sie verstummen. »Wir brauchen diesen verfluchten Pakt nicht! Wir können fortgehen, heute Nacht, und nie wieder zurückblicken.« Erneut trat Jakob auf sie zu und legte ihr die Hand an die Wange. Blut rann über seinen Arm, aber das schien ihn nicht zu kümmern.

»Ich glaube an uns«, sagte er mit rauer Stimme. Sein Daumen streifte über ihren Wangenknochen, wie er es schon Hunderte Male getan hatte. »Ich habe immer an uns geglaubt. Aber das hier bist nicht du. Lisbeth … du verlierst dich. Ich verliere dich.«

»Du und Klara …«, murmelte sie, aber plötzlich glaubte sie selbst nicht mehr an das Komplott, das sie den beiden unterstellt hatte.

»Du weißt, dass das nicht stimmt«, sagte Jakob. Sanft, so sanft fuhr er mit den Fingerspitzen über ihre Stirn und strich eine lose Haarsträhne zurück hinter ihr Ohr. »Ich weiß nicht, was dir dieses

Ding auf der Lichtung eingeredet hat, aber es waren Lügen. Klara ist deine Freundin.«

Gegen ihren Willen huschte Lisbeths Blick zu Klara, die immer noch reglos auf dem Boden lag. Ihre bleiche Hand lag weiter offen auf der Erde, als würde sie sich nach Lisbeth austrecken.

»Ich darf jetzt nicht aufgeben«, flüsterte Lisbeth, aber es war keine Kraft mehr in ihrem Protest.

Jakob zögerte, dann hob er ihr Handgelenk. Zu ihrem Erstaunen führte er die Dolchspitze zurück an seinen Bauch und ließ dann ihren Arm los. »Wenn du glaubst, dass du das Richtige tust, dann bring es zu Ende.«

Mit trockenem Mund starrte Lisbeth auf ihre Hand um den Dolchgriff. Ihre Finger zuckten. Dann ließ sie den schwarzen Dolch fallen.

Sofort nahm Jakob ihre Hand in seine. »Komm mit mir«, drängte er. »Jetzt gleich.«

Sie hob den Blick und starrte ihn wortlos an. Sie konnte nichts mehr sagen, sich nicht bewegen. Sie war sich nicht einmal sicher, ob sie auch nur eins von beiden tun wollte.

Sie sah den Moment, in dem Jakobs Herz brach. Er stand in den Linien an seinen Augen, dem verzweifelten Blick und in der Art, wie seine Schultern herabsackten. Die Hand, die ihre hielt, ließ beinahe los, dann lehnte Jakob sich vor und küsste sie vorsichtig auf den Mund. »Ich werde Klara mitnehmen«, sagte er. »Ich habe Pferde für uns am unteren Tor angebunden. Komm mit uns.«

Lisbeth öffnete den Mund, aber genau in diesem Moment setzte das Getuschel wieder ein. Leise noch wie das Rascheln von Blättern tief in einem Mauergraben.

»Komm mit uns.« Jakobs Blick versuchte, sie an ihn zu binden, aber Lisbeth wandte den Kopf und sah hoch zum Spiegel.

Sie hörte den verzweifelten Laut, den Jakob nicht ganz unterdrücken konnte, dann küsste er sie auf die Stirn. »Ich werde auf dich warten«, versprach er. »Bis die Sonne aufgeht.«

Er ließ los, drückte die Hand auf die Schnittwunde an seinem Arm und kehrte ihr den Rücken zu. Lisbeth beobachtete, wie er zu Klara ging und sie vom Boden aufhob. Er trug sie wie ein Kind, das

am Essenstisch eingeschlafen war. Am Eingang des Tunnels blieb er kurz stehen, dann ging er weiter, ohne sich nach ihr umzudrehen.

Lisbeth sah ihm nach, dann glitt ihr Blick durch die Höhle, über die Leichen der Jäger, das Blut auf dem Boden und den Dolch, der neben ihrem Rocksaum lag. Langsam, ganz langsam dämmerte ihr, was für eine schreckliche Tat sie beinahe begangen hätte. Was sie bereits getan hatte. Es fühlte sich an, als würde sie aus einem langen, dunklen Traum erwachen.

Was tat sie hier? *Was tat sie hier?*

Das Flüstern am Rand ihrer Wahrnehmung wurde lauter, aber sie versuchte es zu ignorieren.

Lisbeth. Elisabeth. Was tust du?

Sie öffnete den Mund, um nach Jakob zu rufen, brachte seinen Namen aber nicht heraus. Plötzlich war sie erfüllt von dem verzweifelten Wunsch, aus der Höhle zu fliehen. Sie hätte mit Jakob gehen sollen. Gott, sie hätte gleich mit ihm gehen sollen!

Lauf, sagte sie sich. *Lauf ihm nach.* Ein Ruck ging durch ihren Körper und es fühlte sich an, als ob ein bleischwerer Mantel von ihren Schultern fiel. Mit einer zitternden Hand wischte sie sich über das Gesicht und lief los. Wenn sie sich beeilte, würde sie Jakob noch einholen können.

Sie kam keine zwei Schritte weit, bevor sich vier Arme aus dem Spiegel streckten, sie packten und zu sich ins Glas zerrten.

41

ANTHEA

Ich folgte meinem goldenen Faden über die Kuppe des Hangs, hinauf über Schotterfelder und wieder hinunter durch dichte Wälder, bis ich die Rückseite einer steil aufragenden Felswand erreichte. An ihrem Fuß wartete ein See, dessen Wasser eine blaugrüne Färbung hatte.

Hier endete mein Faden, oder vielmehr tauchte er in das Wasser des Sees und verschwand unter seiner Oberfläche. Ich dachte an die Spiegelschwester, die aus einem See zu mir heraufgeblickt hatte, um mich vor den Jägern zu warnen. Jener Bergsee musste eine der Bruchlinien zwischen den Dämmerwegen und unserer Welt markiert haben. Die Spiegelschwester konnte ihrem Gefängnis zwar nicht entkommen, aber sie konnte durch das Wasser des Sees blicken wie durch eine Fensterscheibe.

Mein goldener Faden verriet mir, dass ich eine weitere Bruchlinie gefunden hatte. Die Frage war nur: Konnte ich diesen See in ein Tor verwandeln?

Ein letztes Mal überprüfte ich meine Augenbinde. Ich hoffte inständig, dass sie funktionierte und der Spiegeldämon mich nicht mehr beobachtete. Mein Unterfangen war unmöglich genug. Wenn mein Gegner mich kommen sah, dann hatte ich bereits verloren.

Ich blickte den Weg zurück, den ich gekommen war, und fragte mich zum Dutzendsten Mal, wie weit Matej von mir entfernt war. Der Wunsch, mein Bewusstsein nach ihm auszustrecken, war so stark,

dass ich mich kaum beherrschen konnte. Ich wollte wissen, ob er am Leben war. Ob Lelia ihn gefunden hatte und sie gemeinsam entkommen waren. Doch ein leichtsinniger Gedanke von mir konnte alles zunichtemachen.

Konzentriere dich auf das, was vor dir liegt.

Der Faden in meiner Hand fühlte sich an, als wäre er aus Luft und Sonnenlicht gesponnen, warm und glatt und zart wie Schmetterlingsflügel.

Bitte halte stand, bat ich ihn stumm. *Bring mich zu meinem Ziel.*

Mir war übel vor Anspannung. Trotzdem zog ich das kleine Messer aus meinem Gürtel. Bevor ich es mir anders überlegen konnte, stach ich mir in den Finger und hielt die ausgestreckte Hand über das Wasser. Ein Blutstropfen hing an meiner Fingerspitze, dann fiel er hinab in den See. Als er aufschlug, ertönte ein glucksendes Geräusch, so als wäre ein Stein ins Wasser gestürzt. Die Wellen, die sich im Kreis ausdehnten, waren viel größer, als es ein einzelner Blutstropfen hätte verursachen können.

Ich schluckte. Der zweite Blutstropfen fiel und dieses Mal blitzte in der Tiefe des Sees ein geisterhaftes Licht auf.

Nimm sie weg, rief eine panische Stimme in mir. *Nimm deine Hand weg!*

Das Wasser wurde noch unruhiger, als das Licht pulsierte und schließlich grell aufgleißte. Wie Blitzeis verbreitete sich der Schimmer auf dem See. Einen Wimpernschlag später hatte sich die Wasseroberfläche in Glas verwandelt.

Ich hatte die unverletzte Hand um meinen goldenen Faden verkrampft. Die leuchtende Schnur flackerte und drohte, sich aufzulösen. Ich zwang mich, die Finger locker zu lassen und lang auszuatmen. Behutsam setzte ich erst einen, dann den anderen Fuß auf das Glas. Dieser neue Boden war makellos glatt und fest unter meinen Stiefelsohlen. Dennoch fühlte es sich so an, als ob ich auf nichts als Luft über einem bodenlosen Abgrund entlangschritt.

Wenige Schritte jenseits des Ufers blieb ich stehen. Noch einmal streckte ich die Hand aus. Als sich der dritte Tropfen Blut von meinem Finger löste, schloss ich die Augen. Es war eine zerbrechliche Hoffnung, aber wenn ich überhaupt nicht hinsah, vielleicht konnte ich dann verhindern, dass das Ding hinter dem Spiegel mein Eindringen bemerkte.

Ich spürte, wie der Tropfen aufschlug, denn ein Beben erschütterte das Glas und drang bis in meine Fußsohlen. Mit angehaltenem Atem wartete ich darauf, dass gierige Hände mich packten und ins Verderben zogen.

Nichts dergleichen passierte. Stattdessen veränderte sich der Grund unter meinen Füßen. Rauer Stein drückte gegen meine Stiefelsohlen und der Geruch von nassem Felsen schlug mir entgegen. Ohne die Augen zu öffnen, tastete ich mich mit der Fußspitze voran. Ich erspürte den Rand einer Stufe und darunter die Fortführung der Treppe.

Öffne die Augen. Öffne. Deine. Augen.

Obwohl die Angst wie ein gefangener Vogel in meiner Brust flatterte, öffnete ich mein linkes Auge. Der See war verschwunden, genauso wie der Wald und der Himmel. Ich befand mich auf einer steinernen Treppe und um mich herum herrschte eine vollkommene Dunkelheit, die nur von meinem goldenen Faden durchbrochen wurde. Stufe um Stufe verlief er weiter in die Tiefe.

Ich hatte die Dämmerwege gefunden. Das Gefängnis jenes Wesens, das die Mondpriesterinnen einst geweckt hatten. Jetzt musste ich es nur noch töten.

Mit trockenem Mund nahm ich die Armbrust von der Schulter und stieg die Treppe hinunter.

42

LISBETH

Sie erreichte die andere Seite des Spiegels mit einem Schrei auf den Lippen. Die Hände, die sie gepackt hatten, waren fort, dennoch tastete sie sich fieberhaft ab, bevor sie sich umsah. Sie war zurück in der Säulenhalle, jenem unmöglichen Ort, dessen Decke und Wände in einer zähen Dunkelheit verborgen lagen.

Lisbeth lag auf dem Glas wie ein Fisch, der an Land gezerrt worden war. Ein Schauder lief über ihren Rücken, als sie an die weißen Arme dachte. Dieselben Arme, die das blinde Mädchen in die Erde gezogen hatten. Und sie nicht wieder hergegeben hatten.

Mit wachsender Angst tastete sie über das Glas. Sie kniete sich hin und drückte fester, aber egal, wiesehr sie sich abmühte, die Oberfläche des Spiegels blieb hart und undurchdringlich.

Blut, erinnerte sie sich. *Blut ist der Schlüssel!*

Der Spiegel hatte sich immer dann geöffnet, wenn sie sich in den Finger gestochen hatte. Sie taste über ihren Gürtel, bis ihr einfiel, dass sie den schwarzen Dolch hatte fallen lassen. Rasch zog sie sich eine Nadel aus den Haaren. Ihre Finger zitterten jedoch so sehr, dass die Nadel klirrend zu Boden fiel und unter dem Dunst verschwand, der über dem Glas schwebte. Fieberhaft streifte Lisbeth mit der Hand über den Boden.

»Wir hatten eine Abmachung.«

Lisbeth erstarrte. Die Stimme des Spiegelbildes ertönte links von ihr, aber als sie den Kopf zur Seite wandte, sah sie nur die Dunkelheit zwischen den Säulen. Sie tastete weiter nach der Haarnadel, als ein Gedanke durch ihren Kopf blitzte.

Dumme Gans! Nimm einfach eine andere Nadel.

Ein trockenes Rascheln erklang zu ihrer Linken und Lisbeth hob wieder den Blick. Es klang wie altes Laub. Nein, wie Schuppen, die über einen glatten Boden schabten. Etwas Großes schleifte sich hinter den Säulen vorbei, dann ertönte ein leises Klirren.

»Du hast mir die schlagenden Herzen von Mädchen und Frauen versprochen.«

Lisbeth wurde kalt. Die Stimme klang immer weniger wie die vertraute Stimme ihres Spiegelbildes. Was auch immer da sprach, klang rauer, trockener. Älter.

»Du bringst mir Herzen und ich beseitige jene, die dir im Weg stehen«, fuhr die scheinbar körperlose Stimme fort. Zusammen mit dem Rascheln bewegte sie sich um den Rand des Spiegels herum, sodass Lisbeth den Kopf drehen musste, um ihrem Klang zu folgen. »Das war unsere Abmachung. Stattdessen hast du meinem Feind die Tür geöffnet.«

Ein schlaffer grauer Körper wurde aus der Dunkelheit hinausgeschleudert, landete mit einem dumpfen Aufschlag auf dem Spiegelboden und schlitterte in Lisbeths Richtung. Sie zuckte zusammen. Der Wolf! Der leblose, hingeworfene Körper auf dem Glas gehörte dem Wolf. Er musste während des Kampfes in der Höhle in den Spiegel gesprungen sein. Und was immer hier auf der anderen Seite lauerte, es hatte keine Schwierigkeiten gehabt, mit ihm fertigzuwerden.

»Ich bin nicht zufrieden.« Das Klimpern und Schaben verstummte in den Schatten hinter Lisbeths Rücken. Die Stimme verstummte ebenfalls, und stattdessen hörte Lisbeth ihren Namen in ihrem Kopf.

Elisabeth.

Mit einem Ruck drehte sich Lisbeth wieder nach vorn. Sie zitterte jetzt so sehr, dass ihre Zähne klapperten. Sie biss sie zusammen so gut es ging und zupfte eine weitere Nadel aus ihren wirren Haaren.

Sie musste hier raus. Das war jetzt ihr einziger Gedanke. Sie packte die Nadel, voller Angst, dass sie sie wieder fallen lassen würde. Jeden Moment rechnete sie damit, dass die Hände wieder nach ihr greifen würden.

»Du hast versagt«, tönte die Stimme.

Ihr Herz machte einen Sprung, gerade als sie sich in die Handfläche stach.

Ich schaffe es, sagte sie sich. *Ich muss nur die Hand gegen das Glas drücken. Nur das Glas öffnen.*

Ein Zischen hob hinter ihrem Rücken an, als sie erst den Daumen in ihre Handfläche drückte, um das Blut schneller fließen zu lassen, und dann ihre Hand auf den Spiegel drückte.

Sie wartete. Einen Herzschlag lang. Zwei. Nichts geschah. Panik schloss sich wie eine Faust um ihr Herz, aber sie drückte weiter gegen den Spiegel. Bis das heisere, boshafte Lachen erklang.

»Dachtest du wirklich, dass es so einfach ist? Das dein erbärmliches Blut ausreicht, um ein Zauberglas zu öffnen?« Wieder das Rascheln, das Wispern von Laub oder Schuppen oder etwas gänzlich anderem. »Blut und Glas, kleine Elisabeth«, sagte die Stimme. »Es braucht den Zauber von Blut und den Fluch von Glas, um das Tor zu öffnen.«

Jemand kicherte, irgendwo links hinter den Säulen, und der Fetzen eines gesungenen Liedverses schwang durch die kalte Luft.

Irgendwie war es dieses Lied, dieser absurde Tonfetzen, der Lisbeths Lage für sie zur Realität machte. Sie hatte gespielt. Und sie hatte verloren.

Sie senkte den Kopf und kauerte mit gebeugten Schultern über dem Spiegel. Der Schmerz des Stiches brannte in ihrer Handfläche, aber er war nichts im Vergleich zu dem Wissen, dass sie nur eine Wand aus Glas vor der Rückkehr in die Freiheit trennte. Eine Wand aus Glas, geschmiedet aus all den furchtbaren Entscheidungen, die sie getroffen hatte.

Lisbeth, du verlierst dich. Ich verliere dich.

Jakobs Worte klangen in ihrem Kopf nach und hielten ihr vor Augen, wie tief sie tatsächlich gestürzt war. Als hätte jemand einen Schleier von ihren Augen gezogen, sah sie sich selbst, wie sie auf der Lichtung stand. Wie sie über dem blinden Mädchen aufragte und eine formlose, hungrige Macht dazu einlud, aus ihrer Seele ein Gefäß für seinen eigenen Willen zu machen.

Wo bist du?

Sie wusste es nicht. Sie wusste nur, dass sie Welten entfernt von dem jungen Mädchen war, das mit Jakob auf dem Herbstfest getanzt hatte.

Lisbeth schloss die Augen, dann stand sie auf. Zumindest war ihr eines klar: Wenn sie keine Möglichkeit zur Flucht hatte, dann musste sie sich dem stellen, was sie entfesselt hatte. Sie musste ihren Taten ins Angesicht sehen, musste ganz begreifen, worauf sie sich eingelassen hatte. Auch wenn es sie den Verstand kosten würde.

Sie steckte die Nadel in den Ärmel ihres Kleides und drehte sich um. Schritt um schweren Schritt ging sie vorbei an dem reglosen Wolf und auf die Dunkelheit am Rand des Glasbodens zu. Nebel waberte wie Eisrauch um die Sockel der Säulen und die Dunkelheit jenseits des Spiegels wirkte dick und schwarz wie Sirup. Kurz glaubte Lisbeth, etwas Graues zu erkennen, ein lang gezogenes Etwas, das sich hinter den Säulen über den Boden wand.

Ihr Spiegelbild wartete auf sie zwischen den Säulen. Zuerst sah Lisbeth nur das schneeweiße Gesicht, dann lehnte sich ihr Ebenbild nach vorn und der widernatürliche Schein des Glases erhellte seinen Oberkörper. Es sah so aus, als würde es in der Dunkelheit schweben.

Mein Spiegelbild, dachte Lisbeth mit wachsender Hoffnungslosigkeit. Sie wusste genau, dass es mehr war als das.

Ihre Beine wollten unter ihr nachgeben, aber sie ging weiter. Sie dachte an jenen ersten Traum, als sie ebenfalls durch diese Halle geschritten war. Nur hatte damals ein Thron auf sie gewartet und eine Krone aus Kristall. Hatte sie diese Krone und die Macht, die sie symbolisierte, so sehr gewollt, dass ihr die wahre Natur des Wesens im Spiegel nicht wichtig gewesen war? Was hatte sie dazu gebracht? Sie konnte sich nicht mehr daran erinnern.

»Nun?«, fragte ihr Spiegelbild. »Was hast du mir zu sagen, kleines Mädchen?«

Lisbeth hob das Kinn. Es kostete sie jeden Rest ihrer schwindenden Kraft, aber sie sagte: »Ich will von unserem Handel zurücktreten.«

Wieder lachte jemand im Verborgenen. Das Spiegelbild jedoch bewegte sich nicht. Allein sein bleiches Haar hob sich in die Luft und wallte um seinen Kopf, als befänden sie sich unter Wasser.

Lisbeth holte tief Luft. »Ich will …«

Das Spiegelbild schoss wie ein Pfeil aus der Dunkelheit hervor und packte Lisbeth mit einer Hand am Hals.

»Was du *willst,* ist mir völlig gleich«, zischte das Ungeheuer. Genau das war es: ein Ungeheuer, ein Albtraum. Ein Wesen, das hinter den Rändern der Wirklichkeit hervorgekrochen war.

Das Ding, das Lisbeth gepackt hielt, hatte das Gesicht und den Oberkörper einer Frau, aber den Leib einer riesigen grauen Schlange. Und gleichzeitig war auch diese Form falsch: eine Hülle, eine Fassade, die die wahre Gestalt dieses Dings nur dürftig versteckte.

Der Kopf des Ungeheuers näherte sich, bis Lisbeth sich von Angesicht zu Angesicht mit ihrem eigenen verzerrten Gesicht befand. Weitere Hände – so hart und erbarmungslos wie Vogelkrallen – packten ihre Schultern und den Kragen ihres Mieders. Lisbeth wusste nicht, zu wem oder was diese Hände gehörten. Sie sah nur ihr mondblasses Ebenbild, sah die Schatten, die sich dahinter wanden, und spürte, wie der Anblick den Wahnsinn in ihre Adern trieb.

Schwarze Augen so glänzend wie geschliffener Obsidian starrten Lisbeth an. »Was du willst«, wiederholte das Spiegelbild, »ist ohne Belang. Du hast dich mir im Handel verschrieben.«

Irgendwo in den Tiefen der Dunkelheit heulte ein Wolf. Lisbeth schauderte, doch ihre Sinne schwanden bereits. Das Wesen, das sie festhielt, verzog die Lippen und offenbarte nadelspitze Zähne. »Du hast dich an mich gebunden«, sagte es. »Du gehörst mir.«

43

ANTHEA

Vor meiner Ankunft auf den Dämmerwegen war mir nie bewusst gewesen, wie sehr ich die Geräuschkulisse meiner Welt als selbstverständlich hinnahm. Ich war gewöhnt an das Rauschen des Windes, das Knistern von Laub und das Zirpen von Vögeln. Sogar im tiefsten Winter hörte man das Knacken von Eis oder den Aufschlag von Schnee, der von schwer beladenen Ästen plumpste.

Nichts davon existierte an diesem Ort. Es herrschte Totenstille und die Finsternis war vollkommen. Es war, als würde ich durch das schwarze Nichts jenseits der Himmelskuppel wandern.

Ohne meinen goldenen Faden hätte mich die Angst verschlungen. Selbst so kostete es mich meine ganze Kraft, weiterzugehen. Ohne zu sehen, was vor mir lag oder wohin ich meine Füße setzte. Ich dachte an die Worte der Mutter Oberin und stellte mir ein Labyrinth aus Brücken vor, die sich über einer endlosen Leere spannten. Vor meinem inneren Auge sah ich, wie der Spiegeldämon aus der Tiefe blind und gierig nach oben kroch, wie er in der Dunkelheit in den Hohlräumen unter den Wegen lauerte und den Reisenden hinterherschlich.

Goldener Faden hin und her: Wäre ich noch länger mit meinen eigenen Gedanken allein gewesen, hätte mich der Wahnsinn doch noch geholt. Als vor mir ein milchiger Schimmer aufleuchtete, spürte ich daher nur Erleichterung. Ich lief darauf zu, dankbar, der erstickenden Eintönigkeit von Schweigen und Dunkelheit zu entkommen.

Ich hätte es besser wissen müssen. Je näher ich kam, desto deutlicher sah ich den unförmigen Haufen, der in der Mitte des Lichtkegels lag. Trotzdem dauerte es, bis mein Verstand erfasste, worauf ich da zurannte. Als ich es endlich begriff, stolperte ich vor Schreck, blieb stehen und rannte dann noch schneller.

Agnes lag auf dem Boden in einem Ring aus trübem Licht. Als ich sie erkannt hatte, war ein Funken Hoffnung in mir aufgeflammt. Dieser flackerte und erlosch, als ich mit dem ganzen Ausmaß ihres Schicksals konfrontiert wurde.

Ich hatte einmal gesehen, wie eine wilde Rose eine alte Holzkarre überwuchert und zwischen ihren Ranken zerdrückt hatte. Genau das Gleiche schien hier passiert zu sein. Gläserne Ranken mit nadelspitzen Dornen fesselten Agnes auf den Boden. Ihr Körper hing furchtbar verdreht in ihrem Klammergriff. Allein die Fingerspitzen einer Hand streckten sich zwischen den Fesseln nach draußen, als ob sie versucht hatte, sich zu befreien. Der Anblick versetzte mir einen Stich in die Brust. Sie hatte sich so sehr gewünscht, den Spiegel zu besiegen. Und das war nun der Preis für ihre Hingabe?

Ich hätte so gern ihren Namen ausgesprochen, aber er kam mir nicht über die Lippen. Agnes selbst gab keinen Laut von sich, obwohl mehrere Dutzend Dornen ihre Haut durchstachen. Hätte sie noch gelebt, wäre das anders gewesen.

Ich presste mir die Hand vor den Mund und sank neben Agnes auf die Knie. Ihr Kopf lag frei und die Dornen hatten ihr Gesicht verschont. Am Ende hatte das vermutlich keinen Unterschied gemacht.

Ich beugte mich über sie. Jede Farbe war aus ihrer Haut gewichen und ihre bleichen Augen starrten blicklos nach oben. Ich streckte die Hand aus, zögerte und berührte ihre Wange. Sie war kalt wie gefrorene Erde an einem Wintermorgen.

Ich tastete unter ihr Kinn und versuchte, ihren Puls zu finden. Meine Nackenhaare stellten sich auf, als ich mit dem Handrücken eine der Glasranken berührte. Trotzdem zwang ich mich, die Finger an die Seite von Agnes' Hals zu drücken. Ich hatte es schon gewusst, dennoch traf mich die Gewissheit wie ein Schlag in die Magengrube: Da war kein Pulsschlag.

Mit einem zittrigen Seufzen zog ich die Hand zurück und setzte mich zurück auf meine Schenkel. Arme Agnes.

Mein Blick schweifte über ihren Körper. Wieder dauerte es einen Moment, bis mir auffiel, was an diesem Bild nicht stimmte: Obwohl die fingerlangen Dornen Agnes' Haut an mehreren Stellen durchbohrt hatten, sah ich kein Blut, weder auf ihren Kleidern noch auf dem Boden unter ihrem Körper. Stirnrunzelnd hob ich eine Hand über die Ranken, traute mich jedoch nicht, sie direkt zu berühren. Dennoch spürte ich etwas, eine Vibration in der Luft, direkt über dem gewundenen Glas.

Ein Prickeln rann über meinen Nacken. Konnte ich es wagen? Es war ein Risiko, aber ich musste wissen, womit ich es zu tun hatte.

Vorsichtig hob ich meine Augenbinde an. Erst gleißte blaues Licht auf und ich musste mein Fluchauge schließen. Ich zählte bis fünf, dann öffnete ich es wieder.

Die Ranken, die Agnes fesselten, sonderten einen matten, bläulich weißen Schimmer ab, aber darunter sah ich etwas, was mir das Blut in den Adern gefrieren ließ. Rinnsale aus rötlichem Licht rannen durch die Dornenranken von Agnes' Körper in den Boden und sammelten sich links von ihr zu einem handbreiten Fluss, der in die Dunkelheit davonströmte. Das Glas in meinem Innern knirschte aufgeregt.

Rasch zog ich die Binde wieder vor mein Fluchauge. Mein Herz klopfte dumpf in meiner Brust. Ich war mir sicher, dass die rötliche Spur zu dem Ding führte, das die Dämmerwege heimsuchte. Ich wusste, dass es seinen Opfern die Lebenskraft aussaugte. Nur hatte ich mir nie vorgestellt, wie genau es das anstellte.

Voller Unbehagen griff ich nach meinem goldenen Faden und erst da bemerkte ich, dass sich mein Wegweiser in Luft aufgelöst hatte. Schlimmer, der Schock, den mir Agnes' Anblick versetzt hatte, hatte meine Konzentration völlig durcheinandergebracht. Ich bewegte ungeschickt die Finger, schaffte es jedoch nicht, den Faden neu zu weben.

Ich musste mich beruhigen. Ich ballte die Fäuste, dann legte ich meine Hände flach auf meine Oberschenkel. Mein Blick glitt noch einmal hinunter zu Agnes.

»Es tut mir leid«, sagte ich und schob eine lose Haarsträhne aus ihrem Gesicht. Gott, sie war noch so jung gewesen. Ich wollte soeben versuchen, ihre Lider zu schließen, als ich ein Murmeln jenseits des Lichtkreises hörte. Ich erstarrte, die Finger eine Handbreit über Agnes' Augen.

»Psst«, zischte jemand. »Psssst.«

»Wer ist sie?«, flüsterte eine zweite Stimme. »Was tut sie hier?«

Ich hielt den Atem an und zog gleichzeitig die Armbrust von meinem Rücken. Irgendwo links von mir flüsterte jemand schnelle, unverständliche Worte. Aus dem Augenwinkel spähte ich in die Dunkelheit, sah aber nichts. Langsam stand ich auf und spannte die Armbrust.

Jemand schnalzte missbilligend mit der Zunge. »Unwichtig«, sagte diese Person im barschen Ton. »Wie kam sie hierher?«

Ich hörte das schnelle Klatschen bloßer Füße auf hartem Grund, dann das steife Rascheln von Röcken.

Mit der Armbrust im Anschlag wappnete ich mich für den Angriff. Nicht dass ich gesehen hätte, auf wen – oder was – ich zielen sollte. Ich schluckte gegen die Trockenheit in meinem Hals, dann fragte ich mit rauer Stimme: »Wer seid ihr? Was wollt ihr von mir?«

Ein keckerndes Lachen ertönte und verstummte. Stille trat ein, dann schnaubte jemand.

»Was wir von dir wollen?« Schritte kamen auf mich zu und plötzlich glommen Lichter in der Dunkelheit auf, erst eins, dann zwei, dann drei und vier.

Mein Herz setzte einen Schlag aus. Sie stellten sich im Kreis um mich herum auf: vier perlbleiche, ausgemergelte Frauen in zerschlissenen Kleidern. Eine von ihnen zwirbelte eine spinnwebdünne Haarsträhne um ihren Finger, eine andere hielt der Frau neben sich den Mund zu. Die vierte, eine Matrone mit kantigem Gesicht, maß mich mit einem abfälligen Blick.

»Wir wollen unsere Ruhe«, sagte sie. »Aber es scheint, als wäre selbst das zu viel verlangt.«

Das war meine erste Begegnung mit den Spiegelschwestern.

Matej hatte mir die Geschichte der Spiegelschwestern erzählt. Oder zumindest hatte er das weitergegeben, was er von Myrsina wusste. Solange sie im Spiegel gefangen war, hatte sie ihr Gefängnis mit fünf weiteren Frauen geteilt: Schwester Mechthild, Schwester Elßlin,

Schwester Ferun, Schwester Daglind und Schwester Mond. Ob es weitere Frauen in den Schatten jenseits des großen Spiegeltores gab, war unklar. Schwester Mechthild hatte wohl immer behauptet, dass die meisten Frauen nach ihrer Gefangennahme schnell vergingen. Der Spiegel raubte ihnen die Lebenskraft und sie schwanden zuerst zu farblosen Hüllen, dann zu nebelartigen Schemen, bis sie sich schließlich ganz auflösten.

Wenn Agnes und die anderen Nonnen ein Orden von Kriegerinnen gewesen waren, dann waren die Spiegelschwestern ein Bund der Verdammten. Ihre Augen hatten die Farbe von Quecksilber. Ihre hohlen Wangen und knochigen Handgelenke sprachen von ihrer Entbehrung, der übersinnliche Schimmer ihrer totenblassen Haut von ihrem Dasein als Wiedergängerinnen, gefangen zwischen Leben und Tod.

Während die verbliebenen Schwestern mich umringten – vier waren es, nicht mehr fünf –, fragte ich mich, was sie an dieses Halbleben band. Ich dachte an Agnes und mir wurde übel. Sie schien sich ihrem Schicksal schnell ergeben zu haben. Entweder das oder sie hatte versucht, sich zu wehren und es war ihr nicht gelungen.

Was hatten diese geisterhaften Frauen anders gemacht? Was trieb sie an? War es Furcht vor dem Vergehen oder Hoffnung auf eine unwahrscheinliche Rettung?

Ich warf einen Blick in Schwester Mechthilds Richtung. Ihrem bissigen Gesichtsausdruck nach hätte es mich nicht gewundert, wenn sie sich schlicht aus Trotz an ihre Existenz geklammert hätte.

Mit verschränkten Armen sah sie zu, wie ich mein Messer zurück in meinen Gürtel steckte. »Der Ärger, den uns dieser Rotschopf macht, nimmt kein Ende«, beschwerte sie sich.

Als ich mir überrascht an die Haare fasste, schüttelte sie barsch den Kopf. »Nicht du. Das andere Gör.«

»Myrsina«, Schwester Elßlin sang den Namen fast.

Ich zuckte zusammen. »Myrsina«, wiederholte ich aufgeregt. »Wo ist sie?« Rasch sah ich mich um. Wie dumm von mir, dass ich nicht gleich daran gedacht hatte! Wenn die Spiegelschwestern mich gefunden hatten, dann war Myrsina bestimmt nicht weit! Sie würde mir helfen! Bei dem Gedanken, eine Verbündete an diesem Ort zu haben, wurde mir sofort leichter ums Herz.

Schwester Mechthild schnaubte wieder und Schwester Ferun kicherte. Stirnrunzelnd sah ich von einer zur anderen, dann wieder hinein in die Dunkelheit. Als sich eine Hand auf meine Schulter legte, fuhr ich zusammen. Die zierliche Schwester Mond stand neben mir und lächelte mich traurig an. Sie schüttelte den Kopf und es fühlte sich an, als würde sich ein Abgrund unter meinen Füßen auftun.

»Wo ist sie?«, wiederholte ich mit dünner, heiserer Stimme. Gleichzeit klangen die verdammenden Worte der Mutter Oberin in meinem Kopf: *Wenn sie so lange im Schatten des Spiegeldämons gelebt hat, dann ist eure Myrsina längst verloren.*

Das durfte nicht sein. Ich dachte an Matej, stellte mir seine Reaktion auf das Ende all seiner Hoffnungen vor und die geballte Schwere von Kummer und Verzweiflung senkte sich wie ein Mantel aus Blei auf meine Schultern.

Die Schwestern schwiegen, nur Elßlin begann zu summen. Ich wandte mich direkt an Schwester Mond. »Bitte. Kannst du mir nicht sagen, wo Myrsina ist?«

Bedauernd berührte sie meine Wange.

»Ein Vogel in der Nacht«, sang Schwester Elßlin und drehte sich auf einem Fuß im Kreis. »Tirulee, tiruley, ein Vogel aus Feuer gemacht – öffnet die Schwingen, zeigt Federn so rot, hebt an zu singen und findet den To…«

»Oh, halt doch den Rand«, schnauzte Schwester Mechthild. »Weg ist sie. In die Schatten gegangen wie der Rest von ihnen. Und recht geschieht es ihr.«

Schwester Mond warf ihr einen vorwurfsvollen Blick zu, aber Schwester Mechthild wischte lediglich mit der Hand durch die Luft. »Sie hätte ihr Los akzeptieren sollen wie wir alle. Stattdessen hat sie ein Gezeter veranstaltet, mehr noch, als sie zum zweiten Mal hier gelandet ist. Sie ist in die Schatten gelaufen, wieder und wieder, obwohl sie wusste, dass es keinen Ausweg gibt. Tapp, tapp, tapp und dann war sie plötzlich wieder da, mit hängenden Schultern und blutenden Füßen. Bis die Schatten sie schließlich doch besiegt haben.«

Ich dachte an meinen Weg durch das Labyrinth der Dämmerwege, an das Gefühl, das die Dunkelheit mich verschlingen wollte, und schauderte. Myrsina hatte keinen Faden gehabt, keinen Wegweiser. Sie hatte nur ihren zähen Willen und auch den hatte dieser Ort letztendlich gebrochen.

Schwester Elßlin wanderte mit einem verträumten Gesichtsausdruck davon, aber ich hatte nur Augen für Schwester Mechthild. »Wie lange schon ...?«

»Was weiß ich?« Sie drehte sich zur Seite, als würde sie unsere Unterhaltung nun endgültig langweilen. »Nicht lange nachdem sie hierher zurückkam jedenfalls. Was mich nicht überrascht hatte. Sie hat wirklich geglaubt, sie könnte entkommen. Arrogantes Gör.«

Ich starrte auf meine Füße, dann sank ich zurück auf die Knie. All die Jahre. All die Jahre, in denen wir so verbissen nach dem Spiegel gesucht hatten. Die Hoffnung, Myrsina zu retten, hatte uns den Weg geleuchtet wie ein Stern und dabei war unsere ganze Mission von Anfang an zum Scheitern verurteilt gewesen.

Wie sollte ich Matej diese Nachricht überbringen?

Schwester Mond kniete sich neben mich, legte den dünnen Arm um meine Schultern und strich mir sanft über die Haare. Ich spürte es kaum.

»So dramatisch«, kommentierte Schwester Mechthild. »Du bist genauso schlimm wie der Wolf.«

Ihre Worte perlten zunächst an mir ab, dann trafen sie mich mit der Wucht eines Blitzschlags. Ich riss den Kopf hoch. »Matej? Woher wisst ihr von Matej?«

Niemand antwortete, aber Schwester Ferun gab ein Knurren von sich und kicherte. Frische Angst loderte in mir auf, gerade als ich gedacht hatte, ich wäre ausgebrannt.

»Woher wisst ihr von Matej?«

Schwester Mechthild presste die Lippen zu einer schmalen Linie zusammen. »Er sprang in den Spiegel«, sagte sie knapp. Schwester Ferun schlich sich von der Seite an mich heran, doch ich war wie gelähmt. Matej war hier? Auf den Dämmerwegen?

»Wo ist er?«, flüsterte ich.

»Er hat Daglind getötet«, sagte Schwester Mechthild, als hätte sie mich nicht gehört. »Ich hätte mich an seiner Stelle gleich auf den Dämon konzentriert, aber wahrscheinlich wusste er gar nicht, was da noch so alles im Schatten auf ihn wartete. Sein Pech.« Schwester Ferun

beugte sich zu mir, knurrte und schnappte nach meinem Hals. Ich stieß sie beiseite, sprang auf und packte Schwester Mechthild am Kragen.

»Wo ist Matej?«

Schwester Mechthild verzog das Gesicht. Ich verstärkte meinen Griff und zog mit meiner anderen Hand mein Messer. Matej war hier. Er war vor mir ins Herz des Spiegels gelangt, hatte gekämpft ohne Rückendeckung, ohne … Meine Brust krampfte sich zusammen, als mir dämmerte, was Schwester Mechthild da gesagt hatte. *Sein Pech.* Was hatte sie damit gemeint? Ein Finger tippte auf meine Schulter und als ich mich umsah, stand Schwester Mond neben mir und deutete hinter mir in die Dunkelheit. Ein einzelnes Licht schimmerte dort. Meine Hand glitt von Schwester Mechthilds Kragen ab. Zuerst erkannte ich nur Schwester Elßlin, die sich, umgeben von ihrer eigenen schimmernden Aura, vornüberbeugte. Dann sah ich den Wolfskörper, der vor ihr auf dem Boden lag.

44

LISBETH

Mühsam kämpfte sich Lisbeth zurück aus der Bewusstlosigkeit. Ihr Kopf fühlte sich an, als wäre er mit Sand ausgestopft und als sie schluckte, fuhr ein stechender Schmerz in ihre Kehle. Sie gab ein Wimmern von sich, schlug die Augen auf und stellte fest, dass sie auf dem Bauch lag.

Sie schaffte es gerade so, ihre Hand zu heben und ihren Hals abzutasten. Jede Berührung tat weh und eine Gänsehaut kroch ihren Rücken hinauf, als sie daran dachte, wie die Schlangendämonin sie gewürgt hatte. Als ihr schwarz vor Augen geworden war, hatte sie nicht damit gerechnet, wieder aufzuwachen.

Sie schluckte noch einmal und verzog das Gesicht vor Pein. Sie stützte sich auf ihre Hände und erst da bemerkte sie, dass sie an den Beinen gefesselt war. Erschrocken fuhr sie zusammen, konnte sich aber nicht wirklich bewegen. Etwas Schweres lastete auch auf ihrem Rücken und drückte mit stumpfen Spitzen durch ihr Kleid und gegen ihre Haut.

Ächzend versuchte sie, den Kopf zu drehen, doch das, was sie an den Boden presste, sah sie nicht. Sie drückte den Rücken gegen den Widerstand, obwohl es schmerzte. Sie mühte sich immer noch ab, als sie wieder jenes wispernde Rascheln hörte, das sie fortan in ihren Albträumen verfolgen würde. Wenn sie denn lange genug am Leben blieb, um wieder träumen zu können.

Sie sah nach vorn, hob den Kopf so gut es ging und erstarrte. Wenige Meter entfernt von ihr lag ein Haufen Lumpen und darüber kauerte die Schlangenfrau. Fast sah sie wieder wie Lisbeths Spiegelbild aus: Sie kniete auf dem Boden und der weite Rock ihres Kleides verdeckte die untere Hälfte ihres Körpers. Nur dass Lisbeth jetzt wusste, dass sich dort keine Beine befanden. Nicht wirklich.

Sie konnte nicht anders. Sie musste zu dem Wesen hinüberstarren. Das blasse Licht, das von dem gläsernen Boden aufstieg, schien direkt in seine Haut zu dringen und von dort zurückzureflektieren. Eine schmale weiße Hand strich durch die hingeworfenen Lumpen. Erst da erkannte Lisbeth, dass dort eine Person lag. Ein nackter grauer Fuß blitzte aus dem Bündel zerschlissener Stofffetzen hervor.

Übelkeit schwappte in Lisbeths Magen hoch und ihre Kehle zog sich noch enger zusammen. Sie versuchte, nach vorn zu kriechen, aber was auch immer sie fesselte, gab nicht nach. Tränen brannten in ihren Augen, aber immer noch konnte sie den Blick nicht abwenden.

Das Spiegelbild beugte sich dicht über die reglose Person und das helle Haar fiel über seine Schulter wie ein Vorhang. Lisbeth konnte sein Gesicht nicht mehr sehen, aber sie hörte den zischend eingesogenen Atem, hörte das Schmatzen seiner Lippen. Ihr Magen ballte sich zu einer bitteren Frucht zusammen und sie gab einen würgenden Laut von sich.

Schlagartig verstummte das Spiegelbild, dann wandte es langsam den Kopf in Lisbeths Richtung. Ein seltsamer rötlicher Schein glomm um seinen Mund und kurz flammten zwei blutrote Funken in den schwarzen Augen auf.

Lisbeth schob sich zurück in die Umklammerung ihrer Fesseln, aber da erhob sich ihr Spiegelbild auch schon vom Boden. Die Fassade der menschlichen Gestalt zerplatzte, als das Ding sich mit nach vorn gerecktem Oberkörper über den Boden auf Lisbeth zuschlängelte. Lisbeth stöhnte, aber da war das Spiegelbild auch schon bei ihr und legte seine langen Finger um ihr Kinn. Das rötliche Licht unter seiner Haut pulsierte und Lisbeth hätte am liebsten aufgeschrien, als sich das Ding mit einer schwarzen Zunge über die Lippen leckte. Aus ihrer geschundenen Kehle drang jedoch nur ein atemloses Keuchen.

»Hat es dir die Sprache verschlagen?«, fragte das Spiegelbild. In einer fließenden Bewegung beugte es sich zu Lisbeth hinunter und schnupperte an ihrem Gesicht. Hätte sie gekonnt, wäre Lisbeth aus ihrer eigenen Haut gekrochen, um dem Atem dieses Monsters zu entkommen.

Die kalte, weiche Spitze einer Zunge glitt über Lisbeths Wange. »So viel Leben«, flüsterte ihr Spiegelbild in ihr Ohr. »So viel Kraft. Ich werde mir Zeit mit dir lassen, kleines Mädchen. Ich werde dich genießen.«

Tränen rannen jetzt über Lisbeths Wangen. Entsetzt schloss sie die Augen, als das Spiegelbild eine von ihnen aufleckte. »Aber erst«, zischte es, »werde ich das nehmen, was der Wolf von ihr übrig gelassen hat.« Lisbeth hörte das Lächeln in der Stimme des Spiegelbildes. »Wie sagt ihr Menschen so schön? Spare in der Zeit, dann hast du in der Not.«

Mit diesen Worten ließ das Spiegelbild sie los und glitt zurück zu dem in Fetzen gehüllten Körper. Lisbeth sackte in sich zusammen. Dieses Mal sah sie nicht hin, weder als sie das Rascheln alter Kleider hörte, noch als die schmatzenden Geräusche begannen.

45

ANTHEA

Ich stieß einen Schrei aus und rannte zu Matej. Er lag auf dem Boden wie eine Marionette, der man die Fäden durchgeschnitten hatte.

Matej! Mein ganzes Bewusstsein rief seinen Namen und als ich als Antwort nur Stille vernahm, meinte ich, mein Herz würde stehen bleiben.

Ich fiel vor ihm auf die Knie, schlang die Arme um ihn und presste mein Gesicht in sein Fell. Er atmete! Bei allen Göttern, er *atmete.* Aus meiner Kehle drang nur ein schwacher Laut, aber meine Gedanken streckten sich ganz von selbst nach ihm aus.

Matej! Matej, Matej, bitte antworte mir!

Schwach, ganz schwach spürte ich, wie sich etwas in ihm regte. Ein kleine Welle in seinem Bewusstsein, eine Ahnung meiner Gegenwart, aber mehr auch nicht. Fieberhaft suchte ich seinen Körper ab, fand jedoch keine Wunde. Verstört versuchte ich ihn aufzurütteln.

Was ist mit dir? Bist du verletzt?

»Er hat die Herrin Schlange angegriffen«, meldete sich Schwester Mechthild zu Wort. Ich warf einen irritierten Blick zurück über meine Schulter und sah, dass sie uns gefolgt war. »Ich hätte ihm gleich sagen können, wie das ausgeht.«

»Herrin Schlange?«, fragte ich verwirrt.

»Unsere Gefängniswärterin«, antwortete Schwester Mechthild. »Sie ist teils Schlange, teils Frau. Oder zumindest gibt sie vor, das zu sein.«

Und du hast es angegriffen? Ungläubig starrte ich auf ihn hinunter. Er reagierte immer noch nicht und seine Teilnahmslosigkeit schürte die Panik in mir. *Bist du verletzt, bist du …*

Ich streckte schon die Hände aus, um ihn noch einmal nach Verletzungen abzutasten, als mein Bewusstsein seine letzten Barrieren überwand. Ich spürte die Leere ihn ihm und begriff. Die Schwestern hatten ihm gesagt, dass Myrsina tot war.

Matej?

Sie ist fort. Der Gedanke fühlte sich klein an, eine winzige Flamme kurz vor dem Verlöschen. Ich spürte erst meinen eigenen Kummer in mir aufsteigen, dann Matejs Trauer – tiefer und stürmischer wie eine hereinströmende Flut. Er konnte sie nicht mehr zurückhalten. Ich ließ sie über mich fließen, nahm sie in mich auf, trug sie mit ihm und weinte mit ihm.

Alles, was sich in Matej aufgestaut hatte, brach sich Bahn. Der Verlust von Myrsina riß jede Barriere ein, jede Eisentür, hinter der er seine eigenen Gefühle eingesperrt hatte.

Zum ersten Mal auf unserer gemeinsamen Reise ließ er zu, dass ich ihn festhielt. Er stützte sich auf mich, schüttete seinen Schmerz über mir aus und ich stellte fest, dass ich in diesem Moment stark genug dafür war. Um uns herum dehnte sich die Dunkelheit aus, aber wir kauerten beieinander in einer Insel aus Licht. Die Spiegelschwestern umkreisten uns wie zur Erde gesunkene Monde.

Nach einer Weile verebbte die Gewalt von Matejs Trauerstrom und sein Körper erschlaffte in meinen Armen. Ich strich über seinen Rücken, seinen Kopf, seinen Hals.

Es tut mir so leid. Ich sandte ihm meine Erinnerungen an Myrsina, meine Dankbarkeit für das Opfer, das sie für mich und die anderen Gaukler gebracht hatte, und meinen tiefen Kummer darüber, dass unser Rettungsversuch am Ende doch vergebens gewesen war. Unsere Trauer verband uns, brachte uns einander näher, als wir es zuvor gewesen waren. Und irgendwie fühlte es sich so an, als würden wir

beide eine Last niederlegen. Ich weiß nicht warum und ich befürchte immer noch, dass wir Myrsina damit unrecht taten. Aber in jenem Moment, als wir wussten, dass sie für uns verloren war, fand unsere lange Suche ein Ende. Und Enden, das begann ich zu begreifen, taten weh. Aber sie befreiten auch.

Nach einer Weile stieß Matej sacht mit der Schulter gegen meine Brust und ich richtete mich auf. Ich wischte mir mit dem Ärmel über das Gesicht.

Bist du in Ordnung?, fragte Matej. *Was ist mit deinem Auge?*

Ich berührte die Augenbinde. *Lange Geschichte. Aber mir geht es gut. Und du? Bist du verletzt?* Ich berührte das blutverschmierte Fell an seiner Schnauze.

Das ist nicht meins, begann er und zuckte zusammen, als Schwester Ferun sich über uns lehnte. Ihr Gesicht hatte etwas von einer geschnitzten Karnevalsmaske – nur das ihre Miene sich ständig zu neuen Grimassen verzerrte.

»War gar nicht so leicht, deinen Wolf vom Glas zu schleppen«, informierte sie mich und grinste breit. Sie war es, erkannte ich plötzlich. Sie hatte mich oben in den Bergen vor den Jägern gewarnt! Ich öffnete den Mund, aber bevor ich sie ansprechen konnte, raunzte Schwester Mechthild sie wortlos an. Schwester Ferun streckte ihr die Zunge heraus, dann richtete sie sich mit hinter dem Rücken verschränkten Händen auf und trat zwei Schritte zurück.

Vielleicht hätte ich Mitleid mit diesen frauengleichen Schemen haben sollen, aber ihr Auftreten war schlicht zu seltsam. Ich legte wieder den Arm um Matej, als könnte ich ihn damit vor den bohrenden Blicken der Schwestern beschützen. Schwester Elßlin summte wieder, während Schwester Mechthild uns von ihrer Lieblingsposition aus mit verschränkten Armen beobachtete. Vorhin hatten sie uns ein wenig Raum gegeben, mittlerweile waren sie wieder näher gerückt. Sie waren wie Motten, dachte ich plötzlich. Irgendetwas an uns zog sie an. War es unser Leid? Oder die Tatsache, dass wir freiwillig in ihr Gefängnis eingedrungen waren?

Was auch immer in ihren Köpfen vorging, sie machten mich nervös. Trotzdem versuchte ich, ihre Anwesenheit auszublenden und mich stattdessen auf Matej zu konzentrieren. *Was ist passiert?*

Das, was die Schwestern gesagt haben. Ich bin durch den Spiegel gesprungen und mir ist direkt eine Geisterfrau entgegengerannt. Hat Verrat und Gefahr gekreischt. Ich dachte … ich dachte, sie wäre der Spiegeldämon.

Du hast sie getötet?

Wenn etwas wie sie sterben kann, ja.

Ich sah mich nach den Frauen um. Der Tod ihrer Schwester schien sie nicht zu berühren und nicht zum ersten Mal fragte ich mich, ob sie überhaupt noch etwas Menschliches an sich hatten. Schwester Mond setzte sich auf die andere Seite von Matej und streckte die Hand nach ihm aus. Ich wollte sie beiseitewischen, aber er hielt mich zurück.

Schon gut, sagte er. *Sie und Schwester Ferun haben mich hierhergebracht. Ohne sie hätte mir der Dämon wahrscheinlich doch noch den Garaus gemacht.*

Ich biss mir auf die Lippe. *Wieso …?*

Wieso hat er mich nicht gleich umgebracht?, vervollständigte Matej meine Frage. *Ich weiß es nicht. Er hätte es gekonnt. Mit Leichtigkeit.*

Ich spürte die Bitterkeit in seinen Gedanken und darunter die Scham.

Er hat mich aus der Luft gegriffen wie ein Bär einen Lachs fängt, erklärte er und mir wurde ganz kalt. *Anthea, dieses Ding …* Er schauderte. *Es ist anders als alles, was wir uns vorgestellt haben.*

Ich dachte an meinen Albtraum. An das graue, sich windende Etwas hinter dem Spiegeltor.

Matej sah mich an. *Ich wünschte*, begann er und ich spürte, wie er sich innerlich anspannte.

Ich hob eine Braue und strich mit der Hand über sein Fell. *Wenn du mir jetzt sagst, ich hätte nicht herkommen sollen, dann kneife ich dir ins Ohr.*

Seine Augen wurden schmal, dann legte er die Schnauze auf mein Bein. *Ich werde mich zusammenreißen*, versprach er mit müder Belustigung.

Ich war froh, dass wir diese Diskussion nicht führen mussten. Gleichzeitig drängte sich mir eine eigene Frage auf. *Wie bist du überhaupt den Jägern entkommen?* Ich schluckte und versuchte, meine Angst im zaum zu halten. *Hat … Hat Lelia dich befreit?*

Die Eule?, fragte er überrascht. *Nein, es war ein blonder Kerl, den ich nicht kannte. Er hat wohl irgendetwas mit der Dienerin des*

Spiegels zu tun. Die Jäger haben ihn zum Spiegel geschleppt und ich bin ihnen gefolgt.

Die Sorge um Lelia war wie ein Druck auf meiner Brust. Sollte ich froh sein, dass Matej freigekommen war, bevor sie ihn erreicht hatte? Würde das bedeuten, dass ihr die Konfrontation mit den Jägern erspart blieb?

Etwas ist anders an dir, bemerkte Matej unvermittelt. Ich konnte förmlich spüren, wie er mich neu musterte.

Ich senkte den Kopf, fragte mich, wo um Himmels willen ich beginnen sollte, und erzählte ihm dann einfach alles. Als ich fertig war, hatte er sich aufgesetzt und saß mir von Angesicht zu Angesicht gegenüber.

Lelia war die ganze Zeit bei dir, stellte er fest. Das schien ihn auf eine Weise zufriedenzustellen, die ich nicht ganz deuten konnte.

Ich nickte. *Bis wir uns heute Nachmittag getrennt haben. Ich habe mich auf die Dämmerwege geschlichen, sie hat die Jäger verfolgt, um dich zu retten.*

Gedankenabwesend rieb ich die schmerzende Stelle an meiner Brust und senkte dann rasch wieder die Hand. Das, was mir wehtat, würde ich so nicht lindern können. Über Matejs Rücken hinweg begegnete ich dem Blick von Schwester Mond, die mich verständnisvoll anblickte.

Matej dachte über alles nach, dann lehnte er sich vor und presste kurz seine Stirn an meine. *Sie wird klarkommen, Thea. Sie ist vielleicht ein Federvieh, aber sie kann auf sich aufpassen.*

Thea. Diesen Spitznamen hatte er in unserer ganzen gemeinsamen Zeit vielleicht zweimal verwendet.

Etwas hat sich verändert, dachte ich verwundert. Ich sah mich in der Dunkelheit um, rief mir wieder vor Augen, wo wir waren und worauf wir eigentlich gehofft hatten. Wieder beschlich mich das Gefühl, dass der Weg, den wir gegangen waren, ein Ende gefunden hatte.

Ich legte eine Hand auf die Fellkrause an Matejs Nacken. *Wir haben gespielt und verloren, nicht wahr?*

Seine Augen wurden schmal. *Ja*, gab er zu, dann verzog er die Lefzen zu einem stummen Zähnefletschen. *Aber solange wir beide noch atmen, können wir zumindest versuchen, unser Versprechen an Barbagianna einzulösen.*

Überrascht hob ich die Brauen. Wir beide. Ich hatte so oft den Eindruck gehabt, dass er es bereute, mich mit auf seine Mission genommen zu haben. Dass er sich aufrieb, weil er mir in seinen Augen zu viel zumutete. Mehr noch, wenn ich ganz ehrlich war, dann hatte ich immer befürchtet, dass er mir nicht zutraute, ihm den Rücken freizuhalten. Das fühlte sich jetzt ganz anders an. Zum ersten Mal klang er nicht unwillig oder zögerlich, als er davon sprach, dass wir *zusammen* kämpfen sollten.

Du willst den Spiegeldämon töten?, fragte ich und konnte die Verwunderung nicht ganz aus meinen Gedanken löschen.

Er hob auffordernd den Kopf. *Willst du es?*

Sofort dachte ich an Myrsina, die sich hocherhobenen Hauptes von den Jägern gefangen nehmen ließ. Ich dachte an Matejs Trauer, an Agnes und ihren Orden. Ich dachte sogar an das Mädchen auf der Lichtung vor zehn Jahren und an alle anderen, die der Spiegel aus ihrem Leben gerissen hatte.

Meine Antwort war eindeutig.

Ja.

Matej fuhr sich mit der Zunge über die blutverschmierte Schnauze und stand auf. *Dann werden wir diesem verfluchten Seelenfresser den Kampf seines Lebens liefern.*

46

ANTHEA

Ich justierte den Riemen der Armbrust über meiner Brust, dann tastete ich nach der Eulenmaske, die ich immer noch sicher unter meinem Hemd trug. Schwester Mond, die sich immer noch in meiner Nähe herumdrückte, sah mir neugierig zu.

Matej hielt indes Schwester Mechthild in Schach. Die bärbeißigste der Schwestern stand mit geballten Fäusten ein paar Meter abseits von mir. Schwester Ferun lehnte sich mit einem schadenfrohen Grienen über ihre Schulter.

»Sie wollen kämpfen«, säuselte sie. »Sie wollen die Hungergöttin töten.«

»Unsinn«, schnaubte Schwester Mechthild. »Das ist blanker Unsinn!« Ich glaubte einen leichten Tremor in ihrer Stimme zu hören, aber das konnte auch daran liegen, dass Matej mit gefletschten Reißzähnen vor ihr stand.

Lasst Anthea in Ruhe, warnte er. Ob sie ihn hörten oder nicht, weder Schwester Mechthild noch Schwester Ferun versuchten, an ihm vorbeizukommen.

Ein letztes Mal berührte ich den Umriss der Maske unter meinem Hemd, dann wandte ich mich von allen anderen ab und schloss die Augen. Ich hob meine Hände vor mir in die Luft und einen angespannten Herzschlag lang konnte ich nicht auf meine Magie zugreifen. Dann erinnerte ich mich daran, wie sich Matejs Wunsch, mit mir zu kämpfen, angefühlt hatte. Ich dachte daran, wie er mir tief in die Augen gesehen hatte, und meine Finger bewegten sich wie von selbst.

Willst du ihn töten?

Web den Faden, dachte ich. Spinn das Licht.

Willst du ihn töten?

Ja.

Als ich die Augen öffnete, hielt ich wieder meinen goldenen Faden in der Hand und wie zuvor streckte er sich vor mir in die Dunkelheit wie ein nadeldünner Strahl aus Sonnenlicht. Ein triumphierendes Lächeln zupfte an meinem Mundwinkel, dann bemerkte ich, wie totenstill es um mich herum geworden war.

Ich drehte mich um. Matej und die Spiegelschwestern starrten mich stumm und staunend an. Schwester Elßlin war mitten im Tanzschritt erstarrt und presste sich beide Hände vor den Mund. Schwester Mechthild sah geradezu entsetzt aus. Aber Matej? Matej strahlte vor Stolz.

Ich lächelte ihm zu und nickte. Matej verzog die Schnauze zu einem wölfischen Grinsen, dann warf er einen Blick zurück zu Schwester Mechthild.

Versucht nicht, uns zu folgen.

Als er sich abwandte, um zu mir zu kommen, sprang Schwester Ferun nach vorn, aber Schwester Mechthild packte sie und hielt sie zurück.

»Nein«, warnte sie. Ihr Blick fand meinen und kurz glaubte ich, etwas wie Angst auf ihrem Gesicht zu sehen. Dann verhärtete sich ihre Miene. »Lasst sie gehen. Wenn sie sich ihren eigenen Tod so sehr wünschen, dann bitte sehr.«

»Wieso sträubt ihr euch so gegen uns?«, fragte ich, ehrlich neugierig. »Wollt ihr nicht, dass wir den Spiegeldämon töten? Wenn es uns gelingt, dann seid ihr frei.«

Schwester Mechthild ballte die Fäuste. »Frei«, wiederholte sie mit einem hohlen Lachen. »Wir sind an unsere Gefängniswärterin gebunden und sie an uns. Wir werden nie frei sein! Und du? Du wirst es schon früh genug verstehen.« Sie rümpfte die Nase. »Sieh dich doch an, sieh die Spuren auf deinem Gesicht an. Du bist selbst schon halb aus Glas.«

Ich widerstand dem Drang, meine Wange zu berühren. Ich verstand tatsächlich nicht, wieso sich die Spiegelschwestern so vehement weigerten, sich dem Kampf anzuschließen. Oder auch nur auf seinen glücklichen Ausgang zu hoffen.

Lass gut sein. Matej streifte an meinem Bein entlang. Ich berührte kurz seinen Kopf, dann trabte er an dem Faden entlang in die Dunkelheit. Ich war drauf und dran, ihm zu folgen, als eine zierliche Hand meinen Ellenbogen berührte. Schwester Mond. Die kleine Frau sah zu mir hoch, dann berührte sie mit den Fingerspitzen die Vorderseite meines Hemdes. Ich runzelte die Stirn, aber sie griff nach meinem Kragen und zupfte daran. Zögernd schlug ich den Kragen beiseite und zeigte ihr die Maske.

Sie sah die Maske an, dann berührte sie meine roten Haare und hob fragend eine Braue.

»Ja«, bestätigte ich. »Myrsina hat sie mir gegeben.«

Schwester Mond senkte den Blick, strich mit dem Zeigefinger über die Maske und seufzte.

Gegen meinen Willen rührte mich ihre Anteilnahme. Bevor ich es mir anders überlegen konnte, nahm ich ihre Hand und drückte sie vorsichtig. Sie fühlte sich kalt an, so als hätte diese Frau schon lange vergessen, was Wärme bedeutete.

Anthea?, sandte Matej.

Ich komme, gab ich zurück, nur um gleich wieder Schwester Monds Hand an meinem Arm zu spüren. Ich wollte mich von ihr lösen, da zog sie mich an meinem Ärmel zu sich heran. Bevor ich noch wusste, was geschah, flüsterte sie mir ins Ohr und mein Herz schien stillzustehen.

»Mond!«, rief Schwester Mechthild in scharfem Ton und die kleine Frau ließ mich los. Ich starrte sie an, den Faden in meiner Hand beinahe vergessen.

Schwester Mond erwiderte meinen Blick und formte stumm ein letztes Wort mit ihren Lippen.

Geh.

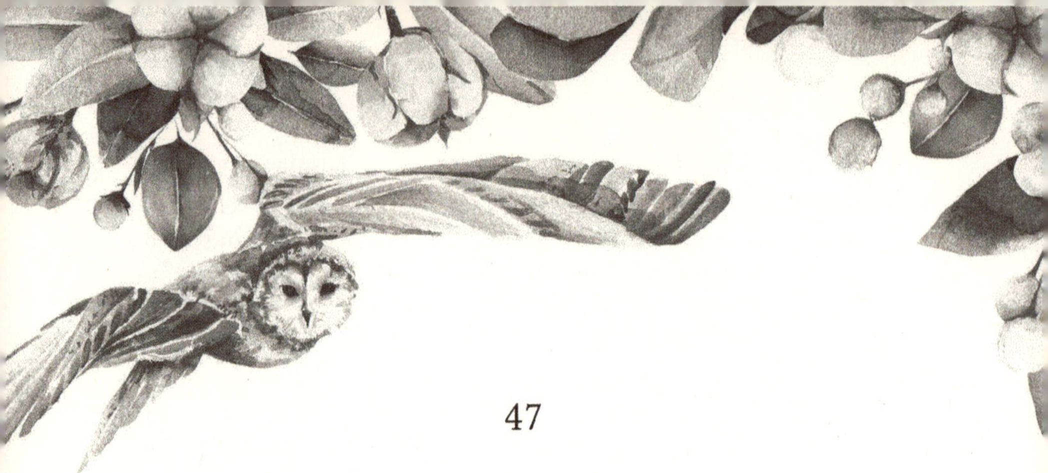

47

LISBETH

Sie versuchte sich an einen anderen Ort zu denken. Versuchte sich die Flussebene und die Eichenwälder ihrer Kindheit vor Augen zu rufen. Die Erinnerungen zerrannen zwischen ihren Fingern wie Sand. Ihr ganzes Leben hatte sie sich davor gefürchtet, eingesperrt und in ein Leben gemauert zu werden, in dem sie keine Kontrolle mehr über sich selbst und ihre Zeit hatte.

Die Erfahrung, *tatsächlich* gefesselt zu sein, war um so vieles Schlimmer, als sie es sich je vorgestellt hatte.

Lisbeth tastete mit den Fingern über den Glasboden, aber es war eine schwache, wirkungslose Bewegung. Ihre Fesseln drückten sie mit dem Gewicht von Mühlsteinen auf den Grund.

»Bitte.« Ihre Stimme war kaum mehr als ein heiseres Keuchen. Sie wusste nicht, zu wem sie sprach oder worauf sie hoffte. Das Wort rutschte ihr nur immer wieder über die Lippen.

»Bitte.«

Das Wispern von Schuppen, das Schleifen eines schweren Körpers, dann beugte sich das Spiegelbild über Lisbeths Schulter. »Worum bittest du, kleines Mädchen?«, fragte es mit gespieltem Interesse.

Lisbeth wandte kraftlos den Kopf zur Seite. Ihre ganze Haut kribbelte in der Nähe dieses Ungeheuers.

Eine Hand strich über ihren Kopf, eine andere glitt entlang ihrer Fesseln und über die Beuge ihres Kreuzes. Lisbeth ballte ihre Faust

und versuchte zumindest ihr Gesicht aus der Reichweite des Spiegelbilds zu drehen. Eine sinnlose Geste. Das Spiegelbild kam ihr nach und schmiegte seinen Oberkörper an Lisbeths Seite.

»Möchtest du, dass es vorbei ist?«, fragte es so dicht, dass sein Atem Lisbeths Haar bewegte. »Diesen Wunsch werde ich dir nicht erfüllen. Aber ich kann beginnen. Ich kann dir eine Kostprobe davon geben, wie es sein wird, von jetzt bis in alle Ewigkeit.«

Lisbeth schauderte und wimmerte leise. Das Spiegelbild summte nachdenklich. »Ich habe einen meiner Anker verloren«, sagte es. »Dafür hat dieser verdammte Wolf gesorgt. Dafür schulde ich ihm noch etwas. Und ich begleiche immer meine Schulden.«

Es fasste Lisbeths Haar mit der Faust im Nacken zusammen und legte seine zweite Hand an Lisbeths Wange. Eine dritte streichelte immer noch über Lisbeths Rücken.

»Ich brauche einen neuen Anker. Fünf sind besser als vier.« Es drehte Lisbeths Gesicht in seine Richtung. »Was meinst du, kleines Mädchen? Dafür würdest du dich doch wunderbar eignen.«

Lisbeth hatte keine Ahnung, wovon es sprach, aber sie spürte, wie das letzte bisschen Vernunft, an das sie sich klammerte, Risse bekam und zu bröckeln begann.

»Ja.« Das Spiegelbild lächelte und leckte sich mit der Zungespitze über die Mundwinkel. »Ja, ich glaube, das ist genau die richtige Strafe für dich.«

Bitte. Lisbeth schaffte es nicht mehr, das Wort laut auszusprechen. Das Spiegelbild lehnte sich noch näher an sie heran, öffnete den Mund – und erstarrte. Einen Augenblick lang bewegte es keinen Muskel, dann neigte es langsam den Kopf zur Seite, als würde es auf etwas lauschen.

»Sie ist hier«, murmelte es. »Die Glasdiebin.« Sein Gesicht verzog sich zu einer hässlichen Fratze. »Und der Wolf! Hat er seine Lektion wohl nicht gelernt.« Abrupt ließ es Lisbeth los und glitt davon. Lisbeth hob den Kopf so gut es ging. Der Spiegeldämon kroch um eine Säule herum und kletterte dann flink wie eine Spinne an ihr hinauf.

Vier Arme. Das Wesen mit Lisbeths Gesicht hatte vier Arme.

Innerhalb eines Wimpernschlags war der Oberkörper in den Schatten verschwunden, aber der dicke Basiliskenschwanz wand sich noch lange um die Säule herum nach oben.

48

ANTHEA

Mein Faden führte uns zielsicher durch das Labyrinth der Dämmerwege, bis wir die ersten Säulen erreichten. Hier verlangsamten wir unseren Schritt und verdoppelten unsere Wachsamkeit.

Der Spiegel liegt wie ein See zwischen den Säulen, erzählte Matej. *Von dort hat mich der Dämon in die Schatten geschleudert.*

Ich nickte grimmig. Die ganze Zeit schon überlegte ich, wie ich ihm das, was Schwester Mond mir verraten hatte, sagen konnte. Aber er war so fixiert auf den Kampf, der uns bevorstand, dass ich mich nicht traute, seine Konzentration zu stören. Und doch, ich musste es ihm sagen.

Ich hatte mir die Worte schon zurechtgelegt, als wir den Schimmer zwischen den Säulen sahen und Matej eine Warnung an mich sandte.

Jemand ist hier.

Meine Hand verkrampfte sich um den Faden und sofort löste er sich in Luft auf.

Der Dämon?, fragte ich. Schwester Monds Geheimnis trat augenblicklich in den Hintergrund.

Ich bin mir nicht sicher, erwiderte er. Warte einen Moment.

Er lief auf lautlosen Pfoten voraus, verharrte hinter einer der Säulen und rief mich dann zu sich. So leise wie möglich schloss ich zu ihm auf.

Matej starrte mit aufgestellten Ohren an der Säule vorbei. *Ich glaube, es ist ein Mädchen.*

Ich folgte seinem Blick. Vor uns lag eine runde Fläche, die tatsächlich so aussah wie ein zugefrorener See. Knöchelhoher Nebel lag über dem Boden und ein unheimliches Leuchten lag über allem.

Ich lehnte mich ein wenig vor, um besser sehen zu können. Auf der anderen Seite lag tatsächlich jemand. Ich hatte sofort ein mulmiges Gefühl im Magen. Wer auch immer dort lag, er war genauso auf den Boden gefesselt wie Agnes. Der Glanz der Glasranken blitzte bis zu uns herüber.

Ein neues Opfer?, fragte ich.

Vielleicht, antwortete Matej. *Als der Blonde und ich in die Spiegelhöhle kamen, wollte die Dienerin gerade ein Mädchen opfern. Vielleicht ist es ihr doch noch gelungen?*

Wut ballte sich in mir. Ich würde verdammt noch mal nicht zulassen, dass ein weiteres Mädchen wie Agnes endete. *Wir können sie hier nicht so zurücklassen.*

Matej zögerte, dann sagte er: *Wenn wir versuchen, sie zu befreien, verspielen wir vielleicht unsere Chance, den Dämon zu überraschen.*

Er hatte recht. Doch die Vorstellung, auch nur eine weitere Seele an das Monster hinter dem Spiegel zu verlieren, war mir so zuwider, dass ich einfach handeln musste.

Ist er hier?, fragte ich.

Ich rieche ihn nicht. Matej senkte den Kopf. *Aber er wird nicht weit weg sein.*

Ich kaute auf meiner Unterlippe, den Blick auf das gefesselte Mädchen gerichtet. *Wir bleiben bei unserem Plan,* sagte ich. *Du versuchst, den Dämon vor meine Armbrust zu locken. Lotse ihn nur erst ein wenig weg von hier, dann sorge ich dafür, dass das Mädchen freikommt.*

Matej warf mir einen Blick zu, aber er diskutierte nicht. *Sieh zu, dass dein Schuss ins Schwarze trifft.*

Ich nahm die Armbrust von meiner Schulter und löste die Sicherung am Abzug. *Das werde ich.*

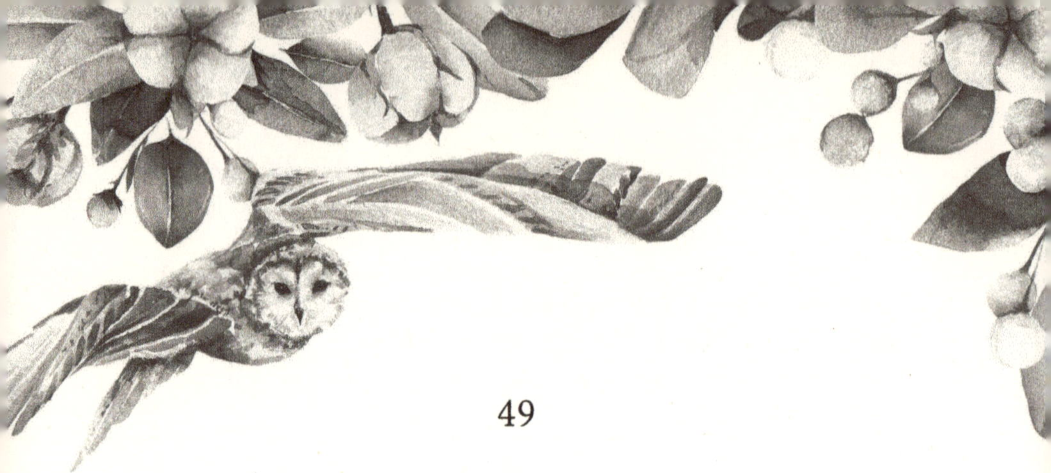

49

LISBETH

In der Stille glaubte Lisbeth ihr eigenes Herz gegen den Glasboden pochen zu hören. Sie wusste nicht, worauf sie wartete, aber ihr ganzer Körper lag starr auf dem Boden, während ihre Sinne sich nach allen Seiten ausstreckten. Lange vernahm sie nur das Rasseln und Pfeifen ihres abgeschnürten Atems, dann hörte sie, wie etwas links neben ihr über das Glas lief. Das war nicht das schleifende Geräusch eines Schlangenkörpers, sondern das Klick-Klick-Klick von Krallen.

Der Wolf, dachte Lisbeth und drückte die Fingerkuppen gegen den Glasboden, als könnte sie dort irgendwo Halt finden, um sich nach vorn zu ziehen. Sie drehte den Kopf so weit zur Seite, dass es schmerzte. Trotzdem konnte sie nichts erkennen. Sie hörte nur das Geräusch der nahenden Schritte. Ein Knurren grollte außerhalb ihres Sichtfeldes, dann lief der Wolf an ihr vorbei und weiter in die Schatten.

Lisbeth presste die Lippen aufeinander und atmete durch die Nase, um den Geräuschen besser folgen zu können. Ein Rascheln erklang hoch über ihrem Kopf, dann folgte das unverkennbare Knistern von Schuppen, die über die Rundung einer Säule nach unten glitten. Lisbeth konnte nicht anders, sie stieß ein leises Wimmern aus, aber da erschütterte auch schon der Aufprall eines schweren Körpers den Boden. Ein wütendes Zischen, ein Knurren, ein Bellen, dann rannten die krallenbewehrten Pfoten davon und das Wispern der Schuppen folgte mit rasanter Geschwindigkeit.

Lisbeth stöhnte wieder und versuchte erneut, sich aus ihren Fesseln zu ziehen. Die stumpfen Ausstülpungen bohrten sich in ihren Rücken und der Schmerz trieb ihr kalten Schweiß auf die Stirn. Sie öffnete den Mund zu einem Schrei, als plötzlich jemand zu ihr rannte und neben ihr auf die Knie sank. Lisbeth keuchte und zuckte zurück, aber die Hand, die ihre Schulter berührte, war warm und sanft.

»Schh«, sagte eine raue fremde Stimme. »Ganz ruhig. Ich bin hier, um dir zu helfen.«

Lisbeth hob ihren Kopf an und sah ein junges Mädchen mit einer dunklen Stoffbinde über dem rechten Auge. Ein zerzauster Zopf hing ihr über die Schulter und unter dem Stoff der Augenbinde blitzten ein paar silbern grelle Adern hervor. Das Mädchen sah nach hinten, achtsam wie ein Reh, das auf die Geräusche eines Jägers horcht. Nur dass dieses Reh eine Armbrust in der Hand hielt.

Lisbeths Herz schlug schneller. War es möglich? Konnte es sein, dass jemand ihr zur Rettung kam? Oder war das ein Trick ihres Spiegelbildes?

Die Glasdiebin, fiel es ihr ein. Das Spiegelbild hatte von einer Feindin gesprochen, die sich aufgemacht hatte, um seine Pläne zu durchkreuzen. Eine wilde Hoffnung flackerte in Lisbeth auf. Sie öffnete den Mund, brachte aber keinen Ton heraus.

Das Mädchen sah kurz zu ihr hinunter, prüfte noch einmal die Umgebung, dann beugte es sich nach hinten, um Lisbeths Fesseln in Augenschein zu nehmen. Lisbeth versuchte sich ebenfalls umzudrehen, aber es gelang ihr immer noch nicht. Stattdessen sah sie, wie das Mädchen die Stirn runzelte und angewidert die Lippen verzog.

Gott, dachte Lisbeth. *Was sieht sie? Was hält mich fest?*

Irgendwo jenseits der Säulen ertönten ein Klirren und ein lautes, reißendes Knurren. Das Mädchen und Lisbeth zuckten beide zusammen, aber dann drückte die Fremde Lisbeths Schulter. »Ich werde dich befreien«, versprach sie. »Aber du musst ganz still halten, in Ordnung?«

Lisbeths griff nach ihrer Hand, doch da war das Mädchen bereits aufgestanden. Sie hielt die Armbrust mit beiden Händen, so dass der schwere, durch Metall verstärkte Kolben nach unten zeigte, dann ging sie an Lisbeths Körper entlang und verschwand aus ihrem Blickfeld. Lisbeth wollte sie fragen, was sie vorhatte, da ertönte auch schon ein lautes Krachen und die Erschütterung eines schweren Aufschlags vibrierte gegen Lisbeths Körper. Sie fuhr zusammen, sie konnte nicht anders. Sie sog den Atem ein, da explodierte ein weiteres Krachen in der Luft. Dieses Mal ging etwas scheppernd zu Bruch. Plötzlich war der Druck um Lisbeths oberen Rücken verschwunden. Sie stemmte sich hoch, drehte sich um und sah die Scherben, die neben ihr auf dem Boden lagen. Das Mädchen kauerte bereits neben ihren Beinen, hob die Armbrust in die Höhe und ließ deren Ende auf den Rand von Lisbeths Fesseln krachen.

Lisbeth riss die Augen auf. Glas! Ihre Fesseln waren aus Glas! Mit wachsendem Schrecken starrte sie auf die durchsichtigen Ranken und die noch stumpfen Ansätze der Dornen, die gegen ihre Beine drückten.

Zwei weitere Schläge mit der Armbrust und Lisbeth konnte sich ganz befreien. So schnell wie möglich krabbelte sie aus den Splittern. Das Mädchen kam zu ihr, packte ihre Hand und half ihr auf die Beine. Lisbeth schwankte und stützte sich auf sie, aber als das Mädchen sie in den Schatten einer der Säulen ziehen wollte, hielt sie es zurück. Nur zu gut erinnerte sie sich daran, wie ihr Spiegelbild sich in der Dunkelheit über ihren Köpfen versteckt hatte.

Das Mädchen musterte sie besorgt. »Geht's dir gut?«, fragte es. »Bist du verletzt?«

Lisbeth wollte antworten, brachte aber nur ein heiseres Krächzen heraus. Als sie sich an den Hals fasste, fühlte sich ihre Kehle ganz taub und geschwollen an.

Das Mädchen runzelte wieder die Stirn und schob sacht Lisbeths Hand beiseite. Bei einem näheren Blick auf Lisbeths Hals stieß es zischend die Luft aus.

»Der Spiegeldämon?«, fragte sie.

Lisbeth nickte, sah nach oben und dann rasch in alle Richtungen. Sie rechnete jeden Augenblick damit, das Spiegelbild zwischen den Säulen auftauchen zu sehen. Sie schluckte, obwohl es höllisch wehtat, und hauchte ein einziges Wort: »Raus!«

Das Mädchen öffnete den Mund und wandte den Kopf, als ob es etwas gehört hatte. Lisbeths Finger gruben sich in ihren Ärmel. Wenn sie hier hereingekommen war, dann kannte sie einen Weg hinaus. *O lieber Gott, bitte lass sie einen Ausweg kennen.*

Nur dass das Mädchen keine Anstalten machte zu gehen. Lisbeth packte ihren Arm. »Raus.« Lisbeth legte eine Hand an ihre Kehle und zwang sich, ein weiteres Wort hervorzuwürgen. »Bitte.«

Das Mädchen drehte sich wieder zu ihr um. Es schien mit sich zu ringen. Warum?

Weil sie genau weiß, was für schreckliche Dinge du getan hast. Die Erkenntnis traf Lisbeth wie ein Schwall kaltes Wasser. Dieses Mädchen war gekommen, um das Ding hinter dem Spiegel zu vernichten. Das hieß, es wusste, was hinter der Magie des Spiegels steckte – wusste von den Menschenopfern und wusste, dass es jemanden gab, der dem Spiegel diese Opfer brachte. Wie aus weiter Ferne sah Lisbeth erst die weinende blinde Magd vor sich und dann Klara, die bewusstlos und mit verdrehtem Körper auf dem Boden lag. Die ganze schreckliche Wahrheit dessen, was sie getan hatte, stieg aufs Neue in ihr hoch und füllte ihren Mund mit dem Geschmack von schwarzem Teer.

Sie schloss die Augen. Es stimmte. Sie hatte keine Rettung verdient. Und trotzdem wollte sie *leben*, wollte fort von hier, einfach nur fort. Sie wollte Jakob wiedersehen. Seine Hand nehmen, sein Gesicht berühren. Sie würde das Mädchen anflehen, würde auf die Knie sinken und betteln, wenn sie musste.

Sie griff nach der Hand der anderen, aber da zog diese sie doch noch hinter eine der Säulen. Lisbeth zwang sich mitzugehen, auch wenn es sich so anfühlte, als würde sie sich direkt unter ein Fallgitter stellen.

Das Mädchen blieb abrupt stehen und starrte auf den Boden. Dort lagen die Lumpen und der Leichnam der Frau, an dem sich Lisbeths Spiegelbild satt gegessen hatte.

»Was zur Hölle«, murmelte das Mädchen.

Wie hatte ihr Spiegelbild diese Überreste genannt? »An-ker«, würgte Lisbeth mit schabender Stimme hervor.

»Was?« Das Mädchen sah sie verständnislos an, aber Lisbeth konnte nur mit den Schultern zucken. Sie schlang die Arme um ihren Oberkörper und drehte dem Elend auf dem Boden den Rücken zu.

Das Mädchen blickte zurück auf den See aus Glas, dann wandte es sich an Lisbeth. »Ich kann den Spiegel für dich öffnen, aber ich bin mir ziemlich sicher, dass der Dämon das bemerken wird.« Sie drückte

Lisbeth die Armbrust in die Hände und trat hinter der Säule hervor. »Egal was passiert, wir müssen schnell sein.«

Mit diesen Worten zog sie ein Messer aus dem Gürtel, schnitt sich in den Finger und kauerte sich an den Rand des gewaltigen Spiegels. Lisbeth sah ihr entgeistert zu, dann verstand sie. Genau wie Lisbeth würde das Mädchen versuchen, den Spiegel mit ihrem Blut zu öffnen. Und genau wie Lisbeth würde sie scheitern. Der Zauber von Blut und der Fluch von Glas: Beide Bestandteile formten den Schlüssel. Und wenn eins von ihnen fehlte? Dann gab es keinen Ausweg. Die Verzweiflung senkte sich wie ein eiserner Mantel auf Lisbeths Schultern und drückte sie hinunter auf die Knie.

Das Mädchen jedoch hob seine blutende Hand über die Spiegeloberfläche, sah noch einmal auf die gegenüberliegende Seite und drückte dann den Finger auf das Glas.

Einen Herzschlag lang blieb alles unverändert und Lisbeth spürte schon, wie ihr Gesicht sich zu einer Grimasse zusammenzog. Dann rann ein Schauer über das Glas.

In der Dunkelheit jenseits des Spiegels zerriss ein markerschütternder Schrei die Stille. Lisbeth versteifte sich vor Angst und das Mädchen zog rasch die Hand zurück. Doch es war getan, das Glas hatte sich verflüssigt, das Tor war geöffnet. Und trotzdem schaffte Lisbeth es nicht, sich zu bewegen. Wie gelähmt starrte sie auf ihren Weg in die Freiheit. Ein zweites wütendes Aufheulen brandete durch die Säulenhalle. Es klang schon näher.

Ohne sich umzudrehen, streckte das Mädchen die Hand nach der Armbrust aus. »Gib sie mir. Schnell!«

Einen Augenblick länger verharrte Lisbeth in ihrer Starre, dann gab sie sich einen Ruck und reichte dem Mädchen die Waffe. In ihrer Eile hätte sie sie beinahe fallen gelassen, aber der Rotschopf drehte sich gerade rechtzeitig zu ihr um, nahm die Armbrust und zog Lisbeth mit sich auf die Füße. Sie wies mit dem Kinn auf das schimmernde, durchscheinende Glas.

»Beeil dich«, sagte sie. »Bevor das Ding zurückkommt.«

Lisbeth starrte auf ihren blutenden Finger. Wie hatte die andere das geschafft? Wie …?

»Nun geh schon«, drängte das Mädchen. Es prüfte die Sichtachse der Armbrust und nickte zu dem offenen Spiegel. »Sieh zu, dass du nach Hause kommst.«

Nach Hause. Die Hoffnung in Lisbeths Brust war wie ein Vogel, der sich auf die Schwelle einer offenen Käfigtür setzte. Auf wackligen Beinen trat sie an den Rand des Übergangs, dann berührte sie das Mädchen am Ellenbogen. »Komm mit.«

Das Mädchen lächelte traurig, aber sein Kopfschütteln wirkte entschlossen. »Ich habe hier noch was zu erledigen.«

Als Lisbeth die Stirn runzelte, klopfte sie mit der Hand auf die Armbrust. »Wir werden dafür sorgen, dass du die Letzte bist, die man diesem Ding geopfert hat.«

Es dauerte einen Augenblick, bis die Bedeutung dieses Satzes zu Lisbeth durchsickerte. Dann begriff sie: Das Mädchen wusste nicht, dass sie sich mit ihrem Spiegelbild – mit dem Spiegel*dämon* – eingelassen hatte. Würde sie es wissen, hätte sie Lisbeth dann gerettet? Oder würde jetzt ein Armbrustbolzen in Lisbeths Brust stecken?

Sie spürte das Pochen ihres Herzens in ihrer schmerzenden Kehle und fühlte sich gepackt von der Angst, dass das Mädchen ihr die Gedanken vom Gesicht würde ablesen können.

Aber ihr Blick blieb weich, ihre Haltung unverändert. Lisbeth wusste nicht, wie sie es beschreiben sollte, aber von dem Mädchen ging gleichzeitig etwas Wildes und Strahlendes aus, so als trüge es anstelle einer einfachen Menschenseele eine Flamme in der Brust. Irgendetwas an ihrem Anblick brachte eine Saite in Lisbeth zum Klingen, aber sie hatte weder die Kraft noch die Zeit, um sich damit auseinanderzusetzen. Sie wusste nur zwei Dinge: Sie war froh, dass das Mädchen nicht wusste, wer sie war, und sie war sich sicher, dass eine Armbrust nicht ausreichen würde, um ihr Spiegelbild zu zerstören.

Ein letztes Mal fasste sie das Mädchen am Arm. »Komm«, drängte sie.

Ihr Gegenüber legte kurz die Hand über ihre Finger, dann löste sie Lisbeths Griff. »Geh«, sagte sie.

Lisbeth zögerte, hin- und hergerissen zwischen dem Drang zu fliehen und der Gewissheit, dass dieses Mädchen hier sterben würde. Sie sah hinunter auf den schimmernden Ausweg vor ihren Stiefelspitzen, wich einen Schritt zurück und hörte dann ein Krachen so laut wie ein

Donnerschlag. Erschrocken hob sie den Blick und sah, wie das Glas auf der gegenüberliegenden Seite des Spiegels zurückkehrte und sich mit einem knisternden Knacken auf sie zubewegte.

»Schnell!«

Lisbeth brauchte die Warnung nicht – ihr Fluchttrieb gewann die Oberhand. Während das Mädchen sich in den Schutz der Säule zurückzog, trat sie in den schimmernden Schleier zwischen Hier und Dort und fiel in die Freiheit.

50

ANTHEA

Mit der Armbrust im Anschlag stand ich im Schutz der Säule. Ich versuchte, alle meine Sinne auf die schimmernde Fläche vor mir zu richten und alle Winkel am Rand des Spiegels im Blick zu behalten. Gleichzeitig war ich fasziniert von der Geschwindigkeit, mit der sich das Glas über dem Mondtor schloss.

Ich ahnte, wer dafür gesorgt hatte, dass sich der Übergang so schnell wieder versiegelte. Wenn der Spiegeldämon meine Anwesenheit bisher noch nicht bemerkt hatte, so wusste er jetzt ohne jeden Zweifel, dass sich neben Matej noch jemand in sein Gefängnis geschlichen hatte.

Gut möglich, dass ich mit meiner Rettungsaktion unser Überraschungselement endgültig verspielt hatte. Aber ich war die Einzige, die die Tür für die junge Frau hätte öffnen können. Und wenn ich gewartet hätte, bis wir die Konfrontation mit dem Dämon hinter uns gebracht hatten … nun, es bestand eine gute Chance, dass ich später nicht mehr in der Lage sein würde, ein Tor zu öffnen.

Vor meinem inneren Auge sah ich die dunkelblauen Flecke um den Hals der blonden Frau. Sie hatte so verzweifelt, so *gebrochen* ausgesehen. Wie verängstigt sie gewesen sein musste, als sie durch den Spiegel in die Hände eines Monsters geschoben wurde. Sie zu retten brachte zwar weder Agnes noch irgendeins der anderen geopferten Mädchen zurück – aber es kippte die Waagschale der verlorenen und geretteten Leben wenigstens ein kleines Stück in die richtige Richtung.

Ich schüttelte den Kopf, als könnte ich damit jede Ablenkung fortwischen, und trat ein klein wenig mehr hinter der Säule hervor.

Matej?

Zuerst antwortete mir nur Stille, dann hörte ich, wie Matej von der gegenüberliegenden Seite auf die freie Fläche zwischen uns zurannte. Mein ganzer Körper spannte sich an wie die Sehne der Armbrust. Das Geräusch von Pfoten auf rauem Boden kam immer näher, dann sprang Matej aus der Dunkelheit auf das leuchtende Rund des Spiegels. Ich packte die Armbrust fester und stützte den Kolben gegen meine Schulter. Matej rannte in vollem Tempo, schlitterte über das Glas und fing sich wieder. Ich befürchte noch, ihn stürzen zu sehen, da brach der Spiegeldämon hinter ihm zwischen den Säulen hervor.

Mein Herz setzte einen Schlag aus. Hätte ich die Armbrust nicht so fest umklammert gehalten, wäre sie mir in diesem Moment aus den Händen gefallen.

Das Ding, das den Spiegel heimsuchte, hatte vielleicht den Kopf und Torso einer Frau, aber nichts an ihm war auch nur ansatzweise menschlich. Das lange silberne Haar strömte um seinen Kopf herum wie ein Nest aus Vipern. Das Gesicht war zur Fratze verzerrt und der Mund viel zu weit aufgerissen. Hungergöttin. Das war Schwester Feruns Name für das Ding hinter dem Spiegel und in diesem Moment war ich überzeugt, dass dies genau die richtige Bezeichnung war. Das Ungeheuer raste hinter Matej her und streckte dabei nicht nur zwei, sondern vier fahle Arme nach ihm aus. Mit fürchterlicher Geschwindigkeit glitt es über das Glas, vorangetrieben von seinem Schlangenschwanz.

ANTHEA! Matej hechtete in langen Sätzen auf mich zu und bei dem Klang meines Namens fiel jedes Zögern von mir ab. Ich holte tief Luft und trat hinter der Säule hervor. Ich stellte mich seitlich, hob die Spitze der Pfeilrinne noch ein Stück an und zielte auf den Dämon. Unter der Wucht seines heranschnellenden Leibes teilte sich der Bodennebel und stob beidseitig davon wie gewaltige Sturmwellen. Ich neigte den Kopf, nahm den Oberkörper des Biestes ins Visier und atmete langsam aus. Matej war jetzt fast bei mir, aber ich achtete nicht mehr auf ihn.

Der Dämon zischte schrill und wütend, aber er hielt weder an noch änderte er den Kurs.

Ich spürte Matejs Blutdurst, den Zorn des Dämons, ließ all das durch mich hindurchrauschen und drückte ab.

Der Bolzen schnellte von der Sehne, durchschnitt die Luft und traf den Dämon direkt über der linken Brust. Das Triumphgefühl traf mich im selben Moment wie Matejs begeistertes *›JA!!‹*. Der Bolzen durchschlug die Brust des Ungeheuers und einen Augenblick glaubte ich, dass er direkt auf der anderen Seite wieder hinausgeschossen war. Dann jedoch platzte ein gezackter Splitter aus dem Schulterblatt des Dämons, so als würde ihm eine Blutfontäne aus dem Rücken schießen und sofort zu Kristall erstarren. Das Biest bäumte sich auf, packte sich mit zwei seiner Hände an den Bolzen in der Brust und schrie.

DU HAST IHN, gellte Matej. *DU HAST IHN ERWISCHT, DU HAST IHN!!*

Verspätet tastete ich nach dem Köcher, zog einen weiteren Bolzen heraus und spannte die Armbrust mit fieberhaften Bewegungen erneut. Meine Arme schmerzten von dem Kraftaufwand und als ich die Armbrust erneut ansetzte, zitterten meine Hände. Der Dämon schrie noch immer und peitschte mit dem Schwanz, aber so hoch aufgerichtet, wie er war, bot er mir ein noch größeres Ziel.

Matej drehte sich um die eigene Achse und stellte sich dem tobenden Dämon mit geducktem Leib und gesträubtem Fell entgegen. Sein Gedanke galt jedoch allein mir.

Schieß, Mädchen.

Mein nächster Schuss traf den Dämon in den Bauch. Er warf den Kopf in den Nacken, dann fiel er in sich zusammen und krachte auf den Boden. Ein letztes Mal zuckte der Schwanz über den Boden, dann rührte er sich nicht mehr.

Matejs Gedankenstrom war ein einziger jubelnder Schrei. Ich selbst stieß nur ein Keuchen aus und sank auf ein Knie.

Es ist vorbei! Matej lief zu mir und warf mich beinahe um. *Wir haben es geschafft!*

Ich legte ihm einen Arm um die Schultern, fühlte mich jedoch eigenartig taub. *Es ist vorbei,* dachte ich verwundert. Langsam, ganz langsam sickerte die Bedeutung dieser drei Worte zu mir durch. Mein Körper erschlaffte. Ich lehnte mich an Matej und die Armbrust fiel klappernd zu Boden.

Es ist vorbei, sagte ich mir noch einmal. Dann bemerkte ich den Schauder, der den gewaltigen Leib des Spiegeldämons überlief.

Mein Herz setzte einen Schlag aus. Die Glaszacken auf dem Rücken des Ungeheuers glitzerten und sanken zurück in seine Alabasterhaut. Gekrümmte Finger zuckten auf dem Spiegelboden und suchten nach Halt.

Endlich, seufzte Matej. *O Anthea. Endlich, wir …*

Ich konnte ihn gerade noch zur Seite stoßen, da katapultierte sich der Dämon mit allen vier Händen in die Höhe und schnellte dicht über dem Boden auf uns zu. Ich erhaschte einen Blick auf hasserfüllte Augen, dann warf ich mich auf den Rücken und das Ding schoss über mich hinweg in die Dunkelheit.

Panisch rappelte ich mich auf die Füße und wich zurück, hinaus auf die Glasfläche. Matej wandte den Kopf, wollte zu mir laufen, doch ich hob die Hand.

Nicht!

Wo ist er?

Panisch sahen wir uns um, hörten das Rascheln und Zischen, das sich wie Echos überall in der Säulenhalle verbreitete. Ich wich noch einen Schritt zurück und zog das kleine Heilermesser. Mein Blick glitt zu der verwaisten Armbrust, doch ich wusste, dass ich keine Zeit haben würde, sie ein drittes Mal zu spannen.

»Glasdiebin.« Der Widerhall der Stimme jagte mir eine Gänsehaut über den Rücken. Nur wenige Meter entfernt senkte sich der schimmernde Frauenkörper von der Decke herab wie eine Totenlaterne. Ich starrte noch immer auf die Erscheinung, als der Spiegel unter meinen Füßen erzitterte.

ANTHEA!, warnte mich Matej, aber es war zu spät. Glasranken explodierten aus dem Boden, schnellten in einer geschmeidigen Welle auf mich zu und bohrten sich durch meine Brust.

51

LISBETH

Der Aufprall auf dem Felsenboden trieb ihr die Luft aus der Lunge. Kurz lähmte sie der Schmerz, dann sah sie sich um. Ja, sie war zurück in der Höhle am Ende des Tunnels. Dort lag immer noch die erloschene Fackel, die Jakob hatte fallen lassen, gleich neben der Leiche eines Jägers und dem schwarzen Dolch.

Wimmernd versuchte Lisbeth, ihren geschundenen Körper voranzubewegen. Sie spürte die Anwesenheit des Spiegels wie kalte Finger, die über ihren Rücken strichen. Jeden Augenblick konnten diese Finger real werden und sie zurück in die Hölle hinter dem Glas zerren.

Beweg dich, trieb sie sich an. *Los, beweg. Dich.*

Stöhnend erhob sie sich und kroch auf Händen und Knien zu dem Dolch. Nie wieder würde sie sich unbewaffnet überrumpeln lassen. Sie schloss die Finger um seinen Griff und kämpfte sich auf die Füße.

Immer noch war sie sich des Spiegels bewusst, aber obwohl die Härchen in ihrem Nacken sich aufrichteten, sah sie nicht nach oben. Sie wusste nicht, wovor sie mehr Angst hatte. Davor, ihr Spiegelbild zu sehen und endgültig den Verstand zu verlieren. Oder davor, einen letzten Blick auf das rothaarige Mädchen zu erhaschen.

Denk nicht an sie, sagte sie sich. *Sie hat ihre Entscheidung getroffen.*

Lisbeth packte den Dolch fester, schleppte sich zum Eingang des Tunnels und verließ die Höhle, ohne sich umzudrehen.

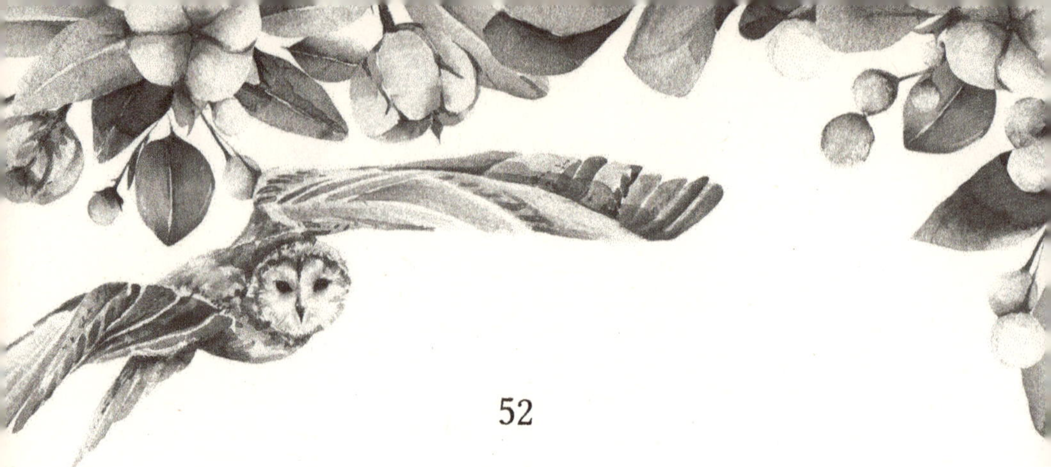

52

ANTHEA

Der Schmerz färbte die Welt und mein ganzes Empfinden rot. Blut troff aus der Wunde in meiner Brust und rann über die gläsernen Ranken, die mich umschlangen und hoch in die Luft hielten. Eine dieser Ranken steckte noch immer in dem weichen Fleisch zwischen meiner Brust und meiner Schulter. Wenn ich schluckte, schmeckte ich einen sirupwarmen metallischen Geschmack auf der Zunge.

Mühsam hob ich meinen Kopf. Zuerst nahm ich die Spiegelhalle nur verschwommen wahr. Selbst als mein Blick sich klärte, behielt jeder Umriss eine weiche Aura. Ich blinzelte, als ich einen fahlen Schemen bemerkte, der halb im Schutz einer Säule stand, dann erkannte ich Schwester Mond. Schwester Ferun trat hinter ihre Schulter und zog eine Grimasse. Keine von beiden wagte sich auf den Spiegel hinaus.

Ich drehte den Kopf zur Seite und mir blieb beinahe das Herz stehen. Mehrere Meter entfernt lag Matej lang gestreckt auf dem Glasboden und rührte sich nicht. Was war passiert? Hatte er gekämpft? Ich konnte mich nicht erinnern. Ein Winseln entrang sich meiner Kehle, während ich gleichzeitig in Gedanken nach ihm rief.

Matej!

Ein schwaches, oh so schwaches Senden erreichte mich als Antwort. Nebeldunst wallte um ihn herum wie eine hungrige Flut und schien ihn unter sich begraben zu wollen. Ich wand mich in meinen

Fesseln, aber die Qual, die mich bei jeder noch so kleinen Bewegung durchfuhr, war unerträglich. Die Ranken schnürten mich ein und drückten mit stumpfen Dornen gegen meinen Körper. Wie lange, bis die Dornen wuchsen und mit messerscharfen Spitzen in meine Haut eindrangen?

Ich stöhnte und kämpfte gegen die Ohnmacht, die mich zu überwältigen drohte.

Matej, dachte ich, und nahm am Rand meines Blickfeldes eine Bewegung wahr. Noch einmal sammelte ich meine schwindende Kraft und hob den Kopf.

Der Spiegeldämon glitt in Schlangenlinien auf mich zu. Die Ranken hielten mich so hoch in die Luft, dass er zunächst zu mir aufsah. Als er mich jedoch erreicht hatte, ließ der Dämon sich von seinem Schlangenkörper nach oben heben, bis wir uns Angesicht zu Angesicht befanden. Furcht zitterte durch mich hindurch wie die Flügel eines sterbenden Schmetterlings, aber mein Körper schaffte es nicht, vor der Gefahr zurückzuweichen.

Der Dämon wankte elegant hin und her, dann lehnte er sich zu mir. Lange Finger strichen über den Rand meiner Augenbinde. »Cleveres Mädchen. Freche Diebin.« Der Dämon fasste mein Kinn und hob mein Gesicht an. »Du hast tatsächlich geglaubt, dass du mich besiegen kannst, nicht wahr?« Die Spitze einer schwarzen, ledrigen Zunge blitzte kurz zwischen seinen blassen Lippen hervor. »Dumm. Tapfer, aber dumm.«

Das Ding beugte sich noch näher zu mir, bis unsere Nasenspitzen sich beinahe berührten. Ekel und Abscheu schüttelten mich, als sein Atem gegen meine Wange brandete. »Tapferkeit ist keine schlechte Eigenschaft«, murmelte der Dämon nachdenklich. »Sie macht die Seele stärker. Zäher.« Wie um seine Worte zu unterstreichen, schnürten sich die Ranken enger um meinen Brustkorb. Ich stieß einen schwachen Schrei aus und der Dämon grub seine Finger in mein Gesicht.

Anthea. Matejs Senden war wie eine Hand, die nach meiner tastete.

Der Dämon atmete noch einmal gegen meine Wange, dann ließ er mich los und lehnte sich ein wenig zurück. Nachdenklich betrachtete er mich. »Meine letzte Handlangerin war eine herbe Enttäuschung.« Er legte den Kopf schief und ich konnte nicht anders, als seinem Blick mit meinem zu folgen. »Ängstlich. Unsicher. Vielleicht brauche ich jemanden wie dich.« Mit Schrecken sah ich, wie sich etwas unter dem Gesicht des Dämons bewegte. Erst war es nur ein Schauder, dann wölbte sich die Haut, als ob sich die runden Rücken kleiner Schlangen von innen gegen die alabasterglatte Haut drückten. »Jemanden mit starkem Willen. Und einem Füllhorn voll verdrängter Sehnsucht.«

Ich glaubte, mein gesundes Auge ließ mich im Stich, aber das Antlitz des Dämons verschob sich tatsächlich. Die Brauen wurden voller, das Gesicht runder, das Kinn weicher, bis das Gesicht, das mir entgegensah, mein eigenes war.

Mein Spiegelbild beugte sich vor, legte zwei Finger unter mein Kinn und lächelte. »Wollen doch mal sehen, ob wir beide nicht zu einer Einigung kommen können.«

53

LISBETH

Beim Gehen stützte sie sich mit einer Hand an der Wand ab. Ihre Schritte waren schleppend langsam. Ihre Beine schmerzten immer noch vom Druck der Fesseln und das Atmen durch ihre geschwollene Kehle fiel ihr schwer. Doch sie war frei. Frei. Das war das Einzige, was zählte.

Sie wusste nicht, wie weit sie schon gekommen war, als die Schwäche sie übermannte und sie mit der Schulter gegen die Wand sackte. Nur einen Moment. Sie brauchte nur einen Moment, um zu verschnaufen.

In der Stille tropfte Wasser von der Tunneldecke. Langsam drang der Geruch von nassem Stein in Lisbeth Nase und dahinter wartete der zartsüße Duft von Heckenrosen. Sie schloss die Augen und spürte einen kühlen Lufthauch auf ihrem Gesicht.

Die Erleichterung trieb ihr die Tränen hinter die Lider und sorgte dafür, dass sich ihre Kehle noch enger zusammenzog. Ein Teil von ihr hatte bis jetzt geglaubt, dass ihre Flucht nur ein Possenspiel war – dass sie nicht entkommen und doch noch durch die gierigen Klauen ihres Spiegelbildes sterben würde.

Als hätte sie sie damit heraufbeschworen, spürte Lisbeth wieder den Klammergriff der weißen Hände. Sie schluchzte auf und schlang die Arme um die Brust. Sie wünschte sich, dass alles nur ein Albtraum gewesen war. Vielleicht konnte sie das glauben, eine Zeit lang.

Doch irgendwann würde sie sich dem stellen müssen, was sie getan hatte. Und dann? Würde sie sich selbst je wieder in die Augen blicken können, ohne ihr wahres Spiegelbild zu sehen? Eine selbstsüchtige Frau, die bereit war, über Leichen zu gehen? Ein ängstliches kleines Mädchen, arrogant und machthungrig?

Die Wahrheit schmeckte bitter. Sie hatte gedacht, sie würde sich ihre Freiheit erkaufen, indem sie ihren Handel mit dem Spiegel abschloss. Stattdessen hatte sie sich freiwillig der Kontrolle eines anderen verschrieben. Schlimmer noch, sie war bereit gewesen, andere zu opfern, nur um sich an eine Illusion von Selbstbestimmung zu klammern. Am Ende musste sie sich eingestehen, dass sie nicht einmal wusste, was Freiheit wirklich bedeutete.

Das Mädchen, dachte Lisbeth unvermittelt. Das Mädchen wusste es. Das war es, was sie in ihm gesehen hatte – das Leuchten eines starken, freien Willens. Nichts würde sie verderben, sie verbiegen oder sie von sich selbst entfremden. Selbst der Tod nicht.

Lisbeth lehnte die Stirn gegen die Felswand, dann wischte sich mit der Hand über die Augen und richtete sich auf. Sie sah zurück in den dunklen Schlund des Tunnels. Wie konnte sie weitermachen nach alldem? *Wollte* sie überhaupt weitermachen?

Die Antwort war dieselbe wie hinter dem Spiegel: Ja. Ob sie es verdient hatte oder nicht. Ob es schwer werden würde oder nicht, sie wollte leben. Sie berührte ihre Wange und dachte daran, wie Jakob sie an derselben Stelle berührt hatte. Sie rief sich in Erinnerung, wie er sie angesehen, wie er über ihr Haar gestrichen hatte, und ein wenig Wärme kehrte in ihr Herz zurück.

Sieh zu, dass du nach Hause kommst. Das hatte das Mädchen zu ihr gesagt. Und Lisbeth wusste, wusste längst, dass Zuhause für sie kein Ort mehr war. Jakob war ihr Zuhause. Jakob, der draußen vor der Burg auf sie wartete. Der mit ihr fortreiten wollte.

Vielleicht würde das, was passiert war, sie zerbrechen. Vielleicht würde ihre Zukunft kurz sein, überschattet von der Angst vor Verfolgung und Strafe. Aber vielleicht – nur vielleicht – bekam sie die Chance, Jakob die Liebe zurückzugeben, die er ihr so selbstlos geschenkt hatte. Das würde die Vergangenheit zwar nicht ändern, aber die Wahrheit war doch, dass nichts, was sie tat, ihre Vergehen

wiedergutmachen würde. Sie musste schlicht lernen, mit diesem Wissen zu leben.

Lisbeth strich sich die Haare aus der Stirn und ging weiter. Sie versuchte sich auf den Weg zu konzentrieren, aber mit jedem Schritt drängte sich das Bild des rothaarigen Mädchens in ihr Bewusstsein. Sein Griff um die Armbrust. Sein trauriges, aber entschlossenes Lächeln.

Es ist zu spät, dachte Lisbeth. *Selbst wenn ich ihr helfen wollte, ich kann denn Spiegel nicht allein öffnen.*

Sie hatte die Gelegenheit, dem Mädchen beizustehen, verspielt. Auch damit musste sie leben. Sie musste damit leben, ein Geschenk bekommen zu haben, das sie nicht verdiente, und irgendwie versuchen, diese zweite Chance nicht zu vergeuden.

Noch ein paar Schritte, dann sah sie vor sich ein mattes graues Licht, das auf grob behauene Steinstufen fiel. Als Lisbeth weiterging, glitt das Licht über den schwarzen Dolch in ihrer Hand und ließ ihn kurz aufblitzen. Sie blieb stehen.

Der Zauber von Blut und der Fluch von Glas. Die selbstgefälligen Worte ihres Spiegelbildes hallten in ihren Ohren. Sie starrte auf Klinge des Dolchs und erinnerte sich daran, wie sie ihn bekommen hatte. *Woraus* er gemacht war.

Lisbeth senkte den Dolch und schloss die Augen.

Sieh zu, dass du nach Hause kommst.

Sie stellte sich Jakob vor, wie er unter dem Walnussbaum bei Fenns Grab stand und die Zügel zweier Pferde in der Hand hielt. Der Schmerz wanderte von ihrer gequetschten Kehle hinunter in ihre Brust, bis es sich anfühlte, als ob eine Hand ihr Herz zusammendrückte. Jakob würde bis zum Morgengrauen warten, seinen Blick voller Hoffnung zurück auf die Burg gerichtet.

Wieder wehte ein frischer Lufthauch von der Erdoberfläche zu ihr hinunter. Lisbeth öffnete die Augen, wischte sich eine Träne von der Wange und kehrte der Treppe den Rücken zu.

54

ANTHEA

Anthea.

Die Stimme, die meinen Namen sprach, klang warm und einladend. Einen langen Moment wusste ich nicht, wo ich war. Ich spürte nur, wie ich nach unten sank – ob durch Nebel, Nacht oder mein eigenes Bewusstsein, konnte ich nicht sagen.

Ein Rascheln, ein Knistern, dann hörte ich das Prasseln eines Lagerfeuers. Der Geruch von brennendem Holz und herben Kräutern drang in meine Nase.

»Ich wünschte trotzdem, wir hätten den Wagen mitgenommen.«

Stimmen flüsterten in meiner Nähe. Ich öffnete die Augen und blinzelte. Ich lag auf der Seite, zusammengerollt unter etwas Schwerem, Weichen. Ganz dicht vor mir wuchs ein Büschel Oregano; ich hätte nur die Hand auszustrecken brauchen, um eins der duftenden Blättchen abzupflücken.

»Und wie hätten wir das machen sollen, ohne Pferd?«, zischte jemand. »Der dumme Gaul ist bestimmt schon über alle Berge.«

»Oder jemand anderes hat ihn mit in seinen eigenen Stall genommen«, fügte eine traurige Stimme hinzu.

Ich kenne euch, dachte ich. *Ich weiß, wer ihr seid.* Und mit diesem Gedanken fiel es mir wie Schuppen von den Augen. Ich wusste, wo ich war. Mehr noch, ich wusste, *wann* dieses Gespräch stattgefunden hatte.

Irgendwie war ich durch die Zeit zurückgereist, zu einer Nacht vor etwas mehr als zehn Jahren. Wenige Stunden zuvor hatte Myrsina die letzten überlebenden Gaukler und mich befreit. Wir hatten das *Castello di Prasco* hinter uns gelassen und waren zu der Stelle im Wald zurückgeeilt, an der Margarethes Jäger uns überfallen hatten. Das hatten wir dort vorgefunden: unseren bemalten Wagen mit einer verschlossenen Tür und die Leichen unserer Weggefährten. Raben hatten sich auf ihnen niedergelassen, obwohl man sie mit den Vorhängen aus unserem Fundus bedeckt hatte.

Während die anderen die Vögel verscheuchten, ging ich zur Rückseite des Wagens und schob den Riegel vor der Tür beiseite. Der Wolf, der im Innern eingesperrt war, schoss wie eine Kanonenkugel ins Freie und rannte davon. Ich schnappte gerade noch das flatternde Ende seiner Verzweiflung auf, dann war er die Straße hinunter in Richtung des Castellos verschwunden.

Wir waren nicht bei dem Wagen geblieben. Nachdem wir Marietta, Giacomo und die anderen begraben hatten, hatten wir alles, was wir tragen konnten, auf unsere Rücken geladen und waren bis spät in die Nacht weitergezogen. Irgendwann, der Mond stand schon hoch am Himmel, hatten wir unser Lager im Schutz einer verfallenen Mühle aufgeschlagen.

Clarice, Paolo, Iacopo und ich. Wir waren die letzten *Viaggiatori*. Und in jener Nacht hörte es sich so an, als wäre auch das nicht von Dauer.

Sie hatten gedacht, dass ich schlafen würde. Vielleicht hätten sie sonst nicht so offen gesprochen. Aber ich lag wach, eingehüllt in Mariettas Mantel, der noch mehrere Wochen nach ihr roch, bevor sich die letzte Spur von Ringelblumensalbe und Lagerfeuerrauch im Nichts auflöste.

Die Erwachsenen saßen hinter meinem Rücken um das Feuer herum. Ihre Stimmen klangen müde, gebeutelt durch die Schrecken des Tages, und gleichzeitig bitter, in ihr Schicksal ergeben. Clarice wollte alles hinter sich lassen, was sie an die *Viaggiatori* und deren Ende erinnerte. Sie würde sich irgendwo einen reichen Mäzen suchen und bei einem Theater in der Stadt anheuern. Iacopo und Paolo wollten der Straße ebenfalls den Rücken kehren, für eine Weile wenigstens. Sie dachten daran, sich als Instrumentenbauer zu versuchen.

Iacopo senkte seine Stimme noch ein wenig mehr. »Was machen wir mit der Kleinen?«

»Clarice?«, fragte Paolo. »Kannst du sie mitnehmen?«

Clarices Antwort kam prompt. »Wieso ich?«

Paolo zögerte. »Na ja, weil …«

»Weil ich eine Frau bin?« Clarices Empörung brachte ihn zum Schweigen. Ihr scharfer Ton ließ keinen Zweifel daran, was sie von diesem Vorschlag hielt. »Ich spiele viele Rollen, aber die der Mutter liegt mir nicht«, sagte sie. »Es wird schwer genug, neu anzufangen. Ich brauche nicht noch einen extra Mund zum Füttern. Nehmt ihr sie mit, wenn ihr schon die kleinbürgerliche Familie spielen wollt.«

Im Widerschein des Feuers warf der Oregano winzige Schatten an die Wand der Mühle. Ich starrte auf die gedoppelten Kräuter und hörte zu, wie sich die einzige Familie, die ich kannte, darüber stritt, wer für mich die Verantwortung übernehmen sollte. Die Angst grub sich wie ein Wurm in mein Herz. Ich sehnte mich so sehr danach, mich in Mariettas Schoß zusammenrollen zu können, dass mir ganz schlecht dabei wurde.

Unter Tränen schloss ich die Augen und als ich sie wieder öffnete, hatte sich meine Perspektive geändert. Ich stand jetzt in den Schatten außerhalb der Mühlenruine. Im orangenen Schein des Feuers sah ich die Gaukler kauern und dahinter meine eigene reglose kleine Gestalt.

Ich hatte den anderen die Entscheidung leicht gemacht. Ich hatte gewartet, bis sie eingeschlafen waren, dann hatte ich das Bündel mit Mariettas und meinen Sachen genommen und mich davongeschlichen. Beim Morgengrauen war ich zurück am Fuß des *Castello di Prasco* gewesen, wo Matej entgegen aller Hoffnung auf Myrsinas Rückkehr wartete.

Ich hatte so fest damit gerechnet, dass er mich fortjagen würde. Als er jedoch hörte, dass Myrsina mich gebeten hatte, bei ihm zu bleiben, las er unsere Zusammenkunft als Zeichen dafür, dass noch nicht alles verloren war. Ich hätte vor Erleichterung beinahe geweint. Ich wünschte mir, ich könnte wie er an die Wunderkraft des Schicksals glauben, aber die Wahrheit war, es gab keinen Wink der Vorsehung, der mir befohlen hatte, Matej zu helfen. Ich hatte die überlebenden *Viaggiatori* verlassen, weil sie mich nicht bei sich haben wollten. Und

ich betete viel zu lange dafür, dass Matej mich nicht auch irgendwann satthaben würde.

Ich wischte mir mit dem Handrücken über die Augen. Obwohl es so lange her war, spürte ich die Furcht meines siebenjährigen Ichs wie das Ziehen einer vernarbten Wunde. Ich würde nie die Worte finden, um zu beschreiben, wie sehr sich meine Welt an jenem Tag verändert hatte – wie die Welt aus den Fugen geriet und sich nie wieder ganz einrenkte. Wie Hände, von denen ich geglaubt hatte, dass sie mich festhielten, mich fallen ließen und sich die Einsamkeit wie eine gähnende Leere vor mir auftat.

Ich weinte. Um das Kind, das von da an immer darauf wartete, verlassen zu werden. Um mich selbst.

Ich spürte die Präsenz in meinem Rücken, bevor der Atem einer anderen Person über mein Haar strich. Jemand lehnte sich an mich heran, berührte meine Schulter und flüsterte mir ins Ohr: *Ich kann es ändern.*

Der Duft von sonnenwarmer Haut trieb zu mir heran. Ich sah zu, wie der Rauch des Lagerfeuers sich hinauf in die Nacht schraubte und dann sah ich die Eule. Sie saß auf der abgebrochenen Kante der Mauer und der Feuerschein glitt über die Seite ihres weißen Flügels. Mein Herz vollführte einen schnellen, doppelten Trommelschlag.

Anthea.

Die Eule flog davon und ich fuhr herum, um ihrem Flug zu folgen.

Anthea. Fuchsmädchen. Windweberin.

Ich schüttelte verwirrt den Kopf. Die Zeit löste sich auf, schien mich davonzutragen, weg von dem Schmerz und der Angst, bis ich irgendwo an Land gespült wurde, glatt und reingewaschen wie ein Kiesel aus dem Meer.

Licht flackerte vor meinen Augen. Wind glitt über mich hinweg und Blätter raschelten über meinem Kopf. Ich sah hoch und blickte auf ein grünes Laubdach. Auf einen blauen Himmel, der zwischen Kastanienbäumen hindurchblitzte.

Ich hob die Hand an mein Gesicht und stellte erstaunt fest, dass meine Augenbinde fehlte.

Sieh hin.

Ich wandte den Kopf und sah eine Szene, die der aus meiner Erinnerung glich und doch ganz anders war. Ich befand mich in einem

Kastanienhain, irgendwo auf dem Rücken einer Hügelkette. Heidekraut und hellgraue Felsen ragten überall zwischen den Bäumen hervor, aber vor meinen Füßen begann ein Streifen aus weichem, duftendem Gras.

Ich hob den Blick und mein Atem stockte. Nur wenige Meter entfernt saßen zwei Frauen auf der Wiese. Das Haar der einen war flammend rot und mit einem grünen Tuch zurückgebunden. Das Haar der anderen war lang und schwarz und an einer Seite durchflochten mit weißen Federn.

Meine Hände fanden die Vorderseite meiner Weste und klammerten sich daran fest. Myrsina. Lelia. Aber das war unmöglich!

Nichts ist unmöglich. Ein Lächeln schwang in der Stimme mit.

Lelia sagte etwas und Myrsina lachte das honigwarme Lachen, das ich schon beinahe vergessen hatte. Mein ungläubiger Blick glitt über ihre Köpfe hinweg zu dem hölzernen Wagen, der hinter ihnen stand. Er war ein wenig kleiner als der Wagen der *Viaggiatori*, aber genauso bunt bemalt. Vom Kutschbock hing mein eigener Rucksack und mit einem weiteren wilden Herzschlag sah ich die geflochtenen Bänder vom Vordach des Wagens baumeln.

Mein Atem entkam mit einem abgeschnürten Schluchzen aus meiner Brust. Ich stand immer noch wie angewurzelt da, als der warme Körper eines Wolfes an meinem Bein vorbeistreifte.

Worauf wartest du?, fragte Matej.

Er ging mir voraus, umrundete Myrsina und setzte sich neben sie. Sie kraulte ihm das Ohr, dann sah sie zu mir herüber und lächelte breit.

Anthea, flüsterte die Stimme neben meinem Ohr. *Geliebt von Eulen und Wölfen und Maskenschneiderinnen.*

Ich holte zitternd Atem und mein Körper beugte sich in die Richtung der kleinen Versammlung. Ein Teil von mir bezweifelte immer noch, dass diese Zusammenkunft für mich gedacht war, aber gleichzeitig dachte ich an meinen Rucksack am Kutschbock und an Myrsinas strahlendes Lächeln.

Du musst es nur zulassen, flüsterte die Stimme. *Sag, dass du es möchtest, und ich lösche all deine Selbstzweifel und die Erinnerung an jeden Verlust aus. Dann kannst du all das umarmen, was du dir jetzt verwehrst.*

Ich *wollte* zu ihnen gehen. Ich wollte es so sehr, dass mein ganzes Wesen ihnen entgegenzufliegen schien. Und doch zögerte ich, war mir meiner nicht sicher.

Ich nahm jede Einzelheit der Szene vor mir wahr. Meine Freunde, meine *Familie* und das kleine Festmahl von Trauben, Käse und dunklem Brot, das sie zwischen sich ausgebreitet hatten. Die Kastanienbäume, die wie natürliche Säulen um den Lagerplatz herumstanden. Die Gestalt der blassen Frau, die schräg hinter einem Baum stand und fast mit den grünen Schatten verschmolz.

Ich weiß nicht, warum ich ausgerechnet Schwester Mechthild sah, aber ihre Anwesenheit legte sich wie ein Omen über diesen Ort. Sie erinnerte mich an das, was ich beinahe vergessen hatte: Nichts von dem hier war wirklich.

Und doch wäre ich beinahe zu ihnen gegangen. Es war nicht die fremde, eindringliche Stimme, die mich lockte, sondern allein das, was ich hier vor mir sah. Das Unmögliche, das plötzlich zum Greifen nahe schien.

Zu Hause. Zu Hause. Ich sah zu, wie Lelia sich eine Traube in den Mund schob, wie Myrsina über Matejs Rücken strich. Sah den Platz, den sie zwischen sich für mich gelassen hatten. *Komm heim.*

Vielleicht wäre ich gegangen. Vielleicht hätte mich der Sirenenruf des Spiegeldämons eingewickelt.

Hätte ich nicht in Schwester Mechthilds Augen gesehen. Sie regte sich nicht und mischte sich nicht ein, aber in jenem Moment war alle Arroganz aus ihrer Miene gewichen. Geblieben war nichts als eine tief eingegrabene Qual. Ich spürte ihre Hoffnungslosigkeit und fragte mich, wie oft sie Mädchen wie mich hatte kommen und gehen sehen, bevor sie sich in Bitterkeit gehüllt hatte.

Faden für Faden löste ich das Versprechen, das mir hier entgegengehalten wurde, auf. Stattdessen dachte ich an die anderen Mondschwestern, an Myrsina als Kind, gefangen hinter dem Spiegel, und an Matejs unruhige Träume. An Marietta, die blutend und sterbend an einem Wagenrad lehnte.

Die Stimme – und ich wusste nur zu gut, wem sie gehörte – hatte mir versichert, dass ich diese Erinnerungen nicht behalten musste. Dass ich sie eintauschen konnte für eine Familie. Zugehörigkeit. Menschen, die mich liebten und die ich wiederliebte.

Vor mir, auf der Wiese, strich Lelia sich eine Haarsträhne hinters Ohr und drehte sich zu mir um. Myrsina sagte etwas, aber ihr Stimme klang jetzt weit entfernt. Ich schloss die Augen.

»Anthea?« Myrsina rief nach mir und kurz darauf griff eine schlanke, warme Hand nach meinen Fingern. Ich erlaubte mir, mit dem Daumen über die Innenseite des vertrauten Handgelenks zu streichen, dann ließ ich los.

»Nein.«

Das Wort schien wie ein Stein in einen See zu fallen. Kurz hielt alles, mich eingeschlossen, den Atem an. Dann kippte die Welt zur Seite.

Das Trugbild, das mich eingefangen hatte, fiel herunter wie ein Vorhang. Ich war zurück in der Spiegelhalle und der Dämon lehnte sich von hinten über meine Schulter. Er hatte sich um mich geschlungen wie wilder Wein, der sich um eine Säule wickelt.

Ich schauderte und mir schwindelte, als der Schmerz in mich zurückflutete.

»Nein?« Die Stimme des Dämons klang flach und ungläubig.

Mit schierer Willenskraft unterdrückte ich mein Schwindelgefühl und starrte hinunter auf den Spiegel. Mittlerweile waren alle Spiegelschwestern auf das Glas hinausgetreten. Drei von ihnen standen eng beieinander. Nur Schwester Mond kauerte bei Matej.

»Nein«, wiederholte ich, auch wenn das Wort kaum mehr war als ein kratzender, heiserer Laut.

Der Oberkörper des Dämons drückte an meinem Rücken und Gänsehaut kroch meine Arme hinauf.

»Meine Magie kann dich zu mehr machen, als du bist. Gerade du solltest das wissen.« Ich zuckte zusammen, als ich seine Hände an meinem Gesicht spürte, aber der Dämon zog mir nur die Stoffbinde vom Kopf und wich dann zurück. Ich keuchte auf, als ich die Halle zum ersten Mal durch mein Fluchauge sah. Alles leuchtete – der Spiegel, die Säulen –, alles hatte einen milchweichen Hof wie der Vollmond nach einem nächtlichen Regen.

Ich blinzelte, wollte das Fluchauge schließen, schaffte es aber nicht. Der Dämon glitt vor mich und ich wich in meinen Fesseln zurück. Sein Fleisch schimmerte wie der Rest der Halle, aber an seinem Umriss flackerte eine tintenschwarze Aura.

»Sieh mich an, Mädchen«, forderte er mich auf. »Glaubst du, es gibt etwas, was ich dir nicht geben kann?«

Meinen Blick von diesem furchtbaren und zugleich faszinierenden Wesen abzuwenden kostete mich Kraft, die ich eigentlich nicht mehr hatte. Ich spürte förmlich, wie das Leben aus mir heraustropfte, als ich noch einmal hinunter auf den Spiegelboden blickte. Niedergedrückt von Schmerz und Schwäche sah ich die Spiegelspuren, die mich zuerst in die Nähe dieses Ortes geführt hatten. Hier liefen sie zusammen wie ein Netz aus silberblauen Flüssen. Gleichzeitig sah ich die silbernen Adern, die die Spiegelschwestern mit dem Dämon verknüpften. Er hatte sie an der Leine, sogar jetzt.

Ich wünschte, ich hätte Schwester Mechthild und den anderen sagen können, wie leid es mir tat.

»Warum willst du die Heldin spielen, wenn es dir doch nichts bringt?«, fragte der Dämon mit schlecht verhohlener Ungeduld. »Wenn du es richtig anstellst, kannst du diesen Ort verlassen und ein Leben ganz nach deiner Vorstellung führen. Ich würde dir sogar erlauben, diesen flohverseuchten Vierbeiner mitzunehmen.«

Ich blickte hinüber zu Matej, der sich soeben auf die Füße stemmte. Ich war nicht mehr in der Lage, ihm meine Gedanken zu senden, aber irgendetwas brachte ihn trotzdem dazu, zu mir aufzusehen. Ich hielt seinen Blick fest, prägte mir den goldenen Glanz seiner Augen ein.

Kurz war es so, als wäre ich wieder verstummt. Als hätte meine Kehle vergessen, wie man Worte formte. Dann zog ich meine Stimme wie eine Wurzel aus schwarzer Erde.

»Scher dich zum Teufel.«

Die Worte hatten kaum meine Lippen verlassen, da schoss der Dämon auf mich zu und packte mich am Kinn.

Gespielt und verloren, dachte ich zusammenhangslos.

»So sei es«, zischte der Dämon. »Wenn du mir nicht dienen willst, dann bist du nur eins. Nahrung.«

Aus dem Augenwinkel sah ich, wie Matej auf mich zuhumpelte und wie Schwester Mond ihn zurückhielt. Ich versuchte ihm zu senden, dass es schon in Ordnung war, dass er sich nicht grämen sollte. Doch es fühlte sich an, als würde der Nebel, der über dem Spiegel lag, nun meinen Kopf ausfüllen.

Ich wünschte, ich könnte sagen, dass ich in jenem Moment mutig war. Doch ich hatte Angst. So furchtbare Angst vor dem, was nun kam.

»Du wirst sterben, das kann ich dir versprechen.« Der Dämon krümmte die Finger und seine Fingernägel ritzten brennende Spuren in meine Wange. »Aber vorher nehme ich mir zurück, was mir gehört.«

Mit einer Hand hielt er mich am Kinn fest. Mit zwei weiteren packte er meine Oberarme. Die vierte hob er vor mein Fluchauge. Ich sah die schwarzen Flammen am Rand der Finger pulsieren, versteifte mich und spürte dann ein Klirren tief in meiner Brust. Der Dämon verzerrte den Mund und entblößte spitze Zähne. Ich hätte geschrien, aber plötzlich war meine Kehle wie zugeschnürt. Das Glas! Das Glas in mir knackte und klirrte, es ballte sich zusammen, drückte wie eine Faust von innen gegen meine Brust und krabbelte dann nach oben. Als wäre es lebendig, kroch es unter meinem Brustbein hinauf, an meinem Hals entlang und hinauf durch meine Wange. Es fühlte sich an wie eine Viper, die sich unter meiner Haut ringelte. Ich spürte einen Druck, der meinen Kopf zu sprengen drohte – dann riss der Dämon die Glasscherbe durch mein Auge aus mir heraus.

55

LISBETH

Der Zauber von Blut und der Fluch von Glas.

Lisbeth wusste, dass es funktionieren würde, noch bevor sie die Handfläche gegen den Spiegel drückte. Sie hatte sich mit dem schwarzen Dolch geschnitten – mit jener Klinge, die einmal die Zacke einer gläsernen Krone gewesen war. Hatte ihr Spiegelbild nicht gewusst, welche Macht es ihr mit diesem Pfand überlassen hatte? Oder hatte es geglaubt, dass Lisbeth zu feige oder zu selbstsüchtig sein würde, um diesen Vorteil auszunutzen?

Dann hätte es beinahe recht gehabt, dachte Lisbeth. Sie verspürte immer noch den Wunsch umzukehren. Sie wünschte es sich, während sie die blutende Handfläche fester gegen das Glas drückte. Sie wünschte es sich, als der Spiegel sich öffnete. Der Durchgang war gerade so groß wie ein Loch, das ein Fischer im Winter in einen eisbedeckten See schlägt. Lisbeth steckte den Dolch in ihren Gürtel, packte den Rand des Lochs mit beiden Händen und machte sich schon zum Sprung bereit, als das blasse Gesicht einer fremden Frau mit silbernen Augen aus dem flüssigen Glas über ihr auftauchte. Erschrocken zuckte sie zurück, aber da hatten sie auch schon zwei Hände an den Armen gepackt.

Die Frau grinste. »Willkommen zurück«, sagte sie fröhlich. »Du kommst genau zur rechten Zeit.«

Mit diesen Worten zog sie Lisbeth nach oben durch das Tor und auf die andere Seite des Spiegels.

Lisbeth kam auf den Knien auf und ihre Hand flog zum Griff des Dolches. Sie riss die Klinge hoch, aber die Frau machte keine Anstalten, sie anzugreifen. Stattdessen legte sie warnend den Finger an die Lippen. Mit rasendem Herzschlag sah Lisbeth sich um.

Sie war zurück in der Spiegelhalle, keine Frage, aber die Rücken von zwei weiteren Frauen versperrten ihr die Sicht. Eine von ihnen war breit und gedrungen, die andere schmal, aber beide trugen abgewetzte graue Kleider.

Wie die tote Frau zwischen den Säulen, dachte Lisbeth, und begriff in selben Moment, dass diese Frauen nicht ihre Sicht versperrten, sondern die des Dämons.

Was tust du hier, Lisbeth? Himmel, was tust *du hier?* Mit wild klopfendem Herzen rappelte sie sich hoch und spähte zwischen den Schultern der Frauen hindurch.

Ihr Herz setzte einen Schlag aus. Das rothaarige Mädchen hing im Klammergriff eines gläsernen Dornenbaums, gute zwei Meter über dem Boden. Der Dämon hatte sich um sie gewickelt, wie die erste Schlange sich um den Baum der Erkenntnis geschlungen haben musste.

Beinahe verließ sie der Mut. War das Mädchen tot? Kam sie zu spät? Im nächsten Moment hörte sie jedoch das raunende Flüstern des Dämons. Lisbeth presste die Lippen aufeinander. Wenn dieses Ding noch zu dem Mädchen sprach, dann nur, weil es noch lebte. Der Dämon löste seinen Klammergriff und positionierte sich gegenüber dem Mädchen. Er schien ganz auf es fixiert zu sein und das war Lisbeths Glück.

Die Sache war nur die, sie hatte nicht die leiseste Ahnung, was sie jetzt tun sollte. Sie hatte nicht weiter geplant, als bis zu ihrer Rückkehr. Tatsächlich fiel es ihr immer noch schwer zu akzeptieren, dass sie überhaupt zurückgekommen war.

Was sollte sie tun? Was *konnte* sie tun?

Die Stimme, die ihr antwortete, war ihre eigene. *Das weißt du doch längst.*

Jemand berührte sie am Arm und Lisbeth fuhr vor Schreck fast aus der Haut. Es war die mondbleiche Frau, die sie durch das Tor gezogen hatte. Sie grinste immer noch, dann verdrehte sie den Mund und

drückte den Finger an die flache Seite der Dolchklinge. Ihr silbern flackernder Blick fand den von Lisbeth.

»Geh«, zischte sie. »Mit dir rechnet er nicht.«

Lisbeth biss sich auf die Unterlippe und in genau diesem Moment schrie das Mädchen. Es war der schrille, raue Schrei eines tödlich getroffenen Vogels, verstärkt nur durch das verzweifelte Heulen des Wolfes.

Der Schrei durchbrach die letzten Bande, die Lisbeth an Ort und Stelle fesselten. Vielleicht war es der Schmerz in der Stimme des Mädchens. Vielleicht die glasklare Erkenntnis, dass der Moment gekommen war. Was auch immer es war, sie rannte los. Ihre Schritte flogen förmlich über den Spiegelboden und plötzlich war sie wieder jene Lisbeth auf dem Rücken eines Pferdes, nach vorn gebeugt, den Blick auf ein fliehendes Reh geheftet. Die letzten Wochen – die letzten *Jahre* – stoben auseinander wie ein Schwarm aufgeschreckter Stare. Sie war die sechsjährige Itzeblitz, die mit zusammengebissenen Zähnen und barfuß über eine Wiese rannte, fest dazu entschlossen, ihre Brüder im Wettlauf zu schlagen.

Genau so rannte sie: ohne Zweifel, ohne Zögern, mit flatternden Haaren und den Dolch sicher in der Hand. Sie rannte vorbei an dem Wolf und der Frau, die ihn festhielt. Sie sprang über eine Schlaufe des grauen Basiliskenschwanzes und fand noch eine andere Lisbeth in sich. Diese Lisbeth loderte vor Zorn auf das Ungeheuer, das sie hereingelegt hatte. Das es gewagt hatte, sie mit billigen Versprechen hinters Licht zu führen.

Der Dämon hob den Kopf, aber da stieß Lisbeth sich bereits vom Boden ab und katapultierte sich in die Luft. Im Sprung packte sie den Dolch mit beiden Händen und riss ihn hoch über ihren Kopf. Für einen winzigen Augenblick war sie die Lisbeth, die von Jakob im Tanz herumgewirbelt wurde, jene Lisbeth mit einer Krone aus Weinlaub und Heidelbeerkraut auf dem Kopf. Dann rammte sie dem Dämon ihren Dolch zwischen die Schultern.

Der Dämon, der sich eben zu ihr umdrehen wollte, kreischte vor Schmerz und bäumte sich auf. Der Schlangenschwanz peitschte herum, zerschmetterte den gläsernen Dornenbaum und schlug wild hin und her wie Wogen in einem Sturm. Lisbeth fiel und stürzte direkt in das sich windende Knäuel. Kurz sah sie das wutverzerrte Gesicht des Dämons und hörte seine Stimme in ihrem Kopf.

Du!

Genau, dachte Lisbeth und spürte eine Woge der Genugtuung. *Ganz genau.*

Sich aufzurichten war unmöglich. Sie versuchte es einmal, kam aber sofort wieder zwischen dem um sich schlagenden Leib zu Fall. Schuppen pressten sich gegen sie. Der zentnerschwere Schlangenschwanz wickelte sich um sie, begrub sie und schnürte sich um ihren Körper. Trotzdem hatte Lisbeth keine Angst. Sie lächelte sogar. In Gedanken war sie bei Jakob, der sie um die Hüfte fasste und in die Höhe hielt. Sie schloss die Augen, sah den Sternenhimmel in seiner Endlosigkeit und die Funken, die von den Erntefeuern in die Nacht hinaufwirbelten.

Diana, sagte Jakob. *Göttin der Jagd.*

Lisbeth spürte noch, wie die ersten ihrer Knochen brachen, dann war es vorbei.

56

ANTHEA

Glas splitterte krachend und ich stürzte in einem Regen von Scherben zu Boden. Ein Splitter bohrte sich in meinen Arm, als ich aufschlug. Ein anderer riss einen brennenden Schnitt in meinen Oberschenkel. All das, während mein Auge in Flammen zu stehen schien und der Dämon über meinem Kopf tobte und brüllte.

Eine Schlaufe des mächtigen Schlangenschwanzes krachte direkt neben meinem Gesicht zu Boden. Ich rollte mich zur Seite und holte mir eine weitere Schnittwunde im Gesicht. Ich riss meine Arme über den Kopf, auch wenn mir das absolut nichts helfen würde.

Anthea! Matejs Senden durchbrach das Chaos, dann packten seine Zähne meinen Ärmel und zerrten daran. Irgendwie kämpfte ich mich auf die Füße und stolperte vorwärts, fiel aber sofort wieder hin, als ein Peitschenhieb des Schlangenschwanzes meinen Rücken streifte.

Schnell, drängte Matej, aber ich schaffte es nicht mehr aufzustehen. Halb blind, halb wahnsinnig vor Schmerz schleppte ich mich auf Händen und Knien voran, nur um kurz darauf mit einem Stöhnen zusammenzubrechen. Ich presste eine Hand über mein rechtes Auge, überzeugt, dort nur eine klaffende rohe Wunde vorzufinden. Meine tauben Finger tasteten über meine Wange, mein Augenlid, aber mein Kopf schaffte es nicht, den Schaden zu analysieren. Stattdessen berührte ich meine Schulter und die abgebrochene Spitze der gläsernen Dornenranke, die immer noch darin steckte.

Matej war bei mir, drückte sich eng an meine Seite, sodass ich mein Gesicht in sein Fell pressen konnte. Ich spürte seine Angst, spürte, wie er sich innerlich auf unseren Tod vorbereitete.

Der Spiegelboden bebte, als der Dämon wie ein Berserker herumwütete. Ich schlang den Arm um Matej, richtete mich halb auf und zischte durch meine zusammengebissenen Zähne, als neuer Schmerz wie ein Hammerschlag in meine Schulter fuhr. Meine Sicht war verschwommen, als würde ich durch ein angelaufenes Stück Glas sehen. Der Spiegeldämon ragte über einem Meer aus wogenden Schuppen und Schwanzwindungen auf. Seine nachtschwarze Aura war verschwunden, meine zweite Sicht ausgelöscht, nun, da er mir das Glas aus dem Leib gerissen hatte. Was ich jedoch sah, waren seine Verrenkungen und den Griff des schwarzen Dolchs, der zwischen seinen Schulterblättern herausragte. Sein Kopf ruckte von einer Seite zur anderen. Sein Oberkörper verdrehte sich, als seine vier Arme vergeblich versuchten, den Dolch aus seinem Rücken zu ziehen. Entsetzt beobachtete ich, wie sich zwei weitere Arme aus seinen Flanken stülpten, aber auch die bekamen den Griff nicht zu fassen.

Sie hatte es geschafft. Ich hatte nicht den leisesten Schimmer, warum die blonde Frau zurückgekehrt war oder wie, aber sie hatte vollbracht, was mir nicht gelungen war: Sie hatte den Spiegeldämon ernsthaft verletzt.

Noch im Fallen hatte ich gesehen, wie sie in den Mahlstrom des Schlangenleibes gestürzt war. Nun war sie verschwunden, begraben unter dem Wirrwarr aus Schuppen. Matej gab ein hohes Winseln von sich und sah sich nach einem Fluchtweg um.

Sie hat ihn verletzt, sandte ich ihm, erstaunt und bestürzt zugleich.

Ja, gab er zurück. *Aber das wird ihn nicht töten.*

Er hatte recht, das wusste ich instinktiv. Und doch …

Ich rieb mir mit der Hand über die Augen und mein Blick klärte sich etwas. Jenseits des rasenden Dämons standen immer noch die Spiegelschwestern, in sicherer Entfernung zwar, aber jede mit einem glühenden, hungrigen Ausdruck auf dem Gesicht. Eine Idee formte sich zwischen all dem Tumult in meinem Kopf.

Vor meinem inneren Auge sah ich die ausgezehrte Leiche zwischen den Säulen am Rand des Spiegels liegen. Es mussten die Überreste

von Schwester Daglind gewesen sein. Und wie hatte die blonde Frau sie genannt?

Anker.

Meine Hand verkrampfte sich in Matejs Fell. Die Worte der Mutter Oberin hallten in meinen Ohren. *Irgendwie hat er es geschafft, am Leben zu bleiben. Sich an die Dämmerwege zu binden.* Als würden die Worte ein Pendel anstoßen, erinnerte ich mich auch an Barbagianna, die uns sagte, dass wir das Herz des Spiegels zerstören müssten. Wie zerstörte man ein Herz? Man stach mit einer Klinge hinein … oder man schnitt ihm die Blutzufuhr ab.

Die Erkenntnis traf mich wie ein Schlag. Mein Blick huschte von einer Spiegelschwester zur nächsten. Ich konnte sie nicht mehr sehen, aber ich wusste, dass sie da waren – die silbernen Fäden, die sie mit dem Dämon verbanden. Deshalb vergingen die Schwestern nicht! Sie waren die Lebensadern, die *Anker*, die den Dämon nicht nur mit ihrer Kraft speisten, sondern ihn an Ort und Stelle fixierten.

Matej, hilf mir!

Was, begann er, aber da stemmte ich mich schon auf die Knie. Er stützte mich so gut er konnte. Ich ignorierte seine Verwirrung und hob stattdessen meine Hände vor mir in die Luft. Automatisch spreizte ich die Finger wie zum Fadenspiel. Draußen auf dem Spiegelboden verdrehte der Spiegeldämon einen seiner Arme auf groteske Weise und die Spitzen seiner Finger tasteten über den Knauf des Dolchs.

Schmerz dröhnte wie ein zweiter Pulsschlag in meinem Körper. Ich sank darunter, gerade so, schloss meine Augen und bewegte die Finger. Meine durchbohrte Schulter schrie nach meiner Aufmerksamkeit, aber ich stellte mir die silbernen Adern vor und das rote Licht, das sie transportierten. Ich dachte an die Spiegelschwestern, an Schwester Mechthild, die mir sagte, dass sie nie frei sein würden, und wob meinen Zauber.

Als ich die Augen öffnete, sah ich sie wieder: vier lange silberne Fäden, die zwischen den Spiegelschwestern und dem Dämon gespannt waren. Nur dass sich meine Finger jetzt in das Netz zwischen ihnen verhakt hatten. Ich wusste, was ich tun musste.

Schwester Mechthild stand mir am nächsten. Sie hatte sich hoch aufgerichtet, das Kinn erhoben, den Rücken durchgedrückt. Ihr

Gesicht wirkte wie versteinert, doch ihre geballten Fäuste zitterten. Sie legte den Kopf in den Nacken, dann wandte sie sich zu mir und nickte.

Der Dämon hatte indes den Dolch in die Finger bekommen und begann, ihn herauszuziehen. Ein triumphierendes Zischen platzte von seinen Lippen. Ich zuckte mit den Fingern und zerschnitt den ersten Faden.

Ein Ruck ging durch den Dämon. Die weiße Hand fiel von dem Dolch ab, als er zu mir herumschnellte. Er riss die Augen weit auf und warf seinen Schwanz herum, als machte er sich eilends bereit, mich anzugreifen. Ich verzog das Gesicht zu einer Grimasse und zerriss die übrigen Fäden mit einer Handbewegung.

Der Dämon bäumte sich auf und zuckte, als wäre er von mehreren Pfeilen getroffen worden. Mit einem atemlosen Schrei warf er sich in meine Richtung, fuhr zurück, als hätte er sich verbrannt, und griff sich mit allen sechs Händen an die Brust. Seine Miene wechselte rasend schnell von Unglauben zu Panik, als er sich hektisch nach allen Seiten umsah.

Meine Aufmerksamkeit glitt jedoch zu den Schwestern. Mechthild stand immer noch kerzengerade da, aber sie sog so tief die Luft in ihre Lunge, als ob dies ihr erster ungehinderter Atemzug seit Jahrzehnten war. Erneut sah sie zu mir und hob eine Braue, als wollte sie sagen: ›Wer hätte das gedacht‹. Dann wandte sie sich dem Dämon zu und lächelte.

Anthea, setzte Matej an, aber da peitschte ein wildes Johlen durch die Halle. Schwester Ferun hatte sich vornübergebeugt, lachte und streckte dem Dämon ihr grinsendes Gesicht entgegen. Sie drehte ihm eine lange Nase, und noch während sie den Daumen an die Nasenspitze drückte, löste sie sich in einem Wirbel aus leuchtenden Flocken auf.

Sieh doch! Dieses Mal folgte ich Matejs Ruf und drehte den Kopf.

Der Dämon schwankte wie eine der Kobras, die die Kuriositätenhändler in den Küstenstädten zur Schau stellten. Mein Mund klappte auf. Die Haut des Dämons bekam Risse und begann, als glitzernder Glasstaub von ihm abzublättern. War ich mir zuvor nicht sicher gewesen, so bestätigte das all meine Vermutungen. Was auch immer der Spiegeldämon in Wirklichkeit war, diese Gestalt hatte er

nur aufgesetzt wie eine Maske. Allerdings nicht, um sich dahinter zu verstecken, sondern um sich selbst eine Form zu geben. Und diese Form löste sich zusehends auf. Seine Gesichtszüge wechselten rasend schnell, doch keines der Antlitze blieb haften. Schließlich schlug er zwei seiner Hände vors Gesicht, als könnte er es so zusammenhalten.

Ich kämpfte mich hoch in den Stand. Alles passierte so schnell, ich konnte die Breite der Ereignisse gar nicht erfassen. Schwester Elßlin war bereits verschwunden und Schwester Mechthild war dabei, sich aufzulösen. Gleichzeitig bebte der Glasboden und es ertönte ein Knirschen, dicht gefolgt von einem grollenden Rumpeln.

Wir müssen weg, sandte ich. *Matej, wir müssen …*

Die nächste Erschütterung der Halle war so stark, dass es mich beinahe wieder auf den Hosenboden setzte. Matej jaulte auf und gemeinsam wichen wir zurück, humpelten und stolperten zum Rand des Spiegels. Ich setzte einen Fuß auf festen Boden, als die erste Säule hinter uns einstürzte. Die Druckwelle ihres Aufpralls schleuderte mich zu Boden. Ich schlug mir das Kinn auf, drehte mich jedoch sofort wieder um. Der Dämon wiegte sich hin und her, aber er schrie nicht mehr. Stattdessen gab er ein hohes, gequältes Pfeifen von sich, als sich sowohl sein Körper als auch der Spiegel, auf dem er stand, in ein wirbelndes mondbleiches Pulver verwandelten. Unter den Rissen, die nun in dem Spiegelboden klafften, erhaschte ich einen Blick auf die Schwärze, die mich bei meiner Ankunft auf den Dämmerwegen beinahe verschlungen hätte. Es war keine Nacht, die dort unten wartete. Es war eine formlose, sinnlose Leere.

Der Basiliskenschwanz des Dämons brach als Erstes ein, oder vielleicht verschmolz er auch mit dem lichtlosen Nichts unter dem immer brüchigeren Glas. Ich verstand kaum noch, was ich sah, bis mein Blick an Schwester Mond hängen blieb. Sie war als Einzige übrig und auch sie war im Verschwinden begriffen. Es sah aus, als würde eine Heerschar von Sternen in ihren Haaren und unter ihrer Haut leuchten und sie von innen heraus verzehren. Aber auch sie lächelte und hob sogar die Hand zum Gruß.

Entgeistert starrte ich zu ihr hinüber, bis Matej mich am Rücken meiner Weste packte und zog. Ich begann mich aufzurichten und sah dann doch wieder gebannt zu, wie der Dämon sich nach oben streckte, alle Hände zur unsichtbaren Decke gereckt. Glasscherben wirbelten nun an ihm empor und zogen ihn gleichzeitig nach unten wie Treibsand. Eine weitere Säule stürzte um und zerschellte in einer Fontäne aus funkelndem Staub und Dunkelheit.

Matej zerrte wieder an meiner Weste und ich warf mich stöhnend herum, rappelte mich hoch und humpelte weiter. Fort von dem Spiegel. Fort von der Leere, die sich die Hungergöttin zurückholte.

57

ANTHEA

Wir flohen so schnell wir konnten und solange wir konnten. Der Lärm des zerbrechenden Spiegels und der einstürzenden Halle hallte immer noch als dumpfes Echo durch die Finsternis, als meine Beine schließlich aufgaben. Ich schaffte es gerade noch, mich an eine Säule zu lehnen und mit dem Rücken an ihr hinunterzurutschen.

Meine Hand tastete wieder nach der Glasspitze in meiner Schulter. Mein Hemd und meine Weste klebten vor halb getrocknetem Blut, aber immerhin schien der Blutfluss versiegt zu sein. Ob das ein gutes Zeichen war, würde sich zeigen.

Matej humpelte sofort an meine Seite. Ich tätschelte seinen Kopf, dann packte ich das abgebrochene Ende des Splitters. Ich hielt die Luft an und zog ihn mit einem unterdrückten Stöhnen heraus. Sofort floss frisches Blut und ich drückte meinen Handballen gegen die offene Wunde. Instinktiv griff ich nach meiner Magie, aber es fühlte sich an, als würde ich mit einem zu großen Becher Wasser aus einer flachen Lache schöpfen.

Matej winselte leise und legte den Kopf auf meinen Schenkel. Ich schloss die Augen und atmete lang aus. Erneut tauchte ich unter die Schmerzen. Ich stellte mir vor, wie die Quelle der Magie in mir zu leuchten begann und ich helle Fäden aus ihr heraus und zwischen meine Finger lockte. Ich begann zu weben. Viel Kraft war nicht übrig, aber es genügte, um meine Wunde notdürftig zu verschließen.

Als es getan war, ließ ich meine Hände in meinen Schoß sinken. Meine Arme fühlten sich taub und schwer an, aber nach einem weiteren Augenblick fand ich Matejs Nacken und legte meine Hand auf sein warmes, struppiges Fell.

Wie gern wäre ich hier sitzen geblieben, hätte mich ausgeruht und Kraft geschöpft. Aber unsere Schonfrist war kurz. Schon hörte ich das Knacken von Glas und dahinter folgte der kalte Geruch der Leere.

Ein Ruck ging durch Matejs Körper, ein Seufzen, dann stand er auf. Meine Hand glitt von seinem Rücken.

Wir müssen fort, sagte er.

Ich öffnete die Augen und lehnte erschöpft gegen die Säule.

Ich weiß.

Matejs Umrisse wirkten auf mich immer noch leicht verwaschen, aber das mochte an unserer Umgebung liegen. Die einzige Lichtquelle, die wir zur Verfügung hatten, war der schimmernde Glasstaub, der uns von der Halle hinterhergetrieben war und nun wie Blütenpollen in der Luft hing. Die winzigen Körnchen verloschen nach und nach wie Glutflocken. Bei diesem schwindenden Dämmerlicht konnte ich nicht wirklich feststellen, wie sehr meine Sicht beeinträchtigt war, aber ich hatte so meine Vermutung, dass ich mit meinem rechten Auge nie wieder würde klar sehen können. Zum zweiten Mal tastete ich über meine Wange und mein Augenlid. Mein Gesicht zumindest fühlte sich überraschend heil an.

Zauberglas, dachte ich und lächelte matt.

Matej sah in die Richtung, aus der wir gekommen waren, dann richtete er den Blick seiner goldenen Augen auf mich. Seine Frage klang beinahe demütig.

Kannst du einen Ausgang für uns finden?

Wie sich unsere Rollen verändert hatten. Jetzt war ich es, die den Pfad für uns auskundschaftete. Die die nächsten Schritte vorgab.

Ich nickte. *Ja.* Mein Blick hielt seinen fest. *Aber ich glaube, hier trennen sich unsere Wege.*

Ich spürte, wie Matej sich versteifte. *Was meinst du damit?* Sorge um mich flutete seine Gedanken. War ich zu schwer verletzt? Würde ich den Rückweg nicht schaffen?

Ich schenkte ihm ein müdes Lächeln. *Nein, es nicht das, was du denkst.* Jetzt musste ich doch wegsehen. Ich wusste, was ich tun musste.

Was ich tun wollte. Und trotzdem fiel es mir unendlich schwer, denn ich wusste auch, dass es nach diesem Punkt kein Zurück mehr geben würde.

Anthea? Matej kam so nah an mich heran, dass seine weiche Schnauze meine Schulter berührte. Ich spürte seinen warmen Atem an meinem Hals. Noch einmal schloss ich die Augen und drehte den Kopf, sodass ich meine Stirn an seine lehnen konnte.

Erinnerst du dich, wie wir uns von den Spiegelschwestern verabschiedet haben?, fragte ich ihn. *Schwester Mond ist noch einmal zu mir gekommen und hat mir etwas ins Ohr geflüstert.* Ich schluckte trocken und wappnete mich für seine Reaktion. *Sie hat mir gesagt, dass Myrsina vielleicht doch noch lebt.*

Matej erstarrte.

Ich lehnte mich zurück an die Säule und fuhr fort, bevor mich der Mut verließ. *Anscheinend hat Myrsina mit ihr gesprochen, bevor sie das letzte Mal in die Schatten aufgebrochen ist. Sie hat ihr erzählt, dass sie bei ihrem letzten Fluchtversuch eine Straße aus Scherben gefunden hat. Sie hat versucht, auf ihr entlangzugehen, aber die Scherben haben ihr die Füße zerschnitten und sie musste umkehren. Aber sie hat felsenfest daran geglaubt, dass diese Straße ein Ausgang war.*

Ich sah sie beinahe vor mir. Myrsina, blass und ausgehungert, mit gestrafften Schultern und einem entschlossenen Funkeln in den Augen. *Sie hat gesagt, das nächste Mal würde sie nicht umkehren, egal, wie viele Schmerzen sie würde aushalten müssen. Und kurze Zeit drauf ist sie fortgegangen und nicht wieder zurückgekehrt.*

Ich hätte Matej gern berührt, traute mich aber nicht. *Die anderen Spiegelschwestern waren überzeugt, dass sie sich in den Schatten aufgelöst hatte,* beendete ich meinen Bericht. *Aber Schwester Mond war sich nicht sicher.*

Matej schwieg einen langen Moment, dann sagte er mit felsenfester Überzeugung: *Wenn es ein Ausweg war, dann ist sie ihn bis zu seinem Ende gegangen.*

Ich spürte, wie die Hoffnung neu in ihm aufflackerte, und obwohl mir klar war, worauf das alles hinauslief, war ich froh. *Wenn ich dir den Weg zu Myrsina zeige, würdest du zu ihr gehen wollen?*

Stille. Matej stand so starr da wie eine der Säulen, aber ich ahnte den Tumult in ihm. Für mich klang es wie das ferne Rauschen einer

Brandung, die gegen hohe Felsen schlug. Aber ich drang nicht tiefer in seine Gedanken vor. Ich wollte die Entscheidung ihm überlassen.

Schließlich sagte er ein einziges Wort: *Ja*.

Ich hatte diese Antwort erwartet. Sie akzeptiert, noch bevor er sie ausgesprochen hatte. Trotzdem konnte ich die Tränen nicht ganz zurückhalten. Matej. Mein Beschützer. Mein Wegbegleiter.

Anthea, ich will, dass du weißt … Er stockte.

Ich wischte mir übers Gesicht. *Ich weiß*, versicherte ich ihm. *Du brauchst nichts zu sagen.*

Aber dieses Mal ließ er es nicht dabei bewenden. Ich spürte, wie er um Worte rang, dann öffnete er schlicht seinen Geist und zeigte mir … alles. Erinnerungen fluteten durch mich hindurch. Ich war bei ihm, als er nachts über mich wachte. Ich teilte seine Freude, als wir im frisch gefallenen Schnee herumtollten und er zum ersten Mal seit langer Zeit ganz im Moment lebte. Ich spürte seine Zweifel und seinen Abschiedsschmerz, als er mich in Iacopo und Paolos Instrumentenwerkstatt zurückließ. Ich fühlte den Frieden und die Dankbarkeit, die meine Gesellschaft ihm immer wieder geschenkt hatte.

Ich war sprachlos, überwältigt. Er war stolz auf mich. Er liebte mich auf seine Weise, hatte mich in sein Herz geschlossen und betrachtete mich als eng verknüpften Teil seines eigenen Lebens.

Schließlich hielt ich es nicht mehr aus, beugte mich vor und schlang beide Arme um ihn. Ich atmete seinen wilden Geruch ein, spürte, wie er seinen Kopf wie eine Katze an meiner Wange rieb, und zeigte ihm im Gegenzug alles, was ich für ihn empfand. Dieses eine Mal gab es keinerlei Schranken zwischen uns und es heilte alles, was wir nicht geschafft hatten zu sagen.

Matej drückte sich enger an mich und ich presste mein Gesicht in sein Fell. So umschlungen zogen wir uns im Innern langsam in uns selbst zurück. Wir waren wieder zwei, getrennt und umschlossen von unseren eigenen Grenzen. Aber was wir geteilt hatten, würde ich nicht mehr verlieren.

Glas knackte. Die Dämmerwege rumpelten und Steinstaub rieselte auf unsere Köpfe

Es ist Zeit, sagte ich.

Matej gab ein Schnauben von sich, dann drehte er rasch den Kopf und leckte mir übers Gesicht.

Ich lachte auf und löste mich von ihm. Zuerst zog ich die Eulenmaske unter meinem Hemd hervor, dann legte ich eine Hand an seine Wange. Noch einmal sahen wir uns tief in die Augen und ich versank in seinem Bewusstsein wie ein Stein in einem tiefen Teich aus flüssigem Licht. Es war nicht schwer, seine Gefühle für Myrsina zu finden. Und in sie verwoben die Liebe, die sie für ihn empfunden hatte. Ich lächelte. Es tat gut, ihm die schönen Erinnerungen zurückzugeben. Er hatte sie zu lange unter Kummer begraben.

Als ich wieder zu mir selbst zurückkehrte, hielt ich einen neuen Faden in der Hand. Er entsprang aus Matejs Brust, dort, wo immer noch das Herz eines Menschen saß. Ich zwinkerte ihm mit meinem heilen Auge zu, dann griff ich nach oben und pflückte einen zweiten Faden aus der Luft, ein matt schimmerndes Band, das ich mehr spürte, als dass ich es sah. Es knisterte zwischen meinen Fingern wie ein gebändigter Blitz. Unter Matejs Blick führte ich die Enden der beiden Fäden zusammen. Als sie sich berührten, erklang ein heller Glockenschlag. Die Fäden leuchteten gemeinsam auf, verschmolzen und glommen dann weiter als ein einziges ungebrochenes Band. Ein Band, das zwischen den Säulen in die Finsternis führte.

Matej sah der leuchtenden Spur hinterher.

Ich weiß nicht, ob es einen Weg zurück gibt, gestand ich. *Wenn sie in einer anderen Welt ist und die Dämmerwege auseinanderbrechen …*

Ich verstehe.

Dann geh. Ich zwang ein Lächeln auf meine Lippen. *Grüß sie von mir.*

Ein letztes Mal kam er zu mir und legte den Kopf auf meine Schulter. Ich umarmte ihn fest.

Was ist mit dir?, fragte er. *Du weißt, wie du hier rauskommst?*

Ich nickte und tätschelte die abgebrochene Glasrankenspitze mit meinem Blut darauf. *Ich habe den Schlüssel genau hier.*

Und danach?, bohrte er weiter. *Wirst du deinen Weg finden?*

Ich dachte an Lelias sonnenwarme Haut und den Geschmack von Meergischt auf meinen Lippen. Es überraschte mich, wie rasch mir die Antwort auf die Zunge sprang. *Ja.*

Matej legte den Kopf schief, dann blitzte etwas in seinen Augen und er verzog die Lefzen zu einem wölfischen Lächeln.

Dann grüß das Federvieh von mir.

Ich lachte, ließ ihn los und wischte mir die von Blut und Tränen verklebten Haarsträhnen aus dem Gesicht. *Das werde ich.*

Er zögerte, dann lehnte er noch einmal seine Stirn gegen meine. Ich strich über das weiche Fell an der Seite seines Halses, dann wandte er sich ab und trottete ohne ein weiteres Wort davon. Ich sah zu, wie der Wolf dem schimmernden Faden in die Dunkelheit folgte und verschwand.

Tränen liefen mir wieder über die Wangen, aber der Schmerz in meiner Brust mischte sich mit einer eigenartigen Zufriedenheit. *Etwas endet*, dachte ich wieder. *Etwas geht zu Ende und etwas Neues beginnt.*

Mit einem leisen Ächzen schob ich mich an der Säule nach oben. Kaum stand ich, wollten meine Knie wieder einknicken. Der Boden bebte und schwankte unter meinen Füßen, aber irgendwie schaffte ich es, stehen zu bleiben.

Nur noch ein bisschen, sagte ich mir. *Nur noch dieser eine letzte Schritt.*

Ich legte beide Hände an meine Brust, direkt über mein eigenes Herz. Ich hatte Matej am Ende lesen können wie ein Buch mit eng beschriebenen Seiten. Jetzt spürte ich in mich selbst hinein, sortierte sachte alles, was mich ausmachte, bis ich den einen Faden fand, nach dem ich mich jetzt sehnte. Als ich ihn aus meiner Brust zog und um den Finger wickelte, sah ich, dass er weiß leuchtete. Weiß wie Mondlicht auf hellen Schwingen. Ich lächelte, streckte die Hand aus und da lag der zweite Faden auch schon in meiner offenen Handfläche. Als ich auf ihn blies, leuchtete er rot auf wie Kohlen, denen man neues Leben einhauchte. Ich verknüpfte die Fäden und folgte ihnen hinaus, dorthin, wo mein Leben auf mich wartete.

EPILOG

Es war einmal ein Wolf, der durch eine Dunkelheit lief die so schwarz war wie die Nacht bei Leermond und so endlos wie das Firmament. Er lief über Hunderte Glasscherben, die seinen Weg wie einen Teppich aus Leid und Prüfung pflasterten. Er lief, während ihre gezackten Enden seine Pfoten durchstachen. Er lief, obwohl die Welt um ihn herum zusammenbrach. Er lief, bis er eine Schwelle fand und aus der Finsternis hinaus ins Freie trat …

MATEJ

Ein klarer blauer Himmel spannte sich über der Küste. Nur am Horizont, über dem Saum des Meeres, sammelten sich einige weiße Wolken.

Matej trat auf weiches Gras und plötzlich taten seine zerschnittenen Pfoten nicht mehr weh. Er blickte auf die grüne Kuppe einer Klippe und auf die geschwungene Linie einer Küste.

Der Faden, der ihn hergeführt hatte, war verschwunden, aber er brauchte ihn auch nicht mehr. Er hob die Schnauze in den Wind, fing die Gerüche auf, die darin wirbelten, und trottete voran.

Möwen kreisten über seinem Kopf und Gras wiegte sich wie die Wellen der Brandung. Matej lief weiter, bis er eine Frau am Rand der Klippe sitzen sah. Sie blickte hinaus aufs Meer und ihr blutrotes Haar wehte wie eine Fahne im Wind.

Der Wolf bewegte sich lautlos, wie er es immer schon getan hatte. In ihm hob jedoch ein Gesang an, ein Chor aus hundert ungesagten Worten, ein Mehrklang aus Hoffnung und Sehnsucht und dem Wunsch, endlich nach Hause zu kommen.

Die Frau hob den Kopf, aber sie drehte sich nicht um. Matej hielt inne, sein Herz hämmerte in der Brust. Sie könnte jede sein. Eine Fremde. Eine Einbildung. Ein Wunschbild.

In jenem Moment wusste er nur eins: Wenn er ihr begegnete, wollte er er selbst sein. Es war an der Zeit, alle Flüche abzulegen.

Matej schloss die Augen. Er tat den nächsten Schritt und jetzt spürte er das Gras unter nackten Fußsohlen, spürte feinen Sand, den der Wind gegen seine Haut blies. Er fuhr sich mit der Zungenspitze über die Lippen und schmeckte Salz.

Auf zwei Beinen ging er zu ihr, immer noch wackelig, zu lange den anderen Körper gewohnt. Wind brannte in seinen Augen, aber

das war nicht der einzige Grund für seine Tränen. Ganz dicht stand er nun bei ihr, sah den Schwung ihrer Schulter, ihre Hand auf ihrem Schenkel und die ersten grauen Strähnen in ihrem Haar. Seine Kehle fühlte sich an wie zugeschnürt, sein Herz wollte aus seiner Brust fliegen wie ein Vogel. Er streckte die Hand aus, zögerte und berührte ihre Schulter.

Sie zuckte zusammen, dann atmete sie lange aus. Es dauerte einen Augenblick und es dauerte Ewigkeiten, dann wandte sie ihren Kopf. Ihre Blicke trafen sich und sie lächelte.

»Na endlich.«

DANKSAGUNG

Margaret Atwood hat mal gesagt, man braucht gute Nerven, um Schriftsteller zu werden. Ich glaube, das stimmt – aber noch viel mehr braucht man Menschen, die einen auffangen, wenn man die Nerven ab und zu doch verliert.

Kommt das bei mir während des Schreibens vor? Gelegentlich. Nur während des ersten Entwurfs. Und des Zweiten. Kurz vor dem Lektorat. Und eventuell an jedem zweiten Montag, Dienstag und wenn nachmittags die Sonne scheint.

An dieser Stelle möchte ich deshalb ein paar Wegbegleiterinnen und Begleitern danken, ohne die dieses Buch nicht existieren würde. Ein großes Dankeschön geht an…

… Astrid, für das herzliche Willkommen im Drachenschwarm, für ihren unermüdlichen Einsatz, und für die fantastische Gelegenheit, dieses Buch in Gesellschaft von so vielen tollen Autorinnen und Autoren veröffentlichen zu dürfen. Für Astrid ist das Motto *Bücher mit Herzblut* Programm und das spürt man in allem, was sie anpackt.

… Nina, deren aufmerksames Lektorat und kluge Kommentare diese Geschichte entknotet haben. Nina ist einer dieser wundervollen Menschen, die nicht nur großzügig ihren Erfahrungsschatz teilen, sondern dir auch dabei helfen, an dich selbst zu glauben. Die die ganze Schreibreise nicht nur möglich erscheinen lassen, sondern zu einem schönen Erlebnis machen. Ein einfaches Danke reicht dafür eigentlich nicht mehr aus.

… Michaela, die die letzten Fehlerteufel beseitigt und mir die großartige Saga des Hanghuhns erzählt hat.

… Marie für das atemberaubend schöne Cover und Auri für die fantastische Lisbeth Illustration.

… Christina, Corinna und Moni, die immer zur Stelle sind, wenn man sie braucht, und die unseren Büchern im wahrsten Sinne des Wortes Flügel verleihen.

… Christian, der mich vor vier Jahren fragte, ob ich eine Kurzgeschichte für seine Märchenanthologie *Hinter Dornenhecken und Zauberspiegeln* schreiben wollte. Worte können nicht ausdrücken, wie viel mir das bedeutet hat: Die Kurzgeschichte *Spiegelschwester* legte nicht nur den Grundstein für dieses Buch, sie half mir auch, nach einer langen Trockenphase meine Liebe zum Schreiben wiederzufinden.

… Stephan, der mir (und uns allen in unserer Schreibgruppe) mit Rat und Tat zur Seite steht – egal, ob wir gerade eine Dosis Inspiration oder einen Teller mit gegrillten Käsesandwiches brauchen. Sein Sprachgespür und seine Antenne für einen gelungenen Plot gibt meinen Geschichten oft einen Stoß in die richtige Richtung … und habe ich die Käsensandwiches erwähnt? Die Käsesandwiches sind großartig!

… Ellen, meine geniale Schreibpartnerin der ersten Stunde, die sich immer wieder mit klarem Blick durch meine Geschichten schmökert. Ihre Begeisterung ist ansteckend und hilft mir, weiterzuschreiben, wenn sich die Zweifeltierchen melden. Eigentlich habe ich *Spiegelfluch & Eulenzauber* komplett ihr zu verdanken, denn die Idee zum Buch bekam ich, als wir zu einer Burg in Südtirol gewandert sind – die Waalwege, die Anthea & co. im Buch benutzen, gibt es nämlich tatsächlich. Das Buch ist deshalb auch ein kleines Andenken an einen unserer besten Urlaube.

… meine Familie, die meinen Wunsch, Geschichten zu schreiben, bedingungslos unterstützt. Ich bin sehr dankbar für meine Eltern, Susanne & Stefan, die an mich glauben und sich mit mir freuen – zum Beispiel beim Griechen, wenn wir uns zur Feier der Buchankündigung eine Extraportion Kräuterbrot bestellen. Ein dickes, dickes Dankeschön geht auch an meine kleine Schwester Verena, der ich meine allersten Geschichten erzählen durfte & die noch immer meine beste Zuhörerin ist.

Und zu guter Letzt gilt mein herzlicher Dank auch Dir, liebe Leserin, lieber Leser, dafür, dass du diesem Buch eine Chance gegeben hast. Ich hoffe, es hat dir gefallen und du hast den Weg wieder sicher zurück aus dem Spiegel gefunden.

Nina Bellem

Im Schatten der Raunacht – Spiel der Fae

ISBN: 978-3-95991-299-0 , kartoniert, EUR 12,90

Mir wurden zwanzig Jahre meines Lebens gestohlen. Von einem Fae,
einer magischen Rasse, die unerkannt unter den Menschen lebt.
Und diese Jahre will ich wiederhaben. Mittlerweile bin ich sehr gut darin geworden,
sie zu jagen. Dann klopft eines Tages ein sprechender Hund an meine Tür,
meine Wohnung wird von fiesen Albtraumgestalten verwüstet
und nebenbei steht noch das Schicksal der Welt auf dem Spiel.
Irgendwie werde ich das Gefühl nicht los,
ich bin nicht zufällig in dieser Geschichte gelandet …

Julia Adrian

Die Dreizehnte Fee – Sammelband

ISBN: 978-3-95991-471-0, Klappenbroschur, EUR 12,00

Ich bin nicht Schneewittchen. Ich bin die böse Königin.

Für tausend Jahre schlief die Dreizehnte Fee den Dornröschenschlaf, jetzt ist sie wach und sinnt auf Rache. Eine tödliche Jagd beginnt, die nur einer überleben kann. Gemeinsam mit dem geheimnisvollen Hexenjäger erkundet sie eine Welt, die ihr fremd geworden ist. Und sie lernt, dass es mehr gibt als den Wunsch nach Vergeltung.

»Kennst du das Märchen von Hänsel und Gretel?«, frage ich flüsternd. Er braucht mir nicht zu antworten, er weiß, dass nicht alle Märchen wahr sind. Nicht ganz zumindest.

Es gibt keine Happy Ends, es gab sie nie. Für keine von uns.

Dieser Sammelband beinhaltet alle drei Bände der Feen-Reihe (Erwachen / Entzaubert / Entschlafen) plus Bonusgeschichten